匆匆行色

CONGCONG XINGSE

陈昌禄◎著

 时代出版传媒股份有限公司
安徽文艺出版社

图书在版编目（CIP）数据

匆匆行色/陈昌禄著. 一合肥：安徽文艺出版社，2018.4
（2023.4 重印）
　ISBN 978-7-5396-5705-9

　Ⅰ．①匆… Ⅱ．①陈… Ⅲ．①散文集－中国－当代
Ⅳ．①I267

　　中国版本图书馆 CIP 数据核字 (2018) 第 019729 号

出 版 人：姚 巍
责任编辑：张妍妍　　刘 畅　　　装帧设计：褚 琦
....
出版发行：安徽文艺出版社　　www.awpub.com
地　　址：合肥市翡翠路 1118 号　　邮政编码：230071
营 销 部：(0551)63533889
印　　制：山东百润本色印刷有限公司　　(0635)3962683
....
开本：700×1000　1/16　印张：18.25　字数：300 千字
版次：2018 年 4 月第 1 版
印次：2023 年 4 月第 2 次印刷
定价：59.80 元
....

杏花消息雨声中

—— 序陈昌禄旅行笔记《匆匆行色》

徐子芳

初读这《匆匆行色》书名,使我陡然想起宋人的诗句:"客子光阴书卷里,杏花消息雨声中。"古代由于交通不便,旅行是件很艰难的事,所以杜牧说,"路上行人欲断魂"。即使如此,李白、杜甫、苏轼,包括杜牧在内,历史上那些大文人几乎都是走遍半个中国的,从而给历史留下了光焰万丈的诗文,使得中国文学变得灿烂辉煌。一部《徐霞客游记》,既是旅行文学的经典,也是后世游人的风向标。山岳河川,风花雪月,无处不在的大自然风景让人赏心悦目,让人益智生情,让人怀古抚今。一处处美景,一处处妙境,别处无法替代,不能仿制。特别是当下,人们前仆后继,你来我往,没有一处不熙熙攘攘,人头攒动,国人视旅游为时尚,似无任何一种休闲方式可与相比。仁者爱山,智者乐水。谁都想借山水人文胜景来陶冶情操,扩大视野,增长才干,丰富阅历。红杏枝头的春天消息,总是藏身在纷纷不绝的雨声之中,等待行人去采撷。大凡行人旅途,既有断魂的失落,又有快乐的希冀,总之,是无奈与欢喜并存。

陈昌禄的旅行况味,似乎与大多数旅人是相似的,但又不尽然相同。相似处,都有一种对异地自然风光和人文胜迹的向往,欲置身其境而后快。"让野性的风涤荡身心的尘垢,让温暖的阳光把我们紧紧包裹。"(陈昌禄如是说)现代生活节奏紧张,工作压力大,更多的人希望走出家门,去远方山水间放飞心情,即便是"明知山有虎,偏向虎山行","花钱买苦吃"也心甘情愿。毕竟那山、那水,足迹踏过;那落日、那夜月,目光凝过;那古寺、那残碑,身影伴过……摩肩接踵也好,风餐露宿也罢,都要上前抢拍一张照片,抑或大喊一声"啊呀",以示到此一游。

陈昌禄是位中学语文教师,现为和县一中副校长,一个有文学修为的知性者。他的旅行,当然不只是停留在任性的存面,那种"买票、拍照、睡觉"的浅表旅行。他是把旅行"当作别一种阅读来对待",这就赋予了旅行以深层的意义。李白就是如此,所以能写出那么多脍炙人口的旅行诗篇,给祖国山川留下了历史的印记。陈昌禄说他的旅行是"重在思考、观察",视为"增长知识、陶冶心灵的一种生活方式"。他这就有了与别人不一样的旅行,就有了"我行随处深"的质感和厚度。把环境和风景植入对历史、人文、宗教的理性思考中,这样写出来的文字就有了沧桑感、色彩感,让旅行中的诸多不愉快,反转为阅读的和谐,领略和欣赏风景的浩荡与庄严。从而有了陈昌禄旅行的独特体验:"实体的、实在的、实践的。"他的旅行笔记,破解了知和行的相互关系,"行之力,则知愈进;知之深,则行愈达。"不难想象,谁在旅行中是这样做的,谁就有了与风景对话的话语权,谁就有了旅行质量的刻度,谁就在旅行风景人文中找到了自己的存在。

《匆匆行色》分10个板块72篇旅行笔记,都是作者每到一处的行旅实录。之所以称为笔记,因为是一路走去、一路写来,人在走,脑在思,笔在记,没有时间的空白,而是原生态地呈现。所记的是作者个人当时的行为状态和思想情感,这样的笔记,文字就有了生命的饱满和记忆的价值。它的效果就像艾青诗句说的那样"蚕在吐丝的时候,没想到会吐出一条丝绸之路"。可见作者的写作态度是认真的、勤勉的,为常人所不能。每一个板块,多则10篇,最少也有4篇。如一次彩云之南的旅行,当结束行旅时,文匣中就满载了10篇笔记,厚重而璀璨。

浏览这72篇充满文化气息的笔记,我发现作者的写作格局,并不是随性的,尤其是在以下几点上,浸透着作者的艺术智慧。

一是写作视野的宽度。散文写作的视野,有人主张在场性。所谓在场,简单理解就是真实,不虚构,这也是散文的基本要素。但在场性不能机械地理解成实况录音或现场直播,它同样要求作者对事物表达时要有视野的宽度,需要跳出现场,跳出时空,排除虚构之外在不失情感之真的情况下,寻找深化主题的艺术刻度。这就向作者提出了视野宽度的要求。视野的宽窄,最能检验作者学识的认知水平、内心世界的情感亮度、现实生活的链接能力。它是作者观察、记录事物之外发出的声音,是作者的独自歌唱和舞蹈。现场有宽度,表达才能给读者带来阅读的愉悦和深思。陈昌禄在做他的旅行笔记时,看似记录的是他的行程,但又不忘在不经意中荡开笔势,跳出眼前的行脚,链接身外的环境或人物,以提升宽度的想象。《南京的等候》是本书的开篇,记于20多年前。那是作者首次独自远游,去北戴河参加国家语委组织的"语改会"。他到离家乡和县不远的南京转车,乘空隙游览这里,深深地被它"文化吸引,诗意熏染",让作者精神"充实饱满、活泼灵动"。不料在乘公交车时,他的这种心灵印象被打了折扣。那时作者还是一名乡村中学教师,工资低,生活清苦,虽然是出远门,却不能衣冠楚楚,炎天夏日,长途奔波,不免汗湿衣衫。公交车上一位老太太见他这般模样,听口音又不是南京人,就冲他说:"外地人真脏,这么大热的天,不在家好好待着,跑到南京来挤热闹,一身臭汗。"笔记中,当作者再从北戴河回来时,又一次提到这事,可见它对作者精神伤害之深。这个细节,看似可有可无,实则不可或缺。它是作者的个人体验,特别的视角,在不经意的书写中扩展了视野的宽度。把普遍存在的农村教师的穷愁和社会的弊端和盘托出,好似一道不能消化的"思维快餐",振聋发聩,让人心灵隐隐作痛。

二是人文精神的延伸。与一般旅游散文不同的是,陈昌禄的旅行笔记,它记的不但是旅途的山光水色、人文地理,而且是作者在行走中,对历史的追寻,对精神的仰望,从而彰显山水人文的巨大思想价值。如第一辑中《山海关览古》,第二辑中《不到长城非好汉》《文化的游历,历史的探究》,第三辑《世界遗产——丽江古城》《游览大理崇圣寺》,第四辑中《行走凤凰》《重走绝美武陵源》,第五辑中《四川,蜀道难与四条江流》《印象·峨眉山》《那一脉文化滋养》,第六辑中《不经意的别样惊喜》,第十辑《世间已无杏花村》《抚摸一扇门》《井冈情思映山红》等篇,均是通过行走中遇见的山水人文,透过历史的帷幕,触摸它的温度,并与作者的思想交融互动,呈现着有别于人的心路历程。它是一种化外在于内在、转客观于主观的个体精神延伸。人文地理的独特元素激活了作者内心精神世界,从而把遇见繁杂的景象和浅表的风光,聚焦在我思我在的动态之中,由此形成巨大的鲜活的精神气场,并得以延伸。在井冈山作者看到的不是山,而是话外之物的革命精神:"井冈山,我神往的高山,你是红色的起点,是人民共和国的摇篮;你像一块永恒的基石,又似一座不朽的丰碑。"在三湾那个点亮历史的小山村,作者几乎是含着泪花记下它精神的延伸:"井冈山呀,这血与火洗礼的灵山,连翠竹绿树仿佛也有了灵性。""我在行走、观察,也在沉思、追寻。"来自历史深处的精神震撼,它的穿透力,决定了这本笔记散文的主体格调。

三是审美维度的具象。散文现在被人称作美文,如果不是从文字的"颜值"单味品鉴,同时强调主题的价值取向,内外"双修",那是当之无愧的。自古至今的散文名篇,包括游记散文在内,无不凸显深厚的人文底蕴、价值的崇高、内容的饱满,因此代代传承,永不消声。陈昌禄的旅行笔记在审美维度的具象上,继承了中华文化和文学作品推崇的优美的品格,真实、阳刚、强健,给人以启迪、激励、奋进。他有自己的审美视觉,敢于表达自己的声音,这是非常可贵的写作风骨。笔记式散文限于形式,即感即记,容量有限,如同美术速写,不可能是"宏大叙事",但可以"宏大发声"。因此,作者的内心对"壮美"的敏感度始终处于"弯弓待发"状态,一旦有了具象,就像火山一样喷发出来。在北京,作者用一天时间游观了圆明园、颐和园和亚运村。两园一村,要写的内容太多,要说的话也多。但这是旅行,走马观花,留给陈昌禄的时间非常有限。在这有限的时间里,作者一样敞开怀抱,从那颗热烈的心里吐出了不同一般的声音。

陈昌禄是在行色匆匆中书写,在追寻中收藏感悟,在纯粹中扩展延伸。我也是匆匆地读完这本笔记,写下一点杂感,愿借窗外的春雨声,让《匆匆行色》这枝美丽的杏花也开在读者心中。

(徐子芳,著名作家。现为中国作协协会会员,中华诗词学会常务理事,原安徽省散文家协会主席,原安徽省诗词学会、原安徽省炳烛书画联谊会副会长。)

目　　录

第一辑：山海之城

南 京 的 等 候

今年暑假前,接全国中语会通知,我受邀参加在河北秦皇岛举行的一个全国规模的语文教材教法教改研讨会。想着从石杨到香泉,大学毕业到现在,在农村中学从事高中语文教学工作已有十多年,毕业班已带过好几届,教研文章发表过若干篇,可还从来没有机缘聆听大家名流的精彩报告和示范展示,便有些心动。加上县教研室的王新民主任一直鼓动我多出去走走,开阔眼界,增长见识,说对于一名农村中学的老师来说这是一次难得的观摩学习机会,在与学校领导协商后,终于"法外施恩",准允参加,虽然对我们这所农村中学,这需要一笔不菲的费用。

于是我的第一次北国游学之旅得以成行。

早晨从张集出发,汽车一路顺风,经过乌江、桥林、江浦,通过长江大桥,10点便到南京中央门长途汽车站。

南京,金陵形胜地,六朝古都城。虽然是邻省江苏的省会,可与我们的家乡只是一江之隔,到乌江过驷马河,便是南京地界。得地利之便,我曾多次造访,大多走马观花,印象较深的有两次。一次是因父亲患病在南京医治,我去陪护,在中山门旁边的江苏肿瘤医院逗留过近一月时间。父亲病重,我自然没有悠闲的心绪去游览风景名胜,可时间一长,便是寂寞无奈,父亲也鼓励我出去看看,也是要我散散心的意思。于是我多次进入近处的江苏省博物馆参观。那时的博物馆无须门票,凭学生证即可自由进出。几个下午,我独自在馆内游走,被那些丰富的馆藏所深深吸引,尤其是那些与中国近现代历史密切相关的实物图片,让我对历史更有了具体直观的鲜活认知和体悟,也让我埋下了对文史的浓厚兴趣,从某种意义上说就是这些参观改变了我的人生走向。另外一次,是在师专读书期间,也是暑假,我和同学兼好友俞正明一起到南京。两个中文系的大学生,在南京的名胜古迹、风景佳处游历,那种青春的意气和文化的熏陶,到现在还荡漾在心头,令我激动不已。我们下玄武湖荡舟,绕莫愁湖怀古;攀灵谷塔遥望,登中山陵沉思。我们穿行在南京的大街小巷,感受着市民朴素的生活,交流着彼此熟悉的乡音,恍惚中有南京人的感觉,两天的行程,充实饱满,活泼灵动。

南京给我的不仅是实地的游览,更有文化的吸引、诗意的熏染。记得最早喜欢唐诗,从一本薄薄的小册子上读到刘禹锡的《金陵五题》,特别是其中的《石头城》与《乌衣巷》,就让我对这座六朝古都充满意趣。"山围故国周遭在,潮打空城寂寞回。淮水东边旧时月,夜深还过女墙来。""朱雀桥边野草花,乌衣巷口夕阳斜。旧时王谢堂前燕,飞入寻常百姓家。"我在诵读中回味,在静思中体悟。后来知道这是唐敬宗宝历二年(公元826年),刘禹锡由我的家乡和州刺史任上返回洛阳,途径金陵时写下的咏怀古迹的诗篇,我心中总是涌起一种别样的历史感怀与亲切念想,他写的是金陵,或许带有在和州任职时的切身体验吧,那时他是如何从和州赶赴金陵的呢? 那恒定的存在与历史的变迁,那山河空城的苍茫幽暗与空中孤月的皎洁明朗,野草和夕阳所渲染衰飒气象,从王朝破灭到家族沦落的历史进程,总能激起我心潮波澜,难以释怀。这些诗也成为我心中唐代怀古诗的典范与瑰宝。后来读到晚唐韦庄的《台城》:"江雨霏霏江草齐,六朝如梦鸟空啼。无情最是台城柳,依旧烟笼十里堤。"更是让南京成为我遥想古往的绝胜之地,那繁荣茂盛的自然景色和荒凉破败的历史遗迹,终古如斯的长堤烟柳和转瞬即逝的六朝繁华的鲜明对比,对于一个身处末世、怀着亡国之忧的诗人来说,该是多么触目惊心! 而台城堤柳,却不管人间兴亡,王朝更替。杨柳"无情",正透露出世人的无限伤痛;杨柳"依旧",深寓着历史沧桑之慨。每次诵读,都有一种感伤怅惘的情绪充盈在心头,这也成为南京藏在我记忆中的情感底色。

可今天我是孤芳自赏,踽踽独行。晚7点30分的火车,还有9个小时,这段时光该如何打发呢?

于是我决定先去新街口,到新华书店看看去,说不定会觅到一两本好书,去消磨那难熬的寂寞旅途呢! 我生活和工作在一个乡村中学,闭目塞听,孤陋寡闻,对外界信息的热望总是如饥似渴,每次到县城破旧简陋的新华书店总要流连至久,不忍离去,现在有机会自然不容放过。我兴致勃勃地在新华书店逡巡半天,摩挲着簇新的书籍,轻嗅油墨的芳香,浑然忘我,但结果是空手而出,一无所获。一则的确少有引人入胜的好书,让我爱不释手;二来书价也过于昂贵,实在囊中羞涩,破费不起;三则即便有本把有价值的好书,想着将来还有机会淘到,便觉得是暂存那儿了。

既然书店无所获,那么到外面碰碰机会吧,于是转悠到胜利电影院,恰好有一场午场电影,意大利的《持枪的女人》,片名很是吸人眼球,便掏了一块三毛钱买了一张电影票,既为消磨时间,又为避暑纳凉(因为电影院里有空调冷气)。于是买一张《扬子晚报》,学着别人的样子,在红地毯上坐下,等待开场,谁知道这是一部乏味至极的电影,属于那种不出一星期就会将人物与情节跟其他电影搞混淆的影片,好在一个半小时时间并不太长。

从电影院出来已是下午3点,正是火炉南京一天中最为炎热的时候,不消说在烈日下奔波,就是待在凉荫里也会大汗淋漓,可我为了找到32路车站,曝晒一个多小时,先是坐1路车至中央门,谁知它一直开过了立交桥,本以为火车站肯定在汽车站这边,赶过去一问,人说往前走,竟一直走到许府巷才坐上车。车上一老太说:"外地人真脏,这么大热的天,不在家好好待着,跑到南京来挤热闹,一身臭汗。"被人嫌弃,心里自然不痛快,可我知道,那一身的味道定然是不好闻的。

走进火车站,5点,还有两小时发车,又累又乏,又饿又渴,我想着这是我在游历南京中最乏味、最无奈的一次经历。心里想着,今天在南京,感觉不佳,既有天气炎热、令人烦躁的缘故,也有此次旅程是我首次独自远距离出行,担心不测变故的预感吧!登上火车,准时出发,心绪便慢慢平复下来,在旅行日记中,我还饶有兴致写下了此行的第一首诗,算是自嘲,也是自慰:"热汗淋漓湿透衫,火都辣日不虚传。身凉有待心凉浸,清爽神怡过钟山。"

北国旅行开始了,更精彩的旅程应该在后头!

1992 年 7 月 23 日

在北行的火车上

坐在候车室的长椅上，孤身一人，举目四顾，顿然一种怅惘而又凄凉的情绪笼罩在心头，想想还有十几个小时的长途旅行，又未买到坐票，那滋味想来可不会好受。为驱散寂寞和不安，小收音机可发挥了大作用，南京台的《奥运纵横》栏目，总算让我找到一条驱散寂寞烦闷的途径。

7点33分，进站上车，看到别人都有座位，心中那个羡慕呀。于是我决定守株待兔，以静制动。摸进14号车厢，在门口张望，见一至四号座位中间空一座位，不管三七二十一，坐上再说，来人再让呗。你说巧不巧，本座无人，于是虽心情忐忑却有惊无险地坐到天津，运气还真不赖。你猜猜看，买一个座要多少钱，8号座的小伙子从票贩那里买来的黄牛票，24元，真令人咋舌，可是事实。

下面介绍一下旅伴的情况吧！我的对座是一对年老的夫妻，男的是山东济南某大学的教师，气质儒雅，谈吐不俗，也是利用暑期去开会，去的是湖南张家界，携老妻一同游玩了二十多天。老妇人胖胖的，满头银发，慈眉善目，对张家界赞不绝口，并把她在当地土家族妇女那里买来的小背篓拿出来让我们欣赏，兴奋之色溢于言表。

坐在我旁边的是一位中年妇女，四十多岁，北京人，1974年大连理工学院毕业，工农兵学员，曾在内蒙古的什么盟支边六年，后来被分配到南京，便在此扎下了根，成家立业，结婚生女，此次就是携十岁的女儿回京省亲。

介绍我自己的时候，我耍了个花招，说自己是马鞍山人，以为能给自己挣回点面子，可即便如此，教授夫妇和中年妇女，可怜安徽人的神情还是掩饰不住。也难怪，教授夫妇月工资800多，中年妇女夫妇的月收入也有700元，我才拿多少？寒碜的感觉有时会不由自主地流露和显现的。

7点45分，火车徐徐开动，天已全黑，火车怎么过的长江大桥，一点儿也看不见。坐在车上，我在想：此刻妻子和女儿一定吃过晚饭了，或许正在饭后闲聊，一定会说爸爸此刻已上火车,在开往天津。我不禁想起杜甫的诗句:"遥怜小儿女,未解忆长安。"我的奥琳,是知道思念爸爸的,是不是?

列车在飞驰,外面漆黑一团,车上的人大多在打瞌睡,可我却毫无睡意,幸亏有这本《奥运长镜头》,否则还不知如何难熬呢!在列车单调的咔嚓咔嚓声中,我用这本没什么趣味的杂志打发着漫长旅途的寂寥时光。

大约10点钟,车靠蚌埠站,我实在饥饿难耐,下车买了几个面包来聊以充饥。再过两小时,停靠徐州站。不久便进入山东地界,开始了经历时间最长的省份的旅程,五个小时,从韩庄到德州,停兖州、泰安、济南和德州。车到每一个停靠点我都要下去转悠一番,一为透气,一为消遣,一为观赏。车过泰安,天渐渐地放亮,快到济南时,已能在熹微的曙光中欣赏到窗外的景色。济南以南的区域是典型的丘陵地带,地势高低不平,山峦并不很高,可到处都是,且形态各异。听老教授说,今年山东省大旱,作物枯死无收,百姓生活用水都很困难。5点45分,车停济南南站,然后穿过济南城区。对济南的市容和建筑我实在有点失望,既无高层的建筑,又缺整齐的规划,显得陈旧破败,脏乱不堪。地图册上介绍,济南是一座有百万人口的新型工业城市,可我看来它不仅与南京无法相比,就是比合肥也差之甚远,也许是我们所经过的天桥区本来就是郊区,并不是最繁华的所在吧!

车过济南,天已大亮,车窗外的地理形势与南部迥然不同。南边是怪石嶙峋、梯田遍布的丘陵,北面却是一望无际、平展如砥的大平原,这恐怕就是所谓的华北大平原了,真平坦,真广阔,真美!那一排排参天的白杨把广阔的田野分隔成星罗棋布的网格,田埂笔直地伸向远方,远处的农民正赶着骡车悠闲地走过。再过半小时,火车通过黄河铁桥。听说前两个月,黄河断流,河滩上可跑拖拉机,因为昨天(要不是前天),刚下了阵透心雨,看来雨量还不小,但黄河中只有河心有一点浅浅的浑水,至多也就几十米宽。看惯了长江的汹涌奔腾,波澜壮阔,再看黄河,实在激动不起来,甚至有点失望,水是浑黄的,这倒恰合黄河的黄。可看它的滩涂,绝对超过几公里,想来黄河汛期到来的时候,一定也够狂放的。于是技痒难禁，诌出几句打油诗，《车过黄河有感》："梦里几回黄涛滚，缘有诗仙豪歌传。今日跨过水沟浅，唯见车流不见船。"因为我对黄河的最初最深的印象来自李白奔放激越的"君不见黄河之水天上来，奔流到海不复回"和光未然的《黄河大合唱》中豪迈激情的"我站在高山之巅，望黄河滚滚，奔向东南。惊涛澎湃，掀起万丈狂澜；浊流婉转，结成九曲连环；从昆仑山下，奔向黄海之边；把中原大地，劈成南北两面"。想象中的黄河，就是滚滚奔流、声震怒吼的样子。

车到德州，就是山东的最北端了。德州是有名的扒鸡之乡，邻座的小伙子一手撕扯着扒鸡，一边痛饮着瓶装青岛啤酒，肆无忌惮，旁若无人，有滋有味地吃着，倒令人觉得可喜与羡慕。

我对山东的整体印象，不是想象的那么富饶，可能济南一带的鲁中地区本身就是较贫穷的地方，山东最富饶的所在应该是胶东半岛，青岛、威海、烟台一带吧。

过了德州，便进入河北地境。河北应该是华北平原的核心地带，我的感觉是反而不如山东北部平展，树木的栽植也不很讲究。看到放牧的村民，我莫名地想起了萧长春（《艳阳天》）、高大泉（《金光大道》），也许是河北的山水勾起我对浩然小说中人物的回味吧，那可是我的青春岁月中别无选择却又激动人心的阅读了。河北的泊头，有一个经济开发区，各项基础设施正在加紧建设，有点类似南京的江浦一带，可谓领风气之先。

车靠沧州。邻座的小女孩说，《雪山飞狐》中也有个沧州，可我怎么看，也没有茫茫大雪中胡一刀墓地的那种肃穆、清冷的感觉和氛围。可我倒是领教了沧州妇女的强悍与泼辣。从沧州上来的几个女人，不一会儿便同邻座的中年妇女干上了，唇枪舌剑，气势逼人，让本来口齿伶俐的母女也不得不败下阵来。

10 时 24 分，经过近 15 个小时的长途行驶，66 次列车终于徐徐开进天津南站。

1992 年 7 月 24 日

逗留天津

出了天津南站，天津市便呈现在眼前。天津给我的第一印象便是"大"，街道宽阔，气势很足。要买去秦皇岛的车票必须由南站转车去东站，于是乘小公共汽车赶往东站。车从天津街市穿过，眼前的天津并不繁华，也不喧闹，两边都是低矮的店铺，行人也不很多，缺少一种现代化大都市的气派。原本想买下午去秦皇岛的车票，可我又临时改变了主意：一、提前一天去秦皇岛，恐怕无人接待；二、看看天津的风光也是难得的机会；三、我太累了，昨夜一宿未睡，眼睛涩得不行，需要调整一下，赶紧找地方补上一觉吧！七拐八弯，在车站对面过海河的一条僻静的小巷内找到一家简陋陈旧的小旅馆，光学研究所的招待所，安顿好，不吃不喝不洗漱，先睡上一觉再说。

这一睡就到下午3点，感到体力精力恢复差不多了，精神倍增，去逛逛天津卫吧，冯骥才、林希笔下那个充满魅力的城市。中国当代作家中，冯骥才是我极喜爱的一位有独特风格的作家。尤其是他笔下的旧日天津、那独异的风俗，奇特的人物，以及那种以清末天津市井生活为背景，讲述的一个个传奇人物生平故事，长期流传津门的民间传说，生动有趣，惟妙惟肖，人物和场景活灵活现，跃然纸上，总是让我赞叹不已。

还未从冯骥才笔下的旧日天津卫中恍过神来，现实的天津便直截了当地扑入我的眼睛。从小巷出来，便是那条闻名遐迩的海河。河不宽，水很脏，两边是水泥石块筑成的防护堤，驻足细看，心中不免失落。好在架在上面的钢桥，"胜利桥"，钢筋铁骨，气魄宏大，堪称一绝。凭眼望去，海河上，铁桥很多，也各有特色。过了铁桥，便是一个偌大的广场，真的好大。在广场中闲逛了一会儿，便进了一家颇有气势的大商场，最大收获是为女儿买了一架电子琴，其实这是我太着急的缘故，一则还要到北京，什么不好买，二则带着它也实在累赘，可思女心切，顾不得那么许多也。

吃过晚饭,再去广场,则是另一番景象。"海河号"渡轮闪烁着的霓虹灯给海河增添了梦幻的色彩,解放桥上七彩的灯火把两岸照得通明,海河边的彩灯组成的彩带把它打扮得分外妖娆。夜色真好!这个广场成为天津市民消暑纳凉的好去处,市民三五成群,席地而坐,几个时髦的小青年踏着滑板,做着各种滑行的动作,引来大家一阵喝彩,很时尚也很有趣味。这就是现在的天津了,生活的,实感的。

但我还是在 9 点钟赶回了旅馆。夜晚躺在宾馆的床上,久久不能成眠,得诗一首,《海河之滨夏夜》:"河滨夏夜星满天,钢桥灯耀愈壮观。广场消歇听津语,神思飞越万重山。"

1992 年 7 月 25 日

初到秦皇岛

10 点 24 分,经过 4 个小时的行驶,火车过塘沽、大沽、唐山、滦县、昌黎、北戴河,256 公里的行程后,终于驶进了秦皇岛站,我本次旅行第一阶段也告一段落,以后几日便是在秦皇岛学习、观摩、研讨和游览。车停昌黎站,这本是一个普通的小站,但我还是兴趣盎然地下车,这当然是因为韩愈。韩愈,唐代著名文学家,诗人,唐宋古文八大家之首。中学课本中选有他的《马说》《师说》,在跟学生介绍他的生平时,总是颇费口舌。韩愈,字退之,好懂,号昌黎,难解。问题出在那个郡望,我便反复跟学生解释,郡望就是指一个家族的根源和发源地,是祖籍的意思,一个姓氏或家族的郡望,就是指这个姓氏或家族所发源的那个郡。韩愈的出生地是河南河阳,可他的家族发源地是河北昌黎,故而韩愈世称昌黎。现在车靠昌黎,我是一定要亲身踏足其地感受文渊华泽的。

走出了站台,哪有接车的?求人不如求自己,按会议通知上的提示,乘 6 路车到桥西站下,向人打听方找到中国环境管理干部学院——我这次学习的食宿地。报到是一件挺烦人的事情，可总算功德圆满，诸事顺遂，住进了房间。

这个学院不大，倒很干净、美观，给人一种清新爽气之感。可住宿的条件实在不敢恭维，本来是学员公寓，可一晚要收 10 元钱，想来旅游旺季的秦皇岛，住宿费一定奇高，我等教书匠只得将就着了。

事有凑巧，这天我的牙疼又复发了，许是紧张上火导致牙龈肿胀的缘故吧。疼痛难忍，如何是好？这可将就不来。这时我才想起家的好来，在这千里之外的北国，举目无亲，苦痛又向谁诉说？只好独自上街，自行解决吧。走不多远，正好有一家小诊所，向一位白发长须的长者一说，只见他拿一把银针，说扎几针就会痊愈。这是我第一次针灸，又是在这陌生的地方，又急又怕，可牙痛更难受了，忍吧！只见他朝牙根底下扎了三针，在虎口上又扎一针，感觉又胀又疼，又酸又麻，滋味可真的不好受。可奇就奇在不一会儿，牙疼真的好了。真乃神医也，阿弥陀佛，善哉善哉！

下面来介绍我同舍几位的情况。先到的两位是一道来的，四十多岁的中年人，来自海南，陈和吴，他们已经出来十多天，从广州飞北京，850 元，在北京玩了五天，又到天津游玩了两天，我向他们打听了一些在北京旅游的情况和海南教师的生活工作状况。原来海南的教师并不如人们想象的那样，工资也才两百多，和我们也差不了多少，看来传言不可全信也。后来的一位是河南油田的小伙子，南师大毕业，姓王，我们年龄相仿，聊得很投机，晚上还一同翻窗去 6 号楼找电视看奥运会开幕式的直播呢！

再说说秦皇岛给我的初感吧！下午为了看牙病，我沿河北大道往东步行有两千米，街道很宽阔，少有高楼，但开放的气息非常浓厚，到处都是广告牌，市政建设也搞得热火朝天。给我印象极深的是沿途就有几个城市雕塑，其中一个是手托珍珠的青春少女，一个是四面开放的圆圈，不知有什么象征意味。有一条汤河，直通渤海，很宽，桥也很气派，上面有一座涵闸，比海河既宽大又干净。在河边小憩，我在畅想：此地小坐，似轻烟一缕，今生今世，若不是缘分，我不会来此；若不是特别的缘分，我再来的机会也是渺茫的。再想，顺这条小河过去，一定能到渤海,从渤海口出去,经过黄海,再到东海,就是长江口,逆着江流往上行,过上海,再过南京,就到乌江,那就是我的家乡了。要是一条鱼,我就可以这么游回家乡。想到这,我自己也不禁笑了。

1992 年 7 月 25 日

海滨戏浪

　　伟词卓绝落大雨,今日乘兴艳阳天。丛林透过乍惊喊,湛蓝无垠入心间。

——《北戴河初见海》

　　现在才明白,前天我在汤河边向南望去,那朦胧一片的,原来是——海!

　　昨天下午我和海南的两位结伴而行,去北戴河海滨浴汤,想着就要亲眼看看大海雄姿,我的心为之怦然。从白塔岭上车,经过约十分钟行驶,车出了秦皇岛市区。我无意中向窗外张望,啊! 碧蓝一片,浩瀚无边,大海,渤海! 我终于第一次遭遇大海,这蔚蓝而又浩渺的海,它直接撞进我的眼帘,一下深入心腑。

　　车行约半小时,到北戴河。北戴河是秦皇岛市的三个区之一,我们所住的是中心区——海港区,南边是北戴河区,北边是山海关区。到北戴河,已是下午两点,天空湛蓝,白云在悠闲地飘荡,海风凉爽,空气中满是海水略带腥味的清爽气息。由于是旅游旺季,街上到处都是天南海北的游人,比肩继踵,川流不息。巨大的绿草坪上是用鲜花摆放成的"北戴河欢迎你"几个大字,分外艳丽醒目。在海南同伴的导引下,我们来到海滨——中海滩景区,老虎石景点。我真的站在了大海之滨,按捺不住内心的激动,一股脑脱去外衣,冲入熙熙攘攘冲浪者的人群中。

　　脚踏在松软而又滚烫的沙滩上,光脚触摸那细细的、滑滑的沙砾,心中有一种异样的从未体验的舒服与畅快。在海边看海，你才能感受到海的阔大、深邃、汹涌与雄壮，一眼望不到边际，远处是海天一色，一条淡淡的分隔线略显出海天的分界，近处一排大浪打来，哗的一声，一浪刚退一浪又来，卷起白色的泡沫，送来一海滩贝壳，又卷走它们。海真雄浑，雄浑得像一首交响乐；海真豪放，豪放得如一首激情澎湃的诗。海滩上的人，密密麻麻，挨挨挤挤，他们冲向海又让海浪卷回来，红男绿女，老人幼孩，袒胸露背，尽情嬉戏。

于是，我扑向大海！

脚下是软软的细沙，胸前是清凉的海水，海浪涌来，舒服极了。瞧着远处百米开外有一块突起的礁石，我想游到那儿，可以歇息一下。百米距离，对于从小就在水里嬉戏的我，在河沟里，是不在话下的，就是在长江中，我也可以轻松游到。可我不知道的是这里是海。刚游不远，一排大浪打来，猝不及防，手脚忙乱中，连呛几口海水，于是更加惊慌，海水更是无情地灌进我的口中鼻中，又苦又咸又涩——不行，再如此恐怕就要葬身海里了。我赶紧掉头，可又惊恐地发现游不动了，这里只有我逞能没有带游泳圈，好在终于游回岸边。当我的脚踏上海滩的时候，一种从未有过的庆幸充溢于心。海终于给了我一次教训，一记猛醒，让我领教了它的威力，让我刻骨铭心地记住了它——海！

为了记忆，在海滩，我摄下此行第一张照片。

回到岸上，赶紧灌几口可乐，可那种苦涩与辛辣，一直在我的口中和心中回旋萦绕。

走到老虎石的右边，两位旅伴怂恿我再下一次海，游完后冲个凉，那才舒服。拗不过他们，又抵不住诱惑，我又一次下海。他们来自南海边，司空见惯大海事，大海对他们早已失去了那份诱惑的魅力。于是，我再一次下海，这次学了点乖，再也不敢莽撞了，在海边待着吧，捡拾点贝壳，没有什么特色，但毕竟是我亲手从海边得来，就算作一个纪念吧。

从海边归来，见两旁到处都是造型风格各异的建筑，其中很多是避暑疗养院、招待所。在炎炎夏日，到海中去浸凉，让海风去轻拂，那是多么惬意的享受啊！

在北戴河，我们一共待了四个多钟头，走马观花，浮光掠影，南戴河、黄金海岸，就无暇去观赏了，但那也成为我新的愿望和念想。

似乎没有过瘾，不够解馋，吃过晚饭，我又独自一人，顺着一条僻静的小路走向秦皇岛的海滨浴场，就在我们所住的环保干院后面约一千米的地方。这块浴场，没有北戴河老虎嘴、鸽子窝那些浴场名气大、游人多。但依我看来，论条件，也绝不在其下，海水清澈，沙滩平整，坡度适宜，旁边就是国家体委的水上训练基地。

暮色中，夕阳的余晖映照着金色的海滩，海边到处是来游泳的人。我站在海边，眺望大海的远方，耳边回响的是海的呼吸，清凉的海风带来凉爽和清新，心中涌起无穷的诗意。

今晚的海水有些凉，可沙滩上、海水边嬉戏的人还是不少。面对大海，我又一次按捺不住内心的激动，于是脱掉鞋袜，赤足走进松软的沙滩，沙很细很软，给人一种无可言喻的快感。我挽起裤管，走进海水里。

海浪在调皮地和我戏耍，虽是阴天，但风并不大，海浪很小，轻轻地涌上来，丢下一地贝壳，又柔柔地退下去。站在水边，让海水轻柔地吻着腿肚子，真舒服，我童心涌起，学起边上的小孩子们，用沙垒起个城堡，一阵浪来，它便坍塌了，感觉好玩极了。

我又往海水深处走去，用手在水中捞起了贝壳，因为浪小，贝壳并不多。今天的海水特别清，清到能够看清海底的细沙。我认真地挑拣着，不久便捡来一大捧贝壳，我想：把它们带回去，也就把海的气息、海的魅力带在身边，一直带进记忆的深处了。

可海浪更加调皮，我站在没膝的海水中，正在忘情地玩着，一排稍大的海浪打来，哗地一下，我全身都湿透了。望着自己湿淋淋的样子，我的同伴开心地笑了，我也笑了。在海的面前，我们就是孩子！

浩荡不息的海呀，魅力无边的海！

在海滨戏浪的感觉太新奇、太独特，夜里躺在床上，身体还似在海水中漂荡，脑中不自觉地蹦出几行诗句：

> 潮清沙腻天湛蓝，
>
> 健儿倩女逐浪欢。
>
> 情致跃跃冲浪去，
>
> 几口呛来心里甜。

1992 年 7 月 27 日

山海关览古

天公作美，乌云遮住了烈日，清风凉爽怡人。在这炎炎夏日，这是天赐的游览时光。根据组委会的安排，今天各自安排旅游项目。我和海南两位结伴去访山海关。

第一关

长城万里出海疆，遥想朔方是蛮荒。险关天下称第一，众志凝聚胜筑墙。

——《山海关漫步》

"两京锁钥无双地，万里长城第一关。"这是古人的诗句，这里所赞叹的雄关就是雄伟险要、写着中华民族屈辱与荣耀的山海关。

车出市区，约半小时，在山海关站停下。

车转弯时，我从窗口望去，便见一段灰色的陈旧城墙，人说，那就是明长城。长城，中华民族历史的见证，今天，我终于和你如此亲近！

从靖边楼上去,约行 40 米,便登上长城。先见到的是一座气势雄浑的碉楼。靖边楼陈列着仿制的古代青铜战车战马,气象森严,威风凛凛。出靖边楼在长城上行走,我看见有趣的一幕,是峻青在《雄关赋》中描写到的情景:一群少男少女穿着仿古的服饰,扮作古代的武士或者仕女模样,憨态可掬,既滑稽又有趣。

再往前行百米,便是闻名遐迩的"天下第一关"。我最早是在历史教科书上知道它的:袁崇焕就是在这里开始他一生既英勇又悲壮的人生历程的;吴三桂"恸哭六军俱缟素,冲冠一怒为红颜",就是从此引清军杀入中原,打败了李自成,从而为三百年的清王朝奠基的;林彪就是从此率四野百万大军,铁流滚滚地开进平津战场,进而改变历史进程的。真的走到楼边,看见萧显书写的"天下第一关"五个熟悉的大字时,却也没有激动万分的感觉,许是游人过多,一片嘈杂和喧闹,一点儿历史的庄严和肃穆化为乌有。于是我和陈一起登楼远眺,遥想古史,品评当今,总算找回些许感慨。下楼来,拍了一张照片,以作纪念吧,毕竟这是秦皇岛最有代表性的历史遗迹了。

再往东行,便是土路。这才是历史的真迹呀! 走在上面仿佛又回到烽火岁月中。到临闾阁,见一地的古时砖瓦,捡拾摩挲,我不禁赞叹起古人的聪明智慧来。据史载:山海关城楼建于明洪武十四年(公元 1381 年),距今已有 610 多年了。

在关上行走,我不禁记起现代散文家峻青在其名篇《雄关赋》(这篇文章入选高中语文课本)里所抒发的感慨:

在我们古老的中华民族的伟大历史上,在那些干戈扰攘、征战频仍的岁月里,这雄关,巍然屹立于华夏的大地之上,山海之间,咽喉要地,一次又一次地抵御着异族的入侵,捍卫着神圣的祖国疆土。这高耸云天的坚固的城墙上的一块块砖石,哪一处没洒上我们英雄祖先的殷红热血? 这雄关外面的乱石纵横、野草丛生的一片片土地上,哪一处没埋葬过入侵者的累累白骨!

啊,雄关,它就是我们伟大的民族的英雄历史的见证人,它本身就是一个热血沸腾顶天立地的英雄好汉!

老龙头

秦皇当年威风起,举鼎勇士欲代之。今日遥想英雄事,笑谈开发引外资。

——《在秦皇岛笑谈项羽》

万里长城,长城万里,都知道西起嘉峪关,东至山海关(现在有另一种说法,明代的长城最东端应为鸭绿江,那就更远了),可究竟长城的东源头在哪里呢?这便是老龙头。万里长城宛如一条巨龙从甘肃嘉峪关蜿蜒而来,横卧在北中国的崇山峻岭之上,经雁门关、居庸关、古北口、喜峰口,到渤海湾一头扎进大海,这就是终点。

从山海关坐车,四千米,便到老龙头。门票 10 元。走进去,便是一座砖阵:八卦阵,又名乾坤阵,只见旌旗猎猎,阵势威严,军中一杆大旗迎风招展。我从阵旁走过,直往老龙头东边走去,迎面所见是一座雄伟壮观的澄海楼,从海边望去,越发显得险峻峭拔。再往东走,便是老龙头,一直伸入大海之中,惊涛拍击,震撼人心。我站在老龙头上望大海,心中默念着,长城,你就是一条中国龙哟!

回到平台之上的一座城堡"宁海城",上面是一座仿修的古代兵营,应该是明代的样式:有总督府,有把总府,有士兵宿舍,有马厩、牢房、伙房,有一口"天下第一"的大锅,那锅大到令人难以置信。楼内塑有山海关守将的"表忠亭",立着徐达、戚继光、袁崇焕的彩塑。这次参观,使我对古代军事知识有了感性的、直观的认识,对这些古代英烈的风云故事和热血肝胆有了更切身的体会。

这以后我们饶有兴趣地在八卦阵中闯起阵来。

游完老龙头,我们又到海神庙,这是供奉海神马祖的庙宇。马祖,是渔民的守护神,保佑渔民出海平安顺利,在海外华侨、港澳同胞中颇有影响。传说这是一位姑娘,只有二十七岁,但她护卫渔民出海,还曾保佑过郑和出洋,激励过郑成功收复台湾。

站在后面的观海亭里,享受着清凉的海风,俯瞰着怒涛巨浪,以及在惊涛声中戏浪的人们,我在想,那大海的汹涌是神灵所能护佑的吗?还有更险恶的人生遭际呢?寄希望于神灵,只是在更加不测的命运面前的一种安慰罢了。

姜女庙

坚贞信义铭流芳,姜女哭墙骂始皇。慕名拜谒睹圣迹,击节奇联幽思长。

——《姜女庙赏联》

从老龙头回来,已是下午一点,骄阳似火,疲惫和困乏渐渐地侵袭上来,但我们还是鼓足精神,兴致勃勃地赶到姜女庙。这可是个有名的地方,这是中国传统文化中流传最广的民间传说之一。中国人有谁不知道孟姜女千里寻夫送寒衣呢?又有谁不知道孟姜女哭长城,哭倒长城八百里呢?孟姜女是中国人民同情和赞美的贞烈女子,所以姜女庙又被称作"贞女祠"。

从车上下来,约行一华里红砖铺就的石路便来到姜女庙,一些生意人特意用马拉着乘客往返,那叮叮咚咚的马铃声给人一种古趣与野趣。进庙门,便是一条石级路,旁边的高地塑有孟姜女翘首北望长城的汉白玉雕像,神情郁悒,楚楚动人。进入正殿,门楣上书有"贞女祠",旁边便是那副著名的对联:海水朝朝朝朝朝朝落;浮云长长长长长长消。

游客们都在猜读着这幅奇特的对联,我是会读的,这是利用谐音的缘故,朝(cháo)和朝(zhāo),长(cháng)和长(zhǎng),可我感到难以理喻的是,本应该庄严、肃穆、恭敬的庙宇的门上怎会有这样的近乎文字游戏的对联呢?

进得门来，正面是孟姜女的彩塑，后面是背包、罗伞两个童子，再后面便是"姜坟雁阵图"，神龛上有题额"万古流芳"。两旁的对联传说为文天祥所题：秦皇安在哉，万里长城筑怨；姜女未亡也，千秋片石铭贞。

这很好懂，对秦始皇的贬斥，对孟姜女的赞颂，爱憎分明，感情色彩强烈。庙内的墙壁上镌刻着历代文人的题咏，令我难以理解的是清代竟有四位皇帝曾来此庙，并多有题咏对孟姜女大加赞扬，这些皇帝为什么对反抗同是帝王的秦始皇的女子如此褒扬呢？百思难得其解，心中却又略有感悟。

贞女祠的后面便是"后殿"。这后殿与姜女庙有什么关联，我不大清楚，只见里面供奉着佛教中的观音、文殊、普贤三大士像，门上挂着"慈航普度"横匾一块，正面观音面容慈祥，身着长衣，双手合十，盘膝坐于莲花宝座之上，两旁男女小童侍立左右；东侧普贤手持如意，安详自如；西侧文殊手持书卷，全神贯注。

走出后殿便是山顶，有大石一块，上有许多小窝，传说这是孟姜女登石望夫留下的印迹，这便是著名的"望夫石"了，少男少女们来此留影，希望爱情永恒，坚贞如一；旁边有一方形平台，如妇女的梳妆镜，此乃梳妆台也。

在"望夫石"旁边有一六角攒尖的凉亭"振衣亭"，传说是康熙帝拜庙时宴坐更衣之处，今日登上此亭，借一孔望远镜，遥望远处海中姜女坟，心中无限感慨。

姜女庙中的景点还有钟亭、海眼等。

从姜女庙归来，已是傍晚。暮云四合，海风习习。

1992 年 7 月 29 日

留恋这座海滨城市

秦皇岛，是一座海滨城市，我国著名的避暑胜地。

夏日夜幕下的秦皇岛，别有一种风韵。

吃过晚餐，我和海南的两位一起又向海滨漫步而去，也算是一次告别吧！凉爽的海风吹到脸上、身上，一种惬意在心中渐渐地滋生。来到海滨，由于天气不太热，冲浪的人并不太多，可也不乏嬉浪者在海水中悠闲地戏玩。我也脱掉鞋袜，赤足走在沙滩上，走进海水里，海浪一阵涌来又退去，舒服极了。

嬉闹完了，我们继续往西走，前面是一条长长的石堤，伸向海中，围起一片风平浪静的海域，这便是国家体委的海上训练基地，1990 年亚运会的海上项目便在这里进行，现在海堰上还飘扬着亚奥会成员国的国旗。为亚运会专门修建的运动员村，非常漂亮。暮色中，一尊帆板女运动员的雕塑吸引了我，令我无限遐思，其设计精巧，造型生动，栩栩如生，年轻俊美的女运动员驾驭着帆板在波涛上飞驰，青春和力量，生机与健美，浑然又和谐地融在一起了。

来到亚运村前的街道上，天已完全黑了，我们兴致勃勃地在路旁的小摊上挑选着贝壳制成的工艺品，虽朴拙又显出灵巧，人工而又有野趣，带些回去，一定会留下美好的回味吧！挑到忘情处，我和他们走散了。

这是到秦皇岛以来，我第一次一人在夜晚行走。夜色中的秦皇岛，宁静安谧，灯光柔和，车辆稀少，行人悠闲，现在这是一座梦中的城市。但是由于生怕走错路，急急慌慌地赶紧根据记忆摸回去，又失去了悠然的心境。我就是这样一半悠闲一半紧张地走回了环保干校。

明天就要离开你了，秦皇岛，北戴河，山海关。默念着这些优美的音节，心中又涌起留恋之情，依依不舍的别离之感渐起渐浓。第二天中午送走了共处一周的海南两位室友，又领来隔日六点半到北京的火车票，别离，就更迫近了！

下午，没有事了，这半天可如何打发？

再访北戴河！

主意已定，午饭后，独自一人又乘车来到北戴河海滨浴场，就像一个即将挨饿的人最后的晚餐时面对着美味佳肴一样，我要把这一切装进眼中，刻在心头，带回去慢慢品尝回味。

走在北戴河的街道上，一切依旧，游人如织，熙熙攘攘，红男绿女，穿梭不息。可我心中想着，北戴河，但愿还有机会再来拜望。在沙滩上，迎着海风，我漫无目的地走着，望着大海出神，海依然阔大，只是风小了，浪平了，水却更蓝更清，更加醉人了！远处的巨轮缓缓地前行，此外，便是海天一色，无边无际。

从海边浴场回来，坐12路车，到北戴河另一著名景点：鸽子窝公园（鹰角岩）。这一处海域与浴场那一带迥然不同，山高峻陡峭，海波浪汹涌，居高临下，气魄雄伟。

进得公园来（门票3元），先要进一条地下"龙宫"，这是一条人为的幽暗曲折的地下通道，阴森恐怖，各种水仙水怪尽在其间，心情紧张地走出洞口，阳光灿烂，海风怡人，方才长舒一口气。攀到岩上的鹰角亭，左可俯瞰大海，波平如镜，辽阔浩渺，右可一览海港风貌，吊塔耸立，巨轮穿梭，一派繁忙景象。亭边立一高大的雕像，塑着一位伟人伫立海滨，身披长大衣，凝望着大海。这位具有诗人气质的领袖，不禁使我想起两千年前同为大诗人的另一位伟人，于是，诗情涌起，激情豪迈：

　　大雨落幽燕，白浪淘天，秦皇岛外打鱼船。一片汪洋都不见，知向谁边？
　　往事越千年，魏武挥鞭，东临碣石有遗篇。萧瑟秋风今又是，换了人间。

这位伟人，毛泽东！这首词便是著名的《浪淘沙·北戴河》！站在雕像下，我在想，四十年前，伟人伫立鹰角岩时，这儿是什么样子的？他是如何"神游千载，心骛八极"的？这不又是"换了人间"？

五点钟，从北戴河回到环保干校，带回来一把贝壳工艺品，也带回了对北戴河的永久记忆！

再见了，北戴河！再见了，秦皇岛！再见了，蓝色的渤海！

1992年7月30日

第二辑：圆梦北京

朝 觐 圣 地

94 次特快列车从秦皇岛缓缓地开向北京,299 公里,本来只有 4 个小时的行程,却走了近 7 个小时,早晨 6 点 48 分发车,一直到下午 2 点才终于到达北京站。

脚踏上北京的土地,我有一种强烈的感觉,这是实实在在的北京,这是真真切切的北京,这个让我魂牵梦萦的城市终于真实地呈现在眼前! 说真的,好几次,我都在梦中梦见了北京。踏进北京,我心目中的神圣感在逐渐退去,现在剩下的只有真实的、鲜活的、具体的北京,我终于梦圆北京了!

经火车站工作人员介绍,让我到玉泉路饭店去住,偌大北京,这个不起眼的饭店到底在哪儿呢? 出北京站,只见站前广场上行人熙熙攘攘,人头攒动,川流不息,今年正是中国友好观光年暨北京市旅游黄金年,怪不得旅游者纷至沓来呢! 遥望车站大楼顶端熟悉的"北京站"三个大字,感到既陌生又亲切,今生终于有机会来到北京,亲眼看到那些画报上、电视上早已熟悉的画面了。走进地铁,还是有些激动,老实说坐地铁对我来说还是头一回呢! 懵懵懂懂地坐进去,转了一圈又坐回到北京站,感到不对劲儿,向人一打听,方才知道这是环城线,要去玉泉路,须从复兴门转往苹果园方向的地铁才能行。只得重新坐回去,好在不需要再买票,权当体验一把乘坐地铁的感受吧! 果不其然,很快找到了旅馆。

这时候,才下午 4 点多钟,行装甫卸,迫不及待,马不停蹄,去天安门,去"朝觐"最神圣的地方。

我又钻进地铁,这一次有经验了,在复兴门换乘,到前门站下地铁后我走上大街!

转过两个地下人行通道,眼前是一座古城楼,翘檐飞歇,灰筒绿瓦,上下四层,中门洞开,这是多么熟悉的图景,但这一定不是天安门,一看标记:前门。我知道了,我从一个叫"大前门"香烟的烟标上见过,我从当年人民解放军入城式的纪录片上见过,我从老舍的《四世同堂》的故事中见过,一切都很陌生,一切又似曾相识。从前门转过,第一眼看见的是熟悉的图景,一座方方正正的建筑,上面是敦厚朴拙的"毛主席纪念堂"六个大字。再走过去,啊,天安门广场,我终于来到了天安门广场,心目中神圣的地方!童年时熟悉的旋律又在耳畔回响:"我爱北京天安门,天安门上太阳升""啊,北京啊北京,祖国的心脏,团结的象征,人民的骄傲,胜利的保证,各族人民把你赞颂,你是我们心中的一颗明亮的星"。在我的正面的是天安门城楼,身边是人民英雄纪念碑,石碑前高高飘扬的,是鲜艳的五星红旗。面对天安门,左侧是人民大会堂,右侧是中国革命历史博物馆,我在广场的方砖上行走,心中默想着,这块土地,经历过多少风风雨雨,这是历史的见证,时代的缩影。四十多年前,当国旗第一次升起,国歌第一次奏响,整齐的队列第一次经过,当一代伟人在此第一次挥臂致意,高呼"人民万岁"时,这里是什么样子呢?现在只有悠闲的游人在漫步,在仰望。走十分钟,我终于来到天安门前。天安门,比我想象的要高大,红粉的墙壁,圆形的门洞,上面是巨幅毛主席画像。这样近距离地观察天安门,亲手去抚摸那墙壁,一种幸福感、神圣感充溢于我的心间。

经过金水桥,穿过天安门门洞,来到背面,这里是一个不大的院落,左边是中山公园,右边是劳动人员文化宫,正面便是故宫博物院,这些地方今天是来不及去观瞻了,明天来吧,仔仔细细地看一看!

再一次站在广场上,端详着天安门,暮色中,夕阳正斜射在楼上,仿佛金光闪烁,圣地?神圣之地!我以一个虔诚的朝圣者的姿态来拜谒,来朝觐!我的耳边仿佛正回响着那句最熟悉最豪迈的湖南话:中国人民从此站起来了!

1992 年 8 月 1 日

不到长城非好汉

今天,北京是阴天,我开始了第一天游览北京的行程,乘坐玉泉饭店的一日游交通车游览了十三陵水库、长陵、定陵和八达岭长城。

　　旅行车往西北方向经过近两小时的行驶,终于到达位于北京市昌平县(今昌平区)境内的十三陵水库。老远便看见一座巍峨的高坝。我们先来到十三陵博物馆,欣赏了当年修十三陵水库时的热火朝天的画面,还有党和国家领导人纷纷亮相、万人欢腾的场面,使我对《普遍劳动者》一课有了更深层次的理解。从博物馆出来,我来到高坝上,眼前真的就是"高峡出平湖"的场景,现在是枯水季节,可水库中的水势依然壮观,只是现在湖中风平浪静,小舟轻荡,留给人的是一种恬静的美,如是洪水滔滔,恐怕是另一种景象吧。有人说,此坝一倒,北京不保,我想此言不虚。坝边上有一座高碑,碑上是工农兵群众的雕塑,反映的是中国人民的力量和气势,碑上是毛泽东手书"十三陵水库",碑基是郭沫若手书的赞词。

　　从十三陵水库往西,我们便来到十三陵陵区。所谓十三陵是明代从朱棣到崇祯十三个皇帝的陵葬群,以扇形分布在龙虎山上,我们只参观了其中最著名的长陵和定陵。

　　长陵位于天寿山主峰前,是明朝第三位皇帝成祖朱棣(公元1360—1424年)和皇后徐氏的合葬陵,为明十三陵之首,在十三陵中是建筑时间最早、面积最大、规模最宏伟、工艺最考究、原建筑保护最完整的一处墓园。朱棣是明代皇帝中最难以评价的,他是一位暴君,篡权者,杀戮者,又是一位具有开拓精神的有作为的君主。正面祾恩殿里是皇帝生前生活用品展览,能亲眼看见这些古书上常见的皇室使用的什物,使我对古代文化有一种更深切也更感性的认识。定陵是明神宗朱翊钧的陵寝,因1954年发掘地下宫殿出土大量珍贵文物而闻名于世,不过是地下寝宫,我未能造访。

　　在参观长陵、定陵前,我们先游览了神道。所谓神道是一条用条石铺成的笔直宽阔的大道,前面是一座碑亭,碑高五六米的样子,叫"圣德神功碑",是明世宗皇帝所书朱棣业绩的碑刻。出碑亭,两旁是一群石雕,叫"石象生",共有三十六尊,一边九组十八尊,先是麒麟、豹、狮、马、骆驼、大象等珍奇野兽,再有文臣、

圆梦北京

027

武将、勋臣的石雕像，都是由一块块整石雕琢而成的！

　　参观完十三陵已是中午时分，车又向西北方向开去，两边是险峻的高峰，危岩耸立，高可及云，山特别陡峭峻拔，一般都在七八十度。过居庸关，我才体味出所谓关隘的险要。两边是笔直的高山，中间是一条狭窄的通道，正应了"一夫当关，万夫莫开"的说法，易守难攻，战略地位极其重要！过居庸关不久，我们便来到八达岭脚下，这时天下起了小雨，高高耸立的八达岭顶峰在云雾中忽隐忽现，煞是壮观。参观完兵马俑、现代兵器的展览，我还是奔向长城！

　　长城，我已不陌生，在山海关，我已登上过它，并在万里长城的最东端，俯瞰大海，领略过长城的雄伟，可今天不同，这儿才是我心目中最伟大的长城，是"不到长城非好汉"的那段长城，非上去不可！于是，沿着长城的砖路，我奋力向上攀登。八达岭长城非常险峻，依山而建，从最下面到顶峰有一千多米，共有五座碉楼，层层叠叠，我走在石砖上，遥望顶端，只见长城在云雾中隐现，真像一条长龙在天际翻腾。二十分钟后，我一口气奔上第四层，我在此摄像留影，背景就是顶峰，身边是"不到长城非好汉"的碑刻。"好汉"，我就是好汉了！在五层顶峰前，我突发奇想，不再往上攀登，留一点想头，最上层就留在想象和记忆中吧！

　　天上的雨下得大起来，我冒雨走下了长城！

　　在长城上，我突然冒出了一个很有意思的念头：长城是中华民族的骄傲，是中华文化的象征，联合国教科文组织将其列为世界文化遗产，英语里它叫"伟大的墙"，传说是宇航员在太空中所能见到的地球上唯一的人工遗迹。可我在秦皇岛去观姜女庙时，人们又把同情和赞美献给了诅咒长城哭倒长城的孟姜女，这两件事联系在一起，不是挺有意思的吗？

　　另外，今日虽然在雨中登长城，未能看到长城蜿蜒群山的气势，但我并不觉遗憾，云烟中的长城不是更有一种肃穆、神奇的魅力吗？我为奥琳买了一件文化衫，上面写的是"我登上了长城"，我感到骄傲。

　　在当晚的旅行日记中我写下了这样的诗句：

雨中登长城

雾霭迷离愈峻险,当年倚绝却寇顽。

今日雨中数箭楼,只差一步到峰巅。

从山海关到八达岭

五日长城上两关,龙首龙腰比峻险。

还思一日戈壁去,嘉峪城头说观感。

1992 年 8 月 2 日

沉浸在两座名园

今天一整天,北京都笼罩在蒙蒙的烟云雾霭中,下午竟下起霏霏细雨来。我还是乘玉泉饭店的旅游车,花十五元钱游览了亚运村、大钟寺、圆明园和颐和园。

先是亚运村。东行半小时,来到位于北京正北方向的北四环中路,游览的第一站便是亚运村及国家奥林匹克体育中心。亚运村由北辰实业集团建造,亚运村内高楼林立,建筑华丽新颖,但我只从远处遥看了一眼,游览的重点是国家奥林匹克体育中心。

国家奥林匹克体育中心是亚运会主要比赛场馆,在这里决出了八十多块奖牌,占奖牌总数的三分之一。国家奥林匹克体育中心的建筑造型特别,既有民族特色,又有时代风格。我先参观橄榄球比赛场馆,这里正在进行一场足球比赛,观众寥寥,但看那场馆实在漂亮,想来亚运会时这里一定非常热闹;接着又去东门看亚运吉祥物盼盼的雕像,高几十米,许多人以此为背景摄影留念。然后,我又进英东游泳馆参观,里面正在进行全国游泳达标赛,那池水真清,清到能看清水底的一切,真好!运动员的比赛身姿清晰可见,非亲眼看见、身历其境,你绝难感受到那种气韵。由于时间所限,只待了十多分钟我便回到旅游车上。

参观完亚运村,我又来到大钟寺,顾名思义,大钟寺,是因为大钟有名也。

在寺前有一口大钟,是第十一届亚运会时在主体育场撞击十一响、象征着亚洲人民团结友谊进步的那口钟。今天星期一,寺里在维修,停止接待,但服务员破例接待了我们,各式各样的时钟显现眼前,铜的、铁的,唐朝的、元朝的,应有尽有,琳琅满目。

在大钟寺的正殿里,悬有一座高五六米,重达四十六吨的大钟,是明永乐年间修造的,它的重量列世界之四,上面镌刻的经文有二十三万字之多,令人难以置信。

参观完大钟寺,我便来到圆明园。来北京不到三天,在参观的景点中给我震撼最强烈的是天安门,其次是长城,排名第三位的便是圆明园。

在圆明园,我第一眼看见的便是熟悉的大水法,远瀛楼遗址,在历史教科书中经常见到的那个。这里原来是皇帝观看喷泉和接待外国使者的地方,是原圆明园的五十分之一。看着那残垣断壁,摸着那零乱巨石,我的心为之怦然,一叠叠巨石胡乱地堆砌,你可以想见过去年代的繁盛。

据记载,圆明园是清朝(公元 1644—1911 年)鼎盛时期修建的帝王御园,由圆明园、长春园和绮春园(后改万春园)组成,占地约 5200 余亩,比故宫、颐和园都要大许多。它是我国建筑和园林艺术的杰作,继承了我国优秀造园技艺,挖湖造山,移天缩地,搜罗名贵山石,种植奇草异木,仿建众多江南名园胜景,引进风格特异的欧式建筑,形成百余处风景群组,被誉为"万园之园"。但所有中国人都不能忘记,这座举世瞩目的名园,竟于 1860 年 10 月第二次鸦片战争时被英法联军野蛮洗劫和焚烧,沦为一片废墟。

现在的圆明园,还可看见许多断碑巨石,那是烈火烧不掉的见证。八百亩的福海已灌满了水,虽不及昆明湖大,也颇有规模,许多工人正在维修,北京市政府正准备整修遗址公园。我想,还是保留原貌好,让我们的子孙来好好瞧瞧,落后挨打是什么样儿的。

在远瀛楼遗址前,我想留张影,可这儿偏偏没有照相摊,真乃憾事一件!

从圆明园出来,便到颐和园。导游图上介绍说,颐和园是我国现存最大的一座古代园林,原是金、元、明、清四代皇帝的行宫花园,清光绪十四年(公元1888年)年,慈禧太后挪用海军经费再次兴建,改为颐和园。

颐和园占地四千多亩,水面占三分之二,如果一个人从头到尾,每一个景点游览一遍,一天也不行,我在里面待了四个钟头,最多也只看了三分之一。

颐和园分山水两部分。我从仁寿殿往西行,在万寿山上游览,曲径通幽,建筑成群,手拿着导游图我还是晕头转向,不知西东,只是凭感觉顺路而行,高低错落,楼台亭阁,看花了眼迷了心。老实说,对这些我已没有了兴趣,这就是所谓审美疲劳,在这些优美的景观中看久了,审美情感呈饱和状态,不再有新鲜的刺激。于是我从山上下来,来到昆明湖边。湖真大,碧波荡漾,清澈如玉,湖面上游轮穿梭,好不清美,遥望对面朦胧一片,影影绰绰,如梦如幻。不由得想起毛泽东主席劝告柳亚子先生留在北京时吟咏的两句诗:"莫道昆明湖水浅,观鱼胜过富春江。"在这里,昆明湖成了北京的代称。湖边有一条彩画长廊,据介绍,有700多米长,这是我所听说的最长的画廊。顺着长廊沿湖边我游览了智春亭、十七孔桥,后来就回到东大门。

颐和园里没有去的地方有智慧海(未走到)、谐趣园(未走到)、佛香阁(门票太贵)、大戏楼(此为慈禧观戏的所在,有她乘坐的小汽车,我极想去,但门票太贵)。

感触最深的地方是玉澜堂,光绪皇帝的寝宫,戊戌变法失败后,光绪就被慈禧太后囚禁在这里,本来有穿堂与外界接连,可让太后派人用砖封死了。那墙还在,我想当年光绪帝被软禁在这里面,过着囚徒般的生活,面对烟波浩渺的湖水,他做何感想。

1992年8月3日

文化的游历，历史的探秘

——大观园天坛游记

今天是我在北京游览名胜的第三天。也是首次单独出游。这部游览交响曲的开头乐章并不好。昨晚让电风扇吹得着了凉，拉肚子，昨晚上又喝多了浓茶睡得很不踏实，早晨起来，头昏沉沉的，这还是到北京以来首次失眠，因为旅游太累，这些天我每晚倒头便沉沉大睡直至天明的。而且早晨天不太好，灰蒙蒙的，天气预报称北京今天有中雨转雷阵雨。虽然有这些不利因素，但我还是打起精神投入北京之旅第三天的行程。

先来到天安门广场，看天气果然阴沉，可毕竟未下雨，趁这机会，抢拍两张照片作为纪念吧。一张以天安门为背景，一张立在纪念碑下。然后还随着人流去瞻仰了毛主席遗容（这留待明天再说），再从前门乘 59 路车，到位于北京市西南隅的南菜园去造访了依据古典名著《红楼梦》而设计建造的中国式古典园林——大观园。

文化的园林：大观园

现在，我终于来到了演出过一幕幕缠绵悱恻爱情悲剧的大观园来参观游览。和颐和园不同，大观园小巧别致，完全是按照曹雪芹的描写而设计建造的。它的建造力争忠实原著的时代风尚和具体描绘，集红学学术、古典建筑技术、传统造园艺术之精华于一园。

拿着导游图，我开始逐一游览。但是刚开始时我还是在幽曲的小径上迷失了方向，由此我十分敬佩园林艺术家复原了曹雪芹用文字设置的构想，进而更加疑惑曹雪芹怎样用自己的想象构筑了一个如此繁复的艺术园林，这在中外文化史上也是空前绝后的。游览南半部分，潇湘馆（黛玉），修竹数竿，清幽淡雅；怡红院（宝玉），花草繁茂，高贵敞亮。然后，来到省亲别墅前，高大的牌坊，上书

"皇恩同庆",后面是大观楼,我一直寻找宝钗住的蘅芜苑,看一看这个"金簪雪里埋"的宝二奶奶的居处,终于在东北角找着,没有花,只有草,不事修饰,甚符合其性格特征也。

在有限的参观游览时间内,必须做出选择,挑选你认为最有游览观光价值的地方。出于对文学名著《红楼梦》的热爱,我选择大观园作为了自己观光的第一站,此中深意在于,通过直观的形象感受,去更深层地体悟《红楼梦》的意蕴,感受它的艺术魅力!

历史的遗迹·天坛

游览大观园,回到前门,再搭车去天坛公园参观。因为天坛的祈年殿的图像早刻入我的脑海,此番便希望亲眼见到其真实的形象,去获得一种更深入的感受。

天坛公园不大,结构也不复杂,游人也不太多。看着导游图的介绍,这是我国最大的一处坛庙建筑,建于明永乐十八年(公元 1420 年)。从西门入,先看了斋宫,这是皇帝斋戒的地方,两重院墙,两道深沟,我想,骄奢淫逸的皇上老爷,也在祈求风调雨顺,祈求天下太平,也好称心如意地享受,国便是家呀。

再往前行是一条笔直的通道,我来到天坛主建筑前。这儿分南北两组建筑,南是皇穹宇和圆丘,皇穹宇是存放"皇天上帝"牌位的地方。皇天上帝乃总神,另外,风雨雷电、日月星辰都是供奉拜祭的神灵,对不可抗拒的自然规律,连皇帝也无可奈何。另外,皇帝祖宗也在供拜之列,也上升为神。圆丘是白色三层园坛,是皇帝每年冬至日祭天之所在。据介绍,设计都与九有关,预示着吉利尊贵。北边便是有名的祈年殿,三层宝檐,以前我以为里外都是三层,其实内里是一层,全楼为木质结构,有意思的是其中的柱子都是有象征意义的,中央四根描金彩绘,象征春夏秋冬四季,周围二十四柱象征二十四个节气。由此我体会到建筑的政治内涵,特别是中国古代的建筑艺术(尤其以皇家建筑为最),它的建筑设计都与伦理规范密不可分。

走在连接祈年殿和皇穹宇之间的丹陛桥上,骄阳似火,极目四周,天高地阔,京城巍然,一种庄严的神圣的感觉油然而生。

天坛中有名的古迹还有回音壁,七音石,都是古建筑中声学艺术的杰作;九龙柏又让人产生神思,为什么单单生长在这块地方?

北国归来遇雨

终于要结束半个月的求学、旅游生活,终于要回家了。想到就要回家了,一种享受了孤寂后的温馨,经历了焦虑后的解脱,便更强烈而鲜明。

早上6点便起床,打点行装,准备起程,可还有十几个小时呢! 我结算了住宿费,收拾好行李,赶往北京站,欲存起包裹,再轻松地在北京溜达半日。唉,还是那么多人,好不容易到九点多才存起行李,马不停蹄赶回广场。接着便是北京之行的最后段落——故宫之游。走马故宫,用了三个多小时。12点钟出来,想想还有六个小时,到北京繁华的商业街——王府井去逛逛吧。

这些天,我所游历的绝大部分地点都是风景名胜,对北京市容市貌缺少感性认识,比如人们常说的十里长安街,该是什么样儿的呢? 我住玉泉饭店,在复兴路上,是与长安街相连接的,但每次来到前门,都是坐地铁,轰隆轰隆一阵便到了,快则快矣,可除了结构相似的地铁车站,什么也看不到。于是搭乘一辆中巴,到王府井去,车经过天安门广场西侧,转入东长安街,看街道两旁,除了人多,房子高些,也无什么特别的感受。王府井实在令人失望,一条狭窄的小街,宽不过十数米,与我想象中的繁华大街相去甚远,独行不太远,我更懊丧,失去了再去逛逛的兴致,于是便回到车站。

为了对付那十七个小时旅程,我做了精神和物质两方面的准备,赶紧找地方吃上一顿,填饱肚子,再就是买上几份报纸杂志用以消磨那难挨的时光。终于,火车徐徐地开出北京站。

再见了,北京! 再见了,天安门、长城、故宫、圆明园、颐和园、天坛、亚运村、十三陵、大观园……一切都已刻入我的记忆中。

来到天津，天渐渐地黑了，什么也看不见了。在北京走时，是晴天，可是进入山东地界（过德州），外面竟渐渐沥沥地下起雨来，且越来越大。火车在济南停了一个小时，雨还在不停地下着。车过泰安，天渐渐亮了。到兖州，已完全亮了，这时，雨也停了。到徐州，正是晴天，太阳红艳艳地照着。中午12:40，在晚点近一小时后，火车抵达南京站。

坐在车上，想着此次旅行，历时十五日，行程三万里，这是我人生旅途中的一次重要经历，它大大地丰富了我对历史、文化、艺术、社会等多方面的认识，特别重要的是独自一人远游，对于我，不啻是一种考验，一次挑战。

在秦皇岛，除再访北戴河而外，我都是和海南的陈、吴二位同行，而在北京，前两天是随"一日游"交通车出游的，后两天就完全是"独游客"，自由自在，独身一人。

独行的乐与苦，坐在故宫太和殿后的台阶上，我突然地想到这个话题。

先说乐。独行有一种轻松感、自由感，身背行李，独自一人，无拘无束，要到什么地方就去什么地方，要怎样走就怎样走，不必等待，无须紧张，挑感兴趣的地方多待一会，不乐意看的地方，大可不必附庸风雅去观赏，可以遐想，可以静坐。情绪好，多走一会，困乏了，偷点懒也无妨。

但独行，也有其苦处。首先是孤独。游览、观赏本是赏心悦目之事，所观，所想都需要有一对象倾诉、交流，看到身边一些小伙子驴唇不对马嘴地向情人介绍，小姑娘们居然听得津津有味的情景，心中油然而生一种无法倾吐观感的孤独和寂寞。

其次是无味。老是一个人，时间长了，美好的景观，悠久的文化，犹如吃多了山珍美味，味觉不够灵敏一样，审美感缺少了强有力的刺激，不能激起新鲜感，也就觉得观赏无味。这种感觉随时间流逝，越来越强烈，这时如果身边有个伴儿，也许会变换些花样，增加些新鲜的感受，观赏也许会更津津有味些。

再次是懒散。因为是独游，于是就我行我素，而旅游是个苦活儿，特别是旅游旺季旅游的人特多,车特挤,也特累。少个伴儿,也就少了些激动。偷懒的心理更潜滋暗长起来,能省些力就省些力吧。加之舍不得掏昂贵的门票钱,于是省去了若干地方,回想起来,便多几分遗憾。未去北海,未上天安门城楼,未进人民大会堂,便是我北京之行的缺憾,其原因就在这里!

最后是羡慕。像我这样的独游客是为数尚少的,大部分是呼朋引伴,挈妻将雏,看到别人的热乎劲,亲昵劲,心中便平添几分羡慕,也越发地显出自己的形影相吊来,虽处在热闹的地方,茫茫人海,可是如同处于沙漠中一般,无边无岸,独来独往。

其实,世界上任何事物都如此,有苦也有甜,有愁方有乐,苦甜相生,相依相化,也只有品尝了辛苦的滋味后(包括独游之苦),才能回味无比美好的感受!

思绪纷乱,难以厘清。诸般滋味,不可名状。但我知道,生活总是在继续,我的旅程还要进行下去,回到南京,不敢懈怠,马不停蹄地赶往中央门长途汽车站,买好了车票,其时,衣襟已让汗水湿透。平心而论,此次北行,诸事方便,一切顺利,没有闪失,可是回来时,到南京还是遇到点小挫折,也算为此次北行增加点色彩吧。先是未买到去张集的车票,只能坐车到乌江。其次,一把小折扇跟了我十几天,却稀里糊涂地丢掉了。再次,车过长江大桥天空突然阴了下来,接着又是风又是雨,心中不免焦虑,到乌江怎么办?还有,下得车来,无意中竟摔了一跤,狼狈极了,从北京买的糕点撒了一地,只好去重新包扎。最后到乌江车站,只差几秒钟未赶上去张集的车,只好又等了两个多小时。好在结局颇佳,功德圆满,平安到家,只是已疲劳不堪矣!我想着这应是老天眷顾,特意安排一场好雨,让我洗却旅途的风尘吧!这正是:北国走马已半月,秋风阳光三万里。知我远来应疲敝,兜送清凉洗倦意。

1992 年 8 月 6 日

北国行旅拾穗

　　十五天行山与水，三万里路云和月，途中有许许多多趣事，有意义的事，现择其一二，聊以备忘。

一、小事效应与城市印象

　　十五天，经过四个城市，实际上对每座城市印象都很肤浅，简略，往往一件小事，会使其产生弥久的印象，根本改变你对某城市的看法。

　　比如：走南京，上得车来，满身是汗，身旁的本地老太婆一直在嘀咕："外地人脏，气味难闻，大热天的不在家待着跑到南京来。"我忍不住要大声呵斥："南京，是你家的？ 要讲究，坐的士去！"印象陡然地坏了，南京人，太自以为是。

　　再比如，在天津，百货公司门前，看见有人坐那儿吸烟，于是我也找方地块坐下，掏根烟吸起来，抽完顺手扔在地下。这时，走过来一位老头一指烟头："罚款。"刚刚他明明看见我在抽烟，可并未制止。等你违犯规矩，他来罚你款。这时，旁边那位正坐那抽呢。掏吧，两元钱。心里沮丧得不得了，愤愤难平。转过弯一看，旁边还有人躺在那儿抽呢，也来罚款吗？ 对天津城一点美好印象蒙上一层阴影。

　　再举一个例子。在北京，有件特别令我感动的事情。我正在前门站前等车，准备坐59路到大观园去。正好找到59路站牌，59路是从大观园到前门的，我想车可能在此掉头，等吧。可又不放心，于是向身边一位四十多岁的中年人打听："请问，到大观园是在这儿等车吗？"他说："59路到大观园吗？"我说："站牌上有呀！"他告诉我："那就在这儿等吧！"放心了，我拿一张报纸，边看边等车，可好长一段时间过去，依然没有车的影子。这时只见那位中年人又过来了，说："对不起，是我说错了，59路车在街对面等，对不起，让你错等了。"我感动地说："真谢谢您啦！"一件小事，平平常常，北京人的热心、知礼、好客，已深深地刻入我的脑际里,对北京首都的美好印象更具体、深入了。

二、参观券与导游图

导游图者,引导人游览的地图之谓也。参观券者,门票之雅称也。这两样都是旅游者所必不可少的。

在出发之前,我所做的准备事宜之一就是准备一本袖珍中国地图册,至少要对自己要走的那些地方有一些确切的了解吧,别说,它还真的帮了不少忙呢!

南京一日,我未买交通图,一则对南京我比较熟悉,二则,在南京待的时间较短,又无游览任务,只是候车而已,所以能省则省吧!到天津,大天津,我可是很茫然的,于是走出天津南站,第一件事就是买一张天津市交通图,因为,马上赶往天津东站,总不能连东南西北也分辨不清吧。从天津走后,我才发现,在天津我所走的范围是何等可怜,这张图实际上已失去导游的作用,只有纪念价值,表明我来过天津一趟,作为谈资与凭证了。到秦皇岛,恰好同室的海南两位有导游图,才省得买一张来。可离开的时候,还是花五角钱买了一张北戴河游览图,从使用价值来讲等于零,也只有纪念意义,将来帮助我回忆这段难忘的日子。

北京旅游图我买了两张,分担了使用和纪念两种价值。下火车,在北京站先买了一张北京旅游黄金年北京交通旅游图,它可真的发挥了导游的职责。前两天,做交通车,它起到辨识方位的作用,后两天,它是真正的导游者,我先从图上找出要游览名胜的地点,车次,候车点,同时,它又成为我写游记的凭据和资料来源。这张图,北京几日,手摩包压,边角都破损了,图示也变得模糊不清。为了珍视对北京的感情,临走时,我又珍重地重买了一张北京交通图,崭新的,完好的,我将珍藏它,当作"好梦成真"的信物!

另外,圆明园和故宫,我还分别买了导游图和"导引资料"。圆明园导游图的印刷最精美,色彩逼真,既可导游,可又作精美的图片收藏。

说起门票与参观券的区别:门票的职责主要是作为收款凭证,参观券还有收藏、纪念的意义。我在北戴河和北京游览名胜门票共花费七十二元钱,最贵的是山海关老龙头,其次是长城和故宫,最便宜的是山海关天后宫、天坛入门、圆明园之入门,只需五角。可到一个旅游景点,你欲游尽它,必须反复掏钱,进门要钱,园中还有园,再交。颐和园入门,两元,要进佛香阁,再交十元;进定陵,一元,要进地下宫殿,十元。在所有门票中,北京奥林匹克体育中心,两元券买了两次,先是未听清司机交代的时间,提前出来,只好再掏钱,重新走马一过。

在总共 24 张参观券中,印刷最讲究的是山海关老龙头"拾元参观券",正面是老龙头的彩色图片,巍峨的城楼,雄伟的城墙,正如巨龙卧饮,淡蓝的天空和深蓝的海水相映衬,美轮美奂。背面是老龙头的自然风貌和修复情况的简略介绍。其次是北京大观园的"伍元参观券",印刷质量也属上乘,正面是红色的衬底,金色的大字,中间是大观园正门图片,背面是导游图,游人可手持此券,既可欣赏,又兼导游。还有长城(八达岭)、故宫的参观券。印刷最差劲的参观券有:天下第一关三元券,天坛伍角入门券,姜女庙门票,鸽子窝公园三元券,一张纸而已也。

看来要提高旅游服务质量,门票制作也是重要一环,切不可认为这是小事而等闲视之,这将影响到游客对旅游景点的印象。

三、旅游纪念品与纪念意义

旅游纪念品,对旅游部门来说是创汇的一条途径,又是宣传的一种手段,对旅游者来说,具有纪念意义,既可以据此勾起对名胜的美好回忆,也可以馈赠亲友,分享快乐。此次北行,我在旅游途中,也收集了不少纪念品。

秦皇岛,海滨城市,避暑胜地,所选纪念品大部分是与海有关的贝壳工艺品,那新颖的设计,巧妙的制作,令人叫绝。我面前有一尊"双鸟小烟缸",底座是三个倒扣的贝壳,中间有一个小海螺,螺口中便是放烟蒂的所在,最上端有贝壳粘起的小鸟,几笔辅助勾勒,小鸟活灵活现,妙不可言,令人爱不释手,另外,此类的工艺品还有小白兔、小宝塔、小刺猬等。价廉物美,精巧实用。

北京,是祖国的首都,名胜古迹,遐迩闻名,所选纪念品标明古迹名称,如长城上买的手提包,正面是长城图案和"中国长城旅游纪念"的字样,背面是毛泽东大气磅礴的诗句手书"不到长城非好汉",拾拎起它,正如我买的一枚胸章上所写的一样,具有昭示作用,我登上了长城。另外,除一枚长方形红色的天安门图案的胸章外,天安门香烟和酒,纪念堂的香烟和筷子,颐和园的手帕等,都有这种作用。

我认为,在秦皇岛和北京所购的纪念品(小玩意)各具特色,各尽其妙,都有浓郁的地方特色,海滨城市海之韵,古都古迹古特色,所以当我带回来这些,晓玉和奥琳都欣喜不已,说明我的选择是有意义的。

这里还要补充说明的是,有一袋乱七八糟的东西我一直视若珍宝,不忍舍弃,那就是在北戴河海滨游泳时,从海边捞取上来的贝壳一类的东西,虽不优美,却是我的宝物,凝聚着我对海的痴迷,后来发现其味难闻,原来其中的生物尚在滋生,一掬起来,腐烂发臭,只好再去洗净晒干。现在这袋东西还在我的包里,我视之超过一切造型精美的工艺品,其原因自不待言,假以时日,我将亲自粘贴,使其成为我最珍贵的藏品!

四、五帧摄影与五次抉择

此次北行,最大遗憾就是未带相机,因此失去了众多美好瞬间的回味。因此在有限的资金中选择的纪念照就显得尤为重要,在游览胜地时,我摄影五帧,做了五次选择,下面分别述之:

1. 海滨凝眸。这是我所摄的第一帧照片,在北戴河海滨,老虎石前,我身着泳衣,面对大海,笑容灿烂,站在海边的沙滩上,海浪涌来,无限惬意。

2. 关楼傲立。山海关天下第一关城楼前,巍巍高楼,雄伟挺壮,磅礴大字"天下第一关",气势不凡,傲立楼前,思古之情油然而生。

3. 长城烟雨。万里长城八达岭,险峻雄伟,横亘山岳,烟雨霏霏,忽隐忽现,一片迷蒙,越发宏伟,手抚铁栏,凝眸深望,长城啊,长城,不到长城非好汉。

4. 天安门前。摄于天安门广场,祖国的心脏,最令我激动与热血沸腾的地方,世界上最广阔的广场,古老的城墙,焕发着青春,神圣的纪念碑,缅怀着英烈,鲜艳的五星红旗,飘扬在云天。没有太阳,烟云朦胧,但心中有一轮鲜红的太阳在冉冉升起,在光耀万丈。

5.遗址凝思。这是一帖未完成的摄影作品,天下雨,公园里摄影人员早溜之乎也,只得空叹奈何,但我心中自有一幅画面:残垣断壁,乱石嶙峋,远瀛遗址,勾人深思,凝神仰望,心胸沉重,表情严峻。

五帖摄影,是指照相五张,是四次完成,天安门广场摄影两次,原计划在圆明园摄影一张,因故未能如愿,可惜矣哉!都是邮寄回来,还不知对方是否守信,照片寄来否?

1992 年 7 月 23 日至 1992 年 8 月 6 日

第三辑：深秋高原

飞抵彩云之南

11月12日,时序进冬,天气转寒。省教育厅第39期高中校长岗培班的云南社会考察之旅开始了。

下午4时,大巴从合师院西门出发至骆岗机场,晚6时50分登上东航MU5591航班,经过两个半小时的飞行,穿过安徽、湖北、湖南、贵州的碧空,飞越1670千米,飞机进入云贵高原地境,从舷窗俯瞰,白云缭绕之下,是绿色点缀的大片连绵的红色土地,山岳江河,村庄田野,在赭红色的掩映下分外美丽。终于于晚9时10分至南国春城——昆明巫家坝机场。走出机场航站楼,夜色下的春城,明亮而宁静,一股清新凉爽的气息拂面而来,顿时给人一种舒心怡神之感。

彩云之南,七彩云南,我们的行程就要开始了。我们张开了全部的感官和心灵,准备进行一次全新的考察与体验。8天的时间,我们将在这红土高原上感受你的美丽、奇异与温情,并带走美好的回忆和深沉的眷恋。

晚宿昆明检察官培训基地,环境不错,设施尚好,室友们去打牌取乐,我躺在床上,脑海中涌起云南印象,这就是我心目中的云南也。

中国地域辽阔,众多地方是以地域重要实物标识的方位来区分命名,如山东山西(太行山),湖南湖北(洞庭湖),河南河北(黄河)。云南地名的由来,有人说是取云岭南边之意,但我更愿意相信另一种富有诗意的说法——以"彩色之云"为方位标识。不是在群山的那边,大河的彼岸,而是在彩云的南方。居住在北方的人们,把那片遥远、神秘、美丽而又充满浪漫气息的山水,称为彩云之南,七彩云南。

云南地处世界屋脊青藏高原东沿的延伸地带、地势相对较平缓的云贵高原,因属地有风光旖旎的滇池而又简称"滇",或直接简称"云",是我国的南疆门户,是众多少数民族聚居的地方。

从青少年时代起,我便对这片热土有着神奇的向往和悠远的情思。我喜爱旅游,喜欢观察各地的地理风物,研究各地的风土人情,我把它当作开阔视野、增长见识、陶冶心灵的一种生活方式,和书本阅读一样,是我的生命中最快乐的光景。其实我就是把它当作又一种阅读来对待的,实体的,实在的,实践的。这也就是古代读书人所欣赏、渴望的"读万卷书,行万里路"吧。所以每到一地,我首先要做的是购买当地的旅游地图,不仅是为了辨识路径,为了记录行程,更是为了把玩、品赏和神思。数十年来,我已收藏有数百件,在我的书橱里,它和那些人类文化的载体和智慧的结晶——书籍并行排列着。每当读书疲倦或者心情烦闷之时,我便展开这些地图,让目光在这里游走,让精神重新回到过去,让心灵再次涌起当初游览时的感受,我把它称为"精神的畅游"。

作为一名文学爱好者,文化传承者,云南在我心中的最早意象是火红的木棉花和整片的红土地。记得二十世纪七八十年代有一场自卫还击的局部战争,产生过一部有轰动影响的小说,叫《高山下的花环》,那南国的硝烟、感人的故事就一直萦绕在心中,那里就是云南。那时的云南,还是阿诗玛和阿黑哥的情意缠绵,是公刘和白桦军旅诗歌的清新刚健,后来是金庸的《天龙八部》中段誉和大理古国的神秘莫测。

作为地理和历史痴迷者,我的云南是大理南诏国的悠远,是抗战时期滇缅生命大通道的壮观,是苍山洱海的明丽,是"春城无处不飞花"的飘逸。

其实现在在我的心目中,云南最诱惑我的、让我惊叹的是一所大学——西南联大。我经常想,在国难家仇,民族危亡的时刻,一群弱不禁风、瘦弱贫困的文化人,一群教授和学生,在恶劣严峻的环境中,在简陋寒碜的条件下,孜孜以求,埋头苦读,那是文化传承的种子呀,那是文明不息的血脉,那是民族伟力的展现!因此,到云南,到昆明,去拜望西南联大的旧址,就是我的最大念想与动力之源。

想着这些,我在遐思中沉入梦乡。

2011 年 11 月 12 日

经过大理初进丽江

昆明的早晨，比合肥要来得晚些，7点过了，天还没有大亮，行人稀少，街道还静悄悄地沉浸在蒙眬的睡意里。

从昆明往北，车行在云贵高原上。早晨的太阳从云层里透出，天空显得分外纯净与明澈，一缕缕雾岚从山腰浮起，缥缈如絮，在山麓间轻柔地飘散。由于雨量充沛，阳光充足，高原的植被十分繁茂，色彩艳丽，生机勃勃。

中午时分，车至大理。首先映入眼帘的是一片清澈的水，空阔辽远，碧蓝荡漾。啊！洱海，一个早已在心中刻下的纯净而又神奇的名字。仰起头来，一片青山，郁郁葱葱，在艳阳照耀下，如诗如画，这便是苍山。苍山雪，洱海月，是多少游人心中的梦想，今天，我见到了苍山顶上零星的雪，只可惜这是白天，只能见到骄丽的太阳，而不能欣赏月影在湖的美景。

午后游大理古城。古城的街道不长，两排街面平房，店铺林立，中间是一带浅浅的流水在蜿蜒地流淌。步行其间，让人顿发思古之幽情。登上有郭沫若书写"大理"二字匾额的30米高的五华楼瞭望，古城曲巷，游人熙熙攘攘；洱海碧蓝，倒映着白云蓝天，尽在眼底也。五华楼始建于公元863年，是南诏国的国宾馆，又是政治、文化中心，被誉为"天下第一楼"。

参观过古城，又观看了白族"三道茶"风俗文艺表演。一群白族的青年男女，载歌载舞，歌声婉转悠扬，舞姿婀娜多姿，尽情展示着民族的风情。三道茶，演绎的是人生的三种形态，三段过程：一道苦，二道甜，三道回味无穷。节目中表演了一对白族男女婚礼的仪式，所谓的"掐新娘"是最独特的风俗，掐得越狠，祝福越深。白族的服饰、礼仪、风情，青年男女的热情、鲜艳、俏丽，给游人带来欢乐的笑声和独特的印记。

大理古城，苍山如屏，洱海如镜，我们还要回来的，因为这里还有"三塔"。

告别了大理这座历史古城，我的思绪还在久久回味，旅行车又把我们带入暮

深秋高原

色中的丽江，让更大的惊异充满了我的眼睛，又直入我的心间。

丽江，美丽的古城，神秘的世界。纳西族，东巴文，泸沽湖；艳遇，浪漫，还有神奇，一齐萦绕在我的怀想中。

下午欣赏完白族"三道茶"表演以后，我们便朝古城丽江出发。出大理城，旅行车便行驶在一片狭长的山间盆地之中，一边是莽莽的苍山，一边是蓝蓝的洱海，中间是平坦的农田。冬日的田野、村庄，本来应是萧条、冷寂的，但在此，却是一片葱郁，分外宁静而清新。车行不远，导游指着苍山山麓的一块不深的峡谷，说那便是著名的蝴蝶泉。啊，蝴蝶泉。我们这些人，最早知道大理这个地名，就是缘于二十世纪六十年代的一部反映少数民族幸福生活和青年男女甜蜜爱情的电影《五朵金花》，那里有一首至今仍在传唱的歌曲就叫《蝴蝶泉边》，"大理三月好风光，蝴蝶泉边好梳妆……"我们情不自禁地轻轻哼着这优美的旋律。在洱海的对岸，有一座白色的房子，那是白族人民心中的孔雀——杨丽萍的旧居。

经过 4 个小时的颠簸，穿过玉树和鹤庆全境，晚 8 时许，车入夜幕下的丽江古城。

丽江，拥有三项桂冠的世界遗产胜地，一次地震，让丽江因祸得福，浴火重生，而被世人知晓。1997 年 12 月 4 日，丽江古城列入《世界文化遗产名录》；2003 年 7 月 2 日，以丽江老君山为核心保护区的"三江并流"（澜沧江、怒江、金沙江）风景名胜区被列入《世界自然遗产名录》；同年 8 月 30 日，纳西东巴文献又进入《世界记忆遗产名录》。文化、自然、记忆，三个核心词语，极其准确地定位丽江的特征，骄傲与光荣。

丽江古城位于云南滇西北高原丽江坝子的中部，海拔 2416 米，始建于宋末元初，迄今已有 800 多年风雨沧桑的历史，现在的古城由大研古镇（含黑龙潭）、白沙民居建筑群和束河民居建筑群构成，其主体为大研古城（狭义的丽江），其居民以纳西族为主，占 70% 以上，所以丽江又称为纳西人的家园。

吃完晚饭，行装甫卸，我们一行便不顾旅途劳顿，立即结伴深入古城探幽寻奇。穿行其间，灯火璀璨，游人如织，石板铺地，青瓦覆顶，红门紫廊的街道，宛若穿越时空的隧道,让我们从滚滚红尘中进入超凡脱俗的境地。

走完一圈,虽然疲劳,但心中熨帖了许多,今夜睡得很好。

2011 年 11 月 14 日

登上玉龙雪山亲近雪

玉龙雪山,是 13 座 5000 米以上的雪峰的统称,13 座雪峰,横向排列,峰顶终年积雪不化,宛然一条腾空于高原之上的白色巨龙,故称玉龙。这是迄今为止人类没有征服的山峰之一。

昨夜入住古城假日酒店,睡得沉稳踏实,真是到了古城,便超脱了俗世凡尘,心静自然好睡。

早起走出宾馆一仰头,便见一排高峰直立于古城的北端,山势高峻,山色葱茏,山顶白云缭绕,积雪点点,群峰在白云中忽隐忽现,一会儿隐没于云雾之中,一会儿又显露出俏丽的面容。那云层之上的白色峰顶,在太阳的照耀下,仿佛是天上的神殿,那是神居住的地方啊!车子一路往北,阳光洒在群山之上,明亮圣洁,由于海拔较高,身上感到有些清冷,但心中早已是澄明一片,温暖一片。下午 1 时许,开始登山。登山有两条线路,一条为短索道,只到半山腰的草甸,可近距离观赏雪山美景;一条为长索道,可直上峰峦,零距离地抚摸亲近冰雪。原来的行程安排只到草甸,导游询问大家的意见,全车同行一致要求改变行程,上大索道,登扇子陡之顶,不惜多花 100 元索道费。

缆车在不断地上升,心儿在不停地颤抖,45 分钟后,缆车把我们从海拔 3365 米的山脚升至 4506 米的半山处,下缆车后继续朝上攀登高 190 米的台阶,到达 4636 米的平台,这是能到达的最高处,离峰顶只有咫尺之遥也。一步步向上挪动,头昏脑涨,胸闷气短,两腿乏力,但为了心中的目标,依然亦步亦趋地向上攀行。登上平台,山风凛冽,眼宽心阔。

碧绿的冰川,万千冰塔就在脚边,脚踏着雪,手摘把云,甚至学着孩子一样,手攒一捧冰冷的雪球,抚摸冰雪;俯瞰东边群峰,层峦叠嶂,云霭起伏,想着万里长江就深藏在峡谷迷雾之中,心中充满着神奇的遐思。

今日的行程安排得十分紧凑,游览的内容也十分丰富。早晨登山前参观了束河民居建筑群,接着观赏了张艺谋执导的大型实景演出《印象丽江》;然后去游览蓝月谷;登山归来,又去东巴教的圣地玉水寨参观;晚又漫步在丽江古城中,购丽江扎染之披肩与围巾。

2011 年 11 月 15 日

啊,神的香格里拉

香格里拉,这是一个充满神奇神秘神圣的谜一般的名字,一处心中的神灵居住的仙境,一块纯净的诗意遐想的土地。四个字——香格里拉,早已烙在心中。

今天,我们就在赶往香格里拉的路上,朝圣的路上。

早晨7点,旅行车从古城假日酒店一路向西进发。绕过一圈圈的盘山公路,两旁是茂密的冷杉和云杉,深秋的山野并不荒凉。转过山弯,眼前是一条窄窄的水流,导游告诉我们,那是金沙江,在远远的山边,江水转弯处,就是万里长江第一湾。我们熟悉金沙江是缘于伟人抒发长征情怀的气势磅礴的诗句:"金沙水拍云崖暖,大渡桥横铁索寒。"金沙江一路向南,在云南石鼓镇一个急转身向北驰去,形成了一个"V"字形的大湾,这里是"三江并流"世界遗产,又是当年诸葛亮"五月渡泸",忽必烈南征大理,贺龙率红二方面军长征时的渡江之地。想当年,多少惊人的故事、多少英雄的史诗,在这片土地上,在这道河湾处演绎、书写。

转过第一湾,车傍金沙江一路往北,车窗的右侧就是金沙江,再远处就是玉龙雪山的南麓,雪山倒映在江水里,江水在平缓地流淌着。经过一个多小时,旅行车到达著名的虎跳峡。虎跳峡位于迪庆州的香格里拉县和丽江市的玉龙县之间。金沙江水在山谷间畅快地流过，在这里被夹进了一条狭窄的水道，于是奔腾咆哮，声震如雷，涛飞浪卷，无比壮观，震撼人心。只见江流中间有一块巨石，这便是虎跳石，传说中一只斑斓猛虎借助此石一跃跳过了长江。神奇的传说显示着长江的险峻，给这条母亲河增添了无穷的魅力。这就是长江！

在虎跳峡镇午餐后，车一路往北，行驶在坝上草原。只见天高云淡，天蓝得出奇，云淡若风絮，高原的太阳分外明亮，明亮得刺眼，照在深秋的草甸上，照在玉龙与哈巴雪峰顶上，让我们的目光延伸到远空，也把我们的思绪带向遥远的世界。

途中小憩，遥望一处彝族村寨，低矮的房屋，四周是牧场，空旷、辽远，想象着如果是夏秋之际来到这里，会看见牧草丰茂，野花烂漫，一片花的海洋！又觉得眼前的景色是另一种韵味。

下午 3 点，我们来到号称小中甸的纳帕海。纳帕海不是海，是一片 40 平方千米的高山牧场。现在是深秋，一望无际的牧场上零零落落地散布着牦牛、马匹等，它们在悠闲地啃着枯黄的牧草，在平坦的牧场上漫步。走在牧场上，感觉自己与天地自然贴得很近，仿佛将自己融进这片纯净的天地里，湛蓝的天空很近，淡淡的白云在心，洁净的太阳耀眼。这时突然地脸上一阵凉爽，是雪粒，晴空万里的时候，怎么会有雪粒呢？抬头遥望远山，心中豁然，原来是高原的风，把雪峰上的雪粒吹到脸上，那一刻，感叹，神奇，索性随意地躺在草甸上，张开四肢，心中一片明净。身边的牦牛、马儿依然悠闲地吃草，乌鸦在草地上停脚，或在天空中飞翔。

离开纳帕海，再行半小时，到香格里拉。

香格里拉，原是中甸县，属云南省迪庆藏族自治州，是州府所在地。二十世纪初，美国作家希尔顿，写过一篇小说《消逝的地平线》，那里写到一块地方，纯净和美，新奇如画，牧场、草原、风情、诗意，人间的天堂，神仙的居所，因为藏传佛教中说神仙的居所叫香巴拉，于是他给它取了个诗意的名字叫香格里拉，意为心中的日月。小说甫一发表，立即轰动了西方世界，于是在西方读者的心中都有一个愿望:在遥远神秘的东方,有一块纯净的土地,那便是香格里拉。到二十世纪八九十年代,小说开始在中文世界流传,于是人们按书索骥,最终确定这块神奇的土地就在青藏高原的东际,云南迪庆藏族州境内的中甸县(今香格里拉县)境内。人们纷至沓来,朝圣般地拥入这片土地,于是中甸变成了香格里拉。

香格里拉,今天我也朝圣来了!

到香格里拉,首先去香格里拉中学参观。这是一座由上海市援建的中学,设计大气,建筑宏伟,兼具现代气息和民族特色。这是一所重点中学,其办学与内地无异,高考和升学率是所有校长与教师的头等大事。香格里拉中学每年都要招聘一些内地教师,据介绍,现有的内地教师来自9个省。我们在此巧遇安徽老乡,一位来自庐江汤池的生物老师,更巧的是他是我们访问团中卢校长的学生,他乡遇故人,话短情谊长,分外亲切也。

2011 年 11 月 15 日

观与思:在普达措国家公园

昨晚宿于香格里拉的萨龙宾馆,因有轻微的高原反应,睡得很不踏实。

早起,乘车从香格里拉县城往北行 20 余公里到达普达措国家公园。普达措是我国第一个国家公园,听介绍方明白"国家公园"的含义,它不同于国家森林公园,不同于世界自然遗产,它是一个国家的名片,是全体国民生活、娱乐、休闲的场所。国家公园起源于美国,世界上第一个国家公园是建立于 1872 年的美国黄石国家公园。

普达措的意思是"舟湖",是梵文的音译,普达与布达拉宫的"布达"、普陀山的"普陀"是同一义,都是普度众生、苦海为岸的意思。现在开放的公园仅为计划中的一部分,主要有海拔 3705 米的属都湖、海拔 4169 米的弥勒塘和海拔 3538 米的碧塔海三部分。

车一路行驶在满山的原始森林中，虽是深秋，不像在春夏季节满山繁花似锦，五彩缤纷，但也是生机勃勃，云杉、冷杉、栎树、杜鹃把山野铺染成杂色的地毯，在萧条的季节里给人带来生命的旺盛景象。

我们先到属都湖，这是一个如月型的高原湖泊。因高原空气稀薄，考虑到体力的原因，我们只是随车绕行一周，拍照留影后即来到弥勒塘夏季牧场。现在是深秋，沉睡在满山绿色之间的牧场只有枯黄的牧草，浅浅的水流，上面有零星的马、牛等在闲散地啃着草根，令人眼睛一亮的是山边有几只国家一级保护动物——黑颈鹤在草地上嬉戏，让人惊喜不已，感叹福分不浅。

最后，我们来到碧塔海，这是普达措的点睛之笔。碧塔海，被称为高原明珠。最令人惊奇的是湖中有一形如珍珠装点的曼陀罗的小岛和那一池清明宁静的碧水。这里就是藏族经典《格萨尔王传》中提及的"毒湖"。传说当年姜岭大战至碧塔海，因冰天雪地，湖光朦胧，岭国的骑士们误入湖中而被淹没，姜人转败为胜。获胜的姜国人认为这是碧塔山神护佑的结果，于是在岛上建寺拜祭。如此，这颗璀璨艳丽的高原明珠又增添了几分神秘意蕴和文化内涵。我们顺着湖边的栈道缓慢地行走，高原的秋日，虽然阳光格外耀眼，但那种寒意还是沁人肌肤，高原空气稀薄使得游客不得不放慢步履，这正好让我们得以仔细地观赏美景，湖水清澈见底，将淡淡的白云、湛蓝的天宇和山上的各种颜色的树木倒映在湖里，微风吹来，波光粼粼，我们的心虽在扑腾扑腾地跳着，气息在急剧地喘着，但精神却分外清明，仿佛湖水将我们的心给洗过了一样。

4.2千米的行走在这里的确显得有些遥远，有些劳累。走乏的时候，便踏进草甸，躺在柔软的草地上，想着这样歇一歇，慢下来不是很好吗？我们是不是走得太匆忙了？我们得到了些什么，又丢失了哪些？我想到原阿尔卑斯山谷有一条汽车路，两旁景物极美，路上插着一个标语牌劝告游人说："慢慢走，欣赏啊！"许多人在这车水马龙的世界过活，匆匆忙忙地急驰而过，无暇回首流连风景，于是这美丽的世界便成了了无生趣的囚牢，丰富的人生就是苦不堪言的徒刑。这是一件多么可惋惜的事啊！同样的生活，可以有不一样的活法；时间无法停住，但是我们可以驻足。朋友，"慢慢走，欣赏啊！"。

至 13 时，我们从普达措驶离，半小时后，回到香格里拉县城。稍事休息，一路行驶，晚再次回到丽江。

2011 年 11 月 16 日

世界遗产——丽江古城

丽江古城，位于中国西南部云南省丽江市古城区，又名大研镇，坐落在丽江坝子的中部，它是我国历史文化名城中唯一没有城墙的古城，据说是因为丽江世袭的统治者姓木（传说是由明朝开国皇帝朱元璋所赐，在国姓朱姓上减一"人"字而成木，意为一人之下也），筑城墙势必如"木"字加框而成"困"之故。这座古城，历史悠久，古朴自然，兼有水乡之容，山城之貌，作为少数民族集聚地，从城市的总体布局到工程建筑，融汉、回、彝、藏等各民族之精华，兼具纳西族独特风采。1986 年，中国政府将其列为国家历史文化名城，确定了丽江在中国名城中的地位。1997 年 12 月 14 日，丽江古城以其悠久的历史、独特的风格、灿烂的文化被联合国世界文化遗产组织收入《世界文化遗产名录》，成为中国首批受全人类共同承担保护责任的世界文化遗产城市。

丽江古城，呈正方形格局，其入口为大水车和文化广场，城墙上刻有江泽民手书之"历史文化名城"。其主要游览线路为东古街、酒吧一条街和新华街，最后在四方街会聚，街由水走，水呈街势。其酒吧一条街，俗称"艳遇之都"。这里每晚都灯红酒绿，歌声震耳，行人游走其间，演绎着若干浪漫的故事，多少情侣与非情侣的红男绿女，在此畅饮啤酒，耳鬓厮磨，情话悄语，沉浸在爱或欲的世界里，有多少人渴望在这里邂逅其浪漫的艳遇呀。

但我们更痴恋的是行走在丽江古城的小巷中，灯火阑珊，店铺罗列，各种特色的工艺品，特别是摩梭人手织的披肩和围巾，丰富得让人目不暇接，漂亮得让人爱不释手;专卖丽江独创音乐的碟片店,那种旋律和声音,让你的心也沉静下来;各种名目的客栈、所有馋人口水的小食,吸引着来自世界各地的寻访者。

我们在丽江古城假日酒店住了三晚。每晚饭后,三五成群,结伴徜徉在古城的小巷中,一边闲逛一边购物,走走停停,仿佛回到自己的童年,又像是进入历史的隧道,希望时光停逝,岁月重回,让自己在俗世的纠缠和喧嚣中找寻一份宁静,一份悠远,收获一种留恋,一种感动。

在这里我为妻女选购了披肩与围巾,希望为她们带去一份民族的风情和深远的牵挂。

2011 年 11 月 16 日

游览大理崇圣寺

17 日中午重回大理,游大理崇圣寺三塔,历时两个半小时。

据史料记载:崇圣寺三塔是南诏国和大理国时期建筑的一组颇具规模的佛教寺庙,位于原崇圣寺正前方,呈三足鼎立之势。崇圣寺初建于南诏丰佑年间(公元 824—859 年),大塔先建,南北小塔后建,寺中立塔,故塔以寺名,属全国重点文物保护单位。

我们一行先朝拜崇圣寺,原庙宇在清咸丰同治年间已毁,现在所看到的是近年新修的寺庙群,与九华、峨眉、普陀等佛教名胜并无多少区别。入山门,进天王殿、弥勒殿、十一面观音殿,最后至大雄宝殿。导游告之今年本命年的香客可以去进香。今年是我的本命年,在佛前我虔诚地祷告,默祈三愿:一愿合家平安幸福,二愿女儿一切顺利,三愿事业再上层楼也。诚心动天,愿佛保佑!

其后乘电瓶车重回寺门,游三塔也,这是印记在历史教科书中的形象,早已刻在记忆中。

三座佛塔,矗立在苍山洱海之间,白云蓝天之下,秋日阳光的照射,肃穆庄严,默默地叙说着历史的烟云和时序的变迁,塔前"永镇山川"的金色石碑,表达出古人对民族团结、和睦发展的真诚愿望。三塔,历数百年风雨,依然挺立,让我们的缅怀有着实在的寄托,产生无尽的遐思。

从三塔的仰望中收回目光,看眼前宁静的大理古城,心中涌起无限的温暖和美好。

带着留恋,我们依依不舍地告别了三塔,一路行走在云贵高原之上,至晚7时至楚雄,夜宿楚雄天福酒店。

2011 年 11 月 17 日

徜徉花海,穿行石林

早起,从楚雄出发,经 3 小时的车程,至本次旅行的终点昆明,首先去参观世博园。1999 年,以"人与自然——迈向 21 世纪"为主题的世界园艺博览会在春城昆明成功举办,这也是我国举办的首届专业类世博会。导游的本意是让游客去玉石宫购买玉器,我与宣城的夏校长偷偷溜出购物的人群,徜徉在世博园内,看满园的红花绿草,奇树异果,陶醉其间。因为是周日,我们看见一群小学生在搞队日活动,童稚的笑声,洒满了世博园。春城昆明,鲜花的王国,植物的乐园。虽时已深秋,但满园的花草,让我们沐浴在浓厚的春意中,眼里是春,心中也是春!

下午车继续东行,至石林,观石林风景区。这是世界唯一位于亚热带高原地区的喀斯特地貌风景区,素有"天下第一奇观""石林博物馆"的美誉,与北京故宫、西安兵马俑、桂林山水齐名,为中国四大旅游胜地之一。

尚未进景区,我们已能从路旁小山的奇石阵林中领略到那雄奇的气势,感慨大自然的威力与魅力。进入景区,只见花木葱茏,鲜艳的三角梅像燃烧的火焰,点亮了我们的眼睛;色彩缤纷的各种花木,让人心神俱爽。石林,世界自然遗产,国家 AAAAA 级旅游景区,国家地质公园,国家重点风景名胜区,这里是两亿多年前,由于地壳运动,海洋里沉积的巨厚的石灰岩,演化成的奇特的石林地貌,形成了天下奇观。我们不禁感慨造物主对勤劳善良的云南人民的眷顾厚爱,不禁感叹"江山如此多娇"。众多从影视、图片、烟标、钱币中熟悉的景象,印证着我们的猜想。

首先进入大石林景区,我们在由前云南省政府主席龙云题写的"石林"的巨石前留影,这就是我们人民币上的图案,在此留影,让我们的雅望和俗念完美地交融于一体。然后穿行在奇异的石林阵中,却想象在此展开双翼飞翔,一棵棵石柱,一座座石山,奇形怪状,或如大象驮乌龟,或似青蛙吃骆驼,在这里游走,你只会遗憾自己的想象力是如此贫乏,人类在大自然面前是如此无奈。"天造奇观""竞秀",前人的题记早已把我们的惊叹镌刻在石林之上。

走过大石林,见一群身穿鲜艳的民族服装的彝族老人在欢快地弹唱起舞,所有的游客都情不自禁地加入欢乐的行列中,一起释放着,也一起纵情着。然后我们穿过一道石门幽巷,进入小石林景区,一抬眼:阿诗玛! 这不就是早已印在我们的脑海中,显现在我们记忆里的阿诗玛吗? 高昂的头,秀美的身,倒映在小池中,那样俏丽,那样俊美,她是在等待她的阿黑哥吧! 那是美好的爱情故事,那是人们关于温暖、关于纯洁、关于愿景的最执着的表达呀! 我们年轻的或不再年轻的,我们经历过或渴望经历的,在阿诗玛石像前,我们重温,我们畅想。

2011 年 11 月 18 日

我心中的昆明

昆明,我喜欢的城市,我向往的居处。因为它的历史,它的景色,它的风情。

我想到昆明,总是与两个历史人物有关。一个是陈圆圆,与柳如是、李香君、董小宛等齐名的秦淮八艳之一,一个影响了中国历史进程的女人。明清易代,风云变幻之际，这个妖艳绝色的女子，让吴三桂"恸哭六军俱缟素，冲冠一怒为红颜"，让李自成兵败如山倒，仓皇而逃，让清军的铁骑横扫中原，风卷残云。她是多么柔弱，多么无奈呀，她能改变历史的进程，但她何尝能决定自己的命运？但她又是一个聪明的女人，在"三藩之乱"前，她的阅历和敏锐帮助了她，削发为尼，自赴清池，让人不禁生出无尽的追思。另一个是闻一多，写过《红烛》《死水》的诗人，楚辞的研究专家，"这是一沟绝望的死水，清风吹不起半点漪沦"。多少次在课堂上我和学生共同吟诵，总是有别样的感受。这位当年"何妨一下楼"的纯粹书生，在国家危难的时候挺身而出，成为一位民主的斗士，作《最后一次演讲》，面对反动势力的枪弹毫无惧色，最终被毛泽东誉为"有骨气的人"，与朱自清一起被称作应该写颂歌的人。我总觉得在他的身上，有中国古代"士"的影子。这两位，人生的轨迹与命运的遭际本毫不相干，但是昆明，让我总是把他们一同想起。

　　我想到昆明，总是想到滇池与孙髯翁大观楼"天下第一长联"。记得早年喜欢楹联艺术，每当读到清代才子孙髯翁氏的 180 字的长联，真有被击倒的感觉。"五百里滇池，奔来眼底，……数千年往事，注到心头，……"写滇池景色，叙历史情怀，对仗工稳，气魄宏大。虽然后来读到比这字数更多的对联，我依然把它当作"天下第一"。因这对联，我遥想着大观楼、滇池、昆明乃至云南。

　　学过地理，我知道昆明是云南的省会，我国西部的第四大都市，是我国面向东南亚、南亚开放的门户枢纽，具有"东边黔贵通沿海，北经川渝进中原，南下越老达泰柬，西接缅甸连印巴"的独特区位优势。我还知道昆明属低纬度的高原山地季风气候，夏无酷暑，冬无严寒，四季如春，鲜花常年开放，植物四季常青，是"春城""花城"，是休闲、旅游、度假、居住的理想之所。查查资料，我知道昆明的历史沿革，"昆明"，原是我国西南地区一个古代民族的族称，在我国古代文献中，写着"昆""昆弥"或"昆淰"，司马迁的《史记》中早有记载，到了唐代才正式作为地名出现。"昆明"真正作为现在地域名称，始于元灭大理，设"昆明千户所"之后。昆明还是我国一个多民族聚居的城市，在这里生活着汉、回、彝、白、苗、哈尼、壮、傣、傈僳等民族。他们热情好客，能歌善舞，民风淳朴。其待人接物的礼仪、风味独特的小食、绚丽多彩的服饰、风格各异的民居建筑以及妙趣横生的婚嫁风俗，都让人感受到鲜明的民族特色。

这次云南之行，我们两度经过昆明，遗憾的是走马观花，未能深入细致地探访、观察与体验。孙髯翁的滇池未去，陈圆圆的莲花池未去，闻一多的西南联大旧址也未及造访。

带着未竟的遗憾和再次探访的意愿，11 月 19 日中午，我们飞离了昆明，告别了云南。

2011 年 11 月 19 日

圆满中尚有几丝遗憾

此次云南之行，为时 8 天，眼光缭绕，神思飞越，是我历次出行中感触最深的一次，但其间也有几丝遗憾。

首先是行程紧迫之憾。本次旅行，我们走的是北线，即通常人们所说的昆大丽香线，只是在云南的西北部，云南 16 个市州，我们涉足的只有昆明、楚雄、大理、丽江和迪庆五地。我所向往的西双版纳热带雨林(傣族的风情)，腾冲的滇缅国际大通道(陈纳德的飞虎队、中国远征军)，滇越国境线(友谊关)，这一次都遗憾地擦肩而过了。

其二是行色匆忙之憾。我一直认为旅游是一种生活方式，更是一种审美方式，其最高境界不是感官的接触，而是心灵的交融，是情感的契合。旅游需要行走，更需要静思。而现在的旅游方式实在是太匆匆忙忙，急如星火，没有个性，很累人也不过瘾。如在香格里拉，早就听说了泸沽湖，那里生活着的摩梭人特异的走婚习俗，现在是什么样子？若能实地去考察去探询，该是多么有意义的事呀！还有梅里雪山，还有蝴蝶泉，这一次都在匆忙中错过了。

其三是文化缺乏之憾。云南是富有特色的少数民族聚集区，蕴含了丰富而有魅力的文化。而我们知识储备不足，导游素质不高，许多问题依然没解决。比如，各少数民族同胞对男女的不同称谓就很有意思。到了昆明，那里是彝族人最多的地方，他们把男人叫"阿黑哥"，女人叫作"阿诗玛"（源于电影《阿诗玛》）。到了大理，那里白族人最多，我们就变成了"阿朋"和"金花"（源于电影《五朵金花》）。到了丽江，那里是纳西族人的集聚地，人家又叫男人和女人为"胖金哥""胖金妹"。因为纳西族的一切劳作，包括杀猪宰羊做生意都要靠女人来完成，男人一生只需做好七件事，琴、棋、书、画、烟、酒、茶就可以了。他们认为女人越胖越黑就越有力气能干活，所以纳西族人以胖为美，以黑为贵。实际上纳西族语把男人和女人叫作"若知"和"咪知"。据说是当地水质含碱多的原因，纳西族人偏瘦，女孩身材普遍很好，胖人并不多。到了香格里拉，那里的居民以藏族为主，称男人为"扎西"，称女人为"卓玛"。另外，众多的民族节日，彝族的"火把节"，白族的"三月街"，傣族的"泼水节"，傈僳族的"刀杆节"，丰富多彩，饶有风趣。可惜都未能亲身领略。此次旅行，我尤其对古纳西族的"东巴文"有浓厚的兴趣，琢磨着那些图形样的文字里包含了怎样的文化密码和民族遗传信息，但是除了带回一册由东巴文书写的图册，还是只能对着它发愣，为它的神奇而着魔。还有香格里拉，它的由来、流传、寓意、韵味，对我而言都是一个等待彻解之谜。

七彩云南，彩云之南！在那遥远的地方，那是一片神奇的土地哟！

2011 年 11 月 19 日

第四辑：湘黔行纪

行走凤凰

5月21日晚8时45分,夜色中我们一行从南京禄口机场乘南航空客320直飞湖南张家界,开始为期一周的湘黔之行。地面已被朦胧的夜色笼罩,天空之上依然是白云如絮,阳光耀眼。当沉沉的黑幕裹住大地山川,11时许抵张家界荷花机场。这是我第二次到张家界探幽访奇。五年前同样的暮春时刻,在同样的澧水边宾馆入住。虽然安顿好已是凌晨1时,依然兴奋难以入眠。

5月22日晨起即赶往凤凰古城,天上开始飘起了霏霏细雨,烟雨中的湘西,湿润而清幽,满目新绿,凉爽怡人,别是一番美景。走进凤凰古城入口,在城市的标志——凤凰广场上一只展翅飞翔的凤凰铜雕像前留影纪念,在朱镕基题写的"凤凰城"牌楼前驻足感叹,眼在告诉心:这就是凤凰,沈从文、黄永玉的故乡,陈寅恪、熊希龄的根脉。

顺着一条用紫红沙石铺就的石板斜巷走进去,不多远我们来到一栋平常的四合院落式建筑前,抬头只见门楣上"沈从文故居"五个草书的匾额,感觉告诉我们:对的,这里就应该是了。湘西,边城,长河,翠翠,那些湿漉漉水灵灵的文字就应该是从这个屋子走出的人才可以写出的。故居并不宽大,甚至有些简陋与阴暗;陈设也很平常,与我们想象中的情形相仿佛。陈列室复原的是沈从文童年生活的一些场景,父母的卧室,几个展室内摆放着一些其生前的物品,各种版本的作品集和图片资料。一个只有小学文化程度的士兵,一个时代只给他廿余年创作时间的写作者,他却给这个世界呈上了80余部著作、900万字的文化经典,这不能不让我们感到惊奇。一部《边城》虽遭外部强力的封杀,但一经拂去历史的尘垢,便又发出熠熠夺目的光辉,闪耀在世界文学史的长廊里。这就是文学不可思议的奇迹,这亦是精神无与伦比的辉煌。

在故居,最吸引我的是一张照片和一幅画像。一张少年沈从文的照片:一个孩童独自站立在那里,宽亮的前额,忧郁的眼神,穿一件不知颜色的长衫,斯文而乡野,这是否预示着他一生的成就与磨难?先生于1902年出生于凤凰城的一个乡绅家庭,四岁启蒙识字,六岁进私塾读书,在故乡度过了童年和少年时代,15岁时参加土著部队,从此行踪遍及沅水流域。底层生活的磨炼,故乡山水的浸润,让他的视角与灵性开阔而特异。20岁时闯入北京,受到郁达夫等文学大家的尽力扶持,跌跌撞撞地闯入文坛,开始文学创作,从此一发而不可收了,终于闯出一片天地,《边城》《长河》《从文自传》的发表和风靡让他成为中国现代乡土文学和京派小说的代表人物之一。另一帧是晚年的肖像速写画:宽边眼镜下依然是忧郁的眼睛,紧闭的双唇,面容沉静而凝重,像在回忆,又像在沉思。我们知道文学给他带来过甜美与荣耀,凭借在文学创作上取得的成就,这个只有小学文凭的乡下人,受到胡适等文坛名流的赏识,站在高等学府的讲坛讲授文学,成为大学知名教授,与才貌双胜的张家四姊妹之一的张兆和女士共饮幸福的"甜酒",成就了一生甜美的爱情佳话。但文学更给他带来艰辛与磨难,因为文学主张与主流文学有违,更由于其执拗的个性,在大时代变迁的关口,终于成为时代潮流的牺牲者。作品被封,人格受损,正值盛年,创作被迫中止。在故宫博物院幽深的殿堂里与故纸为伍,以史料为伴,但沈从文毕竟是沈从文,湘西人特有的野性与倔强,加上不可抑制的才情,让他在另一片天地中高傲地挥洒,一部《中国古代服饰研究》,填补了中国文化史上的空白。想着那么多现代文学大家被迫写出违心的文字,制造出那些令人赧颜的垃圾,是遗憾还是欣慰,只有先生自己心中最明然。从他的眼神里我依稀看到一丝答案。

　　流连在沈从文故居,感受到一个人的辉煌,接着我们来到另一个文化世家的居所,体会一个家族的荣光。这里是陈宝箴世家。楼廊相连,曲径通幽,青砖的墙壁绿藤缠绕,屋檐飞翘,古朴幽雅,"雨过琴声润,风来翰墨香"。百年老宅,一脉相承,文气氤氲,成果璀璨,一门四代五杰,陈宝箴、陈三立、陈师曾、陈寅恪、陈封怀,显赫门庭,华彩世家。《辞海》中独占五个词条,其中的每个名字都在中国文化史上留下光辉的一页,堪称中华文化第一家。在此浏览,我们不禁感叹:文化的传承需要精英贡献,而那么多的顶尖英才聚于一门,这是何等令人啧啧称羡的奇迹呀！

我们先访右铭居，这是陈宝箴的居室。陈宝箴，字右铭，原籍江西，1875年任凤凰厅二品道台，随即举家迁往凤凰。陈是古城保护的第一人，是他开凿了巨石磊磊的沱江，推动了边城的经济发展，后来被提升为湖南巡抚，推行新政，支持戊戌变法，一生为国家整顿乾坤，三千里纵横扫荡，功在大江南北，深受世人敬佩，被誉为"海内奇士"。宅内存有光绪帝亲赐的行差狼皮坐褥，成为陈氏镇宅之宝。其长子陈三立（散原居），清同光诗派领袖，中国近代诗坛泰斗。陈三立有三子。长子陈师曾（槐堂），年少博才，有神童之称，少年时代即东渡日本，与鲁迅同窗，回国后又一同共事，彼此结下了深厚的友谊；他还是齐白石的启蒙老师，帮助齐实现"衰年变法"，被誉为集诗、书、画、印于一体的成就卓荦的艺术大师。而陈氏家族成就最高、影响最大的无疑是寒柳堂的主人陈寅恪，自幼受家学熏陶，天资聪颖，学识渊博，五次留学海外，通晓11国语言，精通14种文字，海内外声誉显赫，被称为"教授中的教授""近二百年来仅此一人而已"（梁启超语），前无古人、后者难追的盖世奇才，为中国文化发展做出了卓越的贡献，尤其是其坚守的"独立之精神，自由之思想"，更是成为现代知识分子信奉的圭臬。

陈氏一门，真可谓"大启尔宇"！

随后，我们来到崇德堂，百世旌表的杨氏宗族祠堂，领略到中国宗族文化的深奥与顽强。在熊希龄故居，"意气销磨群动里，形骸变化百年中"（白居易《晏坐行吟》），我们为这位中华民国的第一任总理的一生荣辱沉浮而感叹不已。

走上一段古老的城墙，在明代修建的北城楼前留影，只听见墙外轰隆的水声。啊，沱江，这就是沱江，熟悉又陌生，遥远而亲切，风车，板桥，跳岩，吊脚楼，土家少女，边城风情，这不就是在沈从文的书中，黄永玉的画中，已深深刻入我们脑海中的图景吗？沱江依然，翠翠还在吗？傩送应该回到故乡了吧？坐上小船在江中荡行，因为前些时候湘西大雨，沱江水势浩大，激流奔腾，越过堤坝，发出轰轰的鸣声，一曲土家妹子明亮的歌喉唱起的山歌，总是让人产生隔世的幻觉，总觉得这里就只能是沈从文的世界，翠翠们的家园。那么和谐，那么悠远，一边是如织的游人，一边是古朴的氛围。

在凤凰古城，游览醉美凤凰十一景，真个是行在画里，醉在诗中也！这里就是新西兰作家路易·艾黎所称道的"中国最美的古城"。

走过铜仁登上梵净山

5月23日天阴，湘黔境上，起伏不平的山道两旁，烟雨迷蒙，草色如茵，山清水秀，车行两小时，行程200余千米，至贵州铜仁。

铜仁，贵州北部重镇，地处武陵山区中段的丘陵斜坡地带，其东接湖南，北临重庆，南连湖北，早在宋元明清时代即为湘鄂川黔四省区商贸集散地，素有"黔东重镇"和"黔东门户"之称。

著名作家贾平凹在《说铜仁》一文中写道：

> 城在山窝子里的多，但江从城中穿过的少，竟然三江穿过，城分为四，十三桥卧波的只有铜仁。凡到各地，差不多的都有自撰八景，最不牵强附会，其景雄沉阔达，能销魂摄魄，又全绕着城郭的，也只是铜仁。
>
> 铜仁之所以为黔中独美，美在有梵净山的蕴蓄，美在有锦江水的茂润，活该是桃源的深处。

贾平凹在文章中一直赞叹的是他的故乡商洛，对一处异地用如此抒情的笔墨发出赞叹这恐怕是绝少的一例，可见铜仁给他的印记之深，震动之大。画龙点睛式的概括准确而又精致，"雄沉阔大""震魂摄魄"，的确是铜仁的精髓，铜仁的境界。

铜仁三面绕水，四面环山，青山是屏，江水如练，既有高原的雄浑，又有水乡的妩媚，山环水绕，山水相依，山与水的天然融汇，构成了铜仁自然、淳朴、素雅的城市风貌和当地人们的性格。

车出铜仁市区,傍锦江水流一路上行,流水淙淙,青山依依,一直至国家级自然保护区和联合国教科文组织生物保护区梵天佛地的梵净山。

梵净山是佛教弥勒佛的道场。关于佛教,我们熟知的有峨眉、五台、普陀和九华四大圣地,却不知这里正是第五处。这里有四大天象,即佛光、幻影、瀑布云和禅雾。乘缆车至金顶平台,再步行登顶,见路旁绿树成荫,杜鹃如火,在净心池,饮一口清冽甘甜的泉水,洗一把征尘疲乏的脸庞,排除杂念,虔诚净心。人在旅途,身在凡尘,有时在嘈杂喧嚣中停下脚步,和自然对话,与心佛面对,对一心向善向美的人们,是一件必修的人生功课。

至山顶,又见一峰拔地而起,其状如槌,直冲云霄,红云瑞气萦绕其间,人称红云金顶。攀金顶需要体力,更需要意志。垂直而上,状如天梯,拾级攀行,手足并用,有处只容得一人一脚,人在人头顶,人依人脚跟,目不敢斜视,心不得旁骛,半小时后方至金顶,汗已湿透也。既登其巅,果然佛光祥瑞,美不胜收。顶部一分为二,如刀削斧开,有一天桥相连,两边各有一庙,一边供奉的是释迦佛,一边是弥勒佛,佛教中说燃灯是前世佛,释迦是现世佛,而弥勒是未来佛,拜完释迦再拜弥勒,表达着我们这些凡尘中的芸芸众生对现世的期待和对来世的祈愿也。顶上突兀而起的两片巨石,绝无旁依,层层叠叠,如横放的书卷,镌刻着大自然亿万年沧桑巨变的历史和无可磨灭的记忆。

从后山走下金顶,腿还在颤抖,心还在悸动,略作小憩,复步行去参观梵净山另一著名景点蘑菇石。经过建于明万历年间的"敕赐碑",上面记载着梵净山的地理位置、山形地貌、名胜古迹、历史传说、佛教兴衰等,赞颂此山为"古佛道场""天下众名岳之宗"。碑文已磨灭不清,但弥勒文化、净土思想却透过模糊的字迹而历久弥新。

走上山巅,见山石嶙峋,奇形怪状,在山崖顶端的平台之上有一巨石,如一方巨印倒置着,称翻天印。自古以来,仕途求官之人为祈所愿多在此叩拜,一枚朝天的印玺,给人多少的联想与企望。更有高十余米,上大下小,形如蘑菇,看似摇摇欲坠,却巍然屹立亿万年的"蘑菇石"。在顶部流连,观赏奇石,叹大自然鬼斧神工,思造化的精妙布局与天地的永恒变迁,每每不敢赞一言,而陷入静默中。

在拜佛台上,见山腰间云雾蒸腾,氤氲迷漫一片。这些天,湘黔地区阴雨绵绵,山色越发显得苍翠,绿意葱郁,天空一碧如洗,云雾飘拂,别有一番山色美景!

登临南方古长城

离开梵净山,我们又从贵州回到湘西,途中参观了南方古长城——这民族纷争与民族和美的见证。

绵延万里的北方长城早已遐迩闻名,堪为天下奇观,可大多数人并不知道在中国的南方,也有一处修建于明代的规模巨大的防御工程——长城。据《凤凰县志》《辰州府志》记载,从明朝嘉靖年间(公元1554年)开始在苗民居住地修建功疆边墙,至清嘉庆二年(公元1797年),历代镇守南疆的将领修建城墙700余里,以作划分疆域和军事防御之用。南方长城的修建,对湘黔边境苗民集聚区的社会稳定和民族团结起到了一定的作用。

根据记载及勘察,边墙的规制与北方长城类似,总体呈南北走向,由顶宽三尺,底宽五尺,高八尺左右的砖墙组成,依山据势,成"一"字形、"品"字形或梅花形排列,由城堡、碉楼、营讯、哨卡等组成,有着规定疆界、巡逻、瞭望、堵截、攻战等功用,是古代中国重要的军事防御工程。

我们参观的是位于凤凰县境内的一段,其全称应为"湘西明清边墙全石营营盘遗址",这是湘西边墙的重要关口,南方古军事防御体系的重要组成部分。营盘建于数百米高的山上,登山有东西两条通道。在细雨中,我们一行从东侧攀登而上,经过数千级台阶曲折直上山顶,汗水和雨水混合着浸透着衣衫,一阵凉风吹拂,形神俱爽。

在主碉楼顶俯瞰,见其形制成不规则的圆形,随山势蜿蜒起伏,城内设东西二城门,有碉楼四座,呈"品"字形排列。营内芳草萋萋,硝烟已净,一片安澜。放眼四望,山下的田野阡陌纵横,白水茫茫,因今年雨水较多,虽然节令已过谷雨，但春耕尚未开始，安静的田野，一幅祥和宁静的画面。

是晚，我们重新回到凤凰。

雨夜拜谒沈从文墓园

5月24日，烟雨中我们在凤凰古城徜徉，霏霏的细雨给古城蒙上迷离而润湿的氛围。撑着雨伞顺着沱江漫步，想着还有一处圣地未曾拜谒，沈从文魂归故里之处——沈从文墓园，于是在夜雨我和宫君一道打车来到沱江之畔的听涛山下。

朦胧的夜色中走至墓园，四周静寂无人，脚下的沱江在静静地流淌，没有白日的喧哗，从山道向右拾级而上，不远处便是"沈从文墓地"五个大字，再往前行，有一竖长石碑，上面是著名画家、沈从文的表侄黄永玉题写的碑文："一个士兵不是战死沙场，便是回到故乡。"是的，他没有战死沙场，虽然一生颠簸，屡遭挫折，但这个乡下人凭着倔强的脾性，顽强地走着，走出了湘西，走向了世界，甚至差点儿走上诺贝尔奖的领奖台，但他最终又魂归故里。能在此处安歇，能够日夜聆听沱江的涛声，先生，你该心愿已足，了无遗憾也。

墓地在一处狭长的草坪之上，没有坟冢，只树有一块状如云茹的天然五彩石，上书有沈从文的手迹："照我思索，能理解我；照我思索，可认识人。"其背面有其妻妹张充和女士的撰联：

> 不折不从，亦慈亦让；
> 星斗其文，赤子其人。

这副对联，我早已熟悉，但在近到可以用手去触摸这些隽秀、妩媚、温热的字迹，心中还是激起波澜，这是对沈从文一生高风亮节的精辟概括呀！这里清幽静谧，绿树环抱，墓地上无数的野花和竹编的蝴蝶，这是白天前来拜谒的游人留下的。虽然撑着雨伞，但细雨还是打湿了我们的衣衫，我们在墓园久久地驻足，静默地思考。

从沈从文墓园走出，我们又驱车来到黄永玉的工作室——玉氏山房。可惜由于是晚间，没有开放，门窗紧闭，我们在夜雨中抚摸着潮湿的石栏杆，心中生出无尽的感怀。这一对叔侄，多么相似，又风格迥异，但都为中国文化的翘楚，这里面隐藏着怎样神奇的生命密码和文化基因？有人用"雄强"来概括他们的共同品性，我觉得是再确切不过的。

瀑布上的芙蓉镇

5月25日，上午在雨中我们先走访了原生态的关田山苗寨，实地考察我国少数民族之一的苗族的历史、风俗，近距离地了解他们的生活状况、生产方式和生存形态。

苗族，主要分布在湘西、黔东及广西部分地区。古史传说中的蚩尤即为其始祖，原居住在长江黄河流域，经过多次迁徙，早在2000多年前的秦汉时代即聚居于这个当时被称为"五溪"的地方，历史上称之为"五溪蛮"或"武陵蛮"，随后逐步向西迁徙，形成现在的分布局面，现有人口900余万。在民族发展演化过程中，逐渐形成了独特的文化传统。巫傩，放蛊，赶尸；妇女身上的银饰，蓝黑色的衣裙。

苗寨，在关田山山腰，零落地坐落着几十户人家，土墙青瓦，灰暗破旧，因为是雨天，道路泥泞，生活在这里的苗民的生活依然贫困艰难，他们菜黄的脸上写满对美好生活的渴望。青绿的山水，美丽的风景，破败的家园，贫困的生活，形成了令人心痛的反差。看到孩子们背着书包，围着游人乞讨，我的眼眶湿润着，我们的心沉重而愧疚。

离开苗寨，旅行车穿行于湘西群山之间，一路前进，近三个小时车程后，来到下一个目的地芙蓉镇。

芙蓉镇,千年古镇,土家之源,土王之都。其原名王邨,距今已有2000多年的历史。多年前,因著名导演谢晋用此处作为外景地,根据茅盾文学奖获奖作品、古华的《芙蓉镇》拍摄同名电影而名扬四方,故更名为芙蓉镇。

走进芙蓉镇,首先映入眼帘的是谢晋题写的"芙蓉镇"牌楼,这是我们在湘西见到的第二座由名人题写地名的牌楼,前一座是由朱镕基题写的"凤凰城",两座牌楼,建制不同,但都显出大气而典雅,给游人留下深刻的印象。但对此,我更喜欢它的原称——王邨,历史悠久,韵味绵长的名称呀!与王邨这个名称相比,芙蓉镇总显得轻巧柔薄了些!

在芙蓉镇,我们首先见到的是"中国界碑铜柱园"。所谓界碑铜柱,即用作分疆划界的铜柱。"疆域有表国有维,此柱可立不可移。"铜在古代是贵重金属,用铜柱作界疆标志在中国历史上十分罕见。有史可查的只有九根,现仅存两根。一藏于俄罗斯哈道罗夫斯克博物馆,另一根即存于此,即我们所见的"溪州铜柱",可见此柱的奇异与珍稀。其铭文共2614字,是研究古代羁縻制度的重要物证,弥足宝贵。

走过土王桥,顺营盘溪行走,不久即来到土王行宫——酉阳宫。公元910年,彭士愁开始定都王邨,建立土司王朝,此处即为历代土司王的避暑休闲的行宫,至1728年,清雍正六年"改土归流",共存在818年历史,承袭28代35位土司王,这里的荣辱兴衰写尽了土家族人的民族衍进史,这里的山水与土家人的发展史紧密关联。

"福石城中锦作窝,土王宫畔水生波。红灯万点人千叠,一片缠绵摆手歌。"走在古久悠深,曲折迂回的老土司城内,吟诵着这首对中国土家源,千年土王城的昔日繁华的歌咏,心中萦绕迷漫的是历史的风雨沧桑!在沉思中猛然抬头,喧哗着的是奔腾不息的瀑流——王邨大瀑布。瀑布水势浩大,波澜壮阔,飞流而下,水珠四溅。瀑流汇聚之处,就是沈从文笔下的酉水河。飞水寨,多么形象而贴切的描绘!从瀑帘下穿过,打湿一身水,漾着一腔情!时光已逝,流水依然。

出土司城,来到老街上,青石板的街面,两旁是低矮潮湿的青砖房屋,行走其间令人仿佛穿行于历史的迷宫之中,感受到的是那份幽深而久远,宁静而古朴,这里就是历代土司们生活繁衍的故土吗? 就是当年胡玉音们在风雨岁月中凄苦爱情的见证吗? 盛一碗正宗的刘晓庆米豆腐,那种清爽的感觉一直顺着我们的喉咙流入心底。

重走绝美武陵源

"养在深闺人未识"的张家界,千百年以来一直沉睡着的湘西绚丽的风景奇葩,一经发现,便在人们面前尽情地展露出大自然的绝美。石英砂岩峰林地貌和保存完好的原始森林生态环境,三千奇峰拔地而起,八百溪流蜿蜒曲折,张家界成为"中国山水画的原本"。

5月25日,走出芙蓉镇,车行约一小时,啊! 绝美张家界,我又来了! 对于湖南,由于特殊的因缘,我总是怀有特别浓郁的情感。这些年我多次造访湖南,数年前我曾经行走在张家界神奇的钟灵毓秀的山水之间,那种对眼睛和心灵的震撼至今还萦绕着,发酵着。这些年走过不少美丽的地方,但张家界一直在我的心中最美地珍藏着。

走过由胡耀邦题写的"武陵源"标志性牌楼,我们顺着向上的坡道行走,抬头见一条细细的瀑流,从山腰飞泻而下,状如白练飘荡在青翠繁茂的树丛间。心中不禁疑惑,这水从何而来,又将向哪里流去? 水流虽细,但何以绵绵不绝?

转过山脚,拾级而上,登上躲官娅,眼前豁然开朗,一湖碧水在静静地倒映着奇异的山峦,青山绿水,诗情画意,这就是宝峰湖了。诗人邵燕祥用这样的诗句描绘宝峰湖:

峻峡深藏酒一瓯,藏醒藏醉不藏愁。

山於绝处活芳草,水到穷时横小舟。

爱此风光高档次,唐情宋思暂勾留。

默念着诗人的词句，我们登上游船，在湖面上荡行。心里知道这是在山峰半腰间，距地面近百米之上呀，这不就是天上的湖，仙境的水吗？土家少男少女用纯粹得像这湖水一样不染一丝杂质的山歌给我们风尘仆仆的心带来了原野的清爽。

心像洗过，人在梦中！

5月26日，清晨，旅行车把我们带进世界最美的峡谷金鞭溪。前几日，烟雨迷蒙，现在正是艳阳高照，春和景明，空气湿润，风光怡人也。

这里就是张家界武陵源，世界自然遗产，世界地质公园，中国第一个国家森林公园，集神奇、钟秀、雄浑、原始、清新于一体的张家界。

走在金鞭溪旁，你才能感受到什么是水在心上流，人在画中行。清澈的溪流，或急或缓，或细或野，淙淙流淌着；两边的山峰，奇形怪状，千姿百态，你尽可以展开你的想象，保管形神兼具，惟妙惟肖，"心骛八极，神游万仞"。你得感叹大自然的天造地设，鬼斧神工；你得艳羡为什么天地如此钟情钟爱此处，把它所有顶级的美景汇聚到这里？十几里的路程，没有人觉得疲倦劳累，因为你的身躯已经融入这自然的画境之中，你就是大自然的一分子。你用心灵去抚摸它，亲近它；它用神韵来荡涤你，洗浴你。

一路行来，两旁的山峰形态奇异，让你联想到许多的故事：母子峰，似幸福的母亲怀抱婴儿；金鞭岩，如远古的武士手执金鞭刺向苍天；《宝莲灯》中的沉香，在此劈山救母，《西游记》中的唐僧师徒，曾从此路过去西天取经；蜡烛峰，峰柱亭亭如烛，顶端的小灌木枝叶招摇，似晃悠的烛焰；文星岩，又如同人面雕像，面容清癯，隆鼻细目，颧骨突起，双目紧闭，昂首苍穹，这不正是鲁迅的风骨吗？双兔探溪，纵情嬉戏；秀才藏书，避难求知。在长寿泉，掬起一口饮下，清冽甘美，似真可祛病延年，百寿成仙。

走过金鞭溪，再上黄石寨；不上黄石寨，枉到张家界。山顶有一巨石，上面镌刻有朱镕基题写的手迹"张家界顶有神仙"，总让人生发出无限的遐思，这位疾言厉行、从不夸饰的总理对故乡的山水那份挚爱，那份痴情，让我们感动，让我们怀想。在黄石寨顶游览，登云奇阁，上摘星台，如同飘游在天国世界。中药园中，奇珍异宝,应有尽有,当归、半夏、百合、葛根、杜仲,还有特异的灵芝,令我们领略大自然无比丰厚的馈赠,特别让我们不舍的是路旁顽皮讨喜的猴子,它们或攀援在树枝,或游玩在草地,这里是它们的快乐家园,同时给游人带来了无尽的欢乐。

一日行走,眼在饱览,心在洗涤。

5月27日,乘缆车登上天子山顶,举目远眺,武陵千山万壑尽收眼底,"秀色天下绝,山高人未识"。在贺龙公园漫步,瞻仰贺龙元帅的铜像和墓园,那气宇轩昂的神情,率真洒脱的气势,手执特征性的烟斗的形象,深深地震撼着我们。想着,山下的桑植不就是将军的家乡吗? 当年两把菜刀闹革命的往事一件件浮现在我们的心头。湘西人纯朴而野性,重峦叠嶂的山野赋予他们刚直不阿的秉性,不平则鸣,快意恩仇,湘西的土地上演绎过多少血性的故事,湘西的汉子成就了多少英雄壮举!

在天子山顶,见那一片片石林,千姿百态,或如刀枪剑戟直刺苍天,或如千军万马奔腾而来,裸露的岩石缝隙之间,挺立着的是虬枝伸展的苍松,让我们感叹它生命的顽强。御笔峰,像神奇的画笔将诗性挥洒向湛蓝的天空;仙女散花,是九天仙女向人间洒下的幸福与吉祥吗? 登上天子阁,眺望四周,天空澄碧,白云飘荡,山峦叠翠,诗情画意,真是一幅美不胜收的中国山水的长卷。

走下千尺天子山,行在十里画廊里。一溪中流,两侧奇峰,造型各异,从任何一个角度望过去,都是一幅绝色的风景画,无须剪裁,无须选取,你只管随心所欲,驰骋想象。

5月28日,在离开张家界之前,我们来到了黄龙洞。黄龙洞是张家界武陵源风景名胜中著名的溶洞景点,因享有"世界溶洞奇观""世界溶洞全能冠军""中国最美旅游溶洞"等顶级荣誉而名震全球。洞体共分四层,洞中有洞、洞中有山、山中有洞、洞中有河。经中外地质专家考察认为:黄龙洞规模之大、内容之全、景色之美,包含了溶洞学的所有内容。黄龙洞以其庞大的立体结构和洞穴空间、丰富的溶洞景观、水陆兼备的游览观光线路独步天下。

据专家考证,大约3.8亿年前,黄龙洞地区是一片汪洋大海,沉积了可溶性强的石灰岩和白云岩地层，经过漫长年代开始孕育洞穴，直到6500万年前地壳抬升，出现了干溶洞，然后经岩溶和水流作用，便形成了今日地下奇观。由石灰质溶液凝结而成的石钟乳、石笋、石柱、石花、石幔、石枝、石管、石珍珠、石珊瑚等遍布其中，无所不奇，无奇不有，仿佛一座神奇的地下"魔宫"。黄龙洞位于索溪峪东面，被称为"地下魔宫"，洞口雾霭迷漫，洞内长廊蜿蜒，钟乳悬浮，石柱石笋林立，还有石帘、石幔、石花、石琴，琳琅满目，异彩纷呈，令人目不暇接。"洞外洞""楼外楼""天外天""山外山"，盘根错节。真可谓是洞中乾坤大，地下有洞天。入黄龙洞，如入人间仙境一般。

游土司城——探究一个民族一种制度

张家界是以绝美的山水自然景观吸引着无数的中外游人，是"扩大的盆景，缩小的仙境"。武陵源，天门洞，绝代双骄，让人痴迷。但在美景中沉湎太久，也让人觉得单调，这就是所谓的"审美疲劳"吧。于是5月27日下午，我们一行来到土司城。这是一处与张家界自然山水相辉映的人文景观，有着丰厚的文化底蕴。

说到土司城，先得说一说"土司制度"。这是封建王朝统治阶级用来解决西南少数民族地区的民族政策，其意在于羁縻勿绝。地处中华腹地的武陵山区，为历代封建统治者所鞭长莫及，所以历史上在这里实行带有边城色彩的土司制度。受朝廷任命的土司、土官等，既为辖区最高行政长官，又是最高军事首领，政治上实行封建世袭制，推行军政合一的政治制度，土司在辖区内拥有军队、监狱等，有生杀予夺的大权；在经济上，拥有所有的田地山林；在军事上，土司政权实行兵民合一，"有事则调集为军，以备战斗；无事则散处为民，以习耕凿"。土司制度沿袭800余年，到清雍正年间（公元1723年—1736年），改土归流，宣告终结。

湘西土司城，就是在此背景下修建的。它始建于清雍正八年（公元1730年），永定茅岗司第十五世土司覃纯一顺应潮流，三次上书请求"改土归流"，朝廷嘉其忠顺，封为世袭千总，准修世袭堂，修土司城堡。这是一座占地120亩，集吊脚楼、走马转脚楼重叠组合的楼群，是土家族古代文明的发祥地和集聚地，有"南方紫禁城"之称。

走进土司城，经过一座书写有"国泰民安"的牌楼，便见一柱高耸的石柱，矗立在土司广场中央。远远望去，一座层层叠叠，巧妙连理，飞檐翘角，气势恢宏的建筑便映于眼帘，这便是"九重世袭堂"。

这是土家族最高的吊脚楼，楼高12层，整座楼宇木质结构，用木栓连接，无一颗铁钉，严丝合缝，稳重结实。其名九重天取自"天有九重，国有九州，上有九山，山有九寨"术数极大之铮铮之意。楼内珍藏有土家族千百年来生活、劳作、兵战的万余件文物。顺着木质的楼梯我们拾级而上，我们在每一件实物前驻足，感叹，这些朴素、简陋的物件，浓缩了土家人历史及生存记忆的悲壮生活场景，折射出土家人民勤劳、艰辛、忠君、爱国的独特纯朴的民风。

土家族，正如它的名字，泥土一样朴实而坚韧。现主要生活于湘西、鄂北的武陵山区，重庆、贵州部分地区也有少量分布，总面积十万平方千米，人口约600万。这是一个尚武的血性民族，涌现过多少出生入死的英雄豪杰，演绎过多少可歌可泣的悲壮故事。土家男子15岁时即要举办成人礼，父母在其左耳佩带一个刻有宗教符号的纯银大耳环，寓意已成为"真正的男人"。土家人作战勇敢，视死如归，出征后如战死沙场，其同伴会取下其所戴的耳环带回到故乡，进入土司城祖先堂供奉纪念。每年端午，土司王会为历代土家英烈举行招魂仪式，点上香火，取出耳环，轻轻擦拭，寄托哀思，表达崇敬。土家族又是一个顽强地保留着自己民族独特风俗习惯的民族，过赶年，三下锅，嫁女要哭嫁，岁首要跳"茅古斯"的祭祀性舞蹈。

走出九重世袭堂，恰好观看了土家人的祭祀演出。只见一群土家男女在梯玛(宗教领袖)的带领下，擂起大鼓，围着火堂，载歌载舞，他们是在追思前人的恩德，还是在祈求天神的赐福？是在再现生活的场景，还是在憧憬美好的明天？

2011 年 5 月

第五辑：四川行色

四川,蜀道难与四条江流

【日记】2008 年 9 月 21 日,晴。凌晨 3 时即起,街衢清冷,灯火阑珊。旋从和县出发至合肥,参加某单位组织的赴四川之旅游考察活动。8 时许从合肥骆岗机场向西飞行,飞越高天,阳光耀眼,白云如絮。10 时至成都。在机场候机厅略作小憩后即转飞九寨沟。下午 2 时至九黄机场,此为海拔 3000 余米,位列国内高度第三之高原机场。后即乘车经过海拔 4200 米山口至九寨沟口的漳扎镇休息。

说到与四川的最初结缘,必须回溯到卅多年前,那是青春时节一次无与伦比的震慑,一段惊心动魄的记忆。

那时,是改革开放初始,禁区渐次突破,热情如潮似火的年代,我在江南一所师范专科学校读中文系。刚从"文革"迷沼中走出来的我们,除了铿锵的口号与豪迈的《语录》,八个样板戏与几本高大全式的文学作品,我们的视野短浅而狭窄,心灵迷惘而苍白,同时又充满着好奇、渴望、追寻和怀想。记得那是在古代文学作品选课程中,我第一次与中国古代那些伟大的作品相碰撞,第一次进入一首叫《蜀道难》的古代诗歌。当我们那位曾经是激情奔涌的豪放派诗人的陈发仁老师把我们带入《蜀道难》时,几十年后我还清醒地记得,我们年轻的心是被震住了,老实说是惊骇了。晴空霹雳般的头一句:"噫吁嚱,危乎高哉! 蜀道之难,难于上青天!"老师让我们用现代汉语来转述前面连用的五个虚词,我们怎么猜想都觉得不够味,还是诗人有气魄,一句"我的乖乖隆的咚! 高啊,真他妈的实在是高!",让我们一下就静默了,彻底地慑服,慑服于这天马行空、石破天惊般的气魄中。李白,《蜀道难》,奔放激越的气势,雄伟阔大的境界,瑰丽奇异的想象,豪壮不羁的情感,如梦如幻的描摹,我们终于明白了,什么是盛唐气象,什么是浪漫情怀,什么是青春李白,什么是壮美四川! 蚕丛与鱼凫,让我们遥想已逝的过往;太白与峨眉,让我们搜寻奇丽的风光;剑阁的峥嵘崔嵬,锦城的繁华富丽,让我们心驰神往。那时起我便对蜀道产生了强烈的好奇与探寻的愿望,蜀道的今天如何,蜀道的另一端会是什么景象? 我知道,蜀道的那端,就是四川! 四川,从此便进入我的青春梦幻和生命怀想中!

　　年岁渐长,阅读渐广,我开始对四川有所了解。四川,位于我国的西南腹地,西边是青藏高原的东麓,东部是大巴山,中间就是沃野千里的成都大平原。那里,风光秀美,景色迷人,人口稠密,物产丰饶,被称作"天府之国"。我特别对其地名的由来充满了好奇,"川"者,水也,用四条江流来命名,这样的地方一定氤氲着灵秀、清丽与妩媚。岷江、沱江、嘉陵江、乌江,四条大江在那里奔流不息,也缓缓地流淌进我的心田。其实四川不仅多川,还有许多驰名天下的山脉,峨眉山、青城山、大巴山、岷山等,有"峨眉天下秀,青城天下幽,剑门天下险,夔门天下雄"之誉,故历来有"天下山水在于蜀"之说。

　　四川历史悠久,人文荟萃,200万年前就是中华先民的聚居地,他们生活的遗迹遍布巴蜀各地。杜宇禅让,鳖灵开朝的传说让我们对遥久的古往充满了好奇。"庄生晓梦迷蝴蝶,望帝春心托杜鹃",李商隐的名诗《锦瑟》用谜一般的典故诱惑着我们。这里的望帝,就是传说中周朝末年蜀地的君主杜宇。后来禅位退隐,不幸国亡身死,死后魂化为鸟,暮春啼苦,至于口中流血,其声哀怨凄悲,动人心腑,名为杜鹃。苌弘化碧,杜宇啼血,也就是成为长久留存的中华文化的记忆。

　　因为早在先秦时期,这块土地分属巴和蜀两个诸侯国,因此四川又被称作"巴蜀之地"。当然后来我知道,四川这个名称的由来,还源自宋代在此设立益州、梓州、利州、夔州四路,合称"四川路",设四川制置使,从此"四川"之名就一直延续至今。这块神奇的土地上,有那么多风流千古的英雄豪杰,那么多神奇瑰丽的美丽传说,那么多可歌可泣的精彩故事! 在这里,诸葛亮六出祁山,鞠躬尽瘁;李冰兴修水利,造福千年;文翁首办学堂,流泽至今;张献忠建立政权,称雄一方。翻开中国文学史，四川又是诗意充沛的土地，巧合的是中华文学中那些才华盖世的诗魂，激情浪漫的诗篇都是从这里走向中原、传遍华夏的：李白、苏轼，一出现就令我们的文学史增添绮丽的光彩。

四川，还是一块充满苦难的土地。2008年，揪住全世界华夏儿女心肺的还是这块土地，汶川、北川，8.2级强烈地震，大地颤抖，山河移位，满目疮痍，生离死别，四川地，国有殇。

就在这次大灾难后不到半年时间，我来到四川。是拜望，是凭吊，是抚慰，也是追寻，是精神的朝觐。

九寨沟，大自然的抒情诗

【日记】9月22日，晴。上午进沟。九寨沟为岷江之发源，因沟内有九个藏民村寨而得名，风景绝美，如诗似画，尤以水清澈无比又色彩斑斓而令人心迷神醉，叹为观止，移步换景，每步成画，以熊猫海、箭竹海、五彩池、长海最为著名。在其间流连忘返，以至脱离团队矣！

下午出沟，至一藏家，享受正宗之藏族饮食文化，跳锅庄舞，饮青稞酒，吃烤全羊、乳牦牛肉。藏家汉子，能聊善舞，过足一把瘾。晚欣赏高原红藏家风情歌舞晚会，又熏染于藏羌文化之独特魅力中。

在离天很近的地方／总有一双眼睛在守望／她有着森林绚丽的梦想／她有着大海碧波的光芒／到底是谁的呼唤／那样真真切切／到底是谁的心灵／那样寻寻觅觅／噢……／神奇的九寨／噢……／人间的天堂。

这是容中尔甲的歌，《神奇的九寨》。记得当时听到这首歌，我便被深深吸引。那充满深情的歌词，婉转悠扬的旋律，那略带嘶哑而又有磁性的嗓音，把九寨沟的美传向了四方。今天，我就是哼唱着这首歌走进九寨沟的。对它的美将要给我带来的震撼和冲击，我早有心理准备，但当我踏进沟内的一刹那，我还是不能控制自己,老实说,九寨的美,超出了我的想象程度和承受能力。这不是人间,这是天堂。

我总在想,上帝总是带着悲悯的情怀俯瞰大地,抚慰人间。它是均衡的、公正的,给你富饶,就会给你喧哗与嘈杂;给你美丽与宁静,就又会把它藏进自然的深处,人迹罕至的地方。只有经过跋涉、登攀、探险,人们才会有惊艳的发现。

九寨沟,是上天的仙女,上帝把她藏在远离人境的地方,用深山、云雾、草木、险途遮挡住那绝色的容颜,一藏就是亿万年,等到我们外面世界的人终于探寻踪迹,一层层地撩开她的面纱,我们才发出惊叹;九寨沟,我们寻找你太久了,原来你就藏在这里。

这里就是四川省阿坝藏族羌族自治州九寨沟县的漳扎镇,这里是白水沟上游白河的支沟,因沟内有九个藏族村寨(又称何药九寨)而得名。日则沟、则查洼沟、树正沟呈一条"Y"型迤逦在群山之间,就像仙女的一条美丽绝伦的项链,其间分布着五大景观,剑岩、诺日朗、树正、扎如、黑海,那无疑就是这项链上五颗耀眼的珍珠宝石。水是九寨的精灵,是九寨的魂魄。湖、泉、瀑、滩连缀一体,飞动与静谧结合,刚烈与温柔兼济。大自然的美景,有山,便有了刚性和骨骼,有水,更有了灵气,有了血脉,有了灵魂。中国的自然美景中,以水闻名者多矣,但美到奇绝,艳到惊魂,神到化境者,唯有九寨。

九寨的四季都是美的,美得各有特色,美得让人流连。九寨的秋天,色彩绚丽,仪态万方,彩林烂漫,湖光流韵,梦幻、奇特、缤纷、奇妙,每一个细节都充满了夺人心魄的美。山水相依,水树交融,动静有致。翠海、叠瀑、彩林、雪山、藏情、蓝冰,六绝齐呈,自然造化把它最美的景致充盈你的眼底,你除了惊叹别无心绪。

两万公顷的原始森林中各种植物垂直分布,其间星罗棋布着 108 个湖泊、17组瀑布群、5 个滩流和 47 眼泉水。冷杉、云杉、红桦、高山杜鹃等树种和众多水系中的矿物质的结合,形成一种独特无二的自然奇观。

秋意深处,五彩斑斓的红叶、彩林倒映在明净澄澈的湖中,与水中五颜六色的藻类交相辉映,组成一种绝美的画境。人类的语言在此显得苍白无力,用再美妙的词汇来描绘它也会觉得言不尽意;再美的画笔,也难以地描绘出它的神韵。

远望雪峰林立,高耸入云,上面终年积雪;近看瀑流飞溅,层层叠叠,相衔相依;旁看藏家木楼,栈桥磨坊,经幡飘扬,你会觉得这是走向画境,走在诗中,走进梦里。雪山、森林、瀑布、蓝天一起倒映在水中,湖中冰清玉洁,变幻中充满了寂静与安恬,令人生出无限遐思。

日则沟风景线,四周皑皑雪峰环抱的山谷中,颜色变幻莫测的海子与色彩斑斓的彩林相映,在秋日阳光的点染下,各色海子浮光掠影,赋予九寨沟秋天独有的生动灵气。你行走在其中,你看自然,恍若在仙境;别人看你,你却又融入仙境,你与自然已浑然一体。

走进天鹅海和草海,碧水、清溪、草滩,鲜花在岩壁、森林的映衬下,变得更加自然、宁静、绚丽,如梦如幻。

那美若天仙般的九个女儿,借上帝之手,把这个五彩斑斓、绚丽奇绝的瑶池玉盆,一个原始古朴、神奇梦幻的人间仙境,一个纤尘不染、自然纯净的童话世界,写成一首浪漫、纯洁、美艳的诗篇。

别样柔美黄龙水

【日记】9 月 23 日,晴。上午乘车从九寨沟至松潘黄龙风景区。车行约 3 小时至黄龙。沿途风景绝美,色彩缤纷,牛马悠然,散于牧场。黄龙以水池多彩而驰名中外。一条山涧水经千万年钙化而五彩斑斓,水池叠映,美不胜收。惜乎时间过紧,未能尽兴,未能走到山顶之五彩池,快快而返。

中午 2 时,乘机离开九黄机场,告别九寨之神奇,黄龙之美艳也!

晚下榻于成都之薄荷酒店。

依照我的审美观点:大自然美景给予观赏者的愉悦、欣喜、惊奇等的美感程度,除去客体本身的美色之外,对于审美主体,有两个制约要素,一是审美期待与预设,二是审美经验与铺垫。因为如果你对某一景点有过高的期待、精美的预构、华彩的想象,那么当你身临其境时,也许会产生不过如此的感觉,审美刺激便会大打折扣,所以往往是不经意的偶遇,会让你产生突如其来的惊叹叫绝。同时,对某一美景的惊喜程度,还取决于你先前的审美经历,中国的爱情中有"曾经沧海难为水,除却巫山不是云"的感叹,对自然美景的观照亦是如此。一个阅尽山川美景的人与一个初涉自然佳境的人相比,要成熟得多,也沉稳得多,他不容易大呼小叫。因为先前观赏的美景已成为他的审美积淀,成为他审美的高度与铺垫,只有更加惊艳的美景才能刺激他的审美惊叹,难怪有"黄山归来不看山,九寨归来不看水"之说,因为黄山与九寨的山水之美无可超越。

但是,在黄龙的审美旅历,让我对这一经验发生了怀疑与动摇。我们刚从九寨归来,九寨的美天下奇绝,九寨的精魂在它的水之魅,而黄龙也是以水之奇惊艳世界的,那么在如此之高的审美预设下,黄龙还会给我们更深的刺激、更大的惊喜吗?

走进黄龙,我的眼睛告诉我的心,是的,这是别样的愉悦与惊喜。如果说九寨水美在多彩、幽静,那么黄龙的美,就在于它的灵动、明媚。

从九寨至黄龙,车行约两个小时,蜿蜒的山间公路,急弯陡坡,奇险无比,两旁的山野葱茏蓊郁,杂花生树,色彩缤纷,美不胜收。现在我方才明白,什么叫花海,那真的是浩瀚无垠的沧海,繁花似锦的世界呀! 车在花海中穿行,人在缤纷中沉醉。不知不觉,便到黄龙。

黄龙位于四川省阿坝州的松潘县境内,岷山主峰雪宝顶之下,属于青藏高原东部边缘向四川盆地的过渡地带。(说到松潘,我们便充满了感情。因为地震以后,全国对口支援灾区,我所在的巢湖市帮扶的就是松潘县。与我们同机到达的还有我所在县的主要领导,他们是去看望对口支援的干部的,商讨如何进一步支援灾区进行生产自救,重建家园。)而我的心也在惦记:大震过后,黄龙,你依然安好吗? 你美丽的容颜受到了侵害与毁损吗?

带着这样的情感,我进入黄龙。在景区入口,我恶补了一回关于黄龙的奇绝知识。黄龙沟,是一条巨型的地表钙化坡谷,蜿蜒于天然林海与石山冰峰之间,宛若一条昂扬腾越的巨龙,歇息于雪峰冰川晶莹的怀抱之中,这里是世界规模最大、保存最好、结构造型最多姿多彩的喀斯特地貌的经典。我不禁惊叹,大自然是如何用神奇的手法,经过亿万年的掏蚀、雕琢、呵护,把这条山谷打造成奇、峻、雄、野的"圣地仙境""人间瑶池"的呀!我终于明白当地的藏民为何要把它称作"东日·瑟尔峻"(意为东方的海螺山,金色的海子)了。

黄龙迎接我们的是一个精巧别致、水色明丽的池群,它叫迎宾池。它们大小不一,形状奇特,色彩艳丽,错落有致,四周山岳环峙,林木葱郁,山间野花竞放,彩蝶飞舞。黄龙,你用如此高规格的礼仪,迎接我们这些远来的朋友,我们真的被吓着了,但我们的心也被温暖着,洗浴着。

告别这澄澈的一池迎宾丽水,沿着一条曲折的栈道而上,不一会儿便是飞泻而来的"飞瀑流辉"。只见千层碧水冲破密林,顺坡而下,从岩坎上飞流而来,形成几十道梯形瀑布。如珍珠滚落,银光闪闪;如水帘高挂,云蒸雾腾;如丝雨缓流,舒展飘逸。在瀑布的后面有一处陡崖,山石钙化沉积,凝垂欲滴,色泽金黄,整个瀑布显得分外富丽堂皇。太阳的余晖点染其上,反射出七彩光芒,又似彩霞从天而降,辉煌夺目。

黄龙给你明丽的召唤,也给你神秘的暗示。刚过坡上的飞瀑,又是崖壁下的溶洞。在一堵钙化挂壁之下,呈现的就是一口溶洞,这便是洗身洞。只见洞口水雾弥漫,如帘似幕,透过帘幕,看见里面布满浅黄色、乳白色钟乳石。这里就是传说中仙人净身的地方。我们这群俗众,也不觉流俗地掬一捧池水,洗浴我们的脸庞,也洗涤我们的被尘垢蒙蔽的心!

现在我们到达了黄龙最经典的景观地——盆景池。首先是一道长约1千米的钙化流,这就是"金沙铺地",水流涌动,水下是一层浅黄色的苔藓,在阳光照射下,波光粼粼,晶莹透亮,仿佛是一层金沙铺满山脊。左边就是盆景池,由近百个彩池组合而成,池中有池,池外套池。它们形态各异,大小不一,如蹄,如掌,如菱角,如宝莲,千姿百态。池堤随树的根茎与地势而变,堤连岸接,活水同源,顺势层叠;池底呈黄、白、褐、灰等多种颜色,池面澄净无尘,望若明镜;池旁池中,到处都是木石花草,翠柏盘根,山花含笑,野果缤纷,婀娜多姿,妩媚动人。这一片明丽的景色,俨然是天造地设的奇特盆景,最优秀的园艺师对此也会叹为观止的!这里的彩池又是一番景致。掩映于杜鹃花丛中,明镜倒影,天光水色,浑然一体。

正当我们把手伸进滩流,感受那份柔软与清凉时,导游的喊声让我们停止了陶醉,因为我们必须下山了。就是这样,还是有几位同伴沉浸于山光水色之中,迷失了路,耽误了归程。我们一路在遗憾着,还有那么多的美景,这次我们只能存留于想象之中了。黄龙寺、牟尼沟、红星岩、丹云峡,还有雪宝顶。我告诉自己,有遗憾,就会有期待;有企盼,就会有新的美的追寻。

在黄龙游览的经历,使我对自然美的审美观有了一些修正。对自然美的观照强度,对审美主体而言,还需要:一、情感的投注,对于黄龙,我除了欣赏,还有一份怜惜,这么美的自然,是造化的赐予,我们人类真的要万分珍惜,倍加呵护;二、遗憾的魅力,在黄龙,我们只是走马观花地行走了两个小时,所到的景点,也只是黄龙全景的一小部分,那么多的美景,我们都只能留待来日了,这也好;三、静心的体验,到黄龙,我发觉自己变得干净、纯粹、轻松、自如。所有的念想,都倾注于这绚丽的山水,物我两忘,天人合一了。说实话,我是把黄龙装进了心里。

慈悲的凝视

【日记】9月24日,小雨。车过成绵高速,两小时后至乐山。参观乐山大佛,佛像高70余米,为唐僧人海通所首建,已逾千载。本为镇住江水之患,因岷江、大渡河、青衣江三江交汇于此,水流湍急,故造佛以镇之,历百年而始成,水患遂灭矣!

缘狭窄之栈道从左侧下至大佛足部,仰望佛祖,面目慈祥,仿佛以慈悲怜悯之心普度人生,心中于是涌起一种感动!

参观大佛后，转至东方佛都，见一神奇之睡佛，意态分明，侧卧于山脊，身披袈裟，栩栩如生，颇为神奇！

是晚息于峨眉山市，欣赏峨眉风情晚会，一场将四川艺术之精华浓缩呈现的晚会。

到乐山，我们就是要去拜谒一尊佛像，一尊世界上最高大的石刻弥勒佛坐像，一部我国古代摩崖造像的艺术精品，一处世界文化遗产，你知道，这就是乐山大佛。

最早被大佛所吸引，缘于三十年前的一部电影，那是青春的记忆。这部电影就叫《神秘的大佛》，刘晓庆主演。故事的情节现在已模糊不清，似乎是讲述寻找佛财经历的惊险动作片，盗墓与护宝，法师与美女，其中让我记忆深刻的是作为背景的大佛，恐怖而神秘。

早晨我们从成都出发，一路上，秋天的细雨丝丝绵绵，如烟似雾，给这一片巴山蜀水，披上了一层薄薄的丝纱，清新而湿润，迷离而温婉。

细雨中，我们一行撑着雨伞踏上了朝佛之路。顺着一条石板铺就的江边大道，只见一边是葱郁苍翠的华盖大树，一边是奔腾不息的滔滔江水，我们不禁记起了清代诗人张船山的诗："凌云两岸古嘉州，江水潺潺绕郭流。绿影一堆漂不去，推船三面看乌尤。"行走在这样的环境中，我们的疲惫与倦怠早消逝一空。走过郭沫若题写的"乐山大佛"门洞，经过苏轼题写的巨大的"佛"字和传说中的苏东坡载酒处，我们快速地顺着湿滑的山道登上了山顶。

站在山顶处，放眼望去，岷江、青衣江、大渡河三江在此交汇，江水奔腾，浩荡不息，对面就是乐山城。而眼前就是大佛。大佛位于凌云山的栖霞峰临江的峭壁中间，头与山齐，背依青山，面朝大江，安恬而坐，一坐就是千年。我们的近处，就是大佛的头部。只见大佛发髻密布，双耳垂肩，眉眼慈祥，鼻梁高挺，双唇紧闭。望着大佛的眼睛，我的心一下子就沉静了，那是怎样的一双眼睛，那是怎样的一种神情。两眉细长，双眸微睁，神态肃穆，神情自若，平静地凝视着，看江水奔腾,看世事变迁,守望着芸芸众生,深邃而坚定,充满着悲悯与慈爱。

我知道,它坐在这里已经1300年了。佛像开凿于唐代玄宗开元初年(公元713年),是一名叫海通的禅师为减杀水势、普度人生而发起,召集人力,聚集物力而修凿的。大佛的建造,工程浩大,工艺考究。海通圆寂后,工程一度停止。多年后,先后由剑南节度使章仇兼琼和韦皋续建。经过几代人的不懈努力,至唐德宗贞元十九年(公元803年)完工,历时90年。大佛依山就势,临江危坐,通高达71米,头部高14.7米,宽10米。佛像与山麓连为一体,被誉为"山是一座佛,佛是一座山"。

顺着左侧的凌云栈道,我们下到大佛底部。这条栈道是近年修建的,削壁穿洞,隐藏于悬崖峭壁之中。对面就是与修造佛像同时开凿的"九曲栈道"。在栈道上,我们紧贴山壁,手扶铁索,还是心惊胆战,但当我的视线再一次投射到大佛的时候,我的心跳变得平稳。绵延千年的自然风雨侵蚀,佛像上布满了水渍与污痕,苔藓连片,杂草丛生。只是那双眼睛依然平静,神情依然淡定。我知道,大佛巍然屹立,千年不毁,缘于它独特巧妙而又隐藏不见的排水系统。它的螺髻中、两耳边、正胸处和胸背两侧都有水沟和洞穴,排水、隔湿和通风,佛像千年,虽有损破,但没有受侵蚀性风化,显现了我国古代高超的建筑工艺与科学成就。从大佛棱、腿、背、胸等处残存的许多柱础和桩洞,我们知道,佛像雕成以后,曾经有过楼阁覆盖。佛阁梁柱早已毁弃,而大佛依然屹立着。这样就好。大佛的建造就是为了"易暴浪为安流",减杀水患,永镇风涛,那就让它坐在那里,凝视江流,俯瞰众生吧!

我们终于来到佛像底部,抬头仰望大佛,只见大佛双手抚膝,双足赤露,正襟危坐,体态雍容。再看大佛的眼睛,似乎俯视着我们,慈祥而温暖。镇住水害,福佑民众。心系苍生,永享太平。这时,我突然想起另一双眼睛,海通禅师的眼睛,那是空洞的眼窝,但它能透彻千年,视及万里。当年的乐山,三江交汇,水势汹涌,舟楫经常倾覆,导致家破人亡。海通立志凭崖开凿弥勒佛像,冀神佛无边法力以镇止水患。于是遍行大江南北,募化钱财。佛像开凿,地方官吏前来索贿,海通严词拒绝："自目可剜,佛财难得。"官吏仗势欺人,发狠威胁："尝试将来!"海通从容"自抉其目,捧盘致之","吏因大惊,奔走祈悔"。海通的眼睛没了,但其专诚忘身之行,反而使他的心中多了一双慧眼,也许是把他的眼睛移植到佛眼之中了!从这合二为一的两双眼中,我分明看到虔诚、慈爱,看到舍己、渡人。

乐山大佛是弥勒佛,是能带来光明和幸福的未来佛,《弥勒下生经》描述:弥勒佛"三十二相,八十种好"。大佛密布的发髻,细长的眉毛,圆直的鼻孔,阔大的双肩,饱满的胸脯,双手下垂的坐姿,正切合我们心中佛的形象,特别是慈祥、悲悯、仁爱、坚毅的目光,让我们的眼变得澄澈,心变得宽阔。

从大佛归来途中,我们知道又一桩有关大佛的奇闻。有心人发现大佛背后的乌尤山、凌云山、龟城山恰好组成一幅巨型睡佛景观。山型似大佛漂卧在青衣江的山脊线上,形成"佛中有佛"的奇观。这佛四肢齐全,体态匀称,仰面朝天,慈祥凝重,而乐山大佛不偏不倚地端坐在巨佛的心脏部位。这是无意巧合,还是神佛的神秘安排?一睡佛,一坐佛,一天然生就,一人工凿成。看大佛睡姿,只见亭似睫毛,树如眼睑,微微闭起,安详躺卧。但就是如此,我依然从中看到一种大坦然、大悲悯、大宏愿。

游览大佛,丝丝细雨一直陪伴着我们,我们没有看到秋日的骄阳下大佛的神态,但我们永远难忘的是那双眼睛,那样一种慈悲的凝视。

印象·峨眉山

【日记】9月25日,阴有小雨。早晨起上峨眉山。现在峨眉游有AB两条线,我们走B线,半山游也。由万年寺至清音阁再至一线天,至猴区,一路体味秀美之自然风光及佛教文化。其间发生了一件小插曲,同行的王君被调皮无赖之小猴挠过,几道血痕,只得到处找医院打防疫针,颇沮丧又好乐也!

峨眉山，是华夏名山，甚至是四川的标志和代称。它是风景名胜，是历史故处，是佛教圣地。而我在峨眉，只是半日行程，不要说饱览山色，用心体味，连走马观花都算不上。所以这篇游记只能是"印象"。

印象一、峨眉山的秀色。峨眉山有"秀甲九州""峨眉天下秀""震旦第一山"的美誉，对其层峦叠嶂、山势雄伟、景色秀丽、气象万千的景致，我早就有心理准备。我们刚从城区出来，只见云遮雾绕的座座翠峰矗然屏峙，雄秀幽奇。"盘空鸟道千万折，奇峰朵朵开青莲"。我知道，我已经进入峨眉胜境了。进入山门，旅行车在山道上盘旋，秋日的细雨把山野草木清洗得流翠滴锦，繁茂清新。由于时间的关系，我们只能在牛心岭下的清音阁一带行走，但峨眉还是因她的秀美、俊俏、神奇、灵动，让我们流连赞叹，感到不虚此行。走在清音仙境，只见牛心岭下，白龙江和黑龙江绕山逶迤而来，两桥连体的双飞桥建在清音阁的两边。深堑幽壑，飞湍喷雪，江水奔涌，在阁前合流。站在阁上凝视，我们恍惚了，到底是水随山流，还是山随水动？因连日秋雨，岸边岩石间繁花杂树，分外茂盛，争奇斗艳；溪中激流喧腾，惊涛拍石，发出阵阵轰鸣，恰似古琴弹奏，时而激越，时而婉转，时而深沉，时而高昂，任人领略"清音意趣"。"双飞两虹影，万古一牛心"，我们只能调动所有的感官来欣赏这美景，观山光水色，听流泉清音，嗅花草芬芳，尝空气清新，触亭台碑石，最终将整个生命融入其中。心想这名字真好，"清音"，清脆的、清纯的、清净的、清朗的声音。让我们静下心来，听听江水的清音，也听听我们内心的清音，多好！

走在清音阁通往生态猴区的白云峡谷中，地上是散乱着的鹅卵石，旁边是潺潺流淌的浅浅溪流，清风送来满心的凉爽，两只眼睛似乎也被染上了绿意。到一线天，走上窄窄的潮湿的栈桥，两岸断崖如削，壁立千仞，植被丰茂，藤萝斜挂，野花繁茂，脚下是湍急的流水，头上是一线蓝天，雾水把我们洗得一尘不染，眼净心明。

前面就是清音平湖。两山之间，一湾平湖，水质纯净，清澈见底，四周青嶂翠峦环抱，古木参天，宛如碧玉嵌入其间，深深浅浅，点点滴滴，我们不知是树映绿了湖水,还是湖水把树染绿。

一路走来,我们感叹着大自然的神奇造化。峨眉山的美,婀娜多姿,气象妩媚。峰回路转之间,云断桥连;深谷幽壑之际,天光一线。万斛飞流,水声铮铮。半日行走,真正感觉是行走在到山水画中,清音仙境。突然想起峨眉山的得名。两山如黛,相对为眉,云鬟凝翠,"如螓首蛾眉,细而长,美而艳"。峨眉山,你真的不负此名,你就是一位绝色的仙女!

印象二、峨眉山的佛相。峨眉山是佛教名山,佛之长子。与山西五台山、安徽九华山、浙江普陀山、贵州梵净山齐名,而又独具特色。这些名山,除五台山我没有造访外,其他的我都拜谒过。这些山,遍布着佛的踪迹,但山是山,佛是佛,唯有峨眉山,山就是佛,佛就是山,佛山合一,融为一体。这里是普贤菩萨的道场,示相之地。游峨眉,就是朝菩萨。报国寺为佛之脚,寓意为"僧",表征培养僧才,为朝圣之基;万年寺为佛之心,寓意为"法",表征菩萨修学行持之心;金顶为首,寓意为"佛",表征朝圣之中心。我们此行,过报国寺,朝万年寺,遥望金顶,这也许就是我们的礼佛之缘分和修佛之境界吧!在万年寺内,我们朝拜无梁殿内骑着白象的普贤铜像,瞻望《贝叶经》、佛牙和御印。据佛经记载,普贤与文殊同为释迦牟尼的两大胁侍,文殊表"智",普贤表"德"。普贤广修十种行愿,又称"十大愿王",有"大行普贤"之尊号。我们在缭绕的香火中,领悟普贤行愿的精髓,感悟佛法之神圣,自觉以无上佛法洗涤布满尘垢的心灵,获得满心欢喜。回首遥望金顶,那里山高云低,有世界上最高的金佛,在陡峭的舍身岩边能够欣赏到日出、云海、佛光、圣灯四大奇景,这次我们只能侧身而过,心存念想了!

印象三、峨眉山的文缘。我其实是吟着李白的《峨眉山月歌》进入峨眉山的。"峨眉山月半轮秋,影入平羌江水流。夜发清溪向三峡,思君不见下渝州。"这是年轻的李白初离蜀地时写的一首依恋家乡山水的诗,描绘了一幅千里蜀江行旅图。诗人是夜间乘船从水路走的,在船上看到峨眉山间吐出的半轮秋月,山月的影子映在平羌江水之中,月影总是随着江流。夜里船从清溪驿出发,要向三峡驶去,船转入渝州以后,月亮被高山遮住看不见了。峨眉、平羌、清溪、三峡、渝州,这些带着乡情乡韵的蜀地名称,李白,你要用一首小诗把它们统统装下,也装进了你的记忆中,让你走遍天涯而一生牵挂吗?这首诗无疑是众多吟咏峨眉山的代表作,是李白让峨眉山,进入了中华文化史,成为其中最优美的篇章。在李白心目中,峨眉就是故乡,峨眉就是高峻。峨眉山陡峭险峻,横空出世的气势,天下没有第二座高峰可以媲美。"峨眉高出西极天","蜀国多仙山,峨眉邈难匹"。因为有李白在,那么多才俊的诗家,那么多美妙的诗文,都只能成为陪衬和烘托。

印象四:峨眉山的猴趣。我国的自然名山中,有猴者众多,但只有峨眉山的猴才可称为灵猴,这些调皮鬼,它们才是山的精灵。峨眉山的灵猴,嬉闹顽皮,滑稽可掬,见人不惊,跟人嬉戏,给游人带来无限乐趣,成为峨眉游的一道活的景观。与其玩耍,喂其食物,观赏其千姿百态,了解其生活习性,跟它们亲密接触,成为众多到峨眉游览者的一大乐趣。只是这些猴子,也许由于我们游客的过于娇纵与宠爱,让它们越发放肆、无赖、撒泼。它们不再身形矫健,灵活自如,而是体态臃肿,慵懒无聊;它们骚扰美女,流氓成性,甚至抢人财物,伤人肌肤。进入猴区,导游千叮咛万嘱咐,牢记两条防猴要诀:一要保持警觉,二是不要搭理。我们在小心谨慎中通过猴区,可还是有同伴被这厮欺负也。我们的这位倒霉的同伴,也一路成为我们奚落的笑柄,成为我们逗趣的谈资,当然,这也成为峨眉之行最有趣的记忆。

成都:沉潜悠往

【日记】9月26日,雨。上午驱车至武侯祠、杜甫草堂一游,感受颇深处为古代历史文化底蕴之丰厚,其间最突出者为岳飞所书前后《出师表》,及杜甫草堂遗址之发掘,深受震撼!

下午与王君、范女士两位同好冒雨打的至广汉三星堆遗址参观,亲眼所见曾在书画上出现的精美器物,尤以4米多高的太阳神树令人震惊,我们叹服于古蜀文明之繁盛,古代蜀民之聪慧。该馆设计别具匠心,新颖独特,与周围环境协调一体。三星堆之行为此次出游感受文化魅力最深之一页。

在成都，享用了正宗四川小吃，一为著名的龙抄手，共12种成都小吃之集锦；一为四川麻辣火锅，微辣之品级已让我们大汗淋漓，大呼过瘾也！

成都，就像它的名字一样，芙蓉城，锦官城，这是像芙蓉花、像丝绸织锦一样美丽的城市。最早领略它的美，缘于杜甫那首著名的《春夜喜雨》：晓看红湿处，花重锦官城。等到一夜"随风潜入夜，润物细无声"的春雨滋润，早晨起来，看那满城饱含雨露的杂花生树，映着曙光，红艳艳，娇滴滴，沉甸甸，芳香中含着清丽，娇艳处尽显妩媚。

成都，又是一座历史悠久、人文荟萃的古都。"九天开出一成都，万户千门入画图。"金沙遗址的发掘，使这座城市的历史上延至2700多年前。到成都，作为一名历史文化的爱好者与传承者，不能不造访的去处有二："武侯祠"与"杜甫草堂"，一是历史功业的遗迹，一是文化人格的圣殿。

早晨，细雨中我们踏进了"武侯祠"。一路上我的脑海里反复涌现的是杜甫的那首咏史诗，是它让武侯祠进入了中国文化史，这就是《蜀相》。

> 丞相祠堂何处寻？锦官城外柏森森。
>
> 映阶碧草自春色，隔叶黄鹂空好音。
>
> 三顾频烦天下计，两朝开济老臣心。
>
> 出师未捷身先死，长使英雄泪满襟。

这里的"丞相祠堂"就是武侯祠。记得在给学生教授这首诗时，我曾经问过他们：这首诗是杜甫在成都旅居时游览武侯祠而作，诗题为何是"蜀相"而不是"武侯祠"呢？我们探究得知：游古迹只是个由头，寄兴怀才是本意，杜甫所要表达的是对蜀汉丞相诸葛亮的雄才大略、丰功伟绩、忠心报国的尽情称颂和对其"出师未捷身先死"的无尽惋惜。诗歌的字里行间寄寓着感物思人的情怀，抒发的是诗人才困时艰的感慨。

导游的一声"武侯祠到了",才把我从沉思中唤醒。猛一抬头,我不禁愣住了,心里疑惑着,门头的匾额上明明白白是四个大字"汉昭烈庙"。昭烈。这不是祭祀蜀汉先主、谥号昭烈帝的刘备的祠庙吗?这又是怎么回事呢?听完介绍方明白:这是中国唯一的君臣合祀的祠庙群,由刘备、诸葛亮、蜀汉群臣合祀祠庙和刘备的葬墓惠陵组成。只因诸葛亮"名垂宇宙",德行、功绩和英名盖过了君主,就被统称为"武侯祠"了。

走进祠庙,只见浓荫匝地,草木葳蕤,因是雨天,游人并不多,十分安静,正好让我们发思古之幽情。大门内两侧各有一碑廊,其中最为人所熟知的是一座唐碑,公元809年刻立的《蜀丞相诸葛武侯祠堂碑》,由名相裴度撰文,名书法家柳公绰书写,名匠鲁建镌刻,因其文、书、刻俱精湛无比,被誉为"三绝碑"。碑文对诸葛亮的一生重点褒评,对其高风亮节、文治武功,竭力赞颂。我对同伴说,这碑应该叫"四绝碑",加上诸葛亮的功绩一绝。

到二门,这里才是刘备殿,昭烈庙。庙内有刘备的贴金塑像,仪容饱满,耳大垂肩,奇怪的是左侧陪祀的是他的孙子刘谌,右侧的位置却空着,那位陪祀者到哪儿去了?询问方知,本来右边是有陪祀者的,那就是后主刘禅!这位扶不起的阿斗,因其昏庸无能,丢失祖辈基业,丧权辱国,被俘后"此间乐,不思蜀",被后人从祠庙中撤除了。你个丢人现眼的不肖子孙呀!倒是刘谌有些刚烈,刘禅降魏,刘谌率全家到刘备墓前哭拜,最后自杀身亡。总算为刘备后裔保留一份尊严、血性和骨气,为刘氏家族挽回一丝颜面。在两侧的偏殿内,东有关羽,西有张飞,这是"桃园结义"的兄弟。东西廊坊内还分别有蜀汉文臣武将各十四尊,文以庞统为首,武以赵云领衔,也好。刘备的祠庙内,结拜兄弟,股肱之臣,江山社稷的依靠算是齐聚了!

这里没有你的位置,但在殿内逶巡,最有光彩,最让人驻足怀念的还是你,诸葛孔明。一壁是传说为岳飞所书气势磅礴的《出师表》,一壁为现代书家沈尹默所书潇洒飘逸的《隆中对》。有这一表一对,有这样的精神和智慧,你的形象就已经比那些塑像更高大、更丰富、也更完美了。

走过刘备殿，这里才是真正的武侯祠。诸葛亮生前被封为"武乡侯"，死后谥"忠武"，故称"武侯祠"。殿上悬着"名垂宇宙"的匾额，两旁就是那幅有名的清人赵藩撰写的"攻心联"：

能攻心则反侧自消，从古知兵非好战；

不审势即宽严皆误，后来治蜀要深思。

这是一副有关理国治世的箴言联。古往今来，欲成就大事，以攻心为上，要审时度势，夺取江山"得人心者得天下"，治理天下要宽严适度，德法兼具。对联作者怀古喻今，感时伤世，抒情寄怀，难怪那么多政治家到此都会驻足沉思，也许是触动他们心中的隐秘了吧！据说这副对联深得毛泽东的赏识，反复要求治蜀的大员深思借鉴，恐怕别有深意吧。

正殿里供奉着诸葛亮祖孙三代的塑像，正中就是那么经典的形象：头戴纶巾，手执羽扇，运筹帷幄之间，决胜千里之外的形象。让我们不禁回忆起他的一生：躬耕南阳，隆中献策；赤壁大战，定三分天下之大势；受诏托孤，为匡扶蜀汉政权，统一天下而东征西伐；六出祁山，七擒孟获，最终病死五丈原，成就辉煌的业绩。其"鞠躬尽瘁，死而后已"的精神和品格，千百年来一直受到后人的敬仰和怀念，也使其成为"千古良相"的典范。大梁上的就是《诫子书》中那句"非淡泊无以明志，非宁静无以致远"的著名训诫，已成为中国文人政客乃至我们普通人的心灵警示。我在此看到极富意味的一幕：诸葛亮像的两旁，是他的子孙塑像，其子诸葛瞻和孙诸葛尚均在绵竹抗击魏将邓艾的战斗中身亡殉国。这和刘备子孙形成了有趣的对比。

也许是在这森严的庙堂中待得太久，我们的心情也变得沉重、压抑，我想让自己明媚、畅亮起来，这不，我们来到了草堂。这是用茅草搭起的居处，杜甫叫它"茅屋"，我们叫它"草堂"。对这两个同义词，我更喜欢杜甫的原称，茅屋，一种生活的古朴原生态的显现，一种富有生命粗野质感的表述。

这几间普通到不能再普通、简陋到无法再简陋的茅屋，之所以能成为我们心中的圣殿，就是因为那首《茅屋为秋风所破歌》，因为那声"安得广厦千万间，大庇天下寒士俱欢颜，风雨不动安如山。呜呼！何时眼前突兀见此屋，吾庐独破受冻死亦足！"的呐喊！到草堂的时候，雨大起来了，丝丝绵绵的秋雨，带来清爽怡人的气息，将草堂洗得分外干净、娴静。我在想，那一夜，杜甫所面临的秋雨一定比这要狂烈、凄寒吧，现在的草屋是什么样子的呢？

一抬眼，正门匾额上正是"草堂"二字，我知道，这是清代康熙的十七皇子胤礼所书，与我心想的有些相似，倒是两旁的对联"万里桥西宅，百花潭北庄"，觉得平庸了，也俗气了。进入旧址，发现这里已是一座园林。大廨、诗史堂、柴门、工部祠，依次排列，园内流水潆洄，小桥勾连，竹树掩映，显得庄严肃穆、古朴典雅而又幽深静谧、秀丽清朗。

现在我终于站在茅屋的旁边了。我想，就是这里了，就是这样子！一泓池水，在秋雨中分外幽静，翠色掩映中，几间草房，土墙草顶，低矮、狭窄，这正是那个穷寒的诗人暂时安身之所。我知道杜甫是怎么流寓于此，建造此屋的。那是公元759年，为避"安史之乱"，诗人携家由陇右入蜀辗转来到成都。在友人严武的资助下，诗人在浣花溪畔一住就是四年。在这里杜甫成就了他一生诗歌创作最辉煌的篇章，那些唐诗中的经典、桂冠级的诗篇都是在这间茅草屋中生发的。《蜀相》《闻官军收河南河北》《绝句四首》，这些现在的中小学生接受诗歌启蒙时都要记诵的名篇，特别是那首《茅屋为秋风所破歌》更是千古绝唱！可仅仅过了四年，随着友人的去世，失去依靠的诗人只得挈妇将雏告别这里，经三峡流落漂泊荆、湘各地。从此，就是这样破败的草屋也成为诗人心中最温暖、最安宁的奢想。随着诗人的流离，物质的草屋也坍塌倾圮了，但中国诗歌史、中华精神史上却矗立起一座高大到无与伦比、坚固到无法摇撼的殿堂。

记得我在教授学生这首诗时，我用这样的语言来做结语的：

现在让我们来破解这个谜团,为什么位于成都西郊偏僻的浣花溪旁用诗人的名字命名的草堂能引起那么多人流连驻足咏叹,一次秋雨吹破房屋的小事引起那么长久的关注与解索了。诗人之所以被称为人民诗人,他的诗之所以被称为诗史,是因为他始终关注民生,关心人民的疾苦,《三吏》《三别》,"穷年忧黎元,叹息肠内热","朱门酒肉臭,路有冻死骨"。我们明白:杜甫草堂是人民的圣殿,诗人的呐喊代表了千百年来广大人民的心声。让我们再一次诵读这首千古绝唱,去感受诗人博大的胸怀和崇高的境界吧!

走出草堂,雨大了起来,密密的,紧紧的,我的思绪依然留在那里,我想起诗人冯至的话:"人们提到杜甫时,尽可以忽略他的生地和死地,却总忘不了成都的草堂。"是的,无法忘却,秋风所破的雨中茅屋,浣花溪畔的杜甫草堂!

在秋雨中游览了武侯祠和杜甫草堂,我们的观察和思想仿佛逆着时光隧道回溯到悠远的汉唐,通过诸葛亮和杜甫回到那1000多年前的成都。但我的思绪却一步飞扬起来,如果把时间再往前推移呢,那更远古的成都该是什么样子的呢?猛然想起,我们是不是遗漏了更加久远的遗迹?心中总觉得在些牵挂,对,三星堆,大地震后是否安然无恙?

成都的雨更大了。据说成都一年有300天在下雨,湿润的空气把这片土地滋润得草木丰沛,女儿俏丽,现在我信了。在瓢泼大雨中我还是和同行的王君、范女士一起打车直奔40千米外的广汉,却探秘那神奇的珍藏,却追寻那充满疑问的历史。

车行成广高速,我的心里满是待解的谜团:三星堆,可以用匪夷所思、神秘莫测、赫然显世、怪诞诡异来形容。它的破空而来甚至比秦始皇的兵马俑还要让世人震惊和迷惑。1929年,那个叫燕道诚的农民一次偶尔的掏水沟,一下子把中国的文明信史往前推移了1200年。我们说中华民族有5000年的文明史,可三皇五帝的传说毕竟不是信史,有文字记载的商王朝据今仅有3600年,可这个默默地位于成都平原上的小土堆,一个偶然的机遇,却一下子承载了中华民族文明的滥觞！更令人惊奇的是,它居然在史书的记载中完全地缺失与空白,在厚厚的黄土坑里,在历史的尘封中被密密地掩埋着,带着那么多的谜团,一藏就是5000年!

带着疑问,我们踏进了三星堆博物馆。虽有心理准备,我们还是惊呆了！那么多的珍藏,浩如烟海,蔚为大观,令人眼花缭乱,目不暇接。那些青铜器、玉石器、象牙、贝类、陶器和金器,造型夸张、制作精美,身临其境,让我们心驰神往,恍惚中想象着、猜测着、叹息着、欣慰着,这是独一无二的旷世神品呀,这是闻所未闻的稀世之珍。

这些青铜造像,既有夸张的造型,又有优美细腻的写真,组成了一个千姿百态的神秘群体,光怪陆离,奇异诡谲。这件身高 1.7 米,连底座通高达 2.62 米的青铜立人像,这座 3000 多年前的"东方巨人",这尊"世界铜像之王",高鼻、大眼、粗眉、宽嘴、瘦高的身躯,粗大的手臂,他是谁呢？他呈抱握状的与形体比例极不协调的手中握着的是什么物件？他是蚕丛呢,还是鱼凫？他手中握着的是玉琮呢,还是法具神筒,抑或空无一物,就是一种手势？

这一件青铜突目面具,你的眼球瞳孔为何要呈圆柱状向前突出那么多,就是"其目纵,始称王"的蚕丛造型吗？

这一件太阳轮器,你可以表现太阳崇拜观念,可为什么舍简就繁地有五道光芒,在测量技术很落后的年代,古人是怎么将圆周五等分的？

现在我们来到这件醒目地列于历史教科书首页的"青铜神树"前了。这件残高近 4 米的神树,是三星堆的镇馆之宝。这棵神树树干笔直,三簇枝条,九根树枝,树枝的花蕾上栖息着 9 只神鸟,一枝龙缘树枝逶迤而下,残缺的上部应该是九颗太阳,而这应该是"九日居下枝"的写照吧！你是一棵什么样的神树,是扶桑,是若木,还是建木、桃都？当你耸立起来的时候,膜拜的人们是否实现了天地沟通？而我更大的疑问是,我们的先祖究竟是用什么样的工艺才把你制造出来的？我们除了惊叹还是惊叹！

在博物馆内探寻,我仿佛在历史的迷宫中穿行,它让我重新审视被遮蔽的历史。

我在思考着:巴蜀文化的价值何在,它与中原文明有什么关联。一般都认为与中原相比,巴蜀地区是一个落后封闭的地方,与中原文明没有关联,可三星堆的发现却明白地告诉我们,它是夏商前后,甚至更早时期的文化中心,且与中原文明有一定关联。都认为黄河是我们的母亲河,黄河流域是中华民族的发祥地,而三星堆将古蜀国的历史推前到5000年前,印证着长江流域也一样是中华民族的发祥地,长江流域也存在着不亚于黄河流域的古代文明!

三星堆大量青铜器的发现,使得这个远古蜀国都城的面貌也从历史的迷雾中渐渐清晰。这些青铜器器型高大,造型生动,结构复杂,人物、禽兽、虫蛇、植物,反映着古代蜀人崇拜祖先、崇拜自然神灵的宗教观念,显示着早期蜀人的精神世界。它们既有中原殷商文化和长江中游青铜文化的风格,证明着中华民族同根同脉的渊源,也有着强烈的本土地域文化特征,呈现出独具一格的奇特面貌。余秋雨曾说:"中国有5000年的历史,不是因为传说的炎黄二帝,也不是因为夏商周,而是因为我们有三星堆和良渚。"此说不虚,确是信言。

我是带着解谜的心思来的,可走出三星堆,我的疑惑却更大也更深了。这个突兀在成都平原上的三个黄土堆里怎么会埋藏着那么多的谜团:它的文明起源于何方? 繁盛的古都是怎么消失的? 这些神秘的器具带有着怎样的文化符号?那根金杖上的鱼和箭头究竟是图画还是文字的雏形? 那根稀世珍宝的金杖是权杖吧? 金沙文化是它的延续吗? 我在猜想,也在沉思。

专家们说,三星堆文明上承古蜀宝墩文化,下启金沙文化,古巴国文明。如果说成都的形成源于金沙,那么,三星堆不就是成都的前生吗? 缘此,我的这篇游记,把三星堆之行纳入"成都:沉潜悠往",应该不算走题吧!

那一脉文化滋养

【日记】9月27日,归来。上午从成都双流机场飞合肥,12时许到港,晚在含山昭关宾馆用餐,结束此次四川之行。

作为一名语文教师,我们在教育教学工作中,带领学生们领悟中华文化的博大精深,体味我们的母语汉语的无穷魅力,追踪世界文明的发展脉络,从而提高鉴赏、捕捉、品析、运用汉语语言文字的能力,就是我们无可推卸的职责所在。如果一个语文教师自身没有开阔的视野,充沛的感情,丰富的体验,厚重的积累,那么就只能做一个掉书袋的冬烘式的教书先生而已。因此,我们就需要沉潜到中华文化及世界文化的瀚海之中,涉足于书本以外的无垠世界,读书、思考、观察、实践,让我们的自身充盈丰沛起来。于是,对我们而言,游历山川,行色匆匆,就不仅是饱览山光水色,踏访历史遗迹,而是要获得美感的积淀,文化的滋养。

为期一周的四川游程,我边行走边观察边用心地体验,获得了极大的情感愉悦和精神收获。这是一块充满了无穷魅力的土地,山川秀美、风光旖旎,自然风景得天独厚,同时人文景观又十分丰富,文化底蕴丰厚,特色鲜明。我的感受在一天天地深化,情感在一点点地融入,渐渐地,我与这块神奇的土地间便有了牵扯不开的脉络相连。

这一片巴山蜀水是世界遗产旅游资源最大的富集区域,迄今已列入《世界遗产名录》的顶级旅游资源地就有 5 处。世界自然遗产九寨沟、黄龙、泛卧龙大熊猫栖息地,世界文化遗产地青城山—都江堰,世界自然与文化双遗产峨眉山—乐山大佛(这里还不算跨越诸省的自然遗产包括涪陵芙蓉洞在内的南方喀斯物地貌的自然遗产和已划入新设立的直辖市重庆的大足石刻文化遗产),这在中国,无论数量、密集度,或是质量、景观价值,唯有北京可以媲美。这一次行程,我观赏了九寨沟、黄龙的绮丽风光,我徜徉于峨眉山、乐山的山水之间。卧龙大熊猫栖息地和青城山、都江堰都未能造访。我特别怀想的是都江堰,这是中国古代最有价值的民生工程。这一块堰坝呀,建设于古代并延泽至今的大型水利工程,被誉为"世界水利文化的鼻祖",由秦国蜀郡太守李冰及其子率众建成。这是全世界迄今为止,年代最久、唯一留存、以无坝引水为特征的水利工程。它几千年来静静地横卧在岷江之上,分洪泄流,变水患为水利,巧夺天工,精妙绝伦,是它使沃野千里的成都平原变成了物产丰饶的天府之国。可惜由于汶川地震,都江堰受到毁损,为了保护文物,景区暂时封闭维修,我们不得不遗憾地与之擦肩而过了!但在我的心中,一种感激,一种幸运,已悄然滋长。

此次四川行,我还欣赏了两场民俗风情演出。一次在九寨沟,观赏《高原红藏羌风情歌舞晚会》,另一次在峨眉山,观赏的是《四川文化民俗歌舞演出》。我在全国各地游历,那些著名的景点似乎都有这样的演艺项目,我觉得大部分演出都粗糙而低俗,以赚人眼球、骗人钱财为目的,但这两场演出,都有较高的艺术水准、美学品位和文化价值。其中最令我兴奋的是川剧表演。川剧作为一种古老的剧种,那活泼灵动的形式、多样变化的曲调、浅显易懂的曲词、诙谐幽默的表演,令我眼界大开,大呼过瘾也。尤其是川剧中的绝活,变脸、旋舞、喷火等,身临其境,我们为艺术家们的精湛演技而拍手叫绝,为这朵散发着浓郁芳香的戏曲奇葩而心迷神驰,这是一场艺术与精神的盛宴,至今还让我回味,沉醉。

说到四川文化给游人的感受,不能不提到四川的饮食。川菜,是我国与鲁菜、淮扬菜、粤菜齐名的四大菜系之一。它取材广泛,调味多变,菜式多样,口味清鲜、醇浓并重,特点是麻辣。对于我们这些习惯于重油重色的徽菜特色的旅客而言,那种对口舌味觉的刺激,对饮食习惯的颠覆,不啻一次冒险与猎奇。一阵麻辣让我们涕泗横流、大汗淋漓过后,口中留下的竟是那么美妙的甘美与芳醇。听听那些名词,麻婆豆腐,夫妻肺片,回锅肉,宫保鸡丁,东坡肘子,哪一份不会勾起你的馋欲,哪一件不会让你垂涎。如果嫌一桌川宴过于繁复,那尽可以不这么麻烦,上一口火锅足矣。底汤是早已准备好的,你只需要将喜欢的肉类和蔬菜浸入其中,涮而烫之,熟而食之,那一份滋味岂是一个"爽"字可以言尽的!如果还嫌火锅太正式,那你尽可以去路边吃小食。据说成都的小吃有 500 多种,龙抄手,赖汤圆,钟水饺,张鸭子,凉粉,小笼蒸牛肉,小巧精致,香甜可口,调节脾胃,赏心悦目。你只能怪自己的胃口太小,面对这些琳琅的美食,眼很馋肚已饱。此时你一定对能做一个川人,心生羡慕!当然,你说如此的美食,没有佳酿美酒,岂不缺憾？那好，四川有的是好酒！这里有泸州老窖特曲、绵竹剑南春、成都全兴大曲、古蔺郎酒，你尽可以选择享用。我还知道，你最心仪的一定是五粮液，那是与贵州茅台齐名的呀，那是五种粮食混合发酵的精华呀！饮一杯入口，那馥郁的香气，醇厚的滋味，进口甘美，入喉净爽，不论你是不是酒徒，你都会觉得这是人生莫大的受用。

四川的美食，特点在麻辣，魅力在滋味。就像是川人一样，泼辣，细腻，顽强，敢于担当，不怕挫折，有一股蛮劲和威武。

四川人尚武又好文，仅就现代而论，中国现代史上那么多的军事家都出自四川，朱德、刘伯承、陈毅，还有邓小平；同时四川又是中国现代文学的重镇，巴金、郭沫若，自不必说，他们已成为享誉世界的文化泰斗和精神导师。在四川当代作家中，我最喜欢的有三位。一位是流沙河。记得当年在读师专时，做文学青年，写青春诗歌，流沙河的诗作就是我模仿的对象。《故园六咏》《哄小儿》《就是那一只蟋蟀》等都到熟读成诵的地步，他的故事、遭际、爱情、才情，就让我们惊叹不已。后来他写台湾诗歌的书，写庄子的书，写语言文字的书，都成为我的床头读物，每每读来，每每会心。二是魏明伦，这位被誉为"巴蜀鬼才"的剧作家、杂文家、辞赋作家。童年失学，自学成才，才气横溢，他的剧本《易胆大》《潘金莲》《巴山秀才》，一戏一品，大胆创新，几乎每一部都引起极大的轰动。近年来，他的杂文，尤其是他的骈赋作品，那深奥精致的语汇，那丰厚充沛的古韵，让你惊叹什么才是天赋才情！其三当然是阿来，这个出生于马尔康的藏族青年，以一篇《尘埃落定》横空出世，震惊中国文坛。这部有着独特视角、丰厚的藏族文化意蕴的小说，轻淡的一层魔幻色彩增强了艺术表现开合的力度，语言"轻巧而富有魅力""充满灵动的诗意"，"显示了作者出色的艺术才华"。当年我一读，就惊为传奇，我感觉到这是有神秘与诡异在。

四川是一块风水宝地，在成都，绵绵不断、丝丝相连的细雨一直飘拂着，雾气迷蒙。我理解了这一座被称为中国最休闲的城市，为何美女如云了。这些川妹子，身材多娇小，面容秀气，皮肤嫩白，性格鲜明，她们就是从这一片烟雨氤氲出来的呀!

　　在四川,我一直感觉到我在读一本大书,一卷有着绝美自然的画册,一部有着丰厚遗迹的史书,这是洋溢浓郁诗情的文学巨著,也是闪耀无穷光彩的文化典籍。读着它,我的内心也渐渐深邃、灵动、充盈、丰沛起来。

2008 年游览,2013 年 7 月补写

第六辑：杂色岭南

初冬时节到岭南

节令已过小雪,江淮大地上早已显出一派萧瑟、凄寒的冬日景象,草色枯黄,木叶凋落,繁花衰败。近几日连天阴雨,连往日面色惨白、有气无力的太阳也躲在厚厚的云层中不见了踪影,随着寒风飘来的毛毛细雨,更让这份寒意钻入骨髓,透彻心底。清晨上班,毛衣毛裤全副武装,围巾手套盛装上阵,把自己包裹得严严实实,像个臃肿的笨熊,但还是难以抵御寒气的侵袭,初冬的冷意比隆冬时节更让人难挨。恰好最近在给学生上郁达夫的散文名篇《故都的秋》,文中写到北方之秋与南国之秋的差异,倒是勾起了我对南方的向往,在这寒冷的季节,如果有一次南国之行,沐浴煦暖的阳光,轻拂怡人的和风,那是何等惬意与畅快的美妙享受呀!机缘凑巧合,心想即事成。因我校被南方医科大学评为优质生源基地学校,受邀参加该校组织的招生工作研讨会,我欣然领命带队前往,南国之行的美梦便得以成为眼前的真实。

这是一次在温暖以至闷热中度过的旅行,一段悠闲但又是匆忙的行程,获得了一些真实然而有些琐碎、斑驳的感受。此之谓"杂色斑斓"也。

11月27日上午,乘车前往南京禄口机场,登深圳航空ZH9370航班飞赴广州。现在正是旅游的淡季,出行并不拥挤,登机也很顺利,一切都落在悠闲与散漫中。飞机滑出跑道,昂首直上云天,穿过厚厚的云层,霎时间,久违的耀眼阳光不由分说地直透舷窗,身上尚存的寒冷记忆顿然消散。窗外是碧蓝碧蓝的天宇,机下是层层叠叠的云絮,阳光泼洒在上面,如同皑皑的雪原,又似层层的棉垛,红装素裹,金光闪闪,跌宕起伏,浩浩荡荡。被阴霾与寒气压抑的心也在一瞬间明亮、温暖起来。

邻座是一对年轻夫妇带着活泼调皮而又精灵鬼怪的男孩。在旅行中,我一向不喜与陌生人搭讪,要么专心观赏旅途风景,要么找一本读物静心地阅读,可这小男孩让我童心萌动,心绪大开。这孩子三岁左右,长得虎头虎脑,一副机灵的模样，他应该是飞行的常客，一切都顺理成章的，一点也不拘谨与陌生，飞机在等待起飞时，他会老到地问"飞机怎么还不起飞呀"，一会儿自己就会主动熟练地系上安全带；当空姐推来饮料车时，他会抢上前去"阿姨，我要果汁"，并十分友善地帮我拉开桌板。不一会工夫，他已俨然成为我的"小友"，开心逗乐，清脆稚嫩的笑声充溢在机舱里，只不过不到半程他已酣然睡去，我只能与窗外的灿烂阳光与蓝天白云交流了。但这对夫妇和这个活泼的男孩，让我的旅行充满了阳光般的温暖与明媚。

下午三时许，飞机降落在白云机场。走出机舱，一股热浪扑面而来，于是迫不及待地脱下身上的西装外套和毛衣毛裤，可依然显得闷热难耐，我的身体还留存北方寒冷的记忆，一打听才知道今日广州的气温高达 29℃。难怪街上的青年男女尚是夏日的装扮，男孩穿的是短袖 T 恤，姑娘更是漂亮的短裙，时尚新潮而又性感迷人。接车的是一位复员军人，热情的小伙子，一路上滔滔不绝地介绍起他的学校。南方医科大学，其前身是第一军医大学，1953 年抗美援朝的烽火硝烟中初建于冰天雪地的齐齐哈尔，后几经辗转，不断南移，最终落脚南国的花城广州。2004 年，退出部队序列，改建制为广东的地方高校，学校现有广州和顺德两个校区，拥有三名中国工程院院士。半个多小时的路程，只听这位小伙子如数家珍、急不可待地介绍，尚未来得及观赏南国花城的美丽街景，一抬头，南医大到了。

学校的正门依然保留着叶剑英元帅题写的"中国人民解放军第一军医大学"的校牌，据说为保存这块门额，学校颇费了一番心思，在外再建一层，将原门笼罩其中，这样既改变了校门原貌，又保留了最值得珍视的遗迹，只是在校门内里另立一块巨大的石碑，上面是集毛体书写的"南方医科大学"。穿过两排高大葱绿的树木，经过植物繁茂、绿意正浓的"东方植物园"，便进入学校安排我们入住的大吉岭宾馆。

欢迎晚宴简朴而又热烈。宴会地点在宾馆的自助餐厅，来自全国各地的与会代表济济一堂，我们安徽的几位嘉宾被安排在一桌，故土乡音，新朋老友，话语投机，分外亲热。南医大教务处长曾志嵘教授致辞，校院领导纷纷敬酒，场面炽烈，笑语喧哗不断。记忆深刻的是所饮的白酒为该校一位教授独家研制，有独立的自主产权，酒味甘醇，芳香浓郁，据说具有多种保健功能，让我们这群来自酒乡的皖人大呼过瘾也。

晚餐后，学校组织我们参观广州的市容。夜色下的广州城，灯火璀璨，行人如织，国际化大都市的风貌尽现眼前。当然我们此行的目的地一定是位于珠江之畔的被俗称为"小蛮腰"的广州塔，广州城的新地标建筑。车行广州大道不久，透过鳞次栉比的高耸楼群，一座耀眼夺目的高塔脱颖而出，出类拔萃，熠熠生辉。终于我们来到塔底广场，大家喜不自禁，纷纷拿出手机拍照。此时的广州塔，秀美挺拔，钢梁交错，直耸云天，璀璨的灯火不停地变换着色彩，美轮美奂，恍若仙境。同行的南医大学生兴奋地向我们介绍着：这是一座高达600米的中国第一、世界第三的高塔，造型设计镂空、开放，清新脱俗，仿佛在三维空间中扭转变换，与海心沙亚运公园和珠江新城隔江相望，将力量与艺术完美结合，展现了广州这座南国大城的雄心壮志和磅礴风采，成为广州新中轴线上的亮丽景观。其设计灵感源于修长苗条、婀娜多姿的东方女性形象，整体形象犹如一位扭腰回眸、风姿窈窕的美丽少女，让你不禁留恋，心醉神迷。我在心中想到，人们俗称之为"小蛮腰"，只是勾画出了她身姿的曼妙，我却愿叫她"女神塔"，或许更能表达出她"巧笑倩兮，美目盼兮"的美妙神韵！因时间已晚，大家不得不放弃登顶，一览广州夜景的机缘，恋恋不舍地离开。回行时刻，车过广州大桥，为满足大家未了的心愿，旅行车又在海心沙亚运公园停留，从远处眺望直塔高耸，俯瞰珠江横流，江水倒映着流光溢彩的塔影，仿佛流淌着花城人五色斑斓的美妙梦幻。

心中还闪烁着广州塔迷离的幻影，我们很快进入安甜的梦境。

行走中国最美大学

一觉醒来，南国的阳光已经洒进屋室。在简短的欢迎仪式之后，便是参观校园。全国的高校，我到访过的不少，建筑大同小异，风格固定成型，鲜有让人难以忘怀之处。但南医大的建筑却显得独具特色，大多呈现出西式风格，显得另类而别致。苍翠的树木，绿荫遍地，繁盛的鲜花，鲜艳华美，点缀着圆拱尖顶的建筑，既协调一致又新奇有味。

在南医大参观，印象最为深刻的是人体博物馆，3000多件标本，集人体、解剖、生物、胚胎、病理以及数字化人体于一体，据介绍这是亚洲规模最大、种类最多、水准最高的人体展示馆。原以为人体标本展室，一定摆满死者遗体与器官，令人恐怖惊惧，毛骨悚然。进去一看，却是色彩缤纷，运用特殊管道铸型技术处理的标本，仿佛是一件件精美绝伦的艺术品，把人的经脉展现得纤毫毕现，没有恐惧，只有生命的美妙与神奇。在这里我们才知道，我们的体内竟然蕴藏着那么多的细胞、血管、经脉，密密麻麻，缠缠绕绕，犹如一株枝繁叶茂的大树，在大地上培育、生长、繁衍、衰老，最后走向湮没，走向轮回。

匆匆参观完人体博物馆，我们便驱车前往五十千米外的顺德，参观新的校区。旅行车出广州城，一路行驶在南粤大地，虽是深秋，可到处阳光煦暖，绿树浓郁，红花艳丽，特别耀眼的是道路两旁满树繁茂地盛开着的紫荆花，一朵朵，一簇簇，一丛丛，红似火，艳若霞，美如诗，洋溢着浓浓的春意。我心想：这里哪有一丝一毫冬日的气息，这才是南国景象，这才有花城风姿。

车行一个半小时，至顺德。顺德，是名声很响亮的地方，为中国经济百强县之一，堪称华夏第一县（市），地处珠三角腹地，借紧邻港澳地利之便，得改革开放风气之先，成为全国家电、家具、燃气具、花卉和日用品生产基地，享有广东"四小虎"之美誉，现在成为佛山市的一个区。

南医大顺德校区就位于顺德的西南部。据介绍，2004年，学校改制，因广州大学城已经被地方高校捷足先登，再无空地，而顺德区政府大气魄，大手笔，在顺德水道与东海水道交叉的河谷地一次性无偿拨给1800亩土地建校，南医大用11个月时间，投资19个亿，建成一座既有中国古典式园林风格又有现代气派的新校区，创造了人称"南医大速度"的建设奇迹。

说到南医大顺德校区的美,南医大师生中流传着一个经典的段子:有好事者在网上发起中国最美校园评比活动,位于厦门鼓浪屿的集美大学荣获第五名,学校在网上大肆宣传,这让南医大的师生羡慕不已,可上网一查,原来赫然名列第一的竟然是自己的学校,于是南医大师生便骄傲地宣称他们才是中国最美,没有之一。

　　车进校园,热情地迎接我们的是各自学校的毕业生。在这遥远的南国,在崭新的学校,迎接母校的领导和老师,同学们脸上绽放着青春灿烂的笑容,用熟悉的乡音交流着对母校的怀念和对新校的自豪。在这里我见到我校 2013 届校友黄静雅同学,说来也巧,她不仅是我校的优秀毕业生,而且是来自和我同一个乡镇的地地道道的老乡。在学校时我并不认识她,可在众多嘉宾中,她还是一眼就认出了我,现在虽然已经读大二了,但还带着农村孩子特有的纯朴和羞涩,很清纯,也很热情。她当起了临时导游,带着我一边参观校园,指点着介绍学校的各式建筑,一边回忆母校的师长、高中的学习生活,诉说着对母校师长与家乡亲人的思念。我们行走在如画的风景中,在有 200 亩水面的人工湖里,学校龙舟队的队员们正在鼓声有节奏的指挥下奋力划桨,一叶长长的龙舟在平静的湖面上直驶向前;穿过一条如长虹卧波的拱桥,我们登上学校的至高点凌云塔顶。这是一座仿古的七层方塔,因担心拥挤发生踩踏事故,学校平时并不对学生开放,今天为接待远方的客人,特意批准同学陪同登塔,引得同学欢呼雀跃。登上塔顶,俯瞰美丽的新校园:夕阳的余晖映照,各种仿古的建筑上洒满了金色的光芒,宝蓝色琉璃瓦的大屋顶,深蓝和赭红相间的墙面,古典式的拱形窗户,绿树掩映中,古朴又新潮;宽阔的水面,一平如镜,倒映着树木建筑,清澈而宁静。难怪同学们要称之为花园学校、中国最美了。

　　暮色中,我和黄同学边走边聊,不时地让她的同学为我们合影留念,在这美丽的校园,和自己的学生一起徜徉,这一刻安宁、温暖、充实而幸福。

没有冬天的清晖园

清晖,在中国古典文学中是一个优美的意象,在古代诗人心目中是神奇的向往。它代表着明净的光辉、清丽的光泽。南朝宋时谢灵运在其诗作《石壁精舍还湖中作》中有"昏旦变气候,山水含清晖"之句,清代文学家方文《秋夜饮顾与治斋中》诗中亦云:"清晖在山川,流光及城阙"。"清晖"一词,还可用来比喻容光、面容。如南朝梁沈约《齐故安陆昭王碑文》:"兰桂有芬,清晖自远。"唐李商隐《梦令狐学士》诗云:"山驿荒凉白竹扉,残灯向晓梦清晖。"明代夏完淳《六君咏·徐詹事》:"灵旗动虚无,清晖宛如昨。"同时它还作为山水的代称,如宋陆游在《老学庵笔记》卷八中写道:"国初尚《文选》,当时文人专意此书,故草必称王孙,梅必称驿使,月必称望舒,山水必称清晖。"我们今天的读者,见到"清晖"必然产生丰富的联想,获得美好、清雅的享受。早就听说顺德有一处园林,以"清晖"命名,这是一处广东省文物保护单位,与佛山十二石斋、番禺余荫山房、东莞可园并称粤中四大名园。到顺德,这是必不可少的去处。

29日上午,校方安排了半日自由活动,于是我们一行相约来到清晖园游览参观。清晖园离我们的住处不远,步行只需几分钟时间。进入仿古的正门,宽阔的庭院中是一株枝繁叶茂、遮天蔽日的大榕树,因是周末,园内游人如织,这里正在举行少儿吟诵比赛,一群家长和老师带着花枝招展的孩子前来表演和观赏。我们无暇驻足欣赏孩子们的表演,匆匆走向里边,通过一扇小门进入庭院。从门边的石碑简介中我们得知:该园原为明朝末年顺德籍状元黄士俊府第,入清以后,黄家败落,庭院荒废;至乾隆年间,为进士龙应时所购;嘉庆五年,其子翰林龙廷槐辞官南归,筑园奉母;后经龙氏后代子孙数世精心营造,格局始臻完善。抗战期间,龙氏家人避居海外,庭院日渐残破。1959年,在时任广东省委书记陶铸的关注下,开始修复,成为现在的规模与格局。

走进庭院,只见水木清华,景致优美,为岭南园林艺术的杰构。中国的园林,我到过的不少,苏州的拙政园、留园,扬州的个园、寄啸山庄(何园),更不用说北京的颐和园、承德的避暑山庄了,这些都让我流连忘返,叹为观止。但今天在清晖园中徜徉,我还是感到一种别样的美,一种南国的美。园内的各式建筑,碧溪草堂、澄漪亭、惜阴书屋、归寄庐,古色古香、造型各异,灵巧雅致,美而不俗,其最让人瞩目之处为雕镂绘饰,均是岭南佳果花鸟,与北方大异其趣。园内的花卉果木,玉棠春、银杏、沙柳、紫藤、龙眼,在南国得天独厚的阳光雨露滋润下,分外茂盛,满目葱茏。

这真的让我们感到什么才是四季如春,这里本来就没有冬天。

不经意的别样惊喜

提起广东与广州,我的心里总有一种温暖与热烈的向往。这不仅因为其地处南岭以南,南中国海之滨,气候温热,雨量充沛,典型的热带风情;更由于其毗邻香港、澳门,我国的第三大河流珠江贯穿全境,得风气之先,享地利之便,思想活跃,心态开放,其入海口的珠三角地区,物产丰饶,是我国经济最发达、人民生活最富裕的地区。同时其在文化上也呈现出与内地迥异的特色,在语言风俗、传统、历史等方面都有着独特的岭南文化、南粤文化风格。

广州,海上"丝绸之路"的起点,中国的"南大门",中国大陆经济发达的城市之一。最早对广州的向往缘于秦牧的著名散文《花城》,秦牧用他生花的妙笔描绘出冬日广州繁花似锦、璀璨缤纷的景象,让我们了解广州人爱花、养花、赏花、赠花的传统和情趣,每每读之我的心中便涌现出一片如潮的花海,这是一座用鲜花打扮与装点的城市。后来读到著名诗人孟郊的诗"海花蛮草延冬有,行处无家不满园",这怎能不让我们这些习惯于萧瑟、寒冷的冬日景象的北方人对这满城繁花心向往之呢?学中国历史,我们还知道,发生在中国近现代史上那么多波澜壮阔的史剧,大都源于广州及周边地区。虎门销烟、三元里抗英、康梁的戊戌维新、孙中山的辛亥起义、国民革命军的北伐战争,这里的一点烽火往往直指北方，影响中国命运走向，写入中国改革、抗争与革命的历史。2003 年，学校组织去港澳旅行，回程经过深圳、珠海，至广州白云机场登机返程，只是行色匆匆，浅尝辄止，只感受到一丝南国的气息，无法用心地体味，留下了一段遗憾与热望。

这一次的广州之行，时间依然短暂，心愿依然未了，但一些不经意的过往就像偶然的机遇，却让我产生了别样的惊喜。

29 日中午，我们从顺德赶回广州。车行广珠高速，正当我们饥肠辘辘的时刻，同行的校领导说，中午安排的是一处叫"荔枝湾农家乐"的土菜馆让我们品尝正宗的广州土菜。听到"荔枝湾"，我心中一动，那里不就是郁达夫在《故都的秋》中列举出的南国秋景中与"廿四桥的明月，钱塘江的秋潮，普陀山的凉雾"齐名的"荔枝湾的残荷"的所在地吗？现在虽是初冬，我们还可以欣赏到那残荷的余韵吗？残荷美景无缘得赏，只是在荔枝湾的农家我们享受了一顿丰盛的南国美味，所谓"失之眼福，得之口欲"耳！在一处农庄，苇席遮顶，四野开阔，简陋的餐桌，粗黑的碗碟，令我们大快朵颐的烤猪排、烤乳鸽，配以地道的土家菜，让我们忘了斯文，手抓嘴啃，那可真是饕餮之餐，口齿留香呀！席间，我到后面的操作间去探访这些美味的制作过程，只见师傅将切好的整块猪排、洗净的乳鸽，抹上香油、佐料，再拎进一个大的圆形烤炉，用优质木炭自然地烘烤，等到肉油滋出，香味飘溢之时，趁热端上餐桌，那些猪排、乳鸽上还带着木炭的热气与芳香！

口中还留着美味的芳香，我们已经回到了南医大。想着明天就要离开广州，这最后的几个小时我们自然不容错过。在偌大的广州，寻找一个最心仪的有代表意义的景点其实并不简单。去哪里呢？联想到中国近现代波澜壮阔、风云际会的史剧，苍茫大地、主宰沉浮的人物，他们在广州的遗迹还有哪些呢？是去触摸林则徐虎门销烟的烟池，还是倾听三元里民众抗英漫山遍野的呐喊厮杀？是去重温孙中山"天下为公"的胸怀，还是去追寻毛泽东农民运动的理想？是领略黄花岗七十二烈士的"碧血横飞，浩气四塞""惊天地，泣鬼神"的牺牲精神，还是回现广州起义的弹雨横飞？数不胜数，太多太丰富。最终我们决定拜谒的还是位于黄埔长洲岛的黄埔军校旧址。

下午的广州，川流不息，车行逶迤，本来半个小时的车程，整整走了一个多小时方才赶到。可惜五点已过，纪念馆已经关门，无论怎么哀求，看门的师傅都不为所动，我们只能在徐向前元帅题写的馆名前留影，表达我们的缅怀与崇敬了！站在门口，向里窥望，高大的树木，整齐的营舍，心里回荡着激情澎湃、热血沸腾的历史情感。时光追溯至第一次国内革命战争时期，孙中山先生在苏联与中共的帮助下，为培养军事干部而创办了这所在中国现代史留下浓墨重彩之笔的军校。一批热血青年满怀救国济民的理想，在这里锻造成钢铁战士，走向北伐的前线，用青春和生命去践行胸怀信念。后来他们走向了不同的道路，有过并肩浴血奋战，也有过刀光剑影、兵戎相见，"渡尽劫波兄弟在，相逢一笑泯恩仇"，最终他们拥有同一个身份：黄埔同学。带着这份感悟，暮色中我们离开了黄埔军校，离开了长洲岛。

回程途中心里还留存着未能亲自踏进军校校园、抚摸历史遗迹的遗憾，不经意间一回首，一座熟悉的牌坊映入眼帘："国立中山大学"。我对一座城市的文化定位总是看它拥有的高等学府，因为大学代表着也确立着这座城市不仅有商业的聚集，而且有文明的发散与引领。中山大学，由孙中山先生亲自创立并用他的名字命名的中国现代著名高校，名牌大学，让广州这座南国大都市，有了一脉文化气息，一重文明积淀。虽然由于时间紧迫，我们不能深入其里去感受、熏染，但在这座早已熟悉的门牌前留影，我感到一种意外的惊喜。在我的心中，中山大学除了它的创办人孙中山外，最让我铭记的就是两位文化巨匠：鲁迅、陈寅恪。

我在脑海中怀想，搜寻。当时，在反动政府与无耻文人双重重压下，鲁迅从厦门前往革命斗争最激烈的南国广州，受聘为中山大学文学系主任兼教务主任，他的心中有着怎样的感慨与追求，他是怎么从一个进化论者变成一位勇敢的斗士？是这里如火如荼的革命氛围、国民党血雨腥风的清党搜捕，还是毕磊等共产党员学生被捕与牺牲的影响？在这里他编书、教学、演讲，营救被捕学生，他的谆谆教诲"青年应该放责任在自己身上，向前走，把革命的伟大扩大"至今还像雷鸣一样轰响在我们青年学子的心中！虽然他在这里只停留了半年时间，但这段时光，不论对鲁迅自己，还是对中山大学，都是弥足珍贵的具有里程碑意义的记忆！

同时，我又想到另一位文化巨匠，他和鲁迅有着完全不同的风貌，然而显示出同样的学识文章、凛凛风骨，他就是陈寅恪，蜚声海内外、具有传奇色彩的一代史学大师。当时代变易之际，他坚定地选择留在国内，为新的时代保留一脉文化的因子，他的学识渊博、著述丰富，"上承前代之余绪，下开一世之新风，踵事增华，独辟蹊径"（季羡林语）的史学成就已让我们高山仰止，景行行止；但他更让我们景仰的是崇尚独立的精神与追求自由的勇气，是早年目盲，暮年足膑，历尽坎坷，矢志不渝的凛然正气、不屈傲骨。

现在的中山大学里鲁迅居住过的大钟楼，陈寅恪行走过的"白色小道"，由于时间的紧迫我都没有亲自去造访，但我想应该还留存着，甚至维修成为人们观赏的景点，但先生们的精神与意气，在这个世风喧嚣、物欲肆行的时代还存续多少？想到这，我们不禁感到一丝愧疚，一丝紧迫。

在广州，行色匆匆，浮光掠影，但能在黄埔军校旧址瞻望，在中山大学门前驻足，我的心中依然充满了感激！

2014 年 12 月 15 日

第七辑：北国日记

北国日记

2016 年 5 月 21 日　星期六　阴雨

　　早晨六点,晨光熹微的天空飘着霏霏细雨,湿漉漉的街道上行人稀少,偶尔驶过的出租车让人更感觉清冷空旷,路灯在细雨中越发迷离,空气洁净凉爽。我们一行四人乘车前往南京南站,开始了期待已久的北国之行。我们将和马鞍山市人大代表一起乘坐高铁至秦皇岛,参加 2016 年全国人大第四期地方人大代表培训。

　　这是好不容易争取来的机会。年初县人大刘莹主任告诉我市人大将组织部分代表外出培训,地点是北戴河、深圳或北京,问我有无可能,想着能到外地学习、考察,这些城市又都是我渴望一游的地方,这是难得的机会,于是满口答应。直到 5 月,方传来消息,可以出行,地点是北戴河。北戴河我二十多年前曾因缘造访,今天能故地重游,真是恍如隔世,别是一番情绪滋味,于是安排好手头的工作,请假前来。

　　上午九点,与从马鞍山市区来的代表在南京会合,集中前往。火车经过五个多小时的行驶,于下午三点半到达秦皇岛站。想着现代科技日新月异,突飞猛进,1992 年我去秦皇岛参加语文教学研讨会,乘坐的尚是绿皮火车,路上整整用了两天半时间,上午到南京,在南京逗留至傍晚,坐一夜火车硬座至天津,在滨海之城再休息一晚,次日午后方到达秦皇岛,旅途艰辛,疲惫不堪。科技发展改变了我们的行程,也深刻地重塑着我们的生活和思维。

　　从南京出发,还是阴雨绵绵,火车一路北行,天空逐渐放晴,眼前的景色越发明媚,盛春的气息四处弥散。到北戴河,已是晴空万里,太阳当头,旅途的疲劳顿然消失。从秦皇岛站乘培训基地的专车至北戴河,约半小时。车行秦皇岛市区,看着陌生的街道,我脑海里回忆着久远而渐趋模糊的画面,恍惚中一切都是新鲜,又似乎一切都是重温。车行不久,窗外的风景瞬时变化,绿树丛中闪耀着墨绿色的大海，那吹进来的海风也变得分外清爽怡人，还带着淡淡的腥味，这就是渤海了。今天的北戴河阳光灿烂，蓝天白云，广阔无垠的大海波平浪静，一碧万顷，心顿时变得纯净，又找回了那久违的感觉。

我们入住的培训基地位于北戴河区，车过奥林匹克公园，鸽子窝海滩，即进入由武警守卫的院落内。这是一座环境优美、绿树成荫的院子，一进大门，触目即是一块大理石碑，上面镌刻着吴邦国题写的"全国人大北戴河培训基地"几个大字。我们入住的是3号楼。

5月22日　周四　晴

一觉醒来，已是早晨七点半，清爽而略有腥味的海风吹进室内，耳畔有婉转清脆的鸟鸣，顿时身心清爽，浑然忘我，此身何处，此时沉浸。

走出室外，是一片花园式的风景，碧树成荫，惹眼的是园池边的排排垂柳，垂下丝丝柳条，环绕着曲桥小径，潺潺流水，我知道，院外即是大海。

吃完早餐，8点半是开班式。这次培训，共有13个省市近300名代表，我们马鞍山市共来二十位，大都是熟悉的朋友，我们将在此学习、考察一周时间。在此期间我们褪去的是过去的职务与身份，拥有一个共同的称谓：学员。

上午简短的开班式后是第一场培训，下午安排的是自由活动。马鞍山市代表由热心的某企业老总安排到渔岛游览观光。渔岛位于昌黎黄金海岸景区，全称为"渔岛海洋温泉"。黄金海岸现在被誉为中国最美的八大海岸之一，我1992年来时，尚是待字闺中的"娇娘"，现在已成为红透半边天的旅游热点景区，诗意的名称，碧蓝的海水与细腻的白沙，吸引着无数的游客从天南地北会聚到这里，享受海风洗礼，海浪轻抚。

渔岛以"欣赏沙雕乘渔船，滑沙滑草冲水浪，泡着温泉看大海，住着别墅吃海鲜"为主题作招牌招徕游客，可惜的是我们来去匆匆，只能乘船上岛，滑沙嬉戏了。有趣的是我们一群年且半百的中年人童心大发，在滑沙场我们相互鼓励，克服恐惧从高坡上飞驰而下，一片刺激惊叫，一阵开心大笑！登上摩天轮，放眼大海,远眺城市;海盗船的摇动晃得我们心在剧烈跳动;飞旋的木马,让我们像孩子般笑掉大牙。孙局长说,这么多年,紧绷着自己,今天让我们补上丢失的心跳,再一次回到放纵的童年。

是晚,老总出手大方,安排我们一行在海鲜馆饕餮了一顿丰盛的海鲜大餐,想来价格不菲,可面对这令人垂涎的海中珍品,某几位痛风患者只能眼巴巴地望着我们大快朵颐,齿颊留芳了。于是原先承诺躲几天酒灾的我也忍不住饮上几杯高浓度的牛栏山二锅头。在微醺中,我们脚步踉跄着在海滩上行走,渐晚的海风清凉爽静,轻柔而劲猛,直接透过肌肤,浸入心灵。

5月23日　周一　先阴后雨

上午组织安排全体学员参观山海关。原先的参观项目中包含有党风廉政教育学习基地——甲申史鉴馆因维修而取消,我们便成了专程的游客也。说到山海关,还真有些特别的感触。一则原先的语文课本中有峻青的著名散文《雄关赋》,我曾和学生们一起在课堂上赏析感悟过;二来1992年我曾满怀渴望来此参观游览,还写过情思满怀的游记文章;三就是2015年国家取消的AAAAA级景区中,山海关景区因管理混乱和私搭项目而被褫夺了桂冠。

现在来到关隘,一切还是记忆中的样子。城楼高耸,砖墙连壁,古朴而庄重,威武而肃穆,那往昔的历史风云再一次在脑海中浮现,那些抒写了历史壮剧的人物变得清晰而传神,徐达、戚继光;李自成、吴三桂;还有近代的林彪、罗荣桓,一次次地改变着历史的走向,深深地铭刻着伤痛的痕迹,使山海关巍峨地屹立于燕山脚下,渤海之滨,也隐现在历史的风口浪尖。

可惜的是时间紧迫,脚步匆匆,一行人在导游的带领下,走马观花,簇拥着登上城墙,在催促声中拿起手机,忙不迭地拍几帧影像,是想留下一些肤浅的记忆吧!我放纵了一回自己,自行沿长城往前直趋,经过牧营楼走到靖边楼,这是由明初大将徐达建关时所修建的角楼,上次来时曾在此流连,现在又接续上持久的回味,清晰了模糊的记忆。

但走马一过，遗憾颇多。明兵部分营署来不及进入，只能在门前留影一张，聊以慰藉也；至于老龙头、姜女庙(海神庙)，只能在叹息中错过，在心底闪现了。

下午的培训是由中央党校经济发展教研室主任施红教授讲解我国当前的经济形势，语言轻婉，条分缕析，五大发展理念，经济新常态，供给侧结构性改革，经济健康持续发展，这些常在耳边萦绕的概念终于在她的讲述中具体清晰地呈现在我们的脑中。

5月24日　周二　晴

今天培训基地组织安排全体学员参观"圆梦园"和集发农业示范园。

圆梦园位于北戴河区戴河入海口。这是河北著名企业家王昭明先生发起兴建的以"中国梦"为主题的传播正能量的公园。迎面一尊巨大的铜雕，正中镌刻"中国梦"三个大字，底座的浮雕分别以"国""众""人"为主题，宣示着梦想实现的途径。走过铜雕，里面是一组弘扬"和"文化的展示，把"和"文化的理念从各个层面予以揭示，和谐，和畅，和美，和睦，凡能想到的与"和"有关的美好词汇，尽罗无遗，这里提到的"史伯"，据称是"和"概念的始祖。我们同行的和县老乡、含山法院的陈院长不无羡慕地说：应该让和县的领导来此参观感受一下，兴建一座真正的"和园"，因为我们和县才是名副其实的"和"文化的发祥地，我们有底气，有因由，在和县建"和园"才更有感召力。当然这是遥远的愿景也。

参观完圆梦园，走过连接戴河两岸的石桥，我们来到集发农业示范园。五月的戴河水浅石出，因近期柳絮飘落，河水发绿变味，肮脏不堪，散发着一股股怪味，让人不禁皱起眉头。而就是这条不起眼的戴河正是"北戴河""南戴河"这些遐迩闻名的地名的由来也。集发农业示范园，是一座现代农业产业集中示范园，分花园、果园、树园等园区，其集中展示的名特优农产品，与和县的台创园相仿佛，园内植物茂盛，瓜果满架，花卉艳美，香甜醉人。

下午继续听课，由北京市人大的席文启主任讲授代表依法履职的相关问题，让我这个做了十多年的老代表也获益匪浅，更清楚地明白代表的身份、提案与建议的提出等,也使我更加明确要做一个称职的人大代表要实现自身的价值得付出很多。

今天的北戴河,天气晴好,太阳高悬,海风轻拂,晚餐后我们和县一行相约去海滨漫步。培训基地为我们每人发一张"碧螺塔海上公园"的参观券,让我们免费进入参观。这个海上公园紧依着人大培训基地,占据着一处海湾,有各种娱乐设施。我们行走在细软的沙滩上,跳跃着踏上岸边嶙峋的礁石。这里的海水清澈干净,海水拍打着礁石,激起雪色的浪花,海浪一阵阵涌来,漫过沙滩,又缓缓退去。我在礁石上留影,身后是一对拍婚纱照的情侣,同行的阿主任童心大发,赤足走进海水中,一声惊叫,原来是海水太凉,五月的北戴河,还不是你碰海的日子呀!

5月25日 周三 晴

上午是授课时间,由中央党校的政法教研部的刘启云教授讲依法治国,我中途偷偷离会,到"水云亭"闲坐。

这"水云亭"位于我们居住的3号楼前的一个假山石上,一座六角形的仿古亭榭,四周是绿色的草坪、柳树、翠竹、松树簇拥着,东方是一池绿水,曲桥倒映,睡莲正开,荷叶嘉圆。此刻几朵飘若白絮的淡云浮在碧蓝如洗的天空,凉爽的海风带来墙外大海的气息,我独坐在亭中的石桌上,心思畅远,又浑然忘我也。

前面池边有几株金银花树,我是第一次近距离观赏。它们立于小路旁边,几丛低矮的树木,浓密的绿叶间开满了白色的小花,有的盛开,有的含苞,同行的界虚大师学中医出身,现在是香泉古寺的主持,又是书法家,他告诉我这是金银花,有名的中药,又名"二花",用它的花苞来泡茶可以明目、醒脑,且有幽幽的清香,于是我们每人手摘一握,闻上去确有一股若有若无的淡淡清香,界虚说北地的金银花不如南方的香气浓郁。他让我们摘回后不要清洗,烧好一杯水,待稍凉一些后直接浸泡,等到午休起来饮用,是绝佳的清凉饮品。我依此办理,果然清爽。我问他禅、茶与人生之间有什么关联,他只说了两个字:专注。我听后有豁然开朗之感,茶之清香,不在口齿,而在专注品尝;人生道理,也不在教义,只是专注践行。专注,则身心合一,绝不旁骛;意念凝聚,方入化境。

前天在渔岛,我们惊奇地发现路旁的槐树上槐花满枝,浓密的绿叶间是密布的碎花,我摘下一串,送给同行的孙校长,告诉她槐花的细蕊有一种清香,含在嘴里那涩涩的香味让人口舌生津,只是现在已过了槐花的盛期,花蕊已不再脆嫩,虽然这里的槐花的花期与我们南国的家乡比,已晚半月时间了。

下午是自由活动时间,午休起来,突然想起去鸽子窝公园,这里是北戴河最佳观日出点,更重要的是毛泽东写出那首《浪淘沙·北戴河》的所在,二十四年前在临行前特地赶来道别。查百度地图,公园离我居住的人大培训基地不足两千米,因不熟悉道路,只得打车,结果不到十分钟,便到公园门口。

走进公园,已无往昔记忆,于是我便直奔鹰角岩。坐在鹰角亭上俯瞰大海,午后的阳光斜射在海面上,形成一道碎金的光带,海上的风并不大,近处的海面波澜不惊,几条小渔船在漂荡,远处波光潋滟中巨轮在往来穿梭,瓦蓝的天宇,碧绿的海水,海天一色,浩渺无边。我独自坐在亭上遥望沉思,遥想着伟人当年端坐岩角,写下的激情豪迈、自信洋溢的诗篇,"换了人间",海涛依旧,人事沧桑,天地过往中,人应当有所作为也!

坐不多久,和县同来的几位找寻而来,于是我们在伟人雕塑前留影,然后漫步而归。

5月26日　周四　晴

上午培训基地安排最后一次参观活动。旅行车载着第四期培训班的近300余名学员前往秦皇岛港煤码头乘坐"公主号"游轮畅游渤海。

游轮缓缓地驶出港湾,绕过护浪堤在大海航行。天高云淡,海风轻柔,船头犁开碧色的海面,翻起雪色的浪花,游客们纷纷拿出相机、手机拍照,是要把大海带进记忆中吧!我站立在船头,任海风吹乱头发,撩起衣衫,也掀起心中如潮的思绪,幻想中变成一只海鸥,在海天之间自由地飞翔;洒满阳光的海面上有帆船航行,飞艇急驰,这里是它们的领地,它们才是大海之子;目光再投向远处的岸边,白色的沙滩上面有鳞次栉比的高楼和绿树遮掩的道路,山海之城的面目完整地呈现在我的眼前。

船行约半小时,大海的气息尚在我的胸怀中鼓荡,意犹未尽,游船已掉头回航,我们来到下一站:秦皇岛耀华玻璃工业博物馆。

这是兴建于 1923 年的我国最早的玻璃企业,在博物馆参观,我们了解了玻璃生产的历史、演进和现代生产工艺。

最后的行程是参观秦皇入海求仙处,这是一座人造的景观,真正的气势来自入口处的秦皇君臣出行的大型群雕和海滨矗立的秦皇雕像,气势宏伟,威风凛凛,显示了大秦帝国的威仪和壮阔,一块石碑上录有司马迁《秦始皇本纪》中有关秦皇东巡的记载,据载:秦皇东巡共有六次,东临碣石,以观沧海是第五次,意为向海中仙岛寻求灵丹妙药,以使自己长生不老,大秦帝国万世长存。在 4D 影院,那逼真的场景,让人震撼,也让人晕眩。在公园内,人们仿制了战国时六国典型场景,让游人在紧凑的时间内,在微缩的景观中进入历史的氛围中,齐之《稷下学宫》,燕之《拜金招贤》,楚之《屈原问天》,韩之《韩非说难》,赵之《纸上谈兵》等在同一时空展现,仿佛将两千多年前的历史风云挪移至现代,在我们的眼前活灵活现地一一呈现。

下午,是全国人大外事委国际交流室巡视员尤文泽讲《当前国际形势新变化与中国外交战略格局》,我的脑海中总是闪现着战国风云,纵横捭阖,战伐杀戮,内政外交,历史就是这样一幕幕轮回演进,只是"后人哀之而不鉴之",诚可伤也!

这两天网上流传着百岁人瑞杨绛老人去世的消息,媒体上又开始热闹的炒作,特别是真假莫辨的所谓"百岁感言",的确励志,鸡汤味十足,可有专业人士确认这不是杨绛的原话,就是那句令我感触至深的话"我和谁都不争,和谁争我都不屑,我爱大自然,其次是艺术,我双手烤着生命之火取暖,火萎了,我也准备走了",也是诗人翻译的句子,出自其早年翻译的英国诗人兰德的《生与死》,但我很喜欢这段话,也许是心有戚戚吧! 一代民国才女渐渐萎谢,张充和走了,张家四姐妹的风采神韵已成绝响,如今杨绛也去天国,"我们仨"团聚了,世上只剩下满眼的人造美女,少了一份优雅、从容、幽美、温文,更少了一种旧时风情,这倒让我联想到今天看见的一块碑石。

这是立于秦皇岛港煤码头前的一块普通的石碑,这种街头雕像和石碑在秦皇岛是处皆有,毫不起眼,转过头一看瞬时让我惊呆,上面赫然刻着"海子石"三个大字,谢冕题名,花岗岩的底座上的简介明确地告诉我们,海子是 1989 年 3 月 26 日卧轨于秦皇岛市海港区龙家营,时年 25 岁,这位渴望"我有一座房子,面朝大海,春暖花开"和宣称"姐姐,今夜我在德令哈,我不想世界,我只想你"的未完成的天才,就陨落在这面朝大海的海滨,寒冷的北方即将迎来春暖花开的季节。我在疑惑,海子在生命的最后意识中为何会选择秦皇岛,选择这陌生的异地,也许是"海",这位原名叫"海生",笔名叫"海子"的诗人,要与海同生吧!

杨绛与辛亥革命同年,生命度过漫长的一个世纪;海子比我的年龄还小一岁,他的肉身躯体在这个世界只留存四分之一个世纪,寿终与寿夭,一位慢慢地垂老,在流逝中散发着悠长的韵味;一位急骤地刹车,于倾覆间迸发出耀眼的流光。生命不在有形的长短,其意义和价值全在于留下的痕迹。秦始皇希求入海求仙,长生不老,自然虚诞,在有限的生命旅程中,或淡泊或浓烈,或平缓或爆发,有意义地完成这个流程,是我们的唯一宿命!

5 月 27 日　周五　晴

上午,是本次培训最后一次开课,由全国人大常委会代表资格审查委员会原主任李伯均作《关于选举法和选举工作的几个问题》的专题报告,主要就做好代表工作发表意见,就当前存在的问题,加强和改进代表工作要做的方面,特别是代表需增强的"四种意识"(政治意识、大局意识、核心意识、看齐意识)以及加强代表话语权建设发表了真知灼见,让我们受益匪浅。

这次培训,共有六位专家分别作了讲读,这是一次全面而深刻的教育过程。

我当选县市人大代表至今已有 15 个年头,还做过两届县人大常委会的组成人员,算得上是一位资深代表,但这样的全面培训还是首次,让我对代表应具有的素养、应发挥的作用等有了深入的感悟和认知,的确不虚此行。

下午,培训班安排学员到北戴河石塘路市场进行调研。这是一座大型的秦皇岛特产的批发和零售市场。各种海产品一应俱全,琳琅满目,其中尤以各种珍珠制品分外醒目,同行的各位纷纷选购,满载而归。这里想到像秦皇岛这样的旅游城市一定要做好服务,形成产业链,让旅游业真正成为拉动经济发展的引擎,切不可目光短浅,急功近利,既败坏城市的信誉,又影响经济的持续发展。

5 月 28 日　周五　秦皇岛晴、和县雨

为期一周的培训虽然意犹未尽,但终于落下帷幕,今天我们就将离开北戴河回程。昨晚和县的两位局长因有事提前离开,现在随团离开的就剩下人大李主任、界虚大师和我三位。

在北戴河人大培训基地,我们的培训学习、参观、调研总共一周时间,内容丰富,形式多样,对于我们既是一次学习,又是一段休养。我们入住的 3 号楼,位于大院的北端,墙外紧临大海,夜深人静的时候,能隐约听见大海的涛声,能清晰地嗅到海洋的气息。这里绿树成荫,花木葱郁,门前不远有一人工小池,五月时光,水面上睡莲展开阔大的叶面,盛开的莲花分外动人,沿池的小路,是我们清晨和傍晚散步的好去处。路边的假山石上建有小亭,有一个诗意的名字,叫"水云亭",我喜欢在清晨和日落时分,独坐石椅上,这时脑中仿佛一片空白,思绪总是在海风中肆意飘散,有难得的宁静与惬意。

在回程的车上,火车渐渐南行,天空也渐渐昏暗、阴沉。这让我想起北行的遗憾,因为慵懒,我失去了一次在海边观赏日出美丽景致的时机。我们来时,和县正在下雨,到秦皇岛,除 23 日先阴后雨外,一直天气晴好,天空万里无云,海风清爽怡人。碧蓝的天上是红艳的太阳,分外耀眼,五月的阳光照映下的北国,浓浓的春意从碧绿的树木和艳丽的花朵,从蓝色的大海跳跃的浪花中肆意地洋溢

挥发。那天在鹰角岩游览，人们说那里是秦皇岛最佳观日点。向景区的导游打听，她告诉我们，这里的日出时间是早晨4点18分左右。于是约定明日一定要早起去看壮丽的海上日出。早年读巴金的散文名作《海上的日出》，读刘伯羽的《日出》，心总为之怦然。晚上已然设定了手机闹铃，但由于睡得太沉，一觉醒来，红日已透过窗帘，煦暖的阳光洒满屋室，于是懊恼不已，我已失去了和海边的朝阳拥抱的机会了！同行的陈院长是摄影爱好者，他用手机摄下的那壮观的瞬间，我只能一边欣赏，一边自责。那是一幅绝妙的生动画面：波光闪耀的海平面上，先是一道璀璨的金链，朝霞满天，淡云被镶上了金边，一会太阳从海平面上挣脱而出，于是大海、云天一色，全部沐浴在这金色的朝霞中，早起的观海的人们，也被摄入这壮美的图景！

　　带着这样的怀想与遗憾，我们回到烟云四合、细雨笼罩的和城！

第八辑：游历江南

沪上古镇朱家角

上海是一座国际化的大都市,高楼林立,鳞次栉比,人流如潮,众声喧哗。生活在这样的都市里,你能切身感受到强烈的现代气息与喧嚷的都市氛围,你的心弦是绷得紧紧的,生怕落下半步;连步履也是匆匆的,急促地行走,你永远在不停歇地前行,难得有悠闲自在的心态。我到上海来研修,已有一周时间,虽身处华师大幽静的校园中,又是短期培训,但依然能时时感受到一份紧张的期待,一种急迫的追寻。今天是周末,女儿提议去城郊的古镇游玩,借以放松心情,舒缓紧张,同时又可领略现代都市的一脉古韵,一缕旧情。这正合我意,于是一拍即合,决定去朱家角休闲一日。

上海的周边有许多古镇,嘉定的南翔,闵行的七宝,金山的枫泾,松江的泗泾等,既有江南古镇的共同特点,又各有独特的韵味。朱家角镇就是其中的代表。其位于上海西南部的青浦区,淀山湖畔,是一座历史悠久且保存完好的古镇。据史载:朱家角早在宋元时期已成集市,到明万历年间正式形成集镇。镇内河港纵横,水流环绕,九条曲折长街沿河而伸,千栋明清建筑依水而立,三十六座古桥古风犹存,人们赞其"小桥流水天然景,原汁原味明清街"。这让我的眼前总是浮现出江南水乡石板老街、深巷幽弄、拱形石桥、咿呀小舟的典型景象。江南古镇水美、桥古、街奇、弄幽的特色在我脑中复制与想象,朱家角会是一样的景致吗?车出市区,一个小时车程,便到古镇。入口处醒目地镌刻有江泽民的题词:千年古镇朱家角。一入古镇,首先映入眼帘的便是一条细窄虬曲的小河,这是江南水乡古镇的通例,不足为奇。小河的两边是葱绿的古树,倒映在并不清澈的水流中,青石板或水泥砖铺就的街道两边是白墙黛瓦的徽派建筑,这也并无多大差异。感到特别的是其间的古桥众多,形态各异,且都有文化意味的名称,课植桥、泰安桥(何家桥)、平安桥(戚家桥)、咏风桥(永丰桥),念着这些名字,你就会产生一种古意盎然、诗韵悠长的感觉。它们或长数米,或高几丈,静静地横跨在河水之上，你穿梭其间，几座古桥一过，便再也辨不出东西南北，你已迷失在旧日时光、往昔风韵里，只好任由自己的脚步带你前行，不管是否走了回头路。

这些桥中最有名的要数放生桥了，这是被誉为上海地区最大的古桥。据桥边石碑上介绍，此桥长72米，宽5米，高达7.4米，共有五孔，中孔的拱径为1.3米。看到这桥的确与印象中的江南"小桥流水人家"大异其趣，有人说周庄式的江南小镇小巧精致，似小家碧玉，而朱家角则气韵高雅，格调新异，更像一位大家闺秀，在放生桥上看古镇，你的这种感觉会更加分明。站立桥头放眼望去，渐渐感到穿城的小河在这里变得宽阔，颇有大河的气势，有时甚至能看到几只白色的水鸟在水面上翻飞，滑翔，心仿佛从幽曲的街巷伸展到空旷明媚的天宇之中。而此桥也的确堪称古桥，同样是两块斑驳的石碑，上面记载着此桥初建于明代隆庆五年（公元1571年），复建于清嘉庆十七年（公元1812年），由此算来它已在静静的河面上横卧近五百年了，想到那时，朱家角该是淀山湖边的一个不起眼的小村镇吧，大上海还在未来的某个时间点等候着呢！这里就是别样的江南水乡风景了！

说到江南，总让人联想到杜牧"南朝四百八十寺，多少楼台烟雨中"的诗句，在朱家角也有寺庙，城隍庙、报国寺，都很有名气，可我和女儿女婿都没有进入，我最感兴趣的是江南第一茶楼。

这座茶楼就掩在曲折幽深的街巷之中。有人说，江南风雅，苏浙韵味，一是园林，二是曲艺，三是美味，这三者苏杭金陵皆有所见。江南园林，以苏州为盛；曲艺，昆山为其发源；而美味，那些小吃，精致，细腻，绵软，很适合吴侬软语的江南市民的口味。但这座茶楼被誉为江南第一，僻处松江之右，淀湖之滨，集三者于一身，实为罕有。

此楼历五朝风雨，数度重修，现在看到的形态为清末民初巨贾复建。其初下为浴池，上为茶楼，悠闲的市民在浴池中泡上一把热水澡，待身心清爽后，徐步登楼，泡上一壶清香馥郁的江南绿茶碧螺春，再听一曲悠扬婉转的江南丝竹评弹之声，那是何等惬意爽快，那些文人更是"品茗敲佳句，推窗送远舟"，尽享这人间福地,神仙境界了。一想到这里,便把我们的思绪带进旧时风月,悠然已往,心中顿生怀古凭吊的情愫。

如果说茶楼,再现的是旧时江南士民悠闲生活的场景,那么"大清邮局"旧址,则让人生出时光飞速、物是人非的感慨。古代江南地区,水网密布,河道纵横,水路交通发达,邮政传递,主要靠船只,所以古代江南的驿站多依水而建,这与北方驿传主要靠马匹不同,现在的邮局旧址即为古时的码头,一条修复的乌篷船上一个大大的"邮"字,让我们想起余秋雨的散文《信客》中的往事,仿佛历史又回溯到一百多年前的时光里! 而现在全球一体,音讯发达,得到的是便捷,同时又失去了那些等待、企盼的意趣。

在古镇穿行,我们的眼睛总是被眼前的碧绿的河水、白色的砖墙、灰色的屋瓦,这些冷色的调子所浸染,而口鼻中总是充满着清淡甘醇的味道,我知道这就是北大街两旁的店铺所陈列出的江南糕点与酱菜的味道。这里的糕点,仿佛世界上所有的食物都可充任原料,芡实糕,桂花糕,橘红糕,绿豆糕,核桃糕,芝麻糕,牛皮糖,麦芽糖,姜糖,花生酥,你能想到的植物,都会变成美味的糕点来满足你的味蕾。而那些酱菜,是我们熟悉的儿时记忆,与陈年往事混合染就我们生命中的底色。

临近中午,女儿提议,我们选择一家地道的小店来享用江南的美味佳肴。旅游景点的食物价昂味劣是我们司空见惯的,但我们进入这家名曰"鱼非鱼"的小饭馆,选一处临河的座位,清水大闸蟹,古镇蹄髈,淀山湖河虾,酒香草头,酱炒螺蛳,那熟悉的味道带着儿时的记忆,难怪女儿女婿都要吃得肚皮发胀,嚷着要来一杯"拿铁"消食了,而我也需要一杯"碧螺春"来舒缓胃部的负担。

今天是周末,小镇上到处挤满往来穿梭的游客,早已不见那份清幽、宁静的氛围,为了躲避这嚣嚷,我们雇了一艘小船,想在清绿的河水中寻一份安闲的古韵,可半小时不到,还没等我们沉入那份思古的情绪中,船夫告诉道,已到码头,看来连寻觅古意也是速成。在现在这个纷繁的世界要寻找一份幽静,难乎其难呀! 现在中国,尤其是江浙上海一带,要寻找古往的场景与意蕴,实属不易,要现在的年轻人离开现代生活，也是一种奢望，手机无处不在，咖啡厅比茶楼更有吸引力，于是女儿女婿人手一杯"拿铁"，而我则是"太平猴魁"，不同的味道，别样的享受。各美其美，各呈其意，也好。不用伤怀，也不用悲叹，相互容忍即可，能彼此欣赏，则皆大欢喜矣！

2016 年 9 月 24 日

陪同女儿回母校

女儿的母校是华政，华政是"华东政法大学"的简称，我国最有影响的政法类高等学校之一。对华政，我怀有一种特别亲切而温暖的感情，因为一则当年高考，它就是我的第一志愿，若非阴差阳错，我将成为它的学生，人生轨迹或许会有别一番风景；二来它是我女儿的母校，湖南师大法学院毕业后，女儿考取了华政民商法专业硕士研究生，由这里锻造打磨后，终于成为上海政法战线的一名干警，实现了心中的夙愿。所以说，华政熔铸了我们父女两代人的情结，在我们的心目中有着特别的分量和特殊的位置。

今天休息，女儿提议，我们一行再到华政，去重温旧日的历程，再次拾取青春的梦想。那是我特别愿意的出行，在上海一月，我在华师大的校园里沉浸既久，我们又一同访问了复旦、同济等著名高校，在一派斯文的氛围中感动着、体验着。这里是万千学子梦中的殿堂，是知识、文化、文明的聚集地。走在这样的校园中，让我们仿佛又回到那青春激扬的大学时代。

我们从华政后门进入校园，立刻就感觉到与喧嚣的市声隔绝开来，安静、清爽。因是周末，校园内少有行人，空荡荡的体育场上也少了欢腾跳跃的身影，只有几只慵懒的小猫在眯眼打盹，你来逗弄它，它才懒洋洋地转身离去。行道旁的绿树在秋日阳光下，分外葱郁，丝毫不见萧瑟的气息。一派葳蕤、茂盛的生命勃发的景象环绕着你，让你心情舒畅，欲念消除。

行不多远,一排赭红墙壁的楼房静静地矗立。女儿变得激动起来,指着左边三层中央的窗户说,那里曾是她的寝室。窗户上部贴着的"HAPPY"字样的纸条还在那里,十分显眼。而她离开这里已有五年,昔日的舍友已星散四方,或北上京城,或南下海岛,回忆起同窗三年的往事,历历在目,又恍如隔世。只有她尚留在这座拥挤而时尚的城市。刚才林荫道拉着欢迎 2008 届校友五周年返校纪念的横幅,女儿很是为她的班级还未有人牵头再聚而感到遗憾。我提议她在此拍照,发到朋友圈,一定能勾起同学温情的回忆。

在校园内慢悠悠地闲逛,随意地行走,不久便来到华政桥。这是一座卧在苏州河上的钢筋水泥桥,如彩虹卧波样横跨在河面上。过桥便是华政的主校园,昔日的食堂正在改建,围上了网罩,依稀记得当年曾与女儿在此分享大学食堂的伙食,一边吐槽,一边又禁不住回味。再往前就是韬奋楼,这是一座四合院式的连廊建筑。正中间是大钟楼,四周是两层的教室,木质的栏杆,水磨石地面,一届届学生步履匆匆,地面已被磨蚀得斑驳。教室里有两三学生在安静地自修,也有教室尚在上课。女儿叮嘱:放轻脚步,降低话音,不要打扰这安静的环境,他们是这课堂的主人,而我们只是来追忆的游子。在庭院茂密的浓荫下,也有几只小猫或闲坐,或溜达,安闲自在,仿佛只有它们才是这里的常客。女儿说,她在读书时,这些野猫就在这里,不知眼前的这几只是否还是原来的旧相识,它们是否会记得曾经有一位小姑娘在这里学习、成长,度过青春的时光。

庭院的中央立着一尊雕像,邹韬奋,这位当年圣约翰大学的高才生,我国进步新闻工作者的代表,杰出的校友。我不禁回忆起这所学校曾经的辉煌与华丽,张爱玲、林语堂、宋子文、荣毅仁、贝聿铭、严家淦、连横等等,文学家、外交家、政治家、金融家,那些耀眼的名字如同这"圣约翰"的校名一起消逝在历史的尘烟中,化作历史屏幕上渐次模糊的身影。

在校园逡巡,仿佛沉潜在历史的场景中,记忆的温情里。这里是孙中山先生曾经演讲过的"中山堂",这里又是《画魂》等反映民国风情电影的拍摄地;这座别致的青灰砖墙、黑色瓦顶的二层小楼——同仁楼,西式风格,典雅华贵,曾经是圣约翰大学校长的办公楼；而这座高大的石库门式建筑，却正是当年陈毅元帅率解放大军进驻上海首夜歇息的地方。在这里似乎每一幢建筑都沉淀着历史的痕迹，仿佛是在用无声的语言诉说它沧桑的记忆！

现在我们站在这座白石"纪念坊"前，绿树环绕，红花耀眼，四根石柱撑起的牌坊，上方刻着"缉熙光明"的几个隶书大字，两旁的对联须仔细辨认，里层是"淞水钟灵英才乐育，尼山知命声教覃敷"，外侧是"环境平分三面水，树人已半百年功"。我正在辨认、欣赏，突然女儿说："我记得当年牌坊上刻的是'光与真理'呀，这是圣约翰的校训，怎么变成'缉熙光明'了呢？"我说："也许是你记错了，我来的时候记得它就是这样子的！"结果谁也说服不了谁，还是我心虚，毕竟女儿在这里三年多，她应该不会记错吧？回去上网一查，弄清了这段公案。这座原名"风雨坊"的牌坊，原为1929年曹家渡商民为纪念圣约翰大学建校50周年而建，所以才有"树人已半百年功"的赞誉。这座牌坊由于众所周知的历史原因，于1955年被拆除，1992年由圣约翰大学校友会在原址复建。关于纪念坊上的题刻一直未找到准确答案，只能存疑了。

在华政行走，我和女儿一直在热切地追记，深情地寻觅，我告诉她：你是幸运的，华政是你人生最重要的驿站，是你终身事业的补给站。你离开了它，但并未走远，当你困惑、迷茫、消沉时，你可以随时来到这里重温过往的岁月，搜寻曾经的誓言，就会获得新的能量，新的感动，而你那些星散的同学却更多地只能在追忆中满足自己潜藏的渴望了！

2016年10月27日

呼 吸 一 种 气 息

人的生活离不开外在的物质形态，衣食住行等，但也不能没有精神内蕴。因为人作为灵长类动物的翘楚，有思想，有情感，有灵魂，能够脱离物质的外壳进入心灵世界。但我要说的是：人的生活还应该有第三种形态，即气息、氛围。人生在这个世俗的世界，自然、历史、现实总是包裹着我们，这种包裹就会形成一种看不见摸不着而又时时处处无不在的"场"。我们所有的活动都需在这个"场"中进行，一刻也不能脱离，就如同一刻也不能没有心跳、呼吸一样，须臾离不开这种气息，甚至可以说：我们就是呼吸着这种气息而活着的。

这种感受，今天在复旦和同济的访问中，愈加明显而强烈。

今天是周末，女儿提议一同到复旦和同济这两所驰名中外的高校去度过，这与我的心意一拍即合，于是欣然同行。

就这样，我们先到位于杨浦路的复旦大学。远远地望见那早已记在心中的景象，赭红色的墙壁和方柱，门楣上是白色衬底、红色题就的大字：复旦大学。我便立即肃然起敬，摆正姿态，要女儿为我留下一帧影像，也留下我久藏的仰慕。我知道复旦大学创建于 1905 年，原名复旦公学，是中国人自主创办的第一所高等院校，创始人为中国近代知名教育家马相伯，首任校董为国父孙中山。校名"复旦"二字选自《尚书》名句"日月光华，旦复旦兮"，意在自强不息、复兴中华，寄托当时中国知识分子自主办学、教育强国的梦想。

中国的高校中，以地名命名的高校都可简称为某大，"北京大学"可称"北大"，"南京大学"可称"南大"，大家都明白其所指，唯有一些具有特别意义的校名，不可如此简称，清华只能是清华，同样复旦只能是复旦，没有人会简称其为"清大"或"复大"，这里面包含了中国人的集体思维和民族智慧。

走进复旦，立即被一种气息所包裹，仿佛瞬时被攫住了情感和思维，进入了另一世界，尤其是刚从喧闹的街市穿过时，感觉更加明显。这是一种什么样的气息呢？静！一种仿佛高山峻岭的静，浩渺海洋的静，广袤天宇的静。这不是那种寂静无声的"静"，而是整体格调上的静，精神氛围的静！校园里绿树成荫，芳草萋萋，点缀其间的是火红的炮仗花。树荫中掩映着各式楼宇，形态各异而又古韵悠远，静寂中透着几分肃穆，仿佛是历史的积淀，文化的蕴蓄。不太宽的林荫道中，急匆匆地行走着年轻的身影，他们的目光明亮清澈，脸上朝气蓬勃，洋溢着青春的气息。他们步履轻快,或三五成群,或独自行走;或肩挎背包,或手拿书本,没有高声喧哗,也无嬉逐打闹,只是静静地走,匆匆地走。行走在这样的路上,我们也变得静默,变得端庄。

如双塔高耸的光华楼,直入天际,楼前的大草坪芳草如茵,年轻的学子们席地而坐,或围成一圈,或沉浸书本,或悄声谈论。一对年轻的夫妇带着幼儿在草坪上玩耍,那孩子也变得格外安静。我招呼着女儿,一同坐在草坪上,女儿说:这让她回忆起大学生活,又想着回到校园,去重温那宁静的时光。而我则进入一种禅定的状态,合上眼睑,心灵澄澈,不是女婿催促,我们不知会神思多久。

在复旦校园,随处可见彰显文化的细节,每一处都要让你停留驻足。这是一座圆形的宝鼎,青铜铸造,厚重而古拙;这里又是一块雕塑,大理石底座上方是一位瘦削的书生骑在一头同样羸弱的毛驴上,那是"驴背诗思",你不能亲昵地去抚摸,只能凝神注视,近近地,默默地。

这就是复旦,我想起它百年沧桑而又风华依然,正如它的校训所宣扬的那样,"博学而笃志,切问而近思"。那悠久的历史仿佛积淀在这片校园中,默默地散发着一种叫"斯文"的气息。

而在同济,我们感受到另一种气息,古典与现代,深沉与灵动,和谐地融为一体。花木葳蕤,幽静肃然,楼宇掩映,古朴厚重。这座写着"国立同济大学"的石柱,细长,高挺,简洁而古拙,我没有细看它树立的年代,但那绵延的"文脉"气息让我遥想它的过往与未来。李国豪校长祥和的面容,退役的强—5超音速飞机,让我们感受到这所以理工闻名的学校的独特魅力和韵味。学生运动纪念园内有为国捐躯的莘莘学子的雕像,仿佛在告诉我们,它肩负的民族存亡、家国存废的"铁肩道义",让你肃然起敬,心生敬畏。

现在我们来到运动场区,又被那些跳荡的青春身影所吸引,那是活泼跃动的生命,是掩藏不住的强健与勇猛。校橄榄球队正在集训,身穿不同球衣的两支球队正在进行激烈对抗,快速地奔跑,急促地迂回,凶狠地拼抢,猛烈地碰撞,嘶叫,呐喊,欢呼,站在隔离网外都能强烈地感受到青春奔涌的喧嚣,强健雄壮的气息!

走出校园,已是暮野四合,天色渐暗,夜色中的上海又是灯火璀璨,霓虹灯闪烁,人们在享受着夜上海的繁华与时尚,而我的思绪却在久久回味,我迷恋这校园的气息,我把它全部吸纳进我的生命之中!

2016 年 10 月 16 日

登高:精神的攀援

时令已近仲秋,上海的早晨,天空湛蓝,朵朵白云如絮,点缀着空旷的天宇,从宜必思宾馆六楼的窗口望出去,周围高楼林立,宁静的都市还没有从睡梦中醒来,喧嚣的市声还没有充塞我们的生活,只有高架上行驶的车辆发出的轰鸣,在寂静的氛围中显得越发响亮,又越发地衬出这"上海的早晨"的那份清静。远处高楼的缝隙中遥遥看见的是"东方明珠"的尖顶,朝霞已给它镀上了彩边。我静立在窗前,全身心地感受着这难得的静,仿佛身轻如燕,双尾一剪,便会融化在这湛蓝而空旷之中,思绪翩然翻飞,穿上云霄,又俯瞰大地,神驰悠往,又翱翔远空。

不禁想起古人的逸事来。我们人类由于受到自身条件的限制,虽然想象着"海阔凭鱼跃,天高任鸟飞",可毕竟不能化为鱼鸟,与云为舞,御风而行,只能脚踏厚土,听凭心灵"神游八极,心驰万里",可人是不甘心的,他总要突破自然的羁绊,让双脚踏上更高的台阶,从而让眼界更宽阔,胸怀更远大,这便有了登楼和登山的意愿。这种行为不关世俗生活,更多的是一种精神高地的登临。

杜甫在夔州,国破家亡,颠沛流离,生活无着,病体羸弱,仿佛预感到生命的晚夕正在逼近,于是他起程了,登向高处:"风急天高猿啸哀,渚清沙白鸟飞回。无边落木萧萧下,不尽长江滚滚来。"站在高处,杜甫的心被涤荡,精神更沉郁,更阔大。王维身在异地,九九重阳到来,也牵扯着他的思念,想念故土,怀想亲人,"遥知兄弟登高处,遍插茱萸少一人"。他设想着兄弟们也在登高,极目远眺,思念着自己,是登高带来了伤感,还是慰藉,都是由头罢了。

登高，是人类的一种精神攀援，是诗人抒情的底蕴。"吾尝跂而望矣，不如登高之博见也"，登高而望远，心灵会变得宽阔，精神也会得到提升，思绪变得悠悠扬扬。古人喜欢登高，古代的诗人更是把登高当作生命的一种修炼。

我的记忆里便涌现出往昔登高的事情来。

那一年也是秋天，我们一行人经由皖北到达泰安，唯一的意念就是登上泰山。我曾多次路过泰山，还曾写过"车过泰安望泰山，眼前茫茫皆不见"的诗句，连望岳都不能实现，登泰山更是一种遥想，终于今天能一了夙愿，心中的快慰早已把将要到来的艰辛、疲累抛却天外。起程是轻松的，又是急迫的，过云步桥，再过朝阳洞，渐渐地，腿脚便跟不上眼睛的搜寻、心思的神驰，心跳加剧了，气喘得粗重了，汗珠开始滚落下来，豪情也消减了，可我们知道，这里才是中天门。抬头上望，一条蜿蜒的山道如云梯高挂，似游龙盘曲，那是十八盘，是泰山给所有登临者出的一道难题，你要领略无限风光，就得克服当下的犹疑、胆怯，鼓足勇气，登临绝顶！软弱的人打了退堂鼓，有勇气者收拾好心绪，预支着体力，哪怕弓着腰，一步步挪着腿，一级级台阶就是一级级考验，等到你要绝望的时候，猛一抬头，玉皇顶已在近前，于是鼓起最后的勇气，登上顶峰，这时你已毫无力气，但是心中却充满了喜悦，你又恢复了体力。在泰山极顶，极目远望，秋日的齐鲁大地依然生机勃勃，一片翠绿，远处闪烁的是汶河和洮河，近处起伏的是连绵的山脉，而你正站在最高处，这时你才能领略"会当凌绝顶，一览众山小""登泰山而小天下"的无限豪迈！

山脚下的仰望，牵动着层层想往，绝顶上远眺，更会把心思扯向无边的天宇，广袤的大地！

今年九月，偶然的机缘，我和妻子又一次来到沪上，因为女儿在这里安家，我们多次前来，逛过南京路，徜徉在外滩，感受着大上海的繁华与喧嚣，白日人如潮涌，夜晚灯火璀璨，时间长了总觉得有些遗憾，这些都是置身其中的感觉，若在高处，俯瞰黄浦江两岸，又会是怎样一种感受呢？于是女儿提议，让我们换一个角度看上海。这一换，便把我们提升到六百米的高度，上海的绝顶——上海中心。

这里是浦东,对岸就是外滩,那里有上海明珠电视塔,高楼像擎天的巨塔,峻峭、高耸,直指云天,今天我们要登上的是世界第二高楼,上海的至高点。现代化的高速电梯,让我们免受了登临之苦,急骤地上升,眩晕中 1 分钟时间便到观景平台。啊,上海,就在脚下!顺着圆形的通道,通透的玻璃幕墙外,大上海的全貌便袒露在眼前,从这里望过去,黄浦江如带,游轮如梭穿行其间,鳞次栉比的高楼如棋盘中的棋子,或疏或密,高低错落,街道上的汽车如蝼蚁在蜗行。女儿调皮,投币五元,便转动起平台上的巨型望远镜,镜头拉伸,浩渺壮阔的东海奔来眼底,崇明岛的地貌也一览无余。仿佛大上海成了一幅巨大无比的画。

登高,无论是登楼,还是登山,都是借助于外物,来抬升我们的身躯,提升我们的眼界,也把我们的精神带到更高的高度,世俗的世界过滤成纯净的田园,尤其是在秋日,天高气爽,晴空万里,人仿佛蝉蜕了躯壳,任由心驰神往,听凭诗情到碧霄,如果想获得更广阔的境界,"欲穷千里目",那就得"更上一层楼"!

2016 年 10 月 11 日

夜色玄武湖

结束了在上海的理论学习和跟岗实训,我们告别了繁华喧闹的上海,幽静的华师大校园,开始了在江浙皖三省名校的考察学习,第一站便是六朝古都南京。11 月 1 日,我们来到南京报到,先是参加长三角名校长高峰论坛和第 6 期高级研修班结业典礼,入住南京凤凰金陵大酒店。晚餐后,伙伴们相约去逛南京夜景,领略这现代化大都市夜晚的繁荣与华茂。我独自一人,外出漫步,只为获得一个静心观察古都幽静、安谧的机缘。从建宁路东行,过中央门立交,转龙蟠路,从神策门公园边经过,老远便看见一座灯火通明的建筑,我知道,这便是南京站。偌大的站前广场上人流穿梭,那是南来北往的旅客,在匆匆地奔向他们旅途的下一站点,而另一边就是沉睡的玄武湖。

玄武湖，与杭州西湖、嘉兴南湖并称江南三大名湖，金陵明珠，一汪湖水给古都南京增添一份明丽而又阴郁的气息。人们来到南京观光，领略那悠久的历史，江南的风景，行走秦淮河畔，登临紫金山巅，到明故宫探访古迹，在总统府感叹沧桑巨变，但最吸引游客的还是这幽美的玄武湖，风景园林，文化胜地。在湖边漫步，在湖中泛舟，诗情画意，古风盎然。我到过南京多次，也曾数次来此湖游览，我觉得这就是南京的"明眸"。

今晚独自在湖边的木板栈道上踱步，又在青石台阶上小坐，看夜色中的玄武湖。这几日南京久雨初晴，今晚的天空不见皓月，只有零星闪烁的几颗星辰。秋风带来丝许凉意，身旁的岸柳在轻轻拂动。湖的四周，高楼的霓虹灯点亮了湖水，留下了朦胧而又闪耀的倒影，绘成一幅优美的图画。是灯火照亮了湖水，还是湖水迷离了灯影，我也一时恍惚了，仿佛整个身心都融入这湖光灯影之中。

在台阶上久坐，石凳有些发凉，身上也有一丝寒意，但心中却充满了幽远的诗情。夜色中有些迷茫，这左岸那黑黢黢的一片应该就是紫金山，右边那是斑驳的城墙吧，我知道那里就是台城。于是我的脑海中立即涌现出的便是那些著名的诗句，其中最为打动我的即是韦庄的《台城》："江雨霏霏江草齐，六朝如梦鸟空啼。无情最是台城柳，依旧烟笼十里堤。"韦庄所感慨的是古都的沧桑，杨柳无情，依旧葱郁，而六朝如梦，变成历史的烟云了。在自然的山川面前，大自然的轮回交替，是人事的变迁，王朝的盛衰。就如同这古都，曾经的繁盛，现在只留下残存的遗迹，让后来人凭吊，感慨唏嘘。

人在静坐中，思绪便会飘散开去，氤氲笼罩，漫无边际。我在感慨历史，又在沉潜内心。人到中年，在忙忙碌碌、席不暇暖的奔波中，总想着放慢追踪的脚步，直至停下步履，安然静坐，让疲惫的身体暂时放松，让躁动的心灵渐渐平复，清空欲望，扫净尘埃。把自己交给这空明的自然和恒久的时间，什么都可以想一想，什么都可以忘却，只剩下心中那尚未泯灭的真情，还原自己天然的本色，如此，世界会变得简单，生命也会灵气充盈。像今晚，我独坐湖边，一边欣赏这美丽的湖景，一边让思绪随意散开，那因运动过少而显得酸痛的双足也暂时歇息，白天在会场听了一天的报告,杂乱、烦闷的情绪便让这秋风吹散,湖水沉淀,留下一片空寂与清新。

这样想着,不远处听到一阵喧闹之声,原来是同行的校长们结伴游来,于是会合一处,在灯火璀璨的大街上,漫步走回酒店。

2016 年 11 月 2 日

夫子庙,秦淮河

在南京小住一周,前晚独自去玄武湖边徜徉,憩坐,看灯火通明的南京站前广场上人流穿梭,或匆匆急行,或悠闲漫步,再回首凝神注视灯火映照下的湖水波光,遥想着历史的沧桑,冥思人生行色匆忙,何如在夜色中的湖边小坐,梳理纷乱的思绪,给心灵清水洗尘;我思故我在,我思浑忘我。今日得半日空闲,与三五好友相约到夫子庙,贴近秦淮河,感受那流淌在无数古今诗文中波光荡漾的河水;深入南京文庙,近距离接触儒学与科举,神思那消逝在旧时月色中的绝色佳丽与风尘故事,对于我们这群读书人来说,可谓是心神波荡、雅韵风流的美事也。

人们都说逛夫子庙,游秦淮河,须到夜间,需三五知己,灯火辉映,画舫穿行,河水迷离,游人若痴,那才够味道,如同当年朱自清和俞平伯,相约同游,并写下同题的散文《桨声灯影里的秦淮河》,为现代文学史留下一段佳话。可我们来的时候却是傍晚时分,落日仍旧散发着绚丽的光芒,秦淮河边游人如织,熙熙攘攘,是一个热闹的景点,气氛、意蕴都不对,找不到感觉,于是我们先行进入文庙,穿越数百年光阴,先与那些儒士、书生作隔时空的对话交流吧,那或许就是我们的前世今生。

南京夫子庙,顾名思义,是孔夫子之庙,故又称孔庙、文庙、文宣王庙,供奉祭祀孔子之所,为全国四大文庙之一,明清时期江南文化的枢纽与人文荟萃的文教中心。

游历江南

143

夫子庙与其他地方的文庙布局大致相同,前设照壁、棂星门和东西牌坊以形成庙前广场;门前有半圆形水池,称为"泮池",岸北立有石栏,有"天下文枢"石坊。走过棂星门,方进入孔庙内里。一尊高达数丈的孔子塑像,是经典的形象,面目慈祥,仪态平和,似乎少了圣人的庄重严肃,更增添了几分亲切平易。我读《论语》,总是从经典的庄严中跳脱,仿佛是一位智者,一位长者,在不厌其烦地絮絮叨叨,谆谆教诲,也有微笑,也有高歌,也有埋怨,还有不可抑制的怒气,情绪随着时间、对象、事件的不同而发生变化,没有一本正经,没有正襟危坐,就如同这眼前的孔子,那么高大又那么孤独,如此庄重却又无比亲和。我在殿前"大成至圣先师孔之位"的牌位前一走而过,而将脚步停留在左右配享的四位亚圣——颜回、曾参、孟轲、孔伋的牌位前,孔子是伟大的,又是幸运的,伟大的哲人,中国文化、文明奠基者的角色,让他生前身后发出耀眼的光芒,而他的幸运在于有"三千弟子,七十二贤人",在于有"四亚圣"如此的传人,让他天才的思想,至明的哲理,不懈追求的精神得以薪火相传。"得天下英才而教育之,一乐也",孔子的再传弟子,被后世并称"孔孟"的孟子的这句名言,其中说的也包括他的导师吧!

在文庙内缓慢地行走,专注地凝视,我的思想集中在中国科举历史的演变上。这是中国古代教育、人才推举给世界文明做出的杰出贡献呀,那烦琐的仪式,那凝聚的精神,一步步地完备,延续千年,给中国封建体制的形成与完备推举和储备了人才和思想,这是一项伟大的创举!而在江南贡院,这在明清时代与北京贡院齐名的科举考试的考场,是那么浩大,想当年两万名学子,或年轻俊逸,或白发皓首,或倜傥风流,或穷酸潦倒,他们在这里经过一场严格的考试,可能由此一跃龙门,金榜题名,光宗耀祖,更多的可能是名落孙山,铩羽而归,只留一声喟叹,两行清泪。这就是人生的分水岭。我们都是教育人,联想到今日的高考,我们百感丛生。

带着喟叹,又一路畅谈,我们走出孔庙,来到夜色渐浓、华灯绽放的秦淮河边,从那份压抑与郁结中挣脱而出,眼前开始柔媚起来。

这就是秦淮河,一条狭窄又泛着墨绿、散着异味的脏水河,本来是难以给人带来美感、带来风情的,可因为它是秦淮河,是"六朝烟月之区,金粉荟萃之所",是杜牧"烟笼寒水月笼纱,夜泊秦淮近酒家"的秦淮河,是俞平伯、朱自清的"桨声灯影里的秦淮河",因此这条河就变得诗意浓郁,古韵悠长,艳色芬芳了!我们几位中年的汉子,不愿意去乘坐画舫去倚红偎翠,我们知道那脂粉染就的风流早已被时风新雨涤荡得干干净净,船下就是泛着绿沫、清风也荡不起半点涟漪的浑水了。我只是遥想着那些艳丽的名字,顾横波、董小宛、卞玉京、李香君、寇白门、马湘兰,当然还有更有名气的柳如是、陈圆圆,这就是"秦淮八艳"呀!是她们赋予了这条河以神韵,让人缅怀、心旌摇荡的往昔风尘。那些过往的气息,在秦淮河中流淌,不曾散去;那些绝色的身影,和她们绮丽、婉转、妩媚的故事,仿佛仍在这河边的金粉楼台里繁华艳荡。她们皓齿蛾眉,衣袂飘飘,她们轻歌曼舞,丝竹悠扬,引来众多的风流才子流连其间,演绎了那么多惊心动魄的情爱故事,可有谁真的懂得她们的心事,谁又能准确描摹出她们的心曲?

在秦淮河边,我知道,乌衣巷、朱雀桥、桃叶渡,早已化作历史烟云,诗酒风流,连同这些楼台、画舫、园林、古迹,都成为一道旧时月色下的朦胧风景,成为"晃荡着蔷薇色的历史的秦淮河"(朱自清语)了!

2016 年 11 月 7 日

牛首山礼佛记

在南京一直有一句俗谚:春牛首,秋栖霞。栖霞山是南京遐迩闻名的名胜,中国四大观赏枫叶的景点之一。每到秋高气爽的季节,满山枫叶红遍的时候,到处挤满观赏的游人,那如火似霞、层林尽染的美景让人流连忘返,领略到浓浓的秋的意蕴;而牛首山呢?估计外地人就知之甚少了。虽然前人的诗写得很明确:"晴川日照半江环,散落平湖万树间。满地芦竹遮望眼,拈花一笑到佛前。"想象中春天的牛首山,群峰苍翠,绿树成荫,一湖春水,芦竹围岸,一派春意浓浓的景象吧！更何况其地还是佛教名山,文化底蕴深厚,弘觉塔寺建于唐代,烟火颇盛,是人们朝佛礼佛的圣地。

我来牛首山的确时辰不佳。一来现在已是深秋,虽然十一月的南京依然绿意犹浓,但毕竟没有繁花似锦、春草如茵的美景呈现;二则今天是雨天,出发时天上下起了小雨,继而雨渐渐大起来了,群山掩映在烟雨迷蒙之中,雨水溅湿了人们的衣衫,也让人无闲暇驻足去观赏美景。但今天最大的收获是意外的惊喜,由于南京友人的精心安排和机缘巧合,我们拜谒了佛顶宫,朝觐了释迦牟尼佛祖的头顶骨舍利,这是多少信众朝思暮想的佛缘呀！

雨中我们驶往牛首山佛顶圣境区。车上导游小姐介绍说:牛首山,双峰对峙,形似牛首,用古人的话来说,就是:"遥望两峰争记,如牛角然。"而现在的一角,因当年采矿早已挖平,再也难见当日情状。2008年,在南京大报恩寺遗址考古发掘中,考古人员意外发现一处地宫,并出土一只铁函,铁函开启,惊现千年阿育王塔,开启塔身,惊异发现内分上下两层安放着金棺银椁,一个震惊世界、令世上所有佛教徒顶礼膜拜的圣物豁然展现于眼前,其间供奉的就是佛顶舍利骨。这可是世上仅存的唯一一块已隐藏了两千多年的释迦牟尼佛祖的头顶舍利。

带着这样难得的佛缘我们来到佛顶宫前。佛顶宫建于牛首山峰间的矿坑内,外层的穹顶似两件僧人的袈裟,飘荡起伏,象征着佛祖的无量加持,带人进入神佛胜境;里面的小穹顶上为摩尼宝珠造型,下为莲花宝座,上下结合形成"莲花托珍宝"的神圣意象。

走进佛顶宫,表情严肃的工作人员就要求我们摘下手机,穿上鞋套,满怀虔诚地乘坐电梯直达地宫底层,这里就是供奉佛顶舍利的神圣宫殿。借助四周的望远镜可以清晰地看见圣塔上的佛顶,如人头骨大小,呈黄白色,有清晰的发孔,这是佛界至高无上的圣物,"顶骨结实,穷劫不坏"(《大般若波罗蜜多经》卷五),是"八十七随形好"之七十八好。世界各地留存的释迦牟尼舍利主要有:结晶状的舍利子,牙齿,指骨,锁骨,毛发。而佛顶骨最为珍贵,目前世上仅存的佛顶真骨只有"佛顶宫"安放、供奉的这一块。我们常见世界各国佛教信徒恭迎佛舍利的景况，那些善男信女，匍匐在地，口呼佛号，顶礼膜拜的场面，真是让人心生敬意，肃穆庄严。

我们轻言慢语，脚步放缓，眼神虔诚，不敢亵渎神灵。随着电梯的上下，一层层地观赏，礼拜佛祖世界。经书上说，舍利子是人透过戒、定、慧的修持，加上自己的大愿力所得来的，十分稀有、宝贵。据有关佛教文献记载，佛祖火化后，弟子们在其骨灰内发现许多晶亮透彻、五光十色、坚硬如钢的圆形硬物，这就是舍利，俗称舍利子，历来被视为佛门珍宝。佛陀的舍利共有一石六斗之多，当时有八个国王争分，每人各得一份舍利。他们将其带回自己的国家，兴建宝塔，以让百姓瞻仰，礼拜。至于它何时由何种途径传入中国，则众说纷纭，而南京大报恩寺遗址的发掘，令密藏千年的佛顶舍利得以盛世重光。另外修行有成的高僧往生后也能得到舍利，如六祖慧能，近代的弘一大师、印光大师、太虚大师、永嘉活佛等，都曾留下相当数量的舍利。

现在我们升到佛顶宫的最上层，"禅境大观"，一个无比巨大的空间，椭圆形，以黄白灰三色为基调，由佛陀出生、成道的禅境花园和中部的如莲剧场所组成，展现了佛祖一生的行迹。这里布置有人间山水，让人们在行走、瞻仰中领略禅意，

其顶部为婆罗穹顶，图案来自佛陀涅槃时的娑罗树杈，采用全覆盖的透光膜和灯光，可以营造出清晨第一缕阳光、正午热烈的日光、傍晚的彩霞和入夜月光映照的景象，代表着自日出至月映的一天景象。南侧为象征佛陀出生的场景，整体造型是一朵莲花，中间是一株生生不息的无忧树；北侧为佛陀成道，中间是永不凋零的菩提树；地面上黑白两色沙石则暗喻着人世的混沌与佛光的纯洁。正中央是释迦牟尼汉白玉卧像，在 360 度缓慢地旋转，表明佛祖宁静安详的涅槃境界。

走出佛顶宫，外面下着大雨，缺少雨具的我们冒雨奔向旅行车，顾不上狼狈，不讲究斯文，上得车来，已是衣衫尽湿，但语气、神情中多了几分淡定、安静与虔

诚。我在想，我算不得佛教徒，到各地的寺庙我也不似那些信众见佛像即跪拜，就敬香，但我的心是虔敬至诚的，面对佛像，我会双手合十，微垂头颅，闭上双睑，默立致礼，心中表达的是对佛祖的敬仰与礼拜，对未来美好人生的渴望与祈祷。我觉得做一个心地善良、心存敬畏的人就是对佛最高的敬拜！

2016 年 11 月 10 日礼佛，11 月 14 日追记于杭州

此曲只应"跪下"听

——访无锡惠山"天下第二泉"

明天就要离开无锡，这江南明媚、绮丽的佳地，心中却总有些不舍，有些牵挂，但具体所指又朦胧而迷茫。是什么令我如此缱绻不已呢？是太湖的浩渺烟波，是灵山的佛光普照，还是古运河的流水脉脉，抑或是现代都市的繁华喧闹？这几日耳边似乎都是喧嚷的市声，但隐约中总有一段旋律在回响，似有似无，若隐若现，哦，是那再熟悉不过的二胡曲，那忧伤而又激越的乐音，好似从四周的市声中穿越而来，在心灵中独自奏鸣！此时我终于明白：那不舍，那依恋，只为这一曲悲歌！

下午还有半日空闲，于是迫不及待地坐上驶往惠山的公交，直奔那一眼泉水，为的是把目光投向那清澈的泉水，让眼睛更明亮，给心灵洗去尘埃。车到惠山古镇，这里是"中国历史文化名街"，又因是周末，古街上人来人往，川流不息，人们在这里缓行，仿佛行走在明清时光，"惟惠山幽雅闲静"，鳞次栉比的古建筑中藏有众多的名祠，你似乎不及走进探寻就又被另一处吸引，范文正公祠，倪云林先生祠，每经过一处祠堂，都在传递一种历史的信息，讲述一段古代先贤的故事。但我的脚步不敢停留，因为我怕耽误了那一池碧水，急匆匆地向前赶，穿过"天下第一山"的牌楼，连那布满甬道的菊花也无暇细细观赏，直奔向前，左拐右弯，终于来到一座仪门之前，就是这里，"天下第二泉"。

穿过仪门,登上石级,眼前一惊,一方池水前一座四角方亭立在眼前,我知道这就是"漪澜亭",因苏东坡"还将尘土足,一步漪澜堂"而得名,堂前的楹联上"雪芽为我求阳羡,乳水君应饷惠泉",正是赞赏这泉水的甘洌甜美,醇净留芳。池边墙壁上镌刻的正是赵孟𫖯所题的"天下第二泉"。在泉边我停下了脚步,刚才急步行走的心跳也渐渐平复。

这泉果然奇特。一座亭内有两眼泉,一圆一方。上首为圆池,为八角形,八根小巧的方柱中嵌有八块条石以为栏;紧挨着的是四方形的水池。近眼观察,水色透明,清澈见底,红色的鲤鱼在悠闲地游动,隔着漪澜堂,下边为一长方形大池,水从上方的小池中流出,又经池壁上的螭嘴中吐出。

我在泉边坐下,无法亲自去品尝这泉水的甘洌可口,但那些芬芳的诗句、那些悠远的故事却在我的脑中不断地涌现。我知道,惠山是因西域和尚慧照曾在此结庐修行而得名,也知道这第二泉得名是因唐代茶圣陆羽评定天下水品二十等,而惠山泉名列第二;还知道中唐诗人李绅对此泉的赞美:"惠山书堂前,松竹之下,有泉甘爽,乃人间灵液,清鉴肌骨。漱开神虑,茶得此水,皆尽芳味也";我也知晓李德裕的逸事:这位唐代宰相,嗜饮此水,责令地方官派人"递铺",专程送往三千里之遥的长安供他煎茗享用。当然我最熟知并热爱的还是北宋那位天纵英才的苏东坡,是他的那句"独携天上小团月,来试人间第二泉"的绝美吟唱,那是月照二泉、二泉映月的仙境,那是"泉美茶香异"的生活之美。

但我来二泉,是在下午,天是阴的,还飘荡起了毛毛细雨,自然不见天上"一轮小团月",也无缘见到二泉映月的诗意美景,但我一点也未觉遗憾,我不是来饮茶,也不是来赏景,我是来洗一洗被尘垢蒙蔽的心。这时我的耳边又回旋起那二胡的曲音,它占据了我的所有感官,它充满着我的心!

《二泉映月》,那如泣如诉,如歌如吟的旋律,扣人心弦,催人泪下,既有伤感怆然的低回,又有昂扬愤慨的感奋,有对生活的不平、怨愤,也有对生命的热爱与憧憬。那一串下行音阶式的短小音响,像一系列的短句,发出的一连串叹息;那低沉压抑的音调,平稳的级进中起伏的音律是心潮的起伏;向上冲击的旋律,多变的节奏中,是控诉,是不甘,是激奋,是悲壮;而尾音的舒缓、柔和,似惆怅,更似意犹未尽的感叹!这首乐曲,不是天籁之音,它是人内心情感的宣泄,难怪连外国友人也称之为"中国的《命运》",是"只应跪下来听"的乐音!

心中还在回响着这乐音,我的脚步又在前行,我要去寻找那位用生命创作出这代表中国乐曲的盲者,那位叫"瞎子阿炳"的民间音乐家。

循着映山湖边的甬道曲折上行,在惠山东麓一处僻静的角落,我找到了阿炳墓。这是一座纪念碑。主体由墓墙和翼壁组成,状如音乐台,青石垒成,上方有道劲的大树和葳蕤的芳草,墙壁上刻的就是"民间音乐家华彦钧阿炳之墓",简朴,素洁,引人注目的一尊青铜雕像,那正是暮年的阿炳在拉着二胡,他头戴无沿的毡帽,身穿破旧的长衫,光着一双脚,弓着腰正在演奏,看不见他的脸容,更不可见他的眼睛,但那一种悲戚、忧伤的情绪仿佛从手指上,从心底里传导给了弓弦,奏鸣着人世的悲苦。

我靠近这尊雕塑,不敢用手去触摸,只是用同样悲戚的情感与他交流。这位无锡雷尊殿的道士,这个中年患眼疾而致双目失明的瞎子,流落街头,生活穷困潦倒,但底层的生活,历尽人世艰辛,饱尝生活屈辱,他把一生的痛苦用二胡曲做出情感的宣泄。想那些年,他在无锡的街头拉,也在惠山的泉边拉,它不是表达二泉的甘美,而是在二泉的月光下,用他的手拉一曲命运的悲调。

在这墓园里静立,此时天色已晚,暮色笼罩,周边一个游人也没有,也好,就让这饱尝生命艰辛的盲人用他的音乐来向世界倾诉吧!我能做的只有聆听,让这至情至性的音乐在心头流淌吧!在心灵的世界,伴着二泉,伴着月色,做精神的洗礼!

2016 年 11 月 12 日

暮色中的东林书院

我们跟岗实训的第二站来到江南名城无锡,同行的校长们一齐嚷着要去观光。大家心中的首选目标自然是鼋头渚，登临渚头，一览太湖烟波浩渺、一碧万顷的风光美景，而我的心目中念兹在兹的是一座书院，一副楹联。但因未找到同道，加上时间紧迫，就一直悬着这心思。周五下午，学友们急着赶回去，我独自一人，决然留下，我要弥补心中的缺憾，完成未了的夙愿。于是乘602路车，从偃桥赶往无锡站，换乘出租车，约一刻钟，师傅说：东林书院到了。

走过车水马龙、人流穿梭的市街，弯进一条僻静的小巷，右手便是"东林书院"的入门，上方的匾额为前中宣部部长所题，低矮的木门两旁悬挂的对联"此日今还在，当年道果南"，为当代学者、无锡籍著名物理学家钱伟长书写。入得门来，看门的老者提醒我，快速进入第三进，去看那副对联。我进书院已是下午四点半钟，到五点即要关门，他知道来访者大多急切地需要寻找的是什么。于是我不及细观慢看，只是匆匆地穿过一座"东林旧迹"的石牌坊，走过两方水池中间的一座石桥，我知道这就是"泮池"。进入院落内，眼前就是"东林精舍"，这里是原书院的内大门，又称"仪门"，"精舍"也就是学舍，穿过精舍。二进为"丽泽堂"，"丽泽"有朋友之间相互切磋讲学的意思。过"丽泽堂"即到"依庸堂"，这里是三进，"依庸"照字面理解即依照儒家经典《中庸》来修身行事，这是书院的主体建筑，东林大会之前举行讲学礼仪之所，被告称为东林学派学术领地的象征，还未入室，一眼便见那副对联，这是我太熟悉的词句：

风声雨声读书声声声入耳

家事国事天下事事事关心

最早知晓它是因为中学语文课本中所选的邓拓的杂文《事事关心》，知道这是由明代东林党领袖顾宪成所撰，因为它写出了历代仁人志士读书爱国的共同心愿而脍炙人口，广为传诵，它悬挂的地点就是东林书院。

现在这副对联就在依庸堂匾额的下方两侧，中央的红木屏门上镌刻的是《东林会约仪式》，两边木质圆柱上白底黑字就是这22字的楹联，字迹古拙而遒劲,流畅而拗挺,为当代名家廖沫沙所书。两边的横梁上有两方匾额,一为"望古遥集",一为"斯文在兹",是赞扬东林书院的精神与传统的,意为古往今来优秀的文化思想和精英之士聚集在此,言简意赅,隽永悠长。但最令我流连驻足、反复吟诵的还是这22个字。

据手中的册页上介绍,东林书院现共有各式匾额楹联40余副,都是宣扬古代东林学人传播儒家道义思想、文化传承以及品行砥砺的格言警句,但因有顾宪成的这副对联,高山仰止,巍峨高标,耸立万仞,它们只能作为东林书院这部卷帙浩繁的经典中的普通章节而存在,而其书扉页上永远只能印着顾的对联!

我在追寻它的来历和流传的过程。相传此联为顾年轻时即兴应对同邑启蒙业师陈云甫而作。一次陈云甫乘船经过顾宪成家乡泾理(今无锡张泾),当时微风有雨,见顾正与其弟允成在河旁家中朗诵经书,当即有感而发,吟出上联:"风声雨声读书声声声入耳",这是赞扬年轻学子不畏寒暑、罔顾风雨、埋头苦读的精神的,没想到顾稍加思索,灵机一动,脱口应对:"家事国事天下事事事关心",表达的是年轻儒生志在天下,关心世事的胸襟与气魄。于是一副经典的对联由此诞生。妙合天成,以为绝对。上下联均语言朴实,有如口语,而音调铿锵,气魄宏大,更兼有精准地表达出中国古代优秀学子一边埋首经典,孜孜不倦,刻苦攻读,探寻奥义的业绩,一边又眼光远大,胸襟开阔,越过书斋,关心世界的情怀,自然成为后代学子的警世钟和座右铭了,在今天的知识界仍有着警策意义。

从"依庸堂"出来,暮色渐深,空寂的书院内草木静默,屋舍俨然。我独自在院内穿行,一边瞻望,又一边深思,脑中在追思这座书院的意义内涵。

东林书院创建于北宋政和元年(公元1111年),为当时著名学者杨时长期讲学之所,书院内建有"道南祠"即为祭祀这位先贤的专祠。现在的东林书院正门两旁的对联"此日今还在,当年道果南",均与杨时有关。上联源自杨时的长诗《此日不再得示同学》"此日不再得,颓波注扶桑。""术业贵及时,勉之在青阳",是为勉励青年学子,珍惜大好时光,抓紧学业,否则时光流水,一去不返。此日珍贵,不可再得。下联依据的也是杨时的典故。杨是福建将乐人,曾拜河南洛阳的理学宗师程颢为师,当他南归时,程目送他离去,浩然叹道:"吾道南矣!"后来杨在东南各地游历讲学历47年之久,同时创立东林书院,居中长期讲学,为北宋二程理学在南方的传播功绩彰明。这副对联依杨时为典,赞颂的是其在东林书院传播文化、激励后进的功绩。关注国事,关心民众,讲究人品,清正廉洁,刚直不阿,反对空谈,抨击时弊,这些都成为中华民族的宝贵遗产,永远启迪和鼓励着后来者。让东林书院名扬四海,影响日久的还是这副对联的撰写者顾宪成。明代万历三十二年(公元1604年),顾与高攀龙等人同倡捐资修复书院,并相继主持其间,聚众讲学,有"天下言正学者首东林"之赞誉。东林志士的精神风骨特异在于他们不仅志于读书,穷究学理,更有志于国家安危,天下兴亡。他们聚集讲学,不仅探讨儒家经典著述,又兼顾必要的实用的自然科学知识,天文、地理、数学等,并将讲学与议论国事紧密相连,关心国事,振兴吏治,革除社会积弊,主张廉洁奉公,实学有用,正如院落内墙上所刻的三块石碑上所概括的"实学""实用""实益",凌虚而实,由道而行,研实学,求实用,得实益。而他们所处的时代正是明末朝纲混乱、阉党肆虐的乱世。这些柔弱的书生,铁骨铮铮,却被阉党头目魏忠贤及其党羽编造名目,指为"东林朋党",从东林精舍西壁挂着的"东林党人榜""东林朋党录"中,我仔细辨认,竟读出了顾宪成、顾久成、高攀龙、杨涟、左光斗、熊廷弼、孙承宗等名字,更读出榜单后的小字注解,"生者削籍,死者追夺,已经削夺者禁锢",在世者削夺官职,已死者追夺封号,已无功名者囚禁。看着这份榜单和注解,我的心为之一紧,我体会到血雨腥风,肃杀威严,正如邓拓在《过东林书院》一诗中所写,"莫谓书生空议论,头颅掷处血斑斑"。书生议政,凭借的不仅仅是学识、修养、眼光,更需要有赤胆忠心,钢筋铁骨,敢于面对强权威压,舍生取义的意志和胆略,联想到写《事事关心》和《过东林书院》的邓拓在十年"文革"中的悲剧,我不禁头晕目眩,凛然心惊!

　　十一月的无锡,虽然依旧花盛草茵,绿波荡漾,泮池内的睡莲虽无夏日的鲜艳,还是翠色圆润,红色的鲤鱼在莲叶间嬉戏,僻静的小路上碎石参差,灌木俨然,行走在书院中,分明感受到一种文化气息,一股厚重的精神风骨。在离开书院时,忽然听到清脆的童音响起"青青园中葵,朝露待日晞",原来是一群儿童正在诵读古诗,那些稚嫩而脆亮的童音在幽深的庭院中传散,与眼前的氛围形成和谐的对应,仿佛与多年前的意脉相通,斯文在兹,一脉相承。

走出院门,对面便是"无锡第一女子中学",正是放晚学的时候,青春烂漫的女生们正在蜂拥而出,这所传承百年的名校,学生们一走出校门,抬头便与这千年书院目光相遇,会在心中播下文化的种子,成为一生维系的根脉。

2016 年 11 月 11 日

西溪寻梦家何处

江南忆,最忆是杭州。每个人的心中都有一个与"杏花春雨"相连在一起的"江南",每个人心中的千里江南一定有叫"杭州"的城市,人们总是把杭州和另一处江南佳丽地苏州并称"苏杭",作为江南的意象和代言。

杭州美而魅,其美在水,其魅也在水。且不说西湖的明媚潋滟,钱塘江的壮阔浩荡,古运河的幽远波光,都若江南女子,美得自然、柔婉、明丽而又灵秀。

在杭州半月,下午得一闲时,即与同伴相约出行,来到离住处不远的西溪湿地,再一次领略杭州之水的诱惑,勾起我们无限的遐思。

西溪位于杭州城的西侧,距西湖仅五千米。这是一处城市湿地,隐藏在都市的青翠苍绿之间,如同明眸皓齿而又野性泼辣的江南村姑,在都市的喧闹中静静地独处,两眼张望着世界,内心却是素朴又纯净。

我们从洪园进入,即刻就进入自然的田野。时已深秋,天上飘落着丝丝细雨,烟雨中的西溪游人稀少,更增添一份幽静、朦胧之美。乘电瓶观光车在福堤上缓行,清凉的秋风吹到身上,一阵凉爽浸润肺腑,心变得干净、透明,只是眼睛掩不住渴望,贪婪地张望着这绿树、青草,清澈的溪水;只是嘴巴再也不肯闭起,大张开来,呼吸着这清冽的空气。半小时的观光,毫不过瘾,于是又换乘游船,顺着西溪的沟汊曲折前行,恨不得如鱼儿穿梭在这清水中,但只能像孩童一样用手用脚去梳理这凉滑的秋波,河水清澈,碧色涟漪,倒映着岸边的绿树,河中的小桥,最吸引人的是树上的红柿与水畔的芦苇,火红的柿子如同微小的灯笼燃在枝头,也点燃着我们相爱一世(柿)的誓言吧!那吐絮的蒹葭,仿佛漫天的飞雪,把西溪银色世界了,这就是"秋芦飞雪"吧!

恋恋不舍地弃舟登岸,我们才知道这一段行程才是西溪湿地的一个角落呢,一叶落而知天下秋,那绿树后面的风貌也许更引人情思吧!那些池塘、湖漾、沼泽,都是水光幽暗,静若处子,这水道如巷,河汊如网,鱼塘似栉比,小岛若棋布的自然景致,原始的大自然的杰构呀!

在西溪的洪园内闲走,我们才发现,这里不仅有迷人的自然风光,还有着深厚悠长的历史文化和浓郁的田园水乡风情呢!这湿地雏形于四五千年之前,天目山的春夏洪水,恣意冲流,形成大片湖泊,等到洪水退却,高处显露,低处存水,便形成了湿地。后代农人逐水而居,土肥水美,养鱼育蚕,种竹培笋,茶叶果蔬,四时繁盛,农人们在古城的边际,休养生息,繁衍后代,耕读传家,文风斯盛。

这不,我们随即进入了一个家族的院落,洪钟别业。据介绍,明代成化年间刑部尚书洪钟(字宜之)晚年退隐回籍,在西溪建造别业,建宅院,筑书院,在此课子弟,倡文风,闲时与老农村究话桑麻,怡然自得,形成既有儒家闲静隐逸之象又带有自然恬淡的佳景。

宗祠是家族祖居地的标志性建筑,更是家族文化延续与家族成员凝聚的象征。洪氏家族被誉为钱塘望族,自洪钟起,洪氏子孙在此繁衍600余年。走进洪氏宗祠,余秋雨书写的楹联"宋朝父子公侯三宰相,明纪祖孙太保五尚书"格外醒目,点明了洪氏在宋明时期家族的显赫与兴盛。宋祠内的"家规""祖训"为家族的绵延、兴旺制定了规范,形成了根深蒂固的家风。洪氏经宋元明清数代,800年间,人才辈出,各领风骚,不仅在官场擅胜,更在文坛显耀,在史学、金石学、钱币学、志怪小说和戏曲等领域均取得非凡的成就,这是一门诗礼簪缨的文化望族,在学术文化上广有建树,藏书、刻书成为传统,于是诞生了被称为"中国戏曲史上奇迹"的洪昇和《长生殿》，其精于韵律，娴于辞令，为千百年来曲中巨擘，与《桃花扇》作者孔尚任并称"南洪北孔"。

在西溪半日，明代陈赞和宋代董嗣杲《西湖百咏·西溪》诗一直萦绕在我脑际：

> 西溪曲曲绕西村，民业家桑礼意存。
>
> 数朵闲云山入画，一番骤雨水流浑。
>
> 绿萝叶密遮茅屋，红杏花开映荜门。
>
> 不与桃花风景异，彼乾坤即此乾坤。

这是古代江南农村的风景画，又是淳朴古韵的风俗图。远处白云悠悠，青山默默；近处骤雨初歇，溪流淙淙；绿萝红杏，环绕着茅屋蓬门，当然还有这里的主人——乡民们衣食充足，悠然自得的神情隐在其中。我们知道，这自然过滤了那些艰辛的劳作，沉重的负荷，真实的古代农村没这么祥和，没如此诗意，这是古人心中的"桃源风景"，是诗人盼望到达的"杏花村"，是理想之境！

在西溪寻梦，洪氏家族及其乡邻已在此守望千年，寻觅千年，又遥盼了千年。现在我们来到这里，也是寻梦来了，也是在寻找那理想中的家园吗？西溪寻梦家何处？

2016 年 11 月 19 日

从黄公望到郁达夫

今天周末，东道主富阳二中的周玉明校长热情邀请我们到富阳一游，我们自然乐意。

富阳现为杭州的一个区，距杭州主城区不过三十千米。"富阳"这名字寓意甚好,吉祥如意,富于阳光,但我对富阳更心向往之的是一幅图,一篇文,一位画家,一个文人。

今天的杭州,早晨有些薄雾,湿润的空气,令人感到舒服。雾气迷漫,远处的建筑在雾海中若隐若现,带有几分神秘与朦胧。车过钱塘江大桥,不久便到富阳,此时天已放晴,阳光直射下来。这几日杭州细雨绵绵,潮湿阴冷,突然而至的阳光让我们又感受到秋的煦暖,心中又明媚灿烂起来。一尊雕塑吸引了我的目光,心底里立刻涌出这样的感慨:对了,就是这个人,绘《富春山居图》的人——黄公望——我来富阳,首先要拜谒的、让我顶礼膜拜的人。

汽车驶进如意尖,庙山坞,指示牌在醒目地提示我们,这里就是黄公望的隐居地,那幅旷世杰作就是在此处泼墨挥毫而成的。沿着进山的坡道缓缓而行,天气渐热,不禁脱下外套,还是止不住汗流渗出。不久就见茂密的树丛中,隐藏着一尊高大的塑像,不用猜一定就是黄公望。对于隐藏在不起眼的道路旁边,有朋友解释道:黄公望晚年着意隐居,精心绘制巨幅长卷,他要的不是显赫甚至不是显眼,而是隐藏和沉淀,这尊塑像不经意间巧合了黄公望的心境,恰到好处地表达了画家的意愿。

行走在山路上,这里植被茂密,绿意葱郁,幽静清凉,久在都市喧嚣中的人们,能在这里呼吸清冽的空气,洗涤被烟尘蒙蔽的内心,擦亮荫翳渐布的双眸,有一种新生的感觉。满山的毛竹,枝干挺直,翠叶纷披,以一种花毛竹尤为珍贵,与我们司空见惯的青翠的毛竹不同,它以黄色为主色调,中间嵌有道道绿痕,黄绿相间,美如图画。还有高大的香樟、冬青,大都粗可入抱,一派生机。我们一边走,一边辨识着那些植物,豆梨、薄叶润楠、石栎、苦槠,许多闻所未闻的树种,让我们仿佛行走在植物的王国里。渐渐地走过紫竹林,竹种园,画潭醉月,结庐处牌坊,亚林所生物科普中心,路亭茶驿,筲箕碑亭,就到了小洞天,这里就是黄公望当年的隐居地。在丛密的树林间,有小溪潺潺,几丝阳光透过遮天的树叶洒下来,形成光影交织的幽居图。几栋仿建的小屋,还原着当年的场景。堂前有黄公望的画像,两侧是一副对联:"大痴胸次多丘壑,巨颖人间积凤麟。"

其南楼,临溪而筑,为当年黄公望作画的画舍,当年黄和他的朋友们曾在此泼墨挥毫,诗画互酬,而他历六七年之久,呕心沥血,精心绘制的《富春山居图》就是在这间简朴的画室中完成的。"万轴图书充石阁,千章杉桧冒苍檐",这出自黄公望的诗句写尽了这间小屋的环境幽雅,文墨飘香。

在楼前小憩,我想起了画家一生和《富春山居图》的传奇经历。黄公望,元代画家,本姓陆,后过继给黄氏为子,改姓黄,名公望,字子久,号一峰、大痴道人,中年曾为官,后皈依"全真教",晚年隐居富春江畔。擅山水,简淡深厚,气韵雄秀,品格苍茫,与吴镇、倪瓒、王蒙合为"元四家"。他以山水为师,悉心观察,如痴如醉,废寝忘食,晚岁隐居,身背皮囊,内置画具,每见山中胜境,必取具展纸,摹写下来,成为创作的素材,后历经数年之久,写就《富春山居图》,描绘出富春江两岸初秋景色,坡峦起伏,林壑深秀,笔墨纷披,苍茫简远,形成山水画长卷。后被烧成两段,后人分别名之《剩山图》和《无用师卷》,又分别藏于浙江博物馆和台北故宫博物院,成为中国古代山水画的巅峰。这一段绝美的富春江风景也定格在中国艺术史的画廊里,熠熠生辉。

而黄公望笔下的富春江到底是一条什么样的江,这一段山水又是怎样的呢?富春江的美,我们最早是从吴均的百字短文《朱元思书》描绘出的"风烟俱净,天山共色。从流飘荡,任意东西。自富阳至桐庐一百许里,奇山异水,天下独绝"中领略和想象的。来到富阳,我们怎能不去亲临颜色青碧、清澈见底的一江碧水呢?

从黄公望隐居的"小洞天"出来,中午在山下的小饭馆,热情的东道主招待我们的是一桌地道的农家菜,并用家酿的高粱烧让我们享受那芳醇的浓香甘美,微醺中旅行车把我们带到一处村落——东梓关,一下就让我们撞入新的文学境地中,当然是缘于郁达夫和他的小说《东梓关》。

这是一处典型的江南村落,沉淀着悠远而浓厚的历史。一进村,一块白色的墙壁上书写的一段文字就把我们带入历史的氛围中:

宋咸淳安志载:在县西南五十一里东入浙江,旧名青草浦,宋将军孙瑶葬于此,坟上梓木枝皆东靡,故以名。

清光绪三十二年,富阳县志载:明洪武十九年于东梓塞设立巡检司领逻卒为戍,因名东梓关。

在村史馆,我们从那些泛黄的照片和简略的介绍中感受到中国农耕文明和村落文化的痕迹。"西下严陵滩,东流第一关。"在村中穿行,只见一处处古老的遗迹犹存,而新建的仿古民居又与之相映相合,青石板的街道,圆形的池塘,既古风淳朴又富生活气息,悠闲的村民,恬淡的生活,让我们这一群生活于热闹城市里的书生产生无穷的慨叹!东梓关的驰名,与浙江籍现代著名作家郁达夫的同名小说密切相关。据记载,1932年,在母亲的强烈要求下,郁达夫坐船来到东梓关找名医许善元治疗肺病,在许家大院住了一个多月,并根据这段经历,写成了小说《东梓关》,小说中郁达夫以许善元、许家大院、"许充和大药房"和东梓关的人文风俗为素材,写成这篇具有浓郁富春江气息的小说。行走在东梓关村中,郁达夫为治病来小住过的许家大院仍在,骨伤科名医张邵富治病救人的"安雅堂"仍在,加上那些大大小小的小塘和凹凸不平的青石板路,仿佛穿越了历史的烟尘,那百年前身穿青布长衫的才子瘦削的背景既模糊又清晰,悠远而又贴近。

穿过郁达夫描写过的街巷,我们走上了村后的高堤,一条大江就扑入眼帘,啊,这就是富春江,奇山异水、天下独绝的富春江!

江并不宽阔,但深秋的江水波平如镜,水色清澈,对岸的群山"皆生寒树","负势竞上,互相轩邈;争高直指,千百成峰"。河中的沙洲,秋草茂密,层层叠叠,那是黄公望画中的景象吧!向江面上望去,上游就是新安江,往下流经钱塘江,直入杭州湾,终归大海。村边建有小码头,静静地等待那远行的航船,上桐庐,到富阳,下杭州,那里有世代居住的村民,更有远道而来的游客,他们是来沉醉于这眼前的一江碧水,呼吸清新芬芳的空气,还是如我一样,在寻找丢失的家园,沉淀漂泊的乡愁?

"日暮乡关何处是?烟波江上使人愁。"古人的愁绪是一种归根的焦虑,飘零的无奈,我今日的行游,也有一种追踪的意味,追踪乡土的记忆,追踪文化的沉积!

2016 年 11 月 20 日

最是杭州留恋处

杭州之美,天下闻名,令人向往。古代吟咏杭州富庶和美丽的诗文之多,恐怕中国城市中难有比肩者,其中最广为流传的莫过于白居易的《忆江南》之二:"江南忆,最忆是杭州。山寺月中寻桂子,郡亭枕上看潮头。何日更重游!"白居易对杭州的迷恋、痴情,透过月下桂子和钱塘潮涌两个典型意象,表露得淋漓尽致。杭州已成为美丽江南最精致的代表。当然这是秋天的杭州,我来杭州已是农历十月以后,岁序已晚,秋尽冬来,旅居十余日,且其中数日,阴雨绵绵,寒风瑟瑟,但在城内行走,依然能感受到一份属于江南的柔媚与明丽,枝条依然青葱,绿意覆盖街衢,更多呈现出的是一派生机一股暖意,心里明白:这才是杭州,江南的杭州,白居易早已赋予秋色的杭州。

在杭州逗留两周。第一周居住在城中的浙江外国语学院校园内,文三路上,西子湖畔,住处离西湖仅半小时路程。晚饭后散步,缘西溪河前行,在车流人流的穿梭中,从灯火璀璨的映照里,悠然自得,不觉眼前便是一湖碧水。湖边亦是人如潮涌,但这满湖的碧波荡漾,湖边的柳丝轻拂,便把我们带入宁静与清幽之境,最后总是装着满心的清爽进入梦乡。后一周居处移至钱塘江畔,钱塘江大桥就在眼前,六和塔在江对面矗立,我们得以欣赏到杭州的另一种情韵,虽不能见潮涌江中、波涛翻卷的壮阔,但这奔腾的江水总能让我们在想象中涌出那自杭州湾中掀动的巨澜,尤其是夜观钱塘潮,两岸灯火辉映,一江粼粼波光,比之西湖,是另一番壮美的景象。

苏轼的名诗《饮湖上初晴后雨》,写的是西湖之美,无时无刻,无处不在。你晴也罢,雨也罢,她就是西施,天姿国色,天然丽质,还在乎是精心梳妆,还是略施粉黛,抑或是素面朝天?这一次在杭州,对于西湖,我们既醉心于艳阳高照、和风舒畅的明丽,又沉浸过细雨霏霏、枝叶摇曳的沉郁,兼而得之,快何如哉!初到杭州,是深秋时节明媚的景象,天蓝得无一丝杂色,澄澈,高远,呼吸着清爽,咀嚼着芬芳。过几日,又是秋风渐起,带来寒冷的气息,每次走在街道上,满地的黄叶飘落,粘在潮湿的路面上,渲染着萧瑟的氛围,清冷中略显得有些落寞。而当我们即将离开杭州时,天又转晴,虽然气温依然很低,清晨行走,浓浓的寒意包裹,但那寒意中总有清爽有暖意在其中,不似北方是那种深入骨髓的冷,你的身心也跟着温暖、明媚起来。

那一年来西湖,正是阳春三月,苏堤挤满了踏春的游人,在桃红柳绿、云淡风轻中,让人有诗情涌动,画意盎然,风景成为第一主题。这一次到西湖,我执意要走白堤,为的是寻觅西湖新的意境,断桥静默,在浓浓的暮色中,不见残雪,却有剩荷相伴,渲染着深秋的意味。去寻找秋瑾墓,想着去凭吊这鉴湖女侠的壮烈与激扬,可错过了线路,却在桥头意外地撞见另一处坟茔,苏小小墓。这是另一类的女子,江南的女子,风尘秀色,诗心艳情,在这清波粼粼的湖边静静地沉寂着,是别一样的美艳。夜色渐浓,山影朦胧,路灯昏暗,树影浓密,想着古往的故事,那相思成疾、香消玉殒,总能让痴男怨女发思故之幽情,西泠桥畔终在演奏着爱情的绝唱,难怪多情的诗人要不顾身份地吟唱:"若解多情寻小小,绿杨深处是苏家""苏家小女旧知名,杨柳风前别有情"。

杭州是有名的古都,它昔日的富庶、繁华,我们从前人的诗文中可以约略模拟出来。这里最负盛名的要数白衣卿相柳永的《望海潮》,铺叙形容,浓墨重彩。"烟柳画桥,风帘翠幕,参差十万人家",街巷河桥的美丽,居民住宅的雅致,都市户口的繁众,跃然字面而出;"市列珠玑,户盈罗绮",市场繁荣,市民殷富,实非"豪奢"二字可以精准概括;而又有"羌管弄晴,菱歌泛夜",一派鼓乐笙歌、歌舞升平的典型景象。这正是"上有天堂,下有苏杭"的最为形象的描述,人间天堂,天上人间。今天的杭州,尤其是 G20 峰会后的杭州,面貌一新,城市崛起,高科技,大手笔,是当代中国飞速发展的一个缩影。周六,杭州的朋友带我们游览了钱江新城,更强化了我们的这种认知。钱江新城,顾名思义,钱塘江边新造的城市也,高楼林立,金碧辉煌,太阳宫、月亮宫,简直就是移置天空的日月来此落户,那座硕大的城市露台,气派非凡,站立其上,一览钱江壮阔,浩荡东流,把崭新的杭州城比作豪华的屋室,才可恰如其分吧!

杭州是古城,又是一座充满活力的现代化大都市,随处蕴蓄着向上的力量,在信息化、电子商务等领域,都抢得先机,引领潮流。尤其令杭州人感到骄傲和自豪的是马云和他的阿里巴巴,这个相貌奇特的男人,已成为无数创业者追慕的偶像。周五上午,杭州的校长带我们参观"梦想小镇",这里已成为全国互联网创业的首选地和创新资本聚集的高地,这里是杭州发展的亮点,众多高科技企业,无数怀揣梦想的创业者,在这里开始他们追梦的行程。来自萧山的张校长,如数家珍地介绍起马云的传奇与逸事,这位杭州外国语学院毕业的普通中专学校的英语老师,是如何神奇地衍变成电子商务的巨头,中国 IT 行业的首富的。并津津乐道地介绍他的婚恋故事,其妻张瑛,大学同学,教书时的同事,最终成为马云人生伴侣和创业伙伴,在成功后又全身而退,安心相夫教子,做起了全职太太,成为马云最温柔的港湾。在杭州,那种大气、包容、新潮,让我们对这个古城有了全新的感受!

2016 年 11 月 27 日

第九辑：故乡寻梦

光荣纪念馆

跟岗实训的最后一站是合肥,校长们怂恿着要见识"大湖名城、创新高地、创业新城"的风光,作为东道主的安徽校长便安排了一次环湖的观光游览。

第一站便来到巢湖边,不是着意去欣赏巢湖的美丽风光,而是来到爱国主义教育基地——渡江战役纪念馆,作为红色革命老区,就要让外地的校长们深切感受到安徽在中国革命史上的作用和意义。这些对历史颇有了解和心得的校长纷纷疑惑:渡江战役不是在长江上进行的吗,这个纪念馆怎么建在巢湖岸边呢?经解释方明白:这里就是渡江战役总前委所在地。1949 年 3 月 28 日,邓小平、陈毅率领总前委机关进驻肥东县撮镇的瑶岗村,在这座滨湖小村中,指挥百万雄师,跃过天堑,占领南京,取得了伟大的渡江战役的胜利,直到 4 月 27 日,才离开瑶岗前往南京。可以说,这场万船齐发、直抵江南的壮丽诗篇就是在这里构思、布局和写就的,这里就是指挥的中枢。在巢湖边建"渡江战役纪念馆"可谓是得其所哉!

汽车停在湖边的平台,前面不远处便是烟波浩渺、水天一色的巢湖。湖边擎起一座高塔,五角星纪念塔,如同一把巨剑直指蓝天,五角星造型寓意着红星照耀、直追残敌的气魄和精神。绕过高塔,便是一座熟悉的群雕,青铜铸造,谭震林、陈毅、刘伯承、邓小平和粟裕,一身戎装,气宇轩昂,不禁让人怀想起那段峥嵘岁月,他们在瑶岗运筹帷幄,决胜千里,指挥着百万雄师横渡长江天堑的雄才大略和宏伟气度。

现在我们来到纪念馆前,四周是碧水环绕,中间的主体建筑外形好似两艘雄伟的战舰并排行驶,向前直指南方的长江,那高昂的舰首向前倾斜,劈波斩浪,立刻把参观者带入那段波澜壮阔的历史情境中,一种历史的启迪鲜明地矗立,我们是以小帆船横渡长江天堑,摧毁了国民党军队号称固若金汤的江防,比拼的不是武器装备,更是人心向背、力量聚散,是精神和意志的较量。今天我们有了庞大的海军，它们是护卫祖国的"国之利器"，但任何时候，"百万雄师过大江"的气魄和雄心都是不可缺少的！

走进馆中，一组巨大的"胜利之师"群雕，赭黄色的基调，粗放的形态，但那一种气概、气势、气魄，首先深深地震撼着我们每一位参观者。在馆内参观，一帧帧影像，一件件实物，让我们仿佛置身于真实的历史场景中。战前形势、战役准备、突破江防、战役胜利、人民支前和英烈业绩六大板块，生动展现了这场史诗般的伟大战役的概貌。

我在一张泛黄的照片前驻足。只见浩浩大江上，波涛滚滚，江流湍急，江面上千帆竞发，一艘艘木制小船张开着船帆，远处是炮火的硝烟和激起的滔天巨浪，但这些小船在惊涛骇浪中，在枪林弹雨中，直驶南岸，如洪流，如巨澜，其势不可挡。介绍中说，渡江战役中人民解放军共有两万五千名英烈捐躯疆场，血洒大江，是他们用生命换来了胜利，才有了在"总统府"上扯下国民党旗，升起红色的人民军队的旗帜，挥枪欢呼人民胜利的经典画面。

走出纪念馆，我情感的潮水依然在奔涌不息，思绪一刻也不能停止。我在想：这场解放了江南广大地区，破灭了敌人划江而治、以图卷土重来的美梦的战役，为人民解放军迅速向全国进军，扫清残敌，开辟了胜利的道路。脑海中不禁又回响起毛泽东主席那首气势磅礴、豪迈慷慨的诗篇："钟山风雨起苍黄，百万雄师过大江。虎踞龙盘今胜昔，天翻地覆慨而慷。宜将剩勇追穷寇，不可沽名学霸王。天若有情天亦老，人间正道是沧桑。"今天距那场战役已过去近七十年，但"宜将剩勇追穷寇，不可沽名学霸王"的历史启示和光辉思想依然熠熠生辉，具有深刻的警策意义！

参观完"渡江战役纪念馆"，我们沿着巢湖边向南行驶，来到庐江汤池，这座以温泉闻名的古镇，走进"新四军江北指挥所"旧址，又一次沉浸到历史风云中，重温那慷慨激昂的历史画卷。这里距汤池约一华里，西南环山，层峦叠嶂，地势险要，风景秀丽，这里是西进大别山的通道，战略地位十分重要。1939 年 5 月，新四军军长叶挺、政治部主任邓子恢等由皖南来此组建江北指挥部，张云逸任指挥,1940 年 3 月底撤离,在这里驻守不到一年时间,叶挺军长曾满怀豪情地赋诗:"云中美人雾里山,立马汤池君试看。千里江淮任驰骋,飞渡大江换人间。"

这是一座隐藏在密林丛中的旧居,朴素、简陋,醒目处是毛泽东题写的"新四军华中人民的长城",嵌在黑色的大理石中央,一组青铜雕塑中是几位身着戎装、足跨战马的新四军将士,手挽缰绳,足踏马镫,那气势如同即将出征的勇士,就要开赴抗日前线,杀敌报国。纪念馆匾额为新四军老战士张劲夫所题写,两旁的楹联为"革命烽火现将领,抗战热血铸铁军"。走进小院,路两旁树有雕像,正是当年的抗日战将,让我们用尊敬的心铭记这些名字:叶挺、张云逸、赖传珠、邓子恢、徐海东、罗炳辉。

走进屋室,那些陈旧发黄的照片,锈迹斑斑的实物,仿佛把我们又带入那血雨腥风的年代,感受热血儿女为民族的生存而英勇献身的豪情壮志。

七七卢沟桥事变后,中国共产党号召全国人民团结一心,共御强敌,筑成抗日民族统一战线的坚固长城,中国工农红军改编为八路军,开赴华北抗日前线;红军长征后留守南方八省坚持游击战争的红军,改编为新四军,叶挺任军长,全军共编为 4 个支队。为了坚持向东发展,开展敌后游击战争的决策,为加强对江北地区新四军统一领导,继张云逸、邓子恢渡江由皖南到江北,1939 年叶挺军长亲临江北,5 月 4 日,根据党中央决定,在庐江东汤池成立新四军江北指挥部。江北指挥部的成立,对扭转这一地区的抗战局面,发挥了重要作用。此地地处大别山余脉,南临安庆,北接合肥,战略地位十分重要,而且党组织建立得早,群众基础也好,是江北统一指挥作战的理想根据地。指挥部成立后,对部队进行全面整编,并与国民党安徽省政府谈判,就江北新四军的活动区域进行交涉,同时中共鄂豫皖边区党委也迁往汤池,与江北指挥部统一行动,召开了党代表会议,组织了皖西地区几千名干部和进步青年的撤退工作,经过连续奋战和艰苦细致的工作,打开了皖东敌后的抗日局面。1940 年 3 月撤离,1941 年皖南事变后,江北指挥部撤销。

江北指挥部在东汤池不到一年时间,但它的历史地位和功勋彪炳史册,一是促进了中央向东发展方针的贯彻和执行，二是统一了江北新四军部队的领导和指挥，三是积极对敌作战和反击国民党顽固派的猖狂进攻，壮大和发展了人民武装力量，四是创建了皖东抗日根据地。

走出纪念馆，已是暮野四合，夕阳在山，四周茂密的树丛越发幽静、沉寂。我们一行缄默地行走在山野间，任晚风吹拂我们滚烫的身心。今天，从渡江战役纪念馆到新四军江北指挥部纪念馆，我们的情感萦绕在那并不久远的革命年代，精神变得更充盈，更丰厚！

2016 年 11 月 30 日

从李府到包公祠

合肥是安徽的省会城市，也是一座历史悠久的古城，虽然它的名气与其地位并不相称，但其发展后劲与前景态势确是有目共睹，可以期待的。前天聊到安徽名人，提到包拯与李鸿章，他们都是出生于合肥，在历史发展和品行砥砺上都有着巨大的影响，是合肥最有名的"名片"。到合肥，要了解这座城市的过往，拜望这两位应是题中之意。

今天热情的主人安排我们一行参观游览合肥，因为这群文化人最感兴趣的是历史遗迹，因此主持者便就近安排了参观合肥城区的包公祠和李府。

我们先到的是李府。汽车在合肥城中穿行，因新修地铁，到处封路，车行并不顺畅，七拐八弯后进入繁华的商业街，这里就是淮河路步行街。众人下车，行不多久，浓密的绿树丛中是一座灰墙黑瓦的古建筑，门前两尊石狮，门楣上就是"李府"二字，这里便是李鸿章家族的旧宅。

李鸿章，晚清重臣，我国历史上最富争议的历史人物，功过难辨，褒贬不一，但其身上背负的历史悲情却总是让后世人们"心有戚戚焉"。

新修复的李府共有五进，前厅为宾客稍事休息、等候主人接待的场所，现在辟为"晚清军政重臣李鸿章"生平事迹展室,大量珍贵的照片和实物,展现了其风云变幻的一生,这位有着"少年科举,壮年戎马,中年封疆,晚年洋务"人生四部曲的晚清重臣,其一生风云际会,使他的名字与中国近代史息息相关,且互为印证,其中的踌躇满志、意气风发与忍辱负重、捉襟见肘相交缠的历史情节,让其成为中国近代史的微缩影像。李鸿章曾形象地把清王朝比作"破屋",而将自己定位成一个"裱糊匠",这个在暴风骤雨中飘摇欲坠的破屋,一个裱糊匠又怎能让它根基长固,遮风避雨呢?品味这个比喻,我们对历史的经验教训有了深切的理解和敬畏!

进入中厅,是小姐楼(走马楼),据介绍,这是在原物的基础上复建的,展现了李氏家人接待宾客和家眷日常起居的状况,充分体现了江淮地区的建筑风格,"福寿堂""小姐楼"都显示出这个"江南钜族"的家风和盛况,朴实的外表,精致的装饰,符合李氏含蓄内敛的性格,沉寂中蕴含着张力。

我更感谢兴趣的是东侧的陈列馆。我在其间流连既久,思绪沉潜。这里布置的是"淮系集团与中国近代化"的展览,这借一斑而窥全豹的窗口,那段风云变幻的历史仿佛又鲜活地呈现在我们的眼前。淮军是李鸿章以庐州团练为基础而组建的武装力量,它诞生于镇压太平天国和捻军起义,伴随着洋务自强运动的发展而壮大,成为晚清军事史上继湘军之后的重要力量,是清代军事体制从传统向近代转化过程中承先启后的重要组织形式。其间培养了刘铭传等一批军事将领,在清军主力中成为一代名将,并在历次对外交涉与反侵略战争中发挥重要作用,做出巨大牺牲。李鸿章为实现洋务运动"自强""求富"的目标,创办军事工业,并陆续开办了铁路、矿务和电报等,加快了中国近代化进程。

走出李府,我们又回到喧嚣繁华的淮河路上,思绪依然萦绕在那逝去的岁月中。看到甲午海战中被迫自沉的"镇远舰"的模型,不禁感慨万端;想到李鸿章在日本马关被迫签订丧权辱国的《马关条约》时被击中面颊的照片,我们能从他苍老、愁苦的面容中读出他的万般无奈和心有不甘。这样一个人,这样一个时代,已渐行渐远,但我们依然能从中得到启迪,不忘过去,方可前行!

参观完李府，我们一行都缄默着，心情沉重，带着无限的思绪，旅行车又带我们穿行在合肥的街市上，我们将要去下一站：包公祠。

包公祠，位于合肥市的包河公园，全称为"包孝肃公祠"。包公，是人们对北宋时期著名的政治家包拯的尊称，他是中国历史上有名的清官，家喻户晓的历史人物，以廉洁公正、立朝刚毅、不附权贵、铁面无私且英明决断、敢于替百姓申不平而闻名，故有"包青天"之美誉。包公祠，全国有多处，以合肥和开封两地的最为驰名，位于合肥的包公祠，我曾多次前来拜谒，或独行静思，或偕友同游，每一次都有一种敬畏和崇仰的心情。

这一段蜿蜒于城中的小河，就叫包河，容易理解，可一段逸事却让我们驻足沉思。据介绍，包河中的鱼脊背漆黑，被称为"铁面鱼"，而其中的莲藕鲜嫩，断之无丝，叫作"无私藕"，合而为一即"铁面无私"的意思，这自然是后人的附会，可这正凸显了包公一身正气、大公无私的高尚品质；包公祠内最神奇的地方叫"廉泉亭"，是一个八角形的小亭，亭下一眼古井，就是"廉泉"。相传此井为包拯亲手所掘，传说中有一太守游览包公祠，喝此井水后头痛不止，原来这是个贪官，而清正廉洁者开井汲泉，煮茗而饮，则味寒香冽。不知这传说是否真的灵验，但它的警示意义却是显然的。

在包公祠内行走，不论你是否为官，你都会警醒自己，甚至会惊出一身冷汗。这明晃晃的三把巨铡，龙头、虎头、狗头，寒光凛凛，杀气腾腾，无论皇亲国戚、大小官员，还是草民百姓，只要违法，即可铡之，绝不徇情。我们仿佛看到青天包公，手握巨铡，将贪赃枉法、干犯纲纪者以绳之法的凛然正气；而那段著名的家训碑记，让我们不禁又肃然起敬，正人者先自身正，"后世子孙仕宦，有犯赃滥者，不得放归本家；亡殁之后，不得葬于大茔之中。不从吾志，非吾子孙"。三十七字，字字正气；昭德塞违，垂照后世。

包公是历史人物，更是艺术史上的经典形象，以至于产生了一个专有的戏曲门类：包公戏。这反映了古代人民对清官的渴望，对惩恶扬善的期待。包公祠中专门陈列了三组彩塑，为包公戏中三个经典段落，《打龙袍》《铡美案》和《怒弹国丈》。《打龙袍》讲述的是有名的"狸猫换太子"的故事，真宗继位，膝下无子，在得知李刘二妃同时怀孕后，下旨"生皇子者立为后"，刘妃觊觎皇后之位已久，竟设计以狸猫换下李妃所生皇子，并欲杀李妃灭口。幸得宫女相助，李妃逃至民间隐姓埋名，数十年后，包拯受命赈灾放粮，得知仁宗生母的悲惨遭遇，经过明察暗访，智断了这一宫廷奇案，使得仁宗母子相认。包拯以仁宗为子不孝，借打龙袍以儆天下。这故事流传久远，据史实则为虚构，但我们喜欢这样的戏剧：善恶终有报应，天理自然公道。当然其中最有民间底蕴的当属《铡美案》，包公怒斩陈世美，秦香莲终得申冤，同时还为我们贡献了一个负心汉的代名词：陈世美。但有史家指出，这显然又是文学的杜撰，与真实的历史不同。这时我想到文学与史实的关系，文学来自历史，历史丰富了文学，而文学又往往篡改着历史，因此我们不可将两者混为一谈。即以包拯为例，戏曲上的包公，身躯魁伟，面色黛黑，眉间一钩弯月，凛然正气，形象奇卓，但从留存的刻像可以看出，真实的包拯竟是一白面书生，清秀、白皙，与我们印象中的形象大异其趣。

在流芳亭内，我见到包拯的仕履表，上面明确记载，包拯仕宦的起步：知建昌县，监和州税，知天长县。联想到不久前在和县召开的"包拯初仕地和县"研讨会，专家学者纷纷发表见解，争论的焦点在包拯是否确切到任。那么不管怎样，一代清官包拯与我们和州尚有渊源关系，这也是和县文化的厚重之笔！

走出包公祠，因行程的紧迫未及瞻仰包公墓，那就留下点遗憾吧！

今天在合肥，我们拜谒了两位在历史上有过重大影响的历史人物，他们的思想、精神、事功和影响需要我们深入去发掘、整理，不只为丰富地域文化的内涵，更重要的是启发、鞭策我们去更有意义地生活！

2016 年 12 月 5 日

大青山麓觅诗魂

对于热爱中国古典诗歌的人们而言，自《诗经》《楚辞》一直到明清诗歌，这是一片绵延起伏、郁郁葱葱的山脉,那盛唐就是这无数峰峦中一座巍峨高耸、直入云天的峻岭,而李白一定是那群山之上"一览众山小"的绝顶。不要说他那些想象奇绝、汪洋恣肆,如海潮翻卷,似天风鼓荡的长篇古风,就是一首《静夜思》,短短二十个音符,朴素清新,明白如话,却成为千古之绝唱:"床前明月光,疑是地上霜。举头望明月,低头思故乡。"从此一轮皎洁的皓月不仅照亮思乡游子回家的路程,也照亮了中国人心灵的浩瀚天宇和广袤大地。那首《望天门山》的七言绝句"天门中断楚江开,碧水东流至此回。两岸青山相对出,孤帆一片日边来",让与我家乡隔江对峙、逼江水迂回扭头北去的天门山成为家喻户晓、妇孺皆知的诗歌之山。从遥远的童稚时代,学习古诗启蒙时起口中背诵的就是李白的诗句,年岁渐长,阅读渐深,又知晓了李白与我家乡的关联。我的家乡所在的长江下游的古横江两岸,是李白生命暮年的行迹之地和魂归之所,诗人曾在这里留下众多脍炙人口的诗篇,在其一生创作的诗歌中占有重要的地位。于是在家乡附近游历,我总要就近追寻李白其人的踪迹,探究李白诗歌的意蕴,这也成为最诗意盎然的心灵畅游。

今年初冬,终于等来一次期盼已久的旅行,虽然时至冬月,但太阳依旧明媚,略带寒意的清风让人心神爽净,疲惫倦怠的身心顿时显得无比轻松。在这样的时刻,出行游历访胜,是愉悦畅快的心灵放飞,精神驰骋,既为驱散寒流带来的荫翳与忧郁,更为平淡的生活增添几分温情与暖色。自今年六月,因意外摔倒致右腿骸骨断裂,卧床两月,一直未痊愈,所以半年来绝少外出,现在能自由地行走在冬日的原野,没有刺骨的寒风,没有凄冷的冬雨,天空碧蓝如洗,大地黄绿盈目,心中一缕阳光,何等惬意,无比爽朗。

上午乘车至马鞍山,安顿入住后我们便迫不及待地商议下午的行程。马鞍山是一座年轻的钢城,因丰富的钢铁资源而在新中国成立之初迅速兴起的美丽的山水之城。马鞍山又是一座历史悠久、有丰富人文资源的诗城,特别是在区划调整,和县、含山划归马鞍山以后,形成一江两岸、拥江发展的地理格局,这样的美誉更加实至名归。这缘于唐代那位天纵其才的诗人——李白,这里是他晚年的流寓之所和归藏之地,留下了众多珠光闪耀的诗篇和神奇瑰丽的传说,天门山、采石矶、大青山,还有浩浩大江中这段叫"横江"的江水,都因此而进入中国诗歌史,成为一种诗歌意象,洋溢着浓郁的诗情。天门山就雄峙在我家乡的横江两岸,采石矶我曾多次造访拜谒,唯有李白的归藏地大青山,就在江对岸,高楼之上即可遥见,一直心向往之却缘悭一见,心中留下不尽的遗憾与念想,这次得闲是一定要去朝觐的。于是我提议利用下午的空闲时间,去大青山拜谒李白墓园,以了心中夙愿,同行的诸君也是李白的忠实拥趸,于是一拍即合,相约同行。

车出马鞍山市区,穿过当涂县城,往南行驶十五华里,便是皖东名镇太白镇。这是一座千年古镇,因以诗仙李白命名而遐迩闻名,镇上厂家店铺的招牌店幌,大多与李白的名字有关,扑面而来的太白遗风,告诉我们李白已近在咫尺了。果然车行不远,汽车就在新太公路旁蔚然深秀的青山之麓戛然而止。

以背负青天的青山为背景,以辽阔的沃野平畴为前台,一座高高的牌坊便矗立在眉睫之上,这就是"诗仙圣境坊",李白墓园的入口处。这是山麓之下面临新太公路而立的高宽各十余米的白石牌坊,造型为三门冲天式,四根徽州青石冲天柱,撑起头顶的青空日月,正中的"诗仙圣境"四个大字,隽秀、劲挺,为当代名家启功先生所题。转过牌楼,背面则是祖籍地为现隶属于马鞍山市和县乌江的当代草圣林散之题写的"千古风流",两位诗书画俱臻化境的当代文化名流的题写,此地、此人、此时,相得益彰,妙然天成,都为李白诗魂再现,一赞地灵,一歌人杰,不约而同地让我们强烈地感受到诗仙已去,而诗魂绵延。

走过牌坊,顺着窄小的甬道前行,迎面便是一堵照壁,白墙黛瓦,古色古香,中间的浮雕上乘舟御风于大江之上的正是诗仙李白,他白衣锦袍,衣袂飘拂,身下是波涛翻卷的浩浩大江,身边有往来穿梭的过境千帆,头顶浮动着悠悠白云,江浪,船帆,白云,还有无形而有迹的江风鼓荡,这一切与这位迎风傲立、睥睨万物的诗人浑然融合,定格为中国诗歌史上最经典、最精粹的诗画境界。

沿甬道左行,经过幽僻的角门,眼前是一池倒映着"捉月桥"的碧水流芳的"青莲池","青莲""捉月"的命名恰到好处,正是李白吞吐宇宙、恣肆洪荒的命运写照与精神寓示。捉月桥,莫非是从采石矶头的"联璧台",李白醉酒泛舟、纵身捞月搬化而来? 而青莲池则明确无误地告示这一池碧水属于李白,青莲既是李白的中年自号,又是其一生傲骨、倾心于出淤泥而不染的莲花的人格象征。莲花素有"花中君子"的美称,又名"翠盖佳人",集双美于一身,外秀而中慧。李白一生钟情于莲花,是其诗中已无数次歌咏的对象。现在已是初冬,池中荷花既落、莲叶已残,只有几根细瘦而劲直的荷梗在清涟碧波中挺立,物象枯索而境象全生,我不禁想起了李白的《古风·其五十九》中的诗:

> 碧荷生幽泉,朝日艳且鲜。
>
> 秋花冒绿水,密叶罗青烟。
>
> 秀色空绝世,馨香谁为传?
>
> 坐看飞霜满,凋此红芳年。
>
> 结根未得所,愿托华池边。

履洁怀芳,风标绝世,李白这是在写荷,又是在自喻。

在这样的氛围中畅想,猛一抬头,只见一尊汉白玉的李白雕像昂然而立。左手负于身后,右手高擎酒杯,抬眼望天,似乎在邀约天上的明月"对影成三人",盛唐的劲风将其衣袍与广袖吹得飘然欲飞。不过诗人毕竟已到垂暮之年,他双眉微蹙,脸上布满岁月风霜,他已预感年轮渐逝,岁月近晚,一生的命运遭际闪自内心而镌刻在脸上。

绕过青莲池,依次便是享堂、太白祠和李白墓。享堂和太白祠,始建于唐元和年间。堂前有联:既是诗仙又是酒仙浅酌低吟皓月应怜零乱影;初为游客终为逐客凄怆潦倒蛟龙好护飘流魂。这副对联既对太白一生做出了简约的概括,也是对李白与晚年的寄寓地当涂渊源的深入展现。太白祠原祠 1938 年被日军炮火夷为平地,历代碑刻也荡然无存,现祠为 1978 年重建,白墙黑瓦,彩梁画栋,屋顶竖建一酒葫芦,上插三支古代兵器名为"三叉戟",既为辟邪之用,亦以此寓意李白为"谪仙""诗仙""酒仙"之意,门联为"诗中无敌,酒里称仙,才气公然笼一代;殿上脱靴,江头披锦,狂名直欲占千秋"。进得祠来,迎面便是近三米高的李白塑像。唐代没有照相术,李白也没有留下任何具体而直观的影像资料,后代所见的李白形象大都源自唐代画圣吴道子的"李白行吟图"的拓本,"眸子炯然,哆如饿虎",手持一卷诗书,衣袂飘然若仙,就成为李白遗留千古的典型形象。祠中的李白塑像,长眉入鬓,双目炯炯,侧身而立,左手按剑,凝眸前方,是在高吟"长风破浪会有时,直挂云帆济沧海",还是在慨叹"大道如青天,我独不得出"?我不禁想到李白一生的命运遭际。据记载:李白五岁诵六甲;十岁观百家;十五好剑术,观奇书,天才英丽;三十成文章,历抵卿相;直至四十二岁方受知于朝,论当时务,草答蕃书,得明皇之嘉许,使供奉翰林;仅二岁,即为同列者谤,诏令归山;五十六岁入永王幕府;越明年,永王事败,亡走彭泽,坐系浔阳,有诏令流放夜郎,未及而赦归,遂流寓洞庭江夏之湄,往来宣城历阳之间;六十二岁时依族叔当涂县令李阳冰,是年病卒。李白一生天纵英才,而坎坷困顿,他的心中当有太多的不平与愤懑;诗歌天地的王者,现实世界的落魄者,"抽刀断水水更流,举杯消愁愁更愁"。心中的不平杯酒难消,满腔的悲愤更非剑不能消也!这时突发奇想,在寂静的深夜,回首往事心潮起伏难平时,李白是否会锵然一声拔剑出鞘,月下狂舞,舞得月徘徊而影零乱呢?

现在我们终于站在这方矮小的墓前。当年陆游来祭时曾记"墓在祠后,有小冈阜起伏",元明两代亦有人记述"墓上产芦如席,有竹散点如金",与今我们所见相略仿佛。圆月形的墓地四周,有青瓦粉墙与苍松翠柏一同守护,同为圆月形的墓冢,青石垒砌,冢高一米有余,其上芳草萋萋,秋菊灼灼,墓碑上赫然入目的是"唐名贤李太白之墓"的字样,据传说为杜甫所书。初冬时节,墓园里绝少游人,显得有些清冷,但也少了些嘈杂喧闹,我们静立在墓前凭吊、缅怀,不敢嚣嚷惊扰诗魂,只在心中默默地与诗人对话。

李白一生,游历无数,纵横四海,其生死也充满了神奇的传说和难解的谜团。他的出生地众说纷纭,较为认可的有两种:一说生于西蜀,其故里为唐剑南道绵州县清廉乡,即今之四川江油市青莲乡;一说生于西域之中亚细亚碎叶城,唐安西都护府境内,即今之吉尔吉斯境内巴什喀尔湖南之楚河流域。李白呀,你一生留下那么多想象奇诡、惊风雨泣鬼神的诗文,可为何未留下只言片语让我们仰慕者得以揣度你的出生情状,莫非你真的让我们相信你是太白金星下凡,抑或是"自称臣是酒中仙",还是如贺知章所言是"谪仙人"? 李白之死,更是"明月与江涛共同创造了一个凄美的传说"(李元洛语)。那年我去采石矶头拜谒李白投江捉月的矶头,下临浩浩大江,想象着他纵身一跃,打捞起那轮他歌咏过无数回的明月的情景,想来见惯波卷浪翻、船倾人亡的采石矶也被惊得目瞪口呆吧!《旧唐书·李白本传》记载:"尝月夜乘舟,自采石达金陵,白衣冠锦袍,于舟中顾瞻笑傲,旁若无人。"李白采石捞月传说的最早记载见五代王定保之《唐摭言》,"著宫锦袍,游采石江中,傲然自得,旁若无人,因醉入水捉月而死"。我们知道这自然是传说,可这确然符合你的心性与宿命呀。北宋梅尧臣诗云:"醉中爱月江底悬,以手弄月身翻然。"元代觉师泰更是言之凿凿:"采石之山高接天,采石之水澄深渊。当年李白此捉月,至今佳话传千年。"(《采石矶》)就连今天的诗人也说:"明月,是李白在大自然中的密友,创伤累累的心灵的良药,无穷的诗思的源泉,暌违多年的故乡的象征,到了走投无路的垂暮之年,在叶落而欲归根低头思故乡之时,在酒神的刺激而神思恍惚之中,清风入袖,明月入怀,李白最后投入月亮的怀抱而远离污浊的人世,完全是可能的。"况且还有李白骑鲸上天的传说,采石矶畔的翠螺山上还有"唐诗人李白衣冠冢"在,就让我们在诗歌的宇宙天地里,用诗歌的思维与情感认可他的浪漫传奇,确认这就是他的生命绝唱了吧!但在李白墓园,我们没有杯酒祭奠,只能绕墓三匝,在心中燃一炷心香,口中默念那些早已化入生命的诗句来祭拜诗人了。这里我们想着李白晚年真实的境遇。李白乃一介书生,虽有经天纬地之才,却对官场诡谲与政治的险恶懵然无知,就似古人常道的"赤子",出于爱国忧民的情怀,应邀参加永王李璘的幕府,被卷入皇家内部争权夺位的残酷斗争,最终失败受到牵连而被流放夜郎,遇赦归来,流落江南时诗人已是花甲之年。宝应元年(公元 762 年),贫穷交加、走投无路的李白,只好从金陵来当涂投奔县令李阳冰,并拉扯关系成了族叔,虎落平阳,寄人篱下,这对一辈子心高气傲、不愿摧眉折腰的李白来说,一定有诉说不尽的无奈与悲凉。但我们还得感谢这位李姓县令,李白当时的处境有多么凶险,杜甫在《不见》诗中就做了形象的说明:"不见李生久,佯狂真可哀。世人皆欲杀,我吾意独怜才。"而他不因李白的身份与处境而嫌弃、躲避,不仅收留和照顾了李白,还应病中李白之托,为其诗集《草堂集》作序,为后世研究李白留下了原始的文献资料,也是为中国诗歌发展做出了一份贡献。

李白确实病死在当涂,这一点诗歌研究者没有疑义,其死因,李阳冰没有明说,只言"疾亟",晚唐皮日休、现代郭沫若都认为是"腐胁疾",也就是"脓胸穿孔",可以相见李白死况之惨。而其终葬之地确凿无疑是当涂的大青山麓。北宋赵令畤《侯鲭录》上说:"太白坟,在太平州采石镇民家菜圃中,游人亦多留诗。然州之南青山乃有正坟。或曰:太白平生爱谢家青山,葬其处,采石特空坟耳。世传太白过采石,酒狂捉月,窃意当时槁葬于此,至范传正侍郎迁窆青山焉。"据此推断,李白身后很可能草葬采石,然后正式迁葬"青山"。而史料上的确切记载是李白初葬地为当涂龙山,元和年间,这已是李白死后五十余年,宣歙池观察使范传正与县令诸葛纵访李白有孙女二人孑遗,知其先祖志在青山,遗言宅兆,遂新宅于青山之阳。李白为何对青山情有独钟呢?因为这里是"山水诗之祖"大小谢中的小谢谢朓的晚年居住地。李白对谢朓倾慕备至,"一生低首谢宣城",其诗其人曾引起李白强烈的共鸣:"解道澄江静如练,令人长忆谢玄晖。"又有诗:"蓬莱文章建安骨,中间小谢又清发"。李白诗有雄奇奔放,如江河奔泻者;亦有清新俊逸,如皓月临空者。后一种风格,当有谢朓影响在。传说谢朓晚年在青山之麓建有别宅,其处风景绝佳,李白流落当涂时,既爱青山的自然美景,又敬仰谢朓的人格诗格,多次寻访谢朓踪迹,一心想与之结为异代芳邻,并愿死后葬于此处,但"顷属多故,殡于龙山东麓,地近而非本意",当时未能如愿。现在两位对李白仰慕深爱的地方官知其遗愿,对诗人身后的凄凉与悲苦心有戚戚焉,故将其遗骨迁葬于与龙山相隔六里的青山之阳谷家村旁,并令禁樵。李白诗魂终得以徜徉于他所倾爱的诗人故迹遗踪之间,当可含笑九泉也,青山也因有诗魂诗灵陪伴,也算得"青山有幸埋诗骨"了,从而被誉为"中国第一诗山"。"谢家山兮李公墓,异代诗人同此路"(范传正语)。青山李白墓,自唐至今,历经千年。会昌元年,秘书省校书郎裴敬呈请邑宰免墓左人毕元宾之力役,俾司洒扫;到南宋绍兴年间,郡守赵松年于墓前封田,并建享堂,"祠壁石刻甚伙,详金石";元明两代,亦有诗记墓之灵异。县志记载,李白墓曾大修十次。现在的李白墓,正如书家王学仲所言:"花木树之扶疏,池塘溢以清明,亭轩结于高下,题咏宜乎古今,诗魂得安,文字得仰,风雅待立,如青山之永存。"

　　李白作为中国历史上最伟大的诗人,生前即已受到广大诗迷的仰慕与追捧,当中更以同为唐代诗歌双子星座的杜甫的心仪与相知最为令人感动,杜甫终其一生共写过十四首诗给李白,最后一首的《不见》作于四川,原诗下有小注,曰:"近无李白消息"。当时的杜甫,饥寒交迫,穷困潦倒,漂流沦落,但他却在困顿中惦记着、揪心着远方的李白,这样的情愫,令千年之后的我们也不禁为之倾心。在当涂,在李白墓园,一直流传着谷家千年以降,守护墓园的动人故事。据谷氏宗谱记载,谷氏祖先谷兰馨非常崇敬李白,同晚年的李白结为好友,曾跟随他云游四海,直到61岁的李白投奔李阳冰,定居在龙山脚下。谷兰馨离世前交代子孙,李白的遗骸可葬于谷家土地上,令后世子孙照看李白之墓。太白祠内,一块八百多年前的碑文上书太白墓"东与谷氏为邻"。岁月流逝,世易时移,谷家子孙一直不离不弃,陪伴着诗魂,精心守护着李白的坟茔。这段美好的故事一直延续到今天。1938年,太白祠被炸毁,太白墓面临坍塌,谷家人自发整修;"文革"期间,谷家人悉心保护,让李白墓免遭"破四旧"的厄运;1982年,墓园扩建,征用了谷家的良田,谷氏毫不迟疑,并主动请缨,当李白墓的守墓人。他们不是诗人,也许并不了解李白诗歌的意义和价值,或许在别人的眼中,李白是不可触及的诗仙,但在谷家人心中,李白是一个亲切如家人的有血有肉的存在。

　　今天的李白墓园,寂静无人,只有初冬的阳光在煦暖地照耀,缕缕微风吹过池边的垂柳与墓上青草,丝毫没有萧瑟、清冷的感觉。前面的道路上一位墓园的工作人员正在凝神专注清扫路面，我们走过她的身旁，没有询问她是否就是谷家子孙，我想这已不重要，面对李白，所有受过李白诗歌滋养的人，都是"谷家子孙"，我们在缅怀着诗仙，也在延续着诗魂。

2015 年 12 月

斯 是 陋 室

中国的自然山水、亭台建筑往往因为有文化的浸润和人格的投射而变得诗意氤氲，情思芬芳，从而长久地镌刻在人们的心上，而成为一种符号和象征。比如兰亭，因为有那次著名的雅聚和那篇《兰亭集序》而散发着绵长的墨香；再比如陋室，因有短短 81 字的《陋室铭》而德馨四方、享誉千载。兰亭和陋室，已不再是具体的建筑，甚至不是一处景观，而上升为一种文化的形象和精神的载体。此外，还有诸如杜甫的"草堂"，归有光的"项脊轩"等等。

这里只说陋室。陋室就位于我的故乡安徽和县。和县古称和州，地处皖东，左挟长江，右控昭关，天门雄其南，濠滁环其北，山水形胜，风景秀美。20 世纪 80年代，在其北部陶店汪家山发掘出的一块猿人头盖骨将其历史上延至 30 万年以前，从此，"龙潭洞""和县猿人"就写进了历史教科书，证明了长江流域和黄河一样是华夏民族的摇篮。和县，安徽省历史文化名城，有着厚重的历史积淀，浓郁的地域文化和秀丽的山川风貌。其中的历史遗迹更是遍布南北，霸王祠，太子汤，桃花坞，天门山，鸡笼山，其中在中国文化人心目中分量最重的便是陋室。因为从事教学工作，而且是作为传播中华文化与文明的中学语文教师，多次和年轻的心灵一起感受"何陋之有"的境界，心中洋溢着的是幸福和幸运。一次次或独自行走或带着我的学生们一起，走进陋室，总有沐浴阳光和洗礼春风的感受。

今天，在这个春风乍来的时节，带着重温的感情，更带着新的追寻，心中默念着"山不在高，有仙则名；水不在深，有龙则灵"这熟悉的词句，我又一次踏进陋室。

走过小城繁华的闹市,只见店铺林立,游人熙来攘往,走到安德利超市往北,是往上的台阶,拾级而上,穿过戟门,绕过文庙,一座小小的庭院便在眼前,这就是陋室,刘禹锡的陋室。

门额上是著名诗人臧克家题写的"陋室",古朴,清秀。迎面的照壁上刻写的是"政擢贤良,学通经史;颉韦颃白,卓哉刺史"16个大字,这是后人对刘禹锡的崇高评价,从政治和学理两个方面进行了精准概括。

走进小门,小小的院落,一亩见方,芳草萋萋,绿树环绕,麻条石铺就的小径,幽雅别致。陋室为砖木结构,白墙黑瓦,斗拱飞檐,简约素朴,呈"品"字形分布。正厅三间小屋,立着一尊刘禹锡的雕像,脸庞清癯,眼神刚毅,似在沉思,又似在回忆。铜像的上方悬挂着"政擢贤良"的匾额,背后是刘禹锡的名诗《酬乐天扬州初逢席上见赠》。此诗为刘罢和州刺史,招还京都,路过扬州,遇好友白居易(也就是"颉韦颃白"的"白","韦"当指韦应物,两人均为中唐诗坛翘楚)时所作。"巴山楚水凄凉地,二十三年弃置身。怀旧空吟闻笛赋,到乡翻似烂柯人。沉舟侧畔千帆过,病树前头万木春。今日听君歌一曲,暂凭杯酒长精神。"在诗中诗人把曾被贬谪过的朗州、连州及和州称为"凄凉地",感叹自己二十多年的迁徙生涯。"沉舟侧畔千帆过,病树前头万木春"是千古名句,诗人在人生踬踣的状况下,没有颓废,没有消沉,展现出的是乐观开朗的宽阔胸怀和积极昂扬的精神风貌。

环顾室内,东侧置一床一榻一凳等生活起居用品,西侧是一桌一椅一琴等办公会客器具,简单素雅,这是后人追想的诗人当年生活的场景,睹此我们仿佛听到诗人当年"谈笑有鸿儒,往来无白丁"的豁达谈吐和爽朗笑声。

走出主室,左侧为文物陈列室,墙上用绘画的形式描述了刘禹锡一生的形迹,诗人跌宕起伏的人生命运令人慨叹不已。刘禹锡(公元772—842年),字梦得,洛阳人。唐德宗贞元九年(公元793年)擢进士第,授监察御史,唐顺宗时热心参与王叔文政治改革,反对宦官专权和藩镇割据势力,失败后被贬为朗州司马，以后又辗转连州、朗州刺史，诗人就是在这样的背景下从巴山来到楚地和州，《陋室铭》就是在此任上所写的。品味诗人的一生，我们感叹着又欣慰着。一次次被贬，一次次流落，贬下就贬下，流落我再回，看不见飞扬跋扈的小人，我乐得耳根清净。二十多年的贬谪生涯，朝廷失去了一位官势显赫的政客，中华文学史却增添了一位才情卓绝的大诗人。刘禹锡颠沛流离、辗转各地的生活，让他熟悉各地的风土人情，为其诗歌创作注入了新鲜的血液，特别是汲取民间养分，吸收民歌风格创作的《竹枝词》，似一束鲜活清嫩的翠竹，给唐诗花园增添了一片绿色的生命。作为政治家，刘禹锡壮志未酬，留下几多遗憾；作为诗人，却意外地成就了一番惊喜，这是失呢还是得？这是幸耶还是不幸？人生有时就是这么诡异。

走出偏房，我们又来到那座著名的碑亭前。原碑早已不存，现在的碑上镌刻的是由当代书家孟繁青先生仿柳体书写。看着碑文，我不禁又轻轻地吟诵起来："山不在高，有仙则名，水不在深，有龙则灵……"

刘禹锡为何要写《陋室铭》？在我们和州流传着一则三改对联的故事：传说刘被贬和州后，依唐时的规定，按其官职应住在衙门内三间厅房，但和县姓策的知县是个势利小人，认为刘禹锡是被贬之人，有意安排他住城南门外临江的三间小房，对此刘禹锡不以为意，反而写下一副对联："面对大江观白帆，身在和州思争辩。"策知县见后十分恼火，又将其居所移到德胜河边，并将其住房减少了一半，刘禹锡见此处岸柳婆娑，河水清幽，更是怡然自得，于是又撰一联："杨柳青青江水平，闻郎江上唱歌声。"策知县见后更加恼怒，又将刘禹锡撵到城内一间只能容一床一桌一椅的破旧小屋中居住，即陋室。在和州半年光景，刘禹锡的"家"就被折腾了三次，激愤之下，刘禹锡心中有话如鲠在喉，不吐不快，于是一气呵成，写下了《陋室铭》，并请人碑刻于外，千古流传的《陋室铭》由此诞生。

这则故事在民间流传甚广，但揆情度理，应该是人们编排出来的。一则刘是刺史，是策知县的顶头上司，不该受此窝囊之气；二则对联也不合规范，不该出自刘禹锡的手笔，大概是后人从其诗中摘编演绎出来的。但我更喜欢这样的故事，因为这样的刘禹锡才更符合我们心中的样子，这样的结果才解气，我们黯淡的心才能明亮起来,我们压抑的情感才能得到宣泄。

　　漫步在静谧的小院,感叹着诗人在贬谪的过程中,在困窘的环境下,恰恰在此时获得了一片宁静的天地,让他能够挣脱羁绊,以山水为伴,与心灵对话,这是一种文化的突围,是一次精神的凌空翱翔。我甚至在想,没有贬谪,怎会有《陋室铭》的千古佳作呢?刘禹锡高尚的情操,通过优美的言辞,千百年来一直滋养着中国人尤其是文人的心灵。一座简陋的房子,才进入中国人的精神发展史,成为文化的符号,精神的载体。它让多少华居美宅,黯然失色,空洞无物,消失在历史的烟尘之中。

　　"陋室"的"陋",语出《论语·子罕》:"子欲居九夷,或曰:'陋,如之何?''君子居之,何陋之有?'"刘禹锡将自己的居所称作"斯是陋室",是说这是一所简陋的房子,说得肯定、干脆、坚决、不卑不亢,陋的只是环境,因为有品德的馨香,斯是陋室,怡然而居,人生何曾简陋?纷繁缭乱的人生,需要一间陋室,房子不怕狭小、破旧、衰败,只要有"苔痕"与"草色",只要有"鸿儒"往来,只要能够弹琴阅经,就可安放心灵,适得其所。由此,不禁让人想起了"人,诗意地栖居"这句名言。德国 19 世纪初叶的抒情诗人荷尔德林有一首名为《轻柔的湛蓝》的小诗,因为被德国哲学家海德格尔引用和阐发,如今已是广为人知。荷尔德林写道:

　　　如果生活是全然的劳累,

　　　那么人将仰望而问:

　　　我们仍然愿意存在吗?

　　　是的!充满劳绩,

　　　但人,诗意地栖居在此大地上。

　　是的,"诗意地栖居在此大地上",这是我们生活的意义所在,乐趣所在,正如海子所向往的,"我有一所房子,面朝大海,春暖花开"。在今天的生活中,这是人们所梦想的:早晨在鸟鸣声中自然醒来,深深地呼吸着清新芬芳的空气,感受到身心的洁净和精神的力量,使我们可以神采飞扬地迎接新的一天。只有回归到生活的原点,回到陋室,回归心灵,并且在新的生活空间中找到重新出发的起点,才能发掘人的生存智慧,向着人性丰富和精神充实的和谐的维度努力进取。树在。山在。大地在。岁月在。我在。你还要怎样更好的世界?你还要怎样更好的人生?人与世界和大地共同处于一个无限的宇宙系统,这三者本来就是平等的互相制约的关系,因此海德格尔认为不能用日常语言逻辑来对他们进行规定,只能运用"诗",它们之间的关系与其说是互相认识还不如说是"领悟"与"体验"。

今天,在陋室,我们就是在"领悟""体验",其实我们就是在生活。

我们走出陋室,站在新修的刘禹锡青铜雕像前。正午的阳光分外耀眼,眼前是一座公园,有山名聚贤,山虽不高,但芳草荫荫,树木葱郁,有水曰龙池,水亦不深,但清波荡漾,澄澈透明。广场上的芳草地间,游人探古,市民休闲,老人在静穆,孩子在嬉闹。四周是一排排新建的高楼,整齐有序,宽畅明亮,真是所谓的"广厦千万间",在这些高楼的映衬下,"陋室"越发显得局促、低矮、简陋了。但我们置身其间,分明看到的是一个孤芳自赏、傲岸清高的形象,感受到一种情思飞越、内心丰盈、不为物欲所困的精神,这不正是我们所欠缺的吗?到过陋室,我们找到了世界上最美的房子!

斯是陋室,何陋之有?斯是陋室,让我们诗意地栖居,"面朝大海,春暖花开"!

2012 年 8 月 1 日

情系老校园

老校园的老,不是浪得虚名,而是名副其实。因为有确切的文献记载,它至少已有 110 多年了,历经一个多世纪的风雨洗礼,至今依然静静地卧在古城一条僻静的小巷内,绿草苍苍,古树郁郁。

校园位于这座拥有1500年历史的古城的中心地带,循着小市口南行,不久即可转入一条向西的窄巷,这条小巷有一个诗意的名字,玉带河路。想象着过往从前,一条如碧玉缎带般清亮又蜿蜒的小河穿城而过,两边是青砖碧瓦的低矮的房屋,小城的居民傍河生活,日复一日,还有这条小河曲曲折折地流入得胜河,再经过约十里的缓缓流淌,最终汇入浩浩大江。老校在这样的环境中,自然草木葳蕤,人杰地灵,闹中取静,朴实无华。

校园面积不大,占地约50亩,但曲折幽深,柳暗花明。你一走进校园,一条笔直的法梧组成的绿色甬道把你带到教学楼前,一排高大的玉兰树又似值守的卫士,守护着教室的安静。每到傍晚,成群的麻雀、喜鹊以及不知名的鸟儿齐聚树冠,遇到风吹草动,万鸟腾飞,布满天空,那场景让沉浸在书本中的莘莘学子,猛然惊醒,目光和思绪随着飞鸟直入蔚蓝的天宇。

说到花草树木,校园内可谓古树参天,百花齐臻,绿草茂盛,一片浓荫。在办公室前的这条葡萄藤花架,自然地组成长廊。盛夏时节,走在廊中,清凉,微甜的气息沁人心脾,从里到外。这棵梓树(曾经有安师大的教授来考察说是楸树,后来一位学生物的老校友告曰,这棵树就是意寓家乡桑梓的梓树),冠盖如云,绿叶繁茂,枝干挺直,这里是校园的信息中心,枝杈间悬挂的铜铃,曾经清脆地敲响,送走寒暑冬夏,春花秋月,一批批学子在这清脆悠扬的铃声中由青涩变得成熟,由满怀憧憬到蓄意希望。葡萄架的两边,一边是绣球,每到夏天,满树的绣球盛开,白如雪,大如球,密布在青翠的枝头;而另一边则是桂树,金桂,秋天来临,好像轮流值守似的,一树老黄的桂花像闪耀的碎金,那馥郁的芬芳,从老远的喧闹的大街上走过,都能闻得到,没有含蓄,没有遮掩,而是排山倒海,气势如虹般地把浓香直灌进你的肺腑。我曾在这棵树边工作了8年,每到秋天,我的嗅觉便变得迟钝,谓之"醉香"。校园里最古老的树非这棵百年紫薇莫属。据专家考证与校友回忆,这棵老树至少有上百年的历史,现在它已经苍老,弯曲的枝干,扭动的身躯,树皮业已尽脱,但仍然倔强而突兀地向上耸起,似乎要找回逝去的青春时光，又像是叙说百年的教育故事。

老校的师生来了一批又一批，走了一茬又一茬，但这些植物，扎根在此，成长在此，一年又一年，历经风雨，驻守大地，遥望青云。

古老的建筑，现在大半已经随着时间的推移，倾圮倒塌，翻修重建。这座礼堂，大概已不是原貌，但是那块20世纪30年代勒刻的石碑，虽然只剩半截，字迹斑驳，模糊不清，但拂去碑面的尘埃，从字里行间还能依稀辨识，而那位主持修建的校长，后来在抗战烽火中，矢志办学，带领师生辗转流徙，薪火不辍，最终被残暴的日寇虐杀，用鲜血和生命谱写了一个热血书生的炽热情怀，也让这座幽静、古朴的校园底蕴着铮铮铁骨，赤子衷肠。教学楼是20世纪90年代新建的，全县第一幢教学楼，四层，32个教室，全校学生都在这一栋楼内学习成长，但我更怀念的是此前的教室。几排白墙青瓦的平房，有宽阔的走廊，窗外便是绿草如茵的花园。课余时，三五成群的学生，徜徉其间，呼吸着新鲜的空气，馥郁的芬芳。那儿对于我更多一层记忆：那前排最东边第一间教室，曾经是我的高考考场，迈过这个台阶，我的人生实现了飞跃。当然老校园最具有标志性的建筑确是这座喜雨亭。亭分上下两层，青色的琉璃瓦，飞翘的檐角，白色的墙壁中是木隔的窗户，走廊外端是红色的廊柱，这是县级文物保护单位，建于1918年，当时的县长金梓材感于是年大旱无雨，农作物枯死，后来一场时雨，庄稼重生，万民欣喜，于是建亭以志纪念，并仿效苏东坡而命名曰：喜雨亭。那些年在老校工作，办公室离喜雨亭仅一步之遥，工作疲累的时候，我喜欢到亭前小憩，诗意袭来，曾吟绝句一首：楼亭绿树映朝霞，喜雨降临百姓家。学子莘莘忙课读，幸得甘霖育新芽。

我留恋老校园，因为百年的历史长廊画卷中曾涌现过多少风流人物：矢志办学，英勇捐躯的英烈校长张亮；学界翘楚，卓然大家的学部委员俞建章、侯学煜；改革开放后扬名海外，为母校增光添彩的科学才俊张寿武、汪德亮等。他们积淀着老校的文化底蕴，彰显了老校的卓越品质。

数年前，因学校规模不断扩大，局促的格局已不能适应教学需要，应群众的要求和政府的决策，学校实现了整体搬迁，迁至新城区。新校园恢宏大气，宽敞明媚,焕然一新,新栽的花草树木在茁壮成长,为了纪念和传承,我们把新教学楼分别命名为"和阳楼""喜雨楼"和"文昌楼"。

我爱新校园,但我依然留恋那古树苍翠,花草茂密的老校园!

2015 年 7 月 23 日

我与涧湾

小河从上游的戎桥水库高高的堤坝上,哗啦啦地奔流而下,在鹅黄碧绿的原野上,在乡村的袅袅炊烟里,在农人牵牛耕田的吆喝声中,蜿蜒向前,一路欢跳着溅起雪色的浪花。也许是走得太过急切,需要喘口气;也许是母性的土地不舍它的远去,轻柔地抚慰,着意地挽留,小河便乖巧地迂回,形成一个巨大的弧线,再扭头向前流淌。在这小河的臂弯里,村民们傍水筑屋,依河而居,形成一个村落。村民大多不懂文学,不会给它起一个诗意的名称,随口就叫它涧湾。就像母亲随口给她褓褓中的婴儿叫出一个乳名,阿狗阿猫地喊着,在母亲的声声呼唤中,孩子野草般长得茁壮强健。我的故乡就依傍在这条河的臂弯中,这里错落地居住着百十户人家,是一个大村庄,因村中的乡邻大多姓陈,故我的村庄便有了一个名字:涧湾陈。

这条小河没有正式的名字,地图上也没有标识,不知为何,我小的时候人们称呼它叫"大河",别看它并不"波浪宽",可确是"风吹稻花香两岸",河水顺流往下,绕过几个村庄,最终注入浩浩大江。现在我已久离故乡,成为游子,夜里做梦,不记得归去的路程,总是它带着我回家,回到童年,把我牵引到母亲温暖的怀抱中。

我的游泳是和学步同时进行的,水陆并进。当奶奶、母亲和姐姐牵着我的小手蹒跚学步、咿呀学语时,父亲便把我扔进大河,呛了几口水之后,在清柔的水中,我很快变成了一条穿梭的小鱼,划水,潜水,与小伙伴们在水中嬉戏,打闹,在这无忧无虑的欢乐中我已长成青葱少年。

每到夏日,门前的小河便是我们的天地。头上是炎炎烈日,岸边是青青的野草,我们便光着屁股,一丝不挂地跳下大河,推着长叶形的小船,在水中自由地漂荡,随波逐流,那不是玩耍游戏,而是去捞猪草,家中到处觅食的鸭鹅鸡和哼哼叫着的花猪,正在等着它去填饱肚子呢!河水清澈见底,河底的淤泥上长着油油的水草,长长的绿绿的叶条随着波浪在招摇。瞅准方位,一个猛子扎下去,总能扯上一把水草,堆积在船舱里。到夕阳落入西山,村庄炊烟四起时,湿漉漉的浑身晒得像黑泥鳅样的我们便划着小船,口里哼着不成文的调子,满载而归。回家洗净、剁碎,拌上饲料,鸡鸭鹅们便会不分族类,不讲礼貌,一拥而上,争抢不休,而猪圈里的懒猪只能眼巴巴地望着,高叫着宣泄着不满,只有等家人将它的晚餐倒进石槽,才不管不顾地埋头大嚼,直吃得肚圆膘肥,心满意足地倒头大睡。

河上有一条木制的小桥,粗陋,简易,河底撑起几根木桩,上面搭上一层木板,铺上稻草和泥土,高高地横亘在河面上,这是真正的"人迹板桥霜"的"板桥",村民照例叫它"大桥"。这是村里人外出的重要通道。因地势低洼,每到发大水的年份,洪水来袭,总会淹没在汪洋之中。桥宽不过几尺,离水面高有丈许,外人走过总是胆战心惊,嗫嚅着不敢前行,但那里是我们男孩子天然的跳台。夏日傍晚,女孩子总是结对找一处僻静的河湾洗涤,男孩不讲斯文地脱得精光赤溜,从桥上纵身跳下,胆小的挺着肚子直插下去,胆大的会玩各种花样,自由转体,空心跟头,旋转着翻腾着落下,激起的水花四下迸溅,姿势不当时会横着身子拍在水面,那晚一定会皮肤赤红着回家。大人们司空见惯,连瞅一眼的兴趣也没有,让你们可劲地闹腾,这些小水猴儿还在乎水吗?

每天早晨,小伙伴们背上书包,蹦蹦跳跳地从小桥上飞过,顺着乡间的土路,走进镇上的学校,童年的时光渐渐地流逝着,春风冬雪,水涨水落中渐渐地长大成人。

对这滋润过、浸泡过我金色童年的涧湾,我迷恋,又时时渴望着逃离,心中向往着远方的城市。16岁那年,我成了伙伴眼中的幸运儿,背着书包离开了故乡,渡过大江来到江南铜都读书。我长吁一口气,庆幸自己终于逃离了河水的诱惑,汇入都市的繁华喧闹之中了。可两年后大专毕业,我还是被分配到离家乡不远的山村中学当了一名语文老师,我又一次被眼前的清水所擒获,又变成一条摇曳的游鱼。

学校坐落在黄泥山(这名称的随意与我的村庄有些类似)的南麓,再往南边就是一条蜿蜒的溪水。这水的上游也是一座水库,夹山关水库,现在叫如山湖了。水流从坝闸飞涌而出,流淌在山谷间的稻田中央,随着山势野性地奔涌,到黄泥山口又形成一个巨大弯弧,然后又从容不迫地缓缓汇入滁河。那水清澈见底,水底小鱼小草清晰可见,在弯口有一处泉眼,汩汩地冒出山泉,饮一口地道的甘泉,从齿颊间一直滋润到肺腑。事在凑巧这地方也称作"涧湾",也被人讹叫成"九湾"。

涧湾呀,我宿命中逃不脱你,你流在丰腴的大地上,也注定在我的生命中奔流不息。

涧湾的甘泉,这不是形象的比喻修辞,那是真正的无一丝杂质的纯净水,后来学校在泉眼处圈了一座围石,用水泵从中直接抽出,不用任何处理,就成为清冽甘甜的自来水。每天教学工作闲暇之时,我们都在水边的青石台阶上涤衣、淘米、洗菜,用淘箩里的碎米与水中小鱼调皮地逗弄,那些自由惯了的小鱼不知是计,纷纷上当被网入箩中,蹦跳不已。我们玩累了,最终将它们放归溪水,看它们又快活地在水草间摇头摆尾地追逐嬉闹,总是露出开心的一笑,仿佛所有的烦恼、愁绪、纷杂一起被带入清水深处。

涧湾边有一棵大树,枝繁叶茂,总是青翠苍绿,像极了一位看淡世事的老农静立水边,也不理睬树下的人们。这里也是师生们课余的乐园。那时教学任务不太重,山乡的村民对孩子的教育也没有过高的期望,能健康活泼地成长就足够了。于是课余就有了充裕的时间,我们就在溪边开垦出一块块菜园,种上韭菜、菠菜、白菜、茄子等家常的蔬菜,也无须过多地侍弄。土壤是肥沃的,取水就更方便,用水瓢弯腰即取,阳光充沛,山风轻柔,那菜园便总是青绿相间,丰沛茁壮。夏天的傍晚，年轻教师有的手持长竿，在溪边找出鱼窝，当静坐钓翁；有的三两成对，沿着小溪边的田埂悠闲地散步；有的则欢快地跃入溪水之中，在清凉爽净的水中洗去一天的尘垢。等到山野里晚风渐起，肩担一桶溪水，顺着石板小路，悠悠地走回寝室。

山村中学的生活是恬淡自然的，也是平静寂寞的。如同这眼前的"九湾"，缓缓地流淌在这静静的山谷中，在碧绿的秧田中，不喧闹，也不幽怨，山外的世界再怎么折腾，也无暇顾虑。我在这里教书、恋爱、结婚、生女，原以为会一辈子在这偏远的校园，做世外桃源里的"农夫"，可最终还是无奈地远离了那份宁静，那份悠然，调进长江之滨的这座古城，于是"涧湾"再一次地成为我梦中的追寻，情思的触点。

那一年，我们渡过滁河，来到滁州，登琅琊山，游醉翁亭，忽然想起城西的上马河，那就是"滁州西涧"呀，唐代诗人韦应物曾写过一首著名的七绝："独怜幽草涧边生，上有黄鹂深树鸣。春潮带雨晚来急，野渡无人舟自横。"那幽草丰茂，黄鹂啭鸣，带雨的春潮，野渡的横舟，一幅绝妙的山水册页中溢出的是恬静、淡然，还有丝丝的忧伤，是那样地直击人心，让人怀想，但友人告诉我这美景早已难以追寻，成为在古诗中呈现的场景了。

这些年来，我一次次地回乡，一次次地重返那山中的校园，但眼前的变化总是令我失落、伤感，乃至无可奈何，潸然泪下。故乡的小河早已淤塞，只有沟壑里的水草在肆意地疯长，到夏天丰水季节才有一点浑浊的浅水，村边的小桥也变成低矮、粗糙的水泥桥；而山中的这条溪涧，因为源头建起了度假村，水库里的水也不再下泄，加上两边青山上建起了采石场、水泥厂，现只剩下一沟绝望的死水，哪里能找回旧时的模样？镇上的居民也改用从滁河引来的自来水，那涧湾也就变成标识的地名，而留在我的记忆中了。

我的涧湾呀，你在时代的飞速发展的节奏中，逐渐地老去，萎缩，枯竭，乃至消失在大地上，山谷间了。恍惚中不知是我丢失了涧湾，还是涧湾遗弃了我。我喜欢"涧湾"这个名词，你不能只是作为一种意象，隐约在古典的诗意氤氲中，珍藏在儿时的温馨记忆里,你要活泼地跳跃在苍翠的原野,静静地守护我遥远的村庄啊!

一次偶然的机缘,让我在不经意间再次邂逅那久远而模糊的涧湾。这是丙申年阳春三月,县作协组织部分作者到位于和县北部山区的石杨镇采风,体验生活,热情的主人把我们带入了一条名叫迢迢谷的山间腹地。

迢迢谷,听这名字就让我们心怀古意,诗情洋溢。这古雅的名称,我猜想一定出自古代文人的笔下,不像我的村庄那么随意,"迢迢谷",幽深、狭长、峻峭,念叨着这个名词,一些古典的诗句总会涌在心头,"迢迢牵牛星,皎皎河汉女""青山隐隐水迢迢"。带着这样的情思,汽车一路行驶在蜿蜒而又平坦的乡村道路上,山边沟畔绿树掩映中的是粉墙黛瓦的农家小屋,堂前屋后是竹篱圈绕的小菜园。不久车进入一处山坳,两边是连绵的青山,仲春时节,苍翠葱郁,山花烂漫,中间是淙淙的溪流,平坦的田畴,阡陌纵横,显露出一派生机,我不禁又想起一位诗人的诗句:"春风招我游,言入迢迢谷。好鸟吐新声,野花散幽馥。"是春风引领我进入这一处"世外桃源"!

参观完新修的鸡心山麓的"三戴"(戴重、戴本孝、戴移孝)墓园,凭吊历史的踪迹,缅怀先人的业绩,我们又赶往朝觐那棵神奇的古树,去领略自然的造化,感悟天地的灵性。车在山谷间行驶,转过一个山角,一汪青翠碧绿的湖水盈满了我们的眼睛。这群山怀抱中的湖水,主人告我,叫吐儿桥水库。水库呈半月形,宛如一面宝镜镶嵌在山谷间,映照着天光云影,苍翠的群峰,又像是一块碧绿的翡翠,在春日阳光下熠熠生辉,那水便如梦如诗,美若仙境了。水库的尽头,便是那棵"气象树"。这一处水湾,让我的心又变得温润、清澈,"盈盈一水间,脉脉不得语"。我走到水边,手掬一捧清水,凉凉的,滑滑的,是那种透过肌肤的清凉润滑,不禁舀一杯入口,甘甜爽净,旅途的干渴与劳顿,瞬时消除,满心涌起的是一片沁人心脾的清凉,一片超然物外的宁静。

这一处幽静的山谷,这一湾澄碧的湖水,藏在大山深处,也隐现于历史的烟云中,流传着纷纭的传说。想当年,金戈铁马,攻城略地的朱元璋曾在此处屯兵扎营,留下一段尘封往事和一个叫"高皇殿"的地名;这当然是传说,但明末清初,戴氏父子曾在此处藏身隐居,留下了众多的历史遗迹,却是有案可稽,有迹可循的。想起近四百年前,戴氏父子的身影穿行在豺虎纵横、荆棘丛生的山谷沟壑间,是鹰阿山的葱郁草木和吐儿桥的清凌碧波,让他们蓄积了底气,医救着创伤,"山气郁以苍,泉声咽而碧。此中一幽人,萧骚头欲白。安得太无情,冥然如木石"(戴本孝诗)。

神奇的山水,既隐藏着先人过往的遗迹,也生长着奇异神秘的草木,这不,在吐儿桥水库的北沿,就有一棵灵异的古树,它历经四百多年的风霜雨雪,遭受过电闪雷击,也汲取了天地精华,长成一株能通天连地的神树,人们亲切地称它"气象树"。每到春天,附近的村民,会根据它发芽的早迟,萌发的方位,准确地预测当年气候的变化,旱涝的情况。这棵树,裸露着根系,苍虬的枝干,纷披的枝叶,撑起巨大的树冠,饱经沧桑,而又生机勃勃。抚摸着这株神树,凝望它伟岸的身躯,我的心中油然而生对天地、自然、神灵的敬畏,感激与亲近。

在山谷间行走,在碧水畔流连,我仿佛又回到儿时的光景,那原生态的村庄、山峦、河流和田野,我不禁又想起苏轼的诗句:"野水参差落涨痕,疏林欹倒出霜根。扁舟一棹归何处,家在山南黄叶村。"

这是维系着我的根脉的故土家园,这是永远在我心中清波荡漾的涧湾!

2016 年 7 月 21 日

塘边碾屋

客舍独居,寂寞无奈,忽然忆起孩童时的老屋了。

老屋位于那个叫涧湾陈的大村落的中部,四间简陋的平瓦房,与村中其他房屋并无二致,但特殊的地方在于它有专用的名称:碾屋,连带着东边山墙外的小池塘也被叫作碾屋塘。这名称的由来我未做过考证,但顾名思义,推测这里原先可能是村民用来舂米碾谷的所在。村民们收获了稻谷,要脱粒,扬场,晒干,然后要脱去稻壳,碾成白米,壳碎了变成糠,是家禽家畜的饲料,而米粒就成为一家老小的口粮。村民一家一户,不能都拥有这样一套设备,就由村中一户农家齐备供全村人使用,这该是碾屋的由来。到我出生时,已实行集体化,脱粒开始用电动的脱粒机,要吃米需要挑到几里外的大队部专用机房去碾。碾屋便失去了它的实用功能,但那名称却被保留下来,村里人来我家,依然说"到碾屋去!"。

这涧湾陈村,因在一条小河的臂弯中自然聚集,又因村民大都为陈姓,两者合并而得名。小河的上游是一座水库,水流从水库奔涌而下,一路蜿蜒,经过麻家塘短暂汇聚停留后,从南往北又向东转一个大弯,那河最窄处不过丈余,到转弯略有扩张,也就几丈宽,水深仅数米,两岸都是水稻田,就近取水方便灌溉;村西有一座小木桥,是真正的"板桥",几根木桩撑起窄窄的桥面,瘦骨伶仃的样子,外人行过总是胆战心惊,而我们却把它当作"跳台",夏日傍晚,男孩子们像水猴一样从桥上纵身跳下,没入清冽的河水中,许久才会冒出头来。那小桥到夏季洪水来袭,会被淹没在"汪洋"之中,这时要想离开这孤岛中的村庄,只能是小小的木船摆渡,方可到数里外的小镇。

村里聚集着百十户人家,几百口人,集体化时划分生产队,因村子过大,被分为陈一、陈二两个生产队,到 20 世纪 80 年代包产到户前,又分成了四队。我家就属于陈二生产队。

我出生的时候是 1963 年,已是大饥荒以后,没有赶上挨饿的岁月,那些年村庄的出生率猛增,和我一般大的伙伴很多,应该是生育的高峰期,人说"饱暖思淫欲",这话说得有点粗俗,但至少需不饿肚子才有生儿育女的机会吧!记得小时候,我家负担重,劳力少,家境十分困难,全家七口人,仅父母两个劳力,上有七十多岁的奶奶,下有我们姐弟四个要吃饭,能维持一家温饱已属不易,父亲是个木匠,可以外出做活交工钱换取工分,获得分红,家里的老房子(就是碾屋)是祖辈留下来的,四间、土墙草顶,低矮、昏暗、阴湿,只可遮风避雨,遇到夏季暴雨,总是愁坏一家人,外面大下,屋内小下,外面雨停,屋内还在滴答。后来到 20 世纪 70 年代,生产队收成较好,姐姐又辍学到生产队做了小社员,加上父亲又带了几个徒弟,家境渐渐地好起来,便思量着要修造新屋。

父亲的计划是宏大的,但实在因家底太差,又无亲戚帮衬,实施起来捉襟见肘,好在父亲本身就是木匠,因利乘便,可节省若干费用。于是经过几年筹备,竹木、砖瓦,是需要购买的,石头、碎砖、稻草,就靠自我积累了。宅基地是现成的,就在老屋地基上,拆掉旧屋,可用的就寥寥无几了。要造一座气派的新屋,最好是用实心砖垒砌,坚固、结实、漂亮,但我们用不起。起基只能用碎砖、石头,到半截以上用空心砖砌外面薄薄的一层,里头需用土基充实。好歹把屋墙砌起来了。屋梁则木头、树干、毛竹混杂,将就着撑起屋顶,上面再用细竹子缠上稻草做成,排列成行,再上面就铺上屋瓦了,别人家全用的是长方形的大瓦,严丝合缝,而我们只能因陋就简,上半部用半圆形的小瓦,下半截才敢用大瓦,一顶两样,风格独特,但总算是盖起了四间"瓦房",比过去的草屋宽畅明亮,舒适耐用多了。

新屋造好了,一家人都很开心,虽然够不上豪华,总算有了个安居的场所了,这是我家那几年最盛大的工程。房子有了,一家人也开始整治起周围的环境了。屋后本来就有个小院子,虽破败倾圮,但那是我们的"专属区",现在花半年时间,重新垒起了院墙,当然是泥土混合着稻草,墙砌有一米多高,半亩大小。在院的北墙边建起了猪圈,空余的地方被奶奶收拾成了菜园,白菜、萝卜、青椒、毛豆,四时的蔬菜,新鲜又方便;屋前本来有一块空地,平整、夯实,以后变成场地,也算前场后院了。这场是村人行走的村路,但也不能闲置,前面是草堆,家中一年四季起米烧灶的原料,一边是灰堆,灰烬、垃圾倾倒的土坑,茅房则要建在后院的墙外,露天的,半截围墙,村民们不讲究,谁来谁用。

印象深刻的是门前场地上的一棵楝树(许多年我都不知道它的学名,只是跟着叫,后来在某处风景区见到同样的树,请教后才知道它的真名),树不高,两丈左右,干不粗,两手可合拢。但到夏日,也还枝繁叶茂,撑起一片凉荫。到傍晚,用清水泼洒场地,既为清凉,解除溽热,又可防灰尘扬起。支起一席凉床,又可纳凉,兼做餐桌,那时没有空调,夏夜酷热,有时就在凉床上睡到天明。早晨醒来,露水总是打湿全身。百度上查阅,楝树会开一种白中透紫的小花,但乡村的孩子不会欣赏，只记得楝树上结一种果子，绿色，椭圆形，中间包裹着果核，我们经常猴到树上扯下，这果子不可食用，只能作为玩耍的工具。这是一种乡村孩子的游戏，在地面上挖两排土坑，用瓦片和楝果作棋子，谁先走完便可获胜，虽则简陋，但那是我们最开心的时刻！

说到重点，当然是屋东山墙边的小塘，无名，因在碾屋之侧，人们就便称为"碾屋塘"，仿佛是我家专用的池塘，其实不是，那是村民共有的，我家只不过贡献了一个名字而已。那小塘呈长方形，几亩大小，水不深，最深处也仅到成人胸口，因每到冬季，村民都要抽干河塘，一为捕捞放养的鱼群，一为挖出淤泥用作农田的肥料，裸露的池塘告诉我们它的深浅。塘在屋边，但我们从不下水游玩，水又脏，加之玩水不是有一条清澈的河流嘛，或者去离村边较远的池塘，那里水清见底，有荷叶遮蔽，荷花掩映，还有菱角可以饱口福，自然为我们所喜爱。池塘靠村的一侧，栽有柳树，护土固岸。到冬天这里才是孩子们的乐园，白雪皑皑，冰冻三尺，我们就滑行在冰面上，嬉笑打闹，从没发生过人入冰窟的事情。

这些都是快乐的记忆，可我家到 20 世纪 70 年代中期，因父亲患病，鼻咽癌，当时的不治之症，虽竭尽全力救治，但他还是在我十四岁的时候，撒手而去，那一段日子是我人生中最灰暗的日子，有我最刻骨铭心的伤痛。家中的顶梁柱倒了，作为长子的我尚无法扛起照顾家庭的重担，一年后奶奶又随他的独子而去，我的记忆里，全是哭泣，阴暗，无助，迷茫。生活的困顿尚在其次，最重要的是精神的萎靡，我一下子从懵懂的少年过早地成熟了，沉默寡言，眉头紧锁。好在还有书本，我可以沉浸在书的世界里，让思绪随着书中的文字游走，暂时忘却眼前的忧伤。

高中两年半，我真是玩命地刻苦，不要督促，无须要求，学习成绩一直在学校名列前茅，别的同学不能理解我的动力所在，而我心中明确地警示自己：只有好好读书，才能改变命运，舍此别无他途。每天晚上，不论春夏秋冬，我都在油腻的饭桌上，灰暗的煤油灯下，做功课。夏天热得受不了，蚊虫肆虐，就用凉水把脚浸泡其中，冬夜就用棉被裹住腿脚，有时甚至攻读到下半夜，一觉醒来的母亲心疼地埋怨，我才不情愿地丢开书本去睡觉。

后来我终于以全县第一的高分考上了大学，这成为当地轰动一时的新闻，我也成了励志的典型！1979年9月，一个秋风微凉的早晨，我的堂兄昌平陪同我，挑着简单的行李，走出老屋，走过村边的小河，走到镇上的汽车站，辗转到一个陌生的城市去上学，心里想着：别了，碾屋！有些伤感，有些不舍，更多的却是憧憬，期待。那以后，每逢节假日，我依然会像候鸟飞回，但我已然陌生，我已确切地感受到我已经成为老屋的客人，它或许就是我人生的一个驿站了！两年后，我大专毕业，被分配到离家乡不远的山区中学，教书、恋爱、结婚、生女，随后又调到长江边的县城中学，回去的机会就更少了。

那以后，姐姐、妹妹相继出嫁，碾屋成了弟弟的婚房，再以后家中迭遭变故，在一次意外的火灾后，那破旧的房屋终于变成一堆废墟，其后弟弟搬到镇上居住，母亲又随姐姐到邻近的小钟村，我们共同在姐姐家附近为母亲建了一间小屋，让她安度晚年。涧湾陈的碾屋只剩下一堆残砖断瓦，一片枯木杂草了。我们一家都成了游子！

去年冬天，我带着女儿，和母亲、姐弟们特地回了一趟老家，现在那池塘还在，只不过淤成一汪死水，散发着臭气，那棵记忆中的楝树已经不知去向，大约是枯死了，古人言：树犹如此，人何以堪！我想这也好，就让它在我的怀想中枝繁叶茂、郁郁葱葱吧！碾屋和后院早就是一片废墟，因这是我家的老宅地，村民们不耐收拾，就这么荆棘遍布，瓦砾杂陈着，我们在这里合照了一张相片，大家的脸上都是平和的样子，既无悲伤，也无欣喜，女儿自然不懂，就连母亲和我们姐弟，都淡然了，因这一晃就是二十多年。母亲已老，我们也都年过半百，碾屋的影子已渐渐模糊以至朦胧一片了！

2016年12月1日

第十辑：且行且思

青春九华

　　九华山,位于安徽省青阳县境内,是遐迩闻名的四大佛教圣地之一,素有"莲花佛国"之称,是安徽除秀绝天下的黄山外最有影响、最为知名的旅游景点。许多年来,各种机缘,我多次登临九华山,每一次都给我以强烈的震撼。当我一次次地默诵着李白让秀美的九华染上浓郁诗性的美妙诗句"妙有分二气,灵山开九华""天河挂绿水,秀出九芙蓉",我的心中也总是涌起一种诗情的回味。但我最难忘的还是三十多年前初次登九华时的情景。青春时节九华行,不仅是一种对神佛的朝觐膜拜,更是一种青春的诗情抒发,已深深地刻在我的记忆中。

　　记得那时刚刚进入 20 世纪 80 年代,我在江南铜都的一所师专学校中文科读书。16 岁的我还是青涩的少年,意气风发,激情洋溢,做着瑰丽的文学梦,幻想着诗样的人生。最喜爱且在心中暗恋着的是邓丽君和苏小明,时常哼唱着《小城故事》和《军港之夜》,读着舒婷和北岛的朦胧诗,把抄得满本的普希金和海涅挂在嘴边。我们散步,写诗,喧闹,狂想,荒唐而又执着,清纯而又豪放。

　　1980 年的 9 月,我们一群怀着同样梦想的同学带着骚动的诗情开始了九华行。

1

　　汽车中午从铜陵出发,到青阳已是下午六点多钟。早秋的傍晚,夕阳在山,晚霞绚烂,满目苍翠,郁郁葱葱。六点半,汽车开始在盘龙缠绕般的山间公路上盘旋起来。上边是入云的悬崖,陡峭森然,下边是无底的深渊,令人目眩。第一次在这样的山路上行驶,我感受到的刺激与惊恐到现在还常常浮现在脑海中,虽然后来我曾经走过更惊险的路。只有路两旁的山崖上密布的竹林,青翠欲滴,秋风吹过,枝叶摇动,那一片绿海,让我们陶醉其中,心跳平稳。

　　"九华山的竹子是不用栽的,它们都是自个儿长起来的。"

说这话的是身边的"老九华"。这是一个年已半百的山里人,满脸皱纹,山野的风把他磨砺得一身沧桑,散发着山里人特有的粗犷气息。他性格开朗,很是健谈,不久我们便攀谈起来。

"老人家,你一辈子就住在九华?"

"是呀,九华的一山一石,我都清清楚楚。"

"以前没开山路时,你们要到山外买进卖出,不是要挑着担子走几十里的山路吗?"

"三十里路,一天一趟。"

"那可够苦的!现在怎么样了?"

"现在可好多了,但比山下还是差一大截子。山上种稻长势不如山下好,土地不肥,水源不足,我们还是凑合着过呀!日子会好起来的!"

看着这淳朴乐观的山民,我不禁又想到九华山坚韧的青竹。

汽车继续朝高山上盘旋。

首先进入我们视野的是甘露寺,一间粉红色墙壁的庙宇,在黄昏的雾霭烟岚中,显出一种寂静和肃穆。再往上是龙池。据"老九华"说,九华山的泉水从山上流下,撞到石头上,又被溅起来,远看就像是龙嘴吐水一样,你站在上面,看不到底的。听老人侃侃而谈,从天文到地理,从风土到人情,我们是既长见识,又添情思。

不知不觉间,甘露寺,一天门,二天门,都抛在我们脑后了。回头看山下,已是万家灯火,如同满天的繁星在闪烁,我们年轻的心在激情澎湃,不知是哪位准诗人高吟道:"啊,我们行驶在天上,星星在地面闪光;那儿是我的故土,原来就是星星的故乡。"

晚八时,我们便宿于九华街的阳明招待所。

2

晚上,招待所的老服务员要带我们去参观九华山极负盛名的佛事表演,要去看和尚念经,我们每个人都跃跃欲试,一睹新奇。于是,我们一同走进夜幕中。

九华山佛教协会所在的"旃檀林"位于九华山芙蓉峰下。这是一座气势宏伟的禅林,始建于清光绪十年(公元1884年)。正门两旁是我国著名的佛教领袖、诗人赵朴初的朱笔草书,俊秀流利,道劲有力。进入院落,院中幽暗、深邃,肃穆、庄严,门额上"旃檀林"三个大字分外显明,门旁是一道佛联:"禅门深似海,佛法大如天。"走进去又是一道门,又是一联:"山中作伴莫负烟霞,林下相逢只谈因果。"再走进去,便是和尚们做佛事的宝殿了。

殿内烛光暗淡,香烟缭绕,上首"大雄宝殿",下面"佛光普照",八个大字让喧嚣的我们立刻沉静下来,心也变得虔诚起来。正中是一尊大佛,金光耀眼,神态逼真,我们知道,这就是佛祖释迦牟尼。两旁便是佛教上两位影响深远的菩萨——地藏王菩萨和观世音菩萨。两边的墙壁上是十八罗汉,姿态各异,栩栩如生。

大殿内几十位身穿袈裟的和尚在缭绕的烟火中,两眼微闭,脸色沉静,口中念念是唱经之词,与木鱼声钟鼓声交织在一起,形成一种肃穆、神圣的氛围,那些虔诚的信徒连连叩首,阿弥陀佛,佛祖保佑。

在里面待了一会,我们走出旃檀林,秋风拂人,分外凉爽。

3

九华的夜晚,分外宁静,虽然兴奋、劳累,但我们还是在清凉的山风中沉入梦乡。

一觉醒来,我们便走向原野。太阳还未升起,晨光熹微,彩云朵朵,呼吸一口新鲜的空气,山野的早晨真美呀!渐渐地,天空已显出鱼肚白,继而又被朝霞染红。太阳给群峰镶上一道金边,仿佛一条巨大无比的金色锯子割开了天空与青山,天碧地绿,胸中呼吸的都是芳香。要描绘这样的美景,抒发别样的感受,这时候,这群准诗人才感到腹中的词汇是多么贫乏,诗思是多么单调!

走不多久,谁嚷一声:"龙池到了?!"

我也不禁欢叫起来，眼光投向山坳处，只见一条山溪向山下奔去，撞击在山石之上，飞起一条白练，向山下的深潭，飘洒而落，溅起一圈圈白色的波纹，这让我们想起九华僧人善廉的诗《九龙池》："苍池天雨密云龙，百丈飞泉泻涧中。浪击雪花倾石倒，奔岩直兴大江通。"当然，我们知道，百丈飞泉是夸张，但李白"飞流直下三千尺"不也是夸张吗？但我们还能有更好的表达方式吗？

这时，太阳已从山顶上升起，万道霞光射向山野大地，也映红了我们每个人的脸庞，天地万物都沐浴在这绚烂的朝霞中，九华的早晨，你真美呀。

4

早晨七点钟，我们便从祗园寺出发，开始向天台正顶疾行。登天台，需要先翻越一座小山峰芙蓉峰。好在山不高，不到半小时，精力充沛、体力强健的我们便一口气登上。山顶的平地处，两边是两间寺庵。左边的是回香阁，所谓回香，是让那些从九华正顶朝拜而回的信众在此处再回望一次在云雾中隐现的天台，再上一炷香，再拜一次佛，感激菩萨的保佑。里面是两位年逾五旬的和尚，慈眉善目，面容和蔼，也许是被我们的世俗青春气息所感染，这两位出家人与我们无拘无束地攀谈起来。我们最渴望了解的是他们的生活状况，得知每月国家要发给这里的僧尼生活费每人15元，再加上一些信众施舍的香火钱，三元五角的，九华山的僧尼，本来就生活简朴，要求很低，因而他们生活得很平静，也很安逸。

小山顶上，是一株松树，这就是著名的九华迎客松，虽然它不比黄山那株国宝级的迎客松，天下驰名，但它也有独特的风姿，高大、挺直、枝繁叶茂，生机勃勃。我和小刘同学欣然在此留影，蓝天、白云、山野、松树，再加上青春的我们，构成一幅绝美的风景图。

下得小山，我们步履轻松，一路奔跑，很快来到山下的谷地。穿过接引庵、莲花庵、普济庵，眼前便是九华最有名的一棵树：凤凰松。这棵松树，立于一条清澈的小溪边，溪流环绕，泠泠作响，四周是金色的稻田，秋日成熟的稻谷，散发着丰收的喜悦和粮食的芳香。这株百年古松，高达十余丈，粗可人抱，上面是繁茂的华盖,似一只展翅欲飞的凤凰,在九华的云天中翱翔。

这里我们不能不留影,也不能不放歌。

5

在凤凰松前逗留既久,我们开始了向天台正顶的攀登。

抬眼望,凤凰岭顶在云雾中忽隐忽现,耸入云霄,一条窄窄的石板路,像一架云梯样直从天外挂来,令人头晕目眩。我们这是在登天吗?

上!登天!

路旁嶙峋的山石、奇异的草树,给了我们莫大的兴致和鼓舞。一路蹦跳,一路哼唱,一路赞美抒情:太美了,太好了!两旁的翠竹,一片苍苍茫茫,竿竿亭亭玉立,这翠色无边的竹海呀,山风吹来,枝叶摇动,发出清脆的响声,清澈的山泉从竹林里流过,溪水也被染成绿色,飞溅的浪花如同翠色的碎玉,让我们跳动的心也平静下来。这里就是九华的名胜风景之一——"闵园竹海"。

这时一位老人引起了我们的好奇与注目。这是一位年逾古稀的老太,头发全白,脊背微驼,两只小脚慢慢向山上挪去。我们真的替老人家担心,在家里出门恐怕是要儿孙们搀扶行走吧,可现在她孤身一人,十几里陡峭的山路,她能攀得上去吗?老人告诉我们,每年她都要独自一人前来朝拜九华,从不要家人陪伴。我们知道,这就是信仰,这就是虔诚!一路走来,只见座座寺庵,如同宝珠嵌在天梯两边,金刚寺、慧居禅寺、朝阳寺,高低错落,依山就势,一派佛国禅界景象!

渐渐地,山路变得陡峭笔立起来,现在才是名副其实的攀登了。目不敢斜视,头觉得眩晕,两腿像灌铅般沉重,气喘吁吁,豆大的汗珠开始沁透衣衫。我摇摇头,第一次对能否登上天台没有了自信。正当我气馁准备坐下来歇息的时候,只见一群赤裸臂膊、高挽裤脚的山民也在歇息,这是一群九华挑夫。他们大多很精瘦,但很有精神,只见他们用一根粗棍撑起百十斤的重担,正用衣角扇着风,并不见大汗淋漓,还在乐呵呵地谈笑着。和他们一搭讪,才知道他们每天都要挑一

且行且思

肩重物从山脚送到山上，风雨无阻，早出晚归，年复一年，日复一日，有的已在这条山路上挑担了十多年。我和小刘说：他们很苦，但他们很乐观；他们太平凡，但让我们觉得自己的渺小与软弱。

面对这群山民，我们没有理由，也不好意思不再向上攀去！于是振作精神，提起气力，奇怪的是仿佛突然之间浑身有了劲儿，腿脚也变得利索了。一抬头，石壁上写着"便是仙界"，一拐弯，是"渐入蓬莱"，再转弯，又是"江南第一山"。仙界，蓬莱，江南名山，是在提示我们已经离开尘世，也是在召唤我们缘天梯继续向天际进发。

行不多久，仰望上方，一座古庙，我们欢叫起来，以为天台正顶到了，一气奔上，哪是天台？前面又是一架天梯悬挂，遥望天梯尽头，苍穹碧蓝，白云飘荡，高路入云端，风光在险峰。

那儿才是天台呢！

6

但我们终于登上了天台！

最先进入眼帘的是老杜的名句"一览众山小"，这本来是杜诗人在《望岳》中写想象登临泰山后的感受的，但我们觉得在此时此景下，恰如其分。是的，站在天台顶上，极目远眺，俯瞰大地江河，分外美丽，长江如练浑然一体，其他山岭显得那般矮小，我们攀登过的山路那般逶迤，高飞的雄鹰只能在半山腰盘旋，白云也只在我们的眼前飘浮。山风浩荡，把我们从尘世携来的杂念吹散远去，心也变得分外空阔、沉静。在天台，捧日亭的壁上，"非人间""中天世界"，在阳光的照射下，闪闪发光，通红耀眼。前人诗曰："踏底翠千仞，曳开一条路"，"云从足下起，江向日边流"，独特的感受，准确的描摹，让我们这些文学青年惊叹不已。

在天台顶，我们跳跃欢呼，诗情勃发，大声呼叫："我们登上了九华最高峰，我们登上了神仙之境！"忽然小刘手一指："还有更高的山峰呢！"顺着他的手指方向我们望去，果然在云烟缥缈之中，霞光掩映之下，一座山峰巍然屹立，一查地图,那叫十王峰,那儿才是九华极顶呢!

在天台正顶,徜徉既久,山风吹拂,忽然一种凉意袭来,我们又跑向山的后面。两块巨石相对而兀立,中间一道石缝,仅容得一人通行,仰望云天,只是一线,是谓"一线天"。大自然的神奇、诡异,让我们领略到真正的鬼斧神工。

7

而百岁宫,让我们感受到另一样的神韵。进百岁宫,已是日落西山、暮野四合时分。两侧的小院幽静、黯淡,芳草萋萋,暗香四溢,沁人心脾,让疲累至极的我们顿时又精神振奋起来。宫门口是民国第二任总统黎元洪的题词:"钦赐百岁宫,护国万年寺。"

百岁宫吸引我们的是无瑕和尚的真身。

在昏暗的烛光下,看见玻璃罩内,莲台之上,盘坐着一位头戴僧帽、身披袈裟、精瘦短小的满身镀金的和尚,这便是月身菩萨。介绍说明朝万历年间,他二十六岁时由五台山来九华,在山野中修炼,食野果,饮醴泉,住洞穴,修行了一百零二年,到一百二十八岁时,坐化而逝。遗体被风干了三年,才被发现,经过后人处理,一直保存了三百多年,成为中国的"木乃伊"。月身的左边是明朝最后的皇帝崇祯所题的金字:"应身菩萨。"这里的"月",原来就是古"肉"字,因而现在我们汉字中形容与身体有关的字都是"月"旁。在九华我们还不经意间上了一节现代汉语课。

在大殿的后部,有一部珍贵的佛经,是无瑕和尚临坐化前用血指所书的"血经",因过于珍贵,没有让我们拜见,很是遗憾。

下山了,已是夜幕渐渐遮住了群峰,山下灯火闪烁,天上繁星点点。

8

青春期的一次九华行,让我们感知了佛教文化的博大与神奇,这引领我们思索,为什么产生于南亚次大陆异域的宗教会在中国有偌大的生命力? 对于深受无神论思想教育的我们,佛教有什么魅力?

佛教,世界三大宗教之一,距今已有三千多年传播历史。由古印度的迦毗罗卫国(今尼泊尔境内)王子乔达摩·悉达多在菩提树下悟道而创,东汉明帝时经丝绸之路正式传入我国,共同交融、发展,与儒、道一起成为影响中国文化与历史发展的精神信仰。那么什么是佛?佛,梵文 Buddha 的音译"佛陀"的简称,意译为"觉者""知者""觉"。觉有三义:自觉、觉他(使众生觉悟)、觉行圆满,是佛教修行的最高果位。据称,凡夫俗子三项均缺,声闻、缘觉缺后二项,菩萨缺最后一项,只有佛才三项俱全。小乘讲的"佛",一般是用作对释迦牟尼的尊称。大乘除指释迦牟尼外,还泛指一切觉行圆满者。

佛教为什么会在中国流行不绝,信徒广布?因为苦难的人生、不测的命运让我们芸芸众生祈望现世消灾免难,祛病延年,家庭吉庆,四季平安。临命终时,身无痛苦,观音、大势至两大菩萨来亲领至西天极乐世界,见佛闻法,永受妙乐。佛成了中国人的精神寄托和人生信仰。

佛教教导我们要信佛礼佛,要有信、愿、引三要,相信西方极乐世界,愿意往生极乐世界,念佛名号,心不离佛,佛不离心。念佛的方式很简单,没有繁复的仪式,佛前口念,礼佛三拜即可。还可先念佛陀经,读佛谒,再来念佛。若能放生,吃素,多行善事,则功德无量也。

我们接受的是唯物主义教育,不是佛教信徒,但这无妨我们心中有敬畏,心中存神明呀!

9

佛教在中国流传久远,流布广大,为何九华在中国佛教信徒心中的分量有那么重呢?我们在山脚下遇到的那位小脚的老太,路中领略到登山艰难的我们还担心着,她能登上如此险峻的山峰吗?那她该要攀行多长时间呢?可是当我们在正顶的宝殿游览时,忽然发现那正在虔诚地叩头朝拜、烧香礼佛的不正是她老人家嘛!

说到九华山的声名远扬，我们不能不提到一个人，一位大诗人；说到九华与佛的缘分，我们不能不提到一个人，一位异国的王子。

九华山位于山灵水秀的皖南青阳境内，奇峰峭壁，苍翠峥嵘，当年诗仙李白谪居皖南，在游历江南秀美风景后，与友人来到这里，当时，这座山还叫九子山，李白观其峰秀异，九峰如莲花，诗兴大发，情思泉涌，千古绝句，顺口而出："妙有分二气，灵山开九华。"

自此，九子山就变成名扬中外的九华山，一座山就与诗紧紧地联系在一起了。李白为九华山所写的诗歌中最有影响的一篇为《望九华赠青阳韦仲堪》："昔在九江上，遥望九华峰。天河挂绿水，秀出九芙蓉。我欲一挥手，谁人可相从。君为东道主，于此卧云松。"九华山为何能让诗仙如此青睐？因九华群峰奇秀，奇丽多姿，苍松翠竹、岩洞怪石、飞瀑溪流，环境清幽，别有情趣。

九华山是中国与四川峨眉山、山西五台山、浙江普陀山齐名的佛教名山（后来我到过贵州的梵净山，那里又被称作"佛教的第五大名山"）。这里是金地藏王的道场。因其"安忍不动如大地，静虑深密如秘藏"，故名地藏。为佛教四大菩萨之一，与观音（大悲）、文殊（大智）、普贤（大行）一起，深受世人敬仰。以其"久远劫来屡发宏愿"，故被尊称为大愿地藏王菩萨。佛教里常说的"地狱未空，誓不成佛""我不入地狱，谁入地狱""众生度尽，方证菩提"，就是地藏菩萨大愿的精神写照。这位地藏菩萨，原是朝鲜半岛新罗国的王族，俗名金乔觉。二十四岁时削发为僧，据说唐玄宗开元年间，他泛舟渡海，来到中国求法，经南陵等地来到九华，见山峰状如莲花，峰峦耸秀，山川幽奇，便登高览胜，叹为稀有，认为是修道的好去处，于是在山中择地而居，潜心修行。据说他那时虽已六十岁，但身体异常健壮，"项耸奇骨，躯长七尺，而力倍百夫"。他选择东崖岩石，终日坐禅诵经。其事迹传开后，得到本地闵姓山主等人的捐助，于是建寺庙，辟道场。金乔觉去世后，葬于神光岭的真身宝殿，俗称"肉身塔"。据《宋高僧传》《重僧搜神记》等称，金乔觉"趺坐函中，遂没为地藏王"，过了三载，"开函视之，颜色如生，舁之，骨节俱动，若撼金锁焉，随（遂）名金地藏"。因其生前笃信地藏菩萨，而且传说其容貌酷似地藏瑞相，人们便认定他是地藏菩萨转世，九华山也就被认为是地藏菩萨道场。而对地藏菩萨的信仰，在民间也日益流行。每年农历七月三十日，即传说的地藏菩萨诞辰之日，各地前来九华山朝拜的信徒络绎不绝。现在的九华山，庵、庙、寺、院、亭、台、楼、阁，星罗棋布，香火极盛。

青春时节游九华，我们在自然的美景中流连，在宗教的文化中陶染，那样一种感受和启悟，历久弥新，弥深。

1980 年 9 月初记，

三十三年后的 2013 年 5 月补写

东北短歌行

今年 5 月，随团外出考察学习，遂有为期一周的东北之行。如说大中国版图乃一雄鸡者，我们通常所谓之东北，即黑龙江、辽宁、吉林三省和内蒙古的部分地区，在万里长城之北，山海关外之地，即为锦冠也。白山黑水，大豆高粱，辽阔的平原，野性的土地，那里有迥异的风景，别样的习俗；那里既是千里沃野，膏腴之地，又是战略要冲，百战之地。早年在地理和历史教科书里读到的一切，在眼前鲜活起来。一路前行，用微博的形式向友人报告观感，篇幅短小，杂色斑驳，套用古乐府诗"短歌行"之名，作《东北短歌行》。

1. 飞抵大连

4 日晨 4 时许即起，细雨微微，路灯清冷；街市静寂，万籁无声。7 时至南京禄口机场，飞机平稳地飞行于万里碧蓝晴空之中，但见阳光耀眼，云海茫茫，心中澄明透彻，无限情思萦绕。中午抵达大连。大连，欧亚大陆东岸，辽东半岛最南端，最早的沿海开放城市和重要沿海港口城市，东北主要的对外门户。

这是浪漫之都，时尚之城，海滨风景，北国气象。行走在大连市区，高楼林立，建筑新潮，真不枉此行也。

2. 旅顺悲歌

下午在微雨中,先驱车旅顺军港,爱国教育之基础,历史教训之记忆。此处原是清朝北洋水师的重要基地,"北洋第一军港",后为中日甲午战争和日俄战争之故战场也。大连,山与海交会点,黄渤海分野处,东北锁钥,战略要冲。参观清代海防炮台,在有"旅顺口"三个大字的巨石前留影,抚摸着指向大海锈迹斑斑之岸炮,一种历史的沧桑沉甸甸地压向心头,海风劲吹,寒气袭人,身心无限悲凉与悲壮。

3. 海滨情思

走在旅顺军港的栈桥上,遥看海湾中停泊的军舰,心头回荡的是那熟悉的旋律,对,苏小明,《军港之夜》。"军港的夜啊,静悄悄,海浪把战舰轻轻地摇。"那是青春的萌动与永恒的怀想。细雨中漫步亚洲最大的海滨广场星海广场,华表威严,芳草青青。海水碧绿,波浪拍击堤岸,海鸥在水面飞翔,游人仿佛置身于诗情画意之境。最后去老虎滩,情人路,眼前景,心中人,一种思念与牵挂在心中萦绕,几时可牵手走在这弯曲的小道上?

4. 看二人转

旅游,就是看风景,解风俗,悟文化,感生活,体验别样的人生况味。5 日到沈阳,即去看二人转专场演出,风情感悟,现场的,独特的,民间的,由赵本山火到全国的。晚 7 时半至 10 时,男女演员,特色鲜明。讲唱舞演绝,雅俗共赏,绿黄交织,笑声不绝,掌声灌耳,这里演绎着生活的艺术,渲染着民间的精神,这是欢乐的时刻,有着不尽的回味。

5. 沈阳访古

6 日在沈阳,访问两处历史的遗迹。晨,先去清故宫,此为大清入主中原前的寝宫,努尔哈赤与皇太极的发源地。清初始,励精图治,八旗子弟,神勇奋战,一路搏杀,遂定中原。今日访古,联想晚清政府之腐败无能,丧权辱国,不禁感慨万端。

此后去张氏父子之大帅府,历史人物,过去场景,风云际会,纵横捭阖,历历如在目前。特别是少帅张学良,其一生与中国现代史息息相关,东北易帜结束军阀混战,九一八事变开始中华民族又一次惨遭蹂躏的历史,西安事变掀起全民抗战浪潮,然后就是漫漫 50 年的囚徒生涯,荣辱功过,沉浮起落,令人唏嘘不已。

6. 长春纪观

6 日晚至长春,7 日晨起即去伪满皇宫博物院,溥仪在此度过了 14 年的傀儡皇帝生涯。浏览观历中,温正史,痛恨日寇侵华的血腥罪恶;习野史,了解溥仪生平诸种怪异之习性;闻艳史,感受几位皇后皇妃之生命历程及情感悲剧。皇宫,外表富丽,内里阴冷;皇帝,表面堂皇,心灵卑污。

走出皇宫,沿着昔日的八大处建筑,进入南湖公园,这是东北最大,在全国仅次于颐和园的城市公园。和风艳阳,树青水绿,游人如云,生机盎然,心中充满了阳光般的明媚和温暖。

生活多么美好,人民理该如此幸福!

7. 哈市夜色

8 日晚到冰城哈尔滨。我国纬度最高的大城市,最具异国风情,一脚踏进夜幕下的哈尔滨,便走进一种情调,幻入一个梦境。天气微寒,空气干冽,霓虹闪烁,夜色迷漫。一路行驶,入住东方宾馆,夜不成寐,浮想联翩。

8. 太阳岛歌

遥远的旋律飘来,青春的记忆荡漾。一曲《太阳岛上》,从遥远北国哈尔滨,松花江畔,太阳岛上,从遥远的二十世纪八十年代,一起镌刻在年轻的诗意心灵。今日踏上这诗意的土地,澎湃的是内心鲜活的记忆!

驿动的心又飞回到青涩而又清纯的二十世纪八十年代!

9. 异国情调

哈尔滨,北国冰城,东方小巴黎,亚洲莫斯科,俄式建筑,日式风格,街道弯曲,店铺林立,漫步于中央大道,仿佛置身于遥远的异国,浪漫的情调,别样的韵味,感觉异常新异。

松花江,九一八,"我的家在东北松花江上,那里有森林煤矿,还有那满山遍野的大豆高粱",一首反映了国破家亡的忧伤旋律,一条铭记着屈辱历史与抗争风骨的江流,静静地在春日阳光下流淌,也流淌在我们流淌着眼泪与鲜血的心灵上!

10. 一路向北

此次北国之行,一路向北,从南京直飞大连,后乘火车依次过沈阳、长春。最后至北国冰城哈尔滨,纬度越来越高,渐次感受到越来越浓的北中国气息。气温是一点点降低,空气渐渐地清爽。虽各具特色,各显情调,总体上却显出相同的本色。这就是中国的东北,亚洲的东北。

一路向北,我的眼越来越澄澈,我的心越来越清明、辽远!

2011 年 5 月

千古岳麓书院梦

一

书院,作为我国古代独有的一种与官学相对应的办学形式,也是世界教育史上一朵散发出独特芬芳的奇葩。作为一名教师,我一直觉得很惭愧,对中国教育发展史我一直缺乏系统而精深的研究。因为一个偶然的机缘,我对书院的兴起、发展以及它对中国教育的贡献产生了浓厚的兴趣。起因是 2002 年,我所工作的学校要举办建校 100 周年校庆,需要重修校史。经多方查阅资料,进行实地走访,我得以进一步了解这所百年老校的薪火相传、弦歌不辍的办学历史。我们和县第一中学,其前身是创建于清康熙年间的和阳书院,1902 年,当时的和州知州德馨顺应时代潮流演变,改和阳书院为官立和州中学堂,从而发展到今天的省级示范高中。今天的新校区,宽敞明亮,大气恢宏,为了让我们的学生记住历史的延续,传承丰厚的文化,我们把新高一楼命名为"和阳楼"。

书院,和阳书院,100 年前的学校该是怎么样的呢? 除了校园依然葱茏的百年紫薇和梓树,现在已无任何遗迹可寻,只能从简略的文字记载中约略揣摩着它的模样。书院,又是怎样的办学形式? 在那漫长的年代里,我们的前人是如何承担着传道授业解惑的职责呢? 我有了追寻的意愿。

首先是翻看辞书。《现代汉语词典》"书院"词条是这样解释的:

> 旧时地方上设立的供人读书讲学的处所,有专人主持。从唐代开始,历代都有。清末废科举后,大都改为学校。

《辞海》的解释要更详尽、具体些:

> 书院,中国古代一种学校类型,创始于唐代,开元六年(公元 718 年),设丽正修书院,十三年改为集贤殿书院,置学士,掌校勘经籍、征集遗书、辨明典章、备顾问应对。后亦有名为精舍的,如善福精舍等。……宋代由于官府奖励,书院大兴,白鹿洞之外,新建石鼓、嵩阳、应天府、岳麓、丽正、象山等著名书院十余所。创办者或为私人,或为官府,多选山林名胜之地为院址,不少知名学者讲学其中,研习儒家经典,形成不同学派的争鸣……

想着这就是我们学校的前身,想着过去久远年代的学子们就是在这里接受教育、传承文明,我突然对这个词充满了一种莫名的崇仰之情,更进一步产生了追根究底的意绪。

但这到底还是文字的简略介绍,印象还是模糊、肤浅,记得那时我就有一种强烈的愿望,什么时候能够亲自去那些著名的书院切近地观察,哪怕是目睹残存的遗迹,哪怕是摩挲一砖一瓦,去歆享那久远的教育芳泽,感受那醇厚的书香气息呢?

2004 年,机缘终于来了! 让我走进一所书院,走进心中的那座教育的神圣殿堂,这还得从我的女儿说起。

女儿奥琳,生于 1988 年,因其离开产院的日子正好是汉城(即今首尔)奥运会开幕日,故取此名。女儿一直很乖巧,机敏,读书启蒙很早,5 岁即入小学,在地区重点中学和县一中读完初中和高中。她一直很用心刻苦,成绩也名列前茅,2004 年以不满 16 周岁的年龄(当年甚至不能办理居民身份证,只能以户口本替代,是我们全县 3000 名考生中年龄最小的考生)参加高考,结果以 616 分的高分取得了全县文科第二名的优异成绩,这个分数远远地超过了一本分数线。本来女儿一心要去北京读书,她最心仪的学校是中国人民大学,按照往年的分数和位次这本不成问题,可因为阴错阳差,志愿撞车,结果被调剂到千里之外的湖南师大法学院,当然这也是一所 211 重点学校,毕竟心绪难平,虽然心中极其纠结和不愿,但我们和女儿最终还是选择了服从志愿,当然后来她还是在读完本科后考到上海一所著名的政法院校读完法学硕士,毕业后又考入上海市某区的检察院,成为一名检察官。也正是由于这一次意外,于是便有了她在岳麓山下、湘江之滨的四年丰富而有收获的大学生活,于是我们也得便有了亲临岳麓书院,亲近这块中国教育圣地的机缘。

二

踏访岳麓书院,是我陪同女儿去学校报到后的第一念想,这一愿望在我们到达长沙,办理完女儿入学手续后的第二天得以实现。

长沙是一座非常美丽的城市,也是一座文化发达的城市。一条湘江穿城而过,过湘江大桥,桥西就是大学区,依次排列着湖南师大、湖南大学、中南大学等著名的高等学府。这些学府,西偎麓山,东依湘江,风景秀丽,幽静清爽,到处都是青春的身影,到处都散发着浓郁的人文气息。岳麓书院就位于现在的湖南大学校园内,它是湖大的一个研究院。

从湖南师大西行不远,我们先到自卑亭。这是一座普通的歇足之亭,白墙青瓦,我感到疑惑的是,一个亭子,为何要用"自卑"命名,看亭内墙壁上镶嵌的《自卑亭记》碑刻方明白。自卑,源自《中庸》:"君子之道,譬如远行,必自迩;譬如登高,必自卑。"意为人的道德修养,好比长途跋涉,须从近处开始;好比攀登高峰,须从低处进行。想想,我们的人生旅途中的其他种种,又何尝不是这样,本想进入书院后,一定会有特别的启迪,可尚未进院,就获得了一份人生的感悟。我告诉女儿:"千里之行,始于足下,人生辉煌,点滴积累。而人生的收获往往就在毫不经意的一眼中,在随意停留的一瞬间。"

"自卑亭"向西200米,一座长长的院墙围绕的深深庭院掩映在翠绿的浓荫中,这就是岳麓书院。

来到前门,只见一块古色古香的镌刻有欧阳询字体的"千年学府"的横匾,一下子就深深地镇住了我。气魄宏大,底蕴深厚,沧桑千年,薪火相传。从北宋太祖开宝九年(公元976年)建院至今,这个庭院已巍然屹立于中国教育史文化史中1000多年,多少人事变换,如白云苍狗,大浪淘沙,这座庭院却亘古弥新,绵延不绝。透过前门,朝里探望,只见院落纵深,错落有致;楼阁古朴,鳞次栉比;古树苍翠,遒劲高峻。我想着有千年时光的浸润,这一片草木砖石楼阁中也该积淀起浓郁的文化气息和精神芬芳了吧。想到这,一种敬重,一种崇仰,也在心中油然而生。

进入庭院,眼前是一个敞开式的亭台;这便是赫曦台。赫曦,火红的太阳升起之意,据介绍这里还隐含着当年朱熹与张栻同登岳麓山观日出的佳话。当年朱熹应张栻之邀,千里迢迢从福建崇安来到岳麓书院讲学,在此逗留两月,清晨,他与张栻一起登上岳麓山,每当看见旭日腾起,霞光万道,山川市井,一切都沐浴在灿烂的朝晖之中,便激动不已,拍手连呼:赫曦,赫曦!后来张栻便由此筑起一个戏台,命名为"赫曦",以作纪念。在此台,我忽发联想:1000年后,在这里真的升起了一轮朝日,人们用歌声来表达心中的崇敬:"东方红,太阳升,中国出了个毛泽东。"这位曾经在此流连、浸润的湖湘学子,最终成为这个泱泱大国的"红太阳",这是当年朱熹们做梦也没有想到的吧,还是命运真的这样有所暗示?

走过赫曦台,一抬眼,前面便是那熟悉的画面:南方将军门式的结构,五间硬山,出三山屏墙,琉璃盖顶。门脸并不大,也不宏伟阔气,上方便是当年宋神宗所题的"岳(嶽)麓书院"四个大字,两边便是那副著名的对联:"惟楚有材,于斯为盛。"好大的口气,骄傲地宣示天下的英才尽出于此,辉煌的业绩无与伦比。(这是一副化用典故的楹联,上联出自《左传》,下联出自《论语》,这种化用,贴切而传神。)站在门前,我感到有一种疑惑,这里我是第一次造访,可眼前的一切却又是那样熟悉而亲切,这不就是我心中书院的模样? 莫非我前世真有可能在这里陶冶过? 最合理的解释是在梦中留恋太久,浸淫过深,以致这些场景已深深地刻在记忆里了。我们和女儿在此留影,也是希望她能从中获得一份怀想,一种启悟。

穿过大门,眼前有一张书院的平面图,我们对其方位布局有了形象而直观的了解,中轴对称,纵深多进,主体建筑多位于中轴线上,以讲堂为中心,以斋舍、祠堂为侧翼,体现出一种中国古代尊卑有序、等级有别、主次分明的价值观和文化理念。我们在其间探寻,感受到的是深邃而幽远,威严而庄重,这是教育的圣地,神圣的地方。

现在我们来到二门。二门的门额上悬有"名山坛席"题匾,"名山坛席"四个字寓意着自然与人文的交汇,造化与人工的结合。由此我们知晓,名山当然是岳麓山,此处为南岳衡山一脉,衡山 72 峰峦,回雁为首,岳麓为尾,青山逸气,钟灵毓秀;坛席者,席位也,以示对老师的敬重与崇仰。两旁有一对联:"纳于大麓,藏之名山。"仿佛一道谜面,谜底正好就是岳麓书院。这样优美的自然环境,不正是陶冶心灵,藻饰品行,修身养性的绝佳之所吗? 自然优美,人文荟萃,从中我们似乎可以品味出一种奇妙的引申之意来。其背面的"潇湘槐市"匾,又把这种理念进一步强化,这是湖湘子弟的福地,文化名人、士子学者聚集的文化市场呀!

走过二门,我们知道现在已经是登堂入室了。这是一块不大的花园。环境幽静,花木扶疏,一棵高大的石榴树上结满了果实;旁边的菊花石上的菊花又仿佛幻化成闪烁的星星,我想这是象征呢,还是一种昭示? 后来我又一想,这不就是校园吗? 左边是教学斋,右边是半学斋,这里就是昔日师生们的居舍。那么多的湖湘学子带着渴望，一头扎进古代文化典籍之中，爬梳剔择，皓首穷经，聆听大师的教诲点拨，相互之间辩驳交流，那样一种进修的氛围，是多么令人神往呀！想当年，王夫之、曾国藩、毛泽东等在这里潜心问学，形成气候，为日后的崛起大展宏图蕴含着修养，汲取着能量。

不知不觉间我们来到讲堂，这是书院教学重地和举行重大活动的场所，我想这就是教室了。可我们今天到哪里去寻觅这样诗意与理性交融的教室呢？讲堂又名"静一堂"或"忠孝廉节堂"，其中最吸引我们目光的是三块匾额，这上面的题词都是写入中国教育史乃至中国文化史的。一块是"实事求是"匾。"实事求是"，不是毛泽东思想的精髓吗？我终于找到了它的出处，一脉相承的根源，这四个字，源自《汉书》："修学好古，实事求是。"这是1917年湖南工专的校长宾步程所题的手谕，把它作为校训，旨在教育学生从社会实际出发，求得正确的结论。当年年轻的毛泽东在此求学研修，耳濡目染，化用成形，逐渐演变发展，终于成为自己思想的根基吧！另两块匾，分别是清代两位皇帝的御赐匾。一块是康熙所赐"学达性天"，性者，人性也，天者，天道也，传达的是一种理学思想，希望这里的学子弘扬程朱理学，加强自身修养，同时昭告天下读书人，在此求学，可以获得德行修养，达到天人合一的最高境界；另一块是乾隆为表彰岳麓书院在传播理学上的丰伟功绩所赐的"道脉正南"匾（此系原物）。两位在中国历史上在位时间最久又有所作为的君主均为岳麓书院题匾赞誉，说明有远见的封建帝王高度重视文化教育的作用，也彰显了岳麓书院在封建伦理教化方面发挥的巨大影响力。

在讲堂中驻足，抚摸着讲台上那两张红木雕花的座椅，我的眼前浮现起当年朱熹、张栻两位大师在此论讲的情景，盛况空前，学子云聚，他们席地而坐，静心地聆听，甚而发出会心的一笑，那是怎样的场景呀！讲堂很小，但是其神韵与魅力，其渗透着的千秋不朽的人文精神和气贯长虹的学理气势，却影响至远，传承千载。

讲堂的墙壁上镌刻有四块大字碑，上面是朱熹所撰的"忠、孝、廉、节"四字，作为岳麓书院在整个封建时代的校训，与两侧墙壁上的"整、齐、严、肃"四碑相互映衬，正好表达出岳麓书院传承恒久的育人精神和研学方式，这就是千年不衰、与时进化的根由。

在讲堂内流连已久，一种文化的、精神的、思想的、道德的芬芳氤氲在空气中，透进心肺，深入骨髓，让我有一种脱胎换骨的感觉。

走出讲堂，穿过屏壁，眼前又是别有洞天，"柳暗花明又一村"，俨然进入了一个后花园，那些在此求学的学子，你们真的有福气，既有道学高深的大师为你们点拨，又有如此优美的环境让你们陶醉，这是怎样的造化与福分！

在花丛中行走，我的思绪还停留在那清氛环绕的氛围中，突然心头一动，总觉得还缺少什么，缺什么呢？图书，丰富的典籍，浩繁的卷帙呀！猛一抬头，御书楼就赫然立于眼前。清澈的池水，苍翠的高树掩映中的御书楼，主楼三层，重檐青瓦，檐角飞翘，气宇轩昂，给人一种庄重而又灵动的美感，想象着当年学子们踏着青石台阶拾级而上，那是走向文明的阶梯呀！岳麓书院作为我国古代最完美最丰富的教育系统，讲学、研修、阅读、辩难，方式完备；院讲、祭祀、藏书、生活，功能齐全。御书楼建于宋咸平二年（公元999年），其丰富的藏书，来源有三：一为皇帝所赐；二为民间收集以及官员士绅的捐赠；三为自费购买，或自刻珍藏。可惜它现在是湖南大学的图书馆，不对游人开放，透过门缝朝里观望，斑驳迷离，看不真切，似乎飘着千年的浮尘，但即使是站在楼外，还是能嗅到翰墨的馨香，感到文气的浸润。

参观完御书楼，我们开始在书院内闲逛，这里的古木参天蔚秀，枝丫横斜，摇曳着满目苍翠。这里是百泉轩，山长的住所，当年朱熹、张栻曾在此"昼而宴坐，夜而栖宿"；这里又是时务轩，为纪念清末维新派创办时务学堂而建，梁启超、谭嗣同等维新派人士推动湖南新政，传播变法思想，这一个小小的亭榭，竟然承载了那么厚重的历史，竟然成为中国现代维新思想的策源地之一；这里又是"麓山寺碑"，一块弥足珍贵的唐碑，记载着麓山寺的历史沿革，由唐代著名书法家、文学家、篆刻家李邕所撰写，文、书、刻三绝于世，故称"三绝碑"。中轴的右侧，是祠庙建筑群，这是文庙大成殿，祭祀孔子的，没有什么稀奇；不常见的是这里还祭祀那些被学院尊奉的历史人物、文化名流、建设功臣,对书院有恩的官吏、知名的山长、成名的学子等,都在这里得到尊奉,通过祭祀,达到端正学统、整肃学风、启迪后学的目的,这不就是教育的最高境界,现身说法的示范教育,润物无声的熏染陶冶吗?

徜徉在这古老幽静的书院,我觉得自己就像浸渍在醉人的墨香中,这灰墙青瓦、琉璃脊饰、墨柱朱础,一物一件、一砖一瓦、一联一匾,无不流露出隽永的儒雅和迷人的古韵,无论你多么烦躁悸动的心都能得到安息,得以熨帖,这才是真正的"斯文一派"呀!

现在我们走出了书院后门,这是一条幽静的山路,蜿蜒直上岳麓山顶,路边绿树葱郁,青翠怡人,突然眼前出现一个亭子,重檐八柱,琉璃兽瓦,亭角上翘,如凌空欲飞,亭楣上红底镏金的匾额是那样熟悉:爱晚亭,毛泽东。这就是爱晚亭?这就是"停车坐爱枫林晚,霜叶红于二月花"的"爱晚亭",是与滁州醉翁亭、北京陶然亭、杭州湖心亭齐名的中国四大名亭之一的"爱晚亭",是当年一群志存高远、指点江山、纵谈历史、探求真理的年轻人经常聚会的"爱晚亭"? 现在它是那么安静地立在翠绿的树丛之中,清澈的池水之旁,层叠的山石之上。我们在此处小憩,清风拂来,身心俱爽,女儿忙着抄写楹联,而我却在静坐沉思。

一会儿我们便登上岳麓山顶,眺望云天,俯瞰大地。天空是白云飘然,一碧如洗;山脚下是一带清秀妩媚的北去江流,江流中间就是那座著名的沙洲——橘子洲。对岸高楼林立、繁华喧闹的长沙城,据说是中国最富有商业气息的内地城市,休闲之都;目光收回到近处,麓山脚下,绿树环绕的大学城,岳麓书院静静地立在一角,它立于历史与现实之间,千古依然而又青春洋溢。

三

2005年春天,在初次踏访岳麓书院半年后,又因为某种特殊机缘,我便再有一次为期一周的湖南之行。这次是随一个考察团去湖南进行自然文化考察,在岳阳洞庭湖湖边,我们登上千古名楼岳阳楼;在长沙,我们拜谒了领袖故里韶山冲;在张家界武陵源,我们为那神奇、瑰丽的大自然景色而陶醉,而震撼!按我们的行程,在长沙只停留一天,于是我便和女儿再一次来到岳麓书院。

回到熟悉的场景中,重温半年前初访时的情景和感受,我们在庭院中行走,摩挲,更多的是一种深沉的思考和追寻:这样一所千年书院,它是在怎样的背景下产生?又为何历千年而不衰,至今依然焕发出勃勃生机,显示出无穷的魅力?这对我们今天的教育改革和发展有哪些有益的启示?我在脑海里尽量复原当时的情景,我的思绪一直跟随着它的盛衰兴废而跌宕起伏。

思绪回到1000多年前,那是北宋初太祖开宝九年(公元976年),从北宋开国经过近20年的休养生息,社会经济得到恢复和发展,经济繁荣,文化兴盛,人民安居乐业,加之统治者崇文抑武、守内虚外的政策影响,宋朝成为我国历史上少有的经济和教育繁盛的时代之一,儒学复兴,社会上弥漫着尊师重教的风气,科学技术突飞猛进,政治上开明宽松,著名史学家陈寅恪曾言:"华夏民族之文化,历数千载之演进,造极于赵宋之世。"有西方和日本的学者甚至认为,宋代是中国历史的文艺复兴与经济革命的时代。据研究,北宋时中国的GDP总量占世界经济总量的五分之一强(22.7%)。

在这样的背景下,当时继庐山白鹿洞书院之后,全国陆续兴建了一批书院。当时的潭州太守朱洞在僧人办学的基础上,在岳麓山下抱黄洞附近,建立了岳麓书院。初创时的书院,有讲堂五间,斋舍五十二间,讲堂是老师讲学论道之所,类似我们今天的教室;斋舍就是学生平时读书学习兼住宿的场所,和我们的学生公寓相仿佛。岳麓书院的兴起,既是时代潮流推动的结果,又与一些开明智慧的士绅有密切关联。为什么朱洞要将院址选在风景秀美的岳麓山脚下呢?原因一是当时的风气使然,可以远离尘嚣,避免世俗干扰,为学子们营造一种清静幽雅的学习环境,让他们能潜心问学;二是优美的风景名胜之地可以吸引一大批学者文人在此研修学问,砥砺品行;三是岳麓山寺中的僧人已有一定的办学基础,因地就便,节省上许多物力人力。岳麓山奇珍幽美,林繁草茂,禽珍兽奇,幽壑千重,幽泉千缕,风景秀美,这样的自然环境怎能不吸引那些渴望亲近大自然的文人雅士趋之若鹜呢？

书院建起，立即引起巨大反响，这种鼎盛的情景不仅在民间广为传布，甚至传到皇帝那里。北宋大中祥符八年（公元 1015 年），宋真宗亲自召见山长周式，对其办学成就颇为赞许，亲书"岳麓书院"匾额（至今院内尚存有明代"岳麓书院"刻石，就是当年宋真宗的真迹）。在周式的执掌下，书院从学人数和院舍规模都有了很大的发展，遂成天下"四大书院"之一。关于"四大书院"有多种说法，一般认为是江西庐山白鹿洞书院、河南登封嵩阳书院、河南商丘应天府书院及湖南长沙的岳麓书院，另外当年著名的书院还有湖南石鼓书院、山东徂徕书院、江苏金山书院和河南睢阳书院等。

有宋一代，岳麓书院也经历了兴衰起落。两宋之交，遭兵火洗劫，乾道三年（公元 1167 年）湖南安抚使知潭州刘珙重建书院，并聘请著名理学家张栻主教，进一步提升了岳麓书院的办学水准，提高了岳麓书院在南宋教育和学术上的地位。张栻提出以反对科举利禄之学，培养传道济民人才为办学指导思想，提出"循序渐进""博约相须""学思并进""知行互发""慎思审择"的教学原则，这些闪烁着中国古代教育智慧的原则和策略成为中国教育史的宝贵财富。

提到岳麓书院的发展和在历史上卓越地位的形成，不能不提到一个人——宋代儒学的代表人物朱熹。在张栻主教期间，朱熹带着两名弟子千里迢迢从老家福建赶到岳麓来访，与张栻论学，就精深的"太极""心性""仁"等哲学命题展开论辩，这就是历史上著名的"朱张论讲"。那是怎样一种盛景呀，现在想来依然让我们激动不已。当时的听讲者络绎不绝，湖湘各地学子云聚，"方其盛也，学徒千余人"，"一时舆马之众，饮池水立涸"，把池水都饮干了，可以想见当年的盛况，这是真正的中国文化的"高峰论坛""高端对话"了。这次论讲，甚至推动了宋代理学和中国哲学的发展。两位大师级人物，尽管学术观点并不相同，甚至相悖相反，但并不妨碍他们惺惺相惜，相互砥砺，辩驳，汲取，结下深厚的友谊，也丰富了各自的思想体系。可以说朱熹就是岳麓书院最著名的访问学者，"朱张论讲"也成为历史的绝响。在岳麓会讲之后 27 年，年过花甲的朱熹任湖南安抚使,历史命定这样一位伟大的学者与这样一所伟大的书院结缘。朱熹再次来到潭州,来到岳麓,这一次他不再是作为一位嘉宾,而是作为握有实权的行政长官,于是他重整书院,颁行《朱子学院教条》,成为学院管理的规章制度。如果说张栻的主张还仅仅是指导的原则,那么朱熹的实践就把它规为约束的教条。岳麓书院再次进入繁盛时期,因而有"潇湘洙泗"之称誉。

岳麓书院的千年演进中,一直与一些大学者结缘,中国文化的最高端的精华部分总能在这里得到展演流布。在这众多的名字中,我们不能不提到王守仁,明代阳明心学的一代宗师,被誉为"明代第一人"的王阳明。明正德二年(公元1507年),因触犯太监刘理而被贬住贵州龙场的王守仁,途经湖南,师徒们居住在岳麓山,在此他为门徒,为朋友继续讲解"良知"学问,灌输"知行合一"的思想。湖湘学派的再一次振兴,王守仁的教化功不可没。其后其再传弟子张元忭主讲岳麓,传授良知学问,岳麓山下,湘江之滨,又一次响起了琅琅的书声,湖湘学派海纳百川,经世济用的传统得到进一步传承和弘扬。

在禁锢森严,文字狱大兴的清代,岳麓书院仍然顽强地生存着,并得到最高统治者首肯和赞许,这多少有些意外。康熙、乾隆分别题匾褒扬。有清一代,岳麓书院的学子中人才迭出,群星璀璨,一批批日后将深刻影响中国历史进程的人物从这里走向全国,擅长抒情的余秋雨在《千年庭院》中叹道:"你看整整一个清代,那些需要费脑子的事情,不就被这个山间庭院吞吐得差不多了?"那些名字,如雷贯耳,耳熟能详:王夫之、陶澍、魏源、曾国藩、左宗棠、胡林翼、郭松焘、谭嗣同、黄宗宪、蔡锷、熊希龄、杨昌济、程潜,这些匡时济世,治国安邦的栋梁之材,风流人物,每一位都能写一部浩繁的大书,但他们也只是岳麓书院这部巨著中一个章节甚至一段文字,想想都让我们惊叹。这里我们还不能绕过一个更重要的名字:毛泽东。1918年5月,这位25岁的湖湘青年从第一师范毕业后,曾经与蔡和森等人寓居在岳麓书院的半学斋,实践建设"岳麓新村"的理想,我想这里的气息一定深深地吸引着这位胸怀"问苍茫大地,谁主沉浮"情怀的年轻人,这一段寄寓的缘分也使岳麓书院成就了一位最伟大的寄读生。岳麓书院对他思想影响最大的肯定就是那条"实事求是"的校训了，以至二十年后，已成为中共领袖的他将此作为延安抗日军政大学的校训，这是继承也是发扬。在其后的革命实践中，他不断地丰富其内涵，并做出新的诠释，从而成为毛泽东思想的精髓，成为中国共产党人的指导思想。

岳麓书院绵延千年而又历久弥新，七毁七建，愈挫愈奋，源自它的坚韧不拔，胸襟开阔，包容吐纳，顺时而化，实现从古代的书院到今天的现代大学的嬗变，这既是教育体制改革的必然趋势，又充分证明了我国有长久的高等教育历史。这是一笔宝贵的精神财富，作为后来的教育工作者，我们有义务和责任研究、传承并发扬光大。关于岳麓书院所凝聚的中国传统教育理念有学者概括为"人格培养的教育目标（传道济民），务实的治学精神（经世致用，实事求是，学贵力行），博学多思的教育方法"。这里我们不能不提到书院讲堂内的那条《岳麓书院学规》。岳麓书院自朱熹颁布《朱子学院教条》，并将白鹿洞书院教条作为最早的正式常规起，在此基础上随着时代的变化，逐步发展完善，至清代山长王文清拟定了这六言十八句，108 字的学规，从德行修养、学习内容和态度方法上对学子进行规范，这些内容闪烁着中国古代教育理论的华彩，至今仍然散发着炫目的光辉。想想我们今天的那些千篇一律所谓的校训校规，面对着这样的学规，真让我们汗颜得无地自容。

第二次造访岳麓书院，我收获的是一种荣耀和底气，我们的前人，从孔夫子到朱夫子，再到陶夫子，从曲阜杏坛到岳麓书院，已为我们提供了那么丰厚那么卓越的遗产，但我感到更多的是一种沉甸甸的责任和巨大的力量，在知识经济时代，作为教育人的我们不应该有更大的作为吗？

2013 年 5 月 14 日

世间已无杏花村

"清明时节雨纷纷，路上行人欲断魂。借问酒家何处有，牧童遥指杏花村。"

这是晚唐著名诗人杜牧的《清明》诗。但凡有点文化的中国人从启蒙时起就应该对这首诗随口诵来,它可说是家喻户晓,广为流传,因而也成了最经典的中华文化符号。这里的杏花村据说就在我们皖南的池州。7月初得便到池州参加省里一个语文教学的研讨会,酷热难当,心绪烦躁,于是便在一个炎热的下午,利用会议的间歇,我和韩君一道来此访问,希望能够寻找一份诗意的清凉。

车行池州城内。夏日的骄阳炙烤着大地,热浪拂面,暑气蒸人。这是一座典型的江南小城。毗邻长江,风景秀美,秋浦河、白羊河、清溪河三条水流清澈明净,蜿蜒穿城而过,汇入波涛滚滚的长江。城市很干净,街道绿树荫荫。这又是一座历史古城。据史料记载,池州设州置府始于唐武德四年(公元621年),迄今已有近1400年的历史。几经变迁,至今仍保有古朴、宁静的风貌。其历史文化底蕴积淀深厚,是安徽省历史文化名城。晚唐杜牧、北宋包拯等历史名人曾先后任池州刺史、知府,李白、苏轼等众多文人雅士曾驻足寻芳,留下了千余首脍炙人口的不朽诗篇,为池州赢得了"千载诗人地"的美誉,始于母系社会的池州傩戏更被誉为"戏曲活化石"。其境内名胜,以佛教四大胜地之一的九华山最为驰名。当年李白三上九华,五游秋浦,写下了"妙有分二气,灵山开九华""天河挂绿水,秀出九芙蓉"的美妙诗句,让秀美的九华染上浓郁的诗性。新罗国王族金乔觉,踏海而来,千里寻访,在九华山削发为僧,修身求法,因其树立的"众生度尽,方证菩提;地狱未空,誓不成佛"的宏愿及其行持与迹象,僧众认定他即地藏菩萨化身,遂建石塔将其肉身供奉其中,并尊称他为"金地藏"菩萨。九华山由此名声远播、誉满华夏乃至全球,成为大愿地藏王菩萨道场,被誉为国际性佛教道场。我国的佛教名山,普陀、峨眉、梵净,我都曾经有缘拜访,九华因得地理之便,我更是多次登临,但是对于池州,我却多次擦肩而过,一直悭缘一面,只好把它藏在记忆深处。能够亲自去探访池州最有名的景点杏花村,我感到一种愿望得满足的幸福。

仅过几分钟,司机告道:这就是杏花村。

其实,杏花村,已不是一个村庄,它是一座城市公园。

正门是一座仿古的门楼，白墙黑瓦，木质栅栏，古色古香，上面是著名诗人艾青题写的匾额，直书着"杏花村"。进得园来，挡着我们视野的是一座假山，上面一帘水幕飘挂而下，飞珠溅玉。转过假石，只见一汪湖水，清澈明净。湖不大，但十分玲珑，江南水城的风景尽入眼底。

因为天气炎热，园内游人稀少，清静的环境，正好让我们发思古之幽情。环湖而行，我们对一个个景点驻足观赏。先到寓思亭，这是一座建于明成化年间的古亭，题名"寓思"有安顿思绪、寄托情怀的意思。经寓思亭，上览胜桥，前面有一写着"昭明堂"的影壁。看见"昭明"二字，便感到分外亲切。因为我的家乡和县香泉是有名的温泉之乡，从小我们就享受着馥郁的泉水带来的温暖与舒适。这温泉被誉为"天下第一汤"，又名"太子汤"。当年在故乡的中学读书教书，我的住处都离汤池仅数十米距离，每当冬天的夜晚下自习后，在宿舍脱去外衣，只穿内衣裤一阵急行，没等寒气侵袭，已钻入沸热的温水之中，只感到暖流浸润着全部身心，闭上双目，一天的疲劳顿时消散。浑身舒坦，趁着暖热跑回寝室，钻进被窝，一觉就到天明。温泉，已成为我对故乡最美好最温暖的记忆。而这"太子汤"的"太子"，就是南梁昭明太子萧统。传说当年萧统于大通年间（公元527—529年），在如方山萧家藏经寺读书时，患有疥癣，曾至此淋浴而愈，于是称该泉为"太子汤"。昭明太子501年生于襄阳，周岁即被立为太子，531年年方三十，文采飘逸，在池州游后池，乘船摘芙蓉，姬人荡舟，落水后被救起伤至大腿，未及即位而卒，谥号昭明，所以终生只是太子。昭明虽然是短命的太子，却是一个读书种子，其一生在政治上尚未来得及大施身手建立功业，却在文学上留下辉煌的笔墨，编纂历代诗文总集《文选》传世，披沙沥金，影响深远。昭明堂三间房屋，正厅的桌椅香案之上悬挂着昭明手执长卷的画像，上面是"德泽广被"的大字横匾，两旁有一楹联"游观不废诗书天赐皇储作大儒，莫谓兰亭泣玉从来沧海有遗珠"。对萧统的一生的功绩与遗憾有着深切的评价。室内无人，我们就在两旁的木椅上歇息怀想，眼光在两旁介绍其形迹的文字间搜寻。想着，与其在政治上未能施展抱负的遗憾相比，他的一生在文学上到得了卓越成就，他是幸耶，还是不幸？我甚至有一痴想，《昭明文选》成于池州，是否为这块灵秀之地播下文化的种子，在数百年后结成《清明》的硕果？

出得昭明堂，又进"黄舍"。黄舍又叫广润斋，舍前有黄公井。看见此井，我便联想到酒和酒家。一问果不其然，此处即为黄公酒的原产地。据《杏花村志》记载，黄公酒是我国的古老名酒之一，系"香泉"酿造，醇香馥郁，绵甜爽口，晚唐时即广受青睐，后经杜牧点染，美名远播。"黄舍"即为杜牧之"借问酒家何处有"之"酒家"也。所以黄舍的楹柱上是这样一副对联："香闻十里黄公酒，誉满千秋杜牧诗"。在中国古代，文人与酒，似乎有一种天命式的关联，文因酒成，酒以文传，这成为中华文化的一大特色。向酒家讨要一杯入口，不嗜酒的我们似乎也有了某种滋养。

口中还在回味着酒香，我们又到了焕园。此为清代文学家郎遂的别墅。郎遂（公元1654—1739年），字赵客，号杏林，别号西樵子。一生布衣，不求仕进。其一生最大的功绩是自康熙十三年起，以20岁弱冠之年，独立撰修我国最早的村志《杏花村志》，至康熙二十四年付梓成书，其志十二卷收入钦定《四库全书》，成为唯一入选的村志，杏花村亦成为"天下第一诗村"。

村庄，顾名思义，是乡下人聚居的地方，是我国农耕文化的发祥地和载体。阡陌田畴，草垛炊烟，水井作坊，鸡鸣犬吠，构成了一幅幅古老而温暖的生活场景。池州的杏花村无疑是中国最典型最具文化底蕴的村庄之一，晚唐时此地即已酒楼如肆，杏花绵延，杜牧的《清明》诗，吸引着历代文人墨客寻踪而至，写下大批抒发情怀的诗篇，杏花村已成为中华文化符号式的意象。

站在焕园门口，门外是如火的骄阳，天空澄碧如洗，湖水清澈明丽。掬一捧清水洗涤汗湿的面庞。遥想这里还有杜牧的诗情诗意在吗？这里还是中国式的古老村落杏花村吗？再推想开来，在现代化汹涌而来的大背景下，我们古朴的村庄还能生存吗？

我想到了我的故乡。我的故家在皖东的长江北岸，村庄有百十户人家，因一条直通长江的无名小河（我们却称它为"大河"）将村庄弯在臂膀之中，又因村民大多为陈姓,故叫涧湾陈村。我在那里度过了童年和少年时代。那是20世纪的六七十年代。村庄里大部分是青砖黑瓦的建筑,错落在分布在祖辈生活的老屋地上。我的家在村的东北部,屋边是一块小池塘,我出生时便听大人们叫它碾屋塘,估计原先我家是作为村庄碾米的地方吧。每到夏天的傍晚,老人们早早地将门前的土场打扫干净,洒上清水以消暑气,上面摆放着竹制的凉床,等待着忙碌的家人从田野归来,村庄上炊烟袅袅,香气四溢。饭菜虽然粗陋,纯朴的乡民却十分满足。晚饭过后,是孩子们的狂欢时节。我们来到村边的池塘,脱得精光,钻入清凉的水中打起水仗,顺便还可采来一朵荷花或一节嫩藕,哼着不成调的曲子回到家中。或者到村边的场地上嬉闹玩耍,一直到星月西沉才在大人的催促下进入梦乡。而到冬天的夜晚,村人喜欢相互串门,家长里短,人情世故,孩子们则在这些唠叨的闲嗑中逐渐长大,知晓事理,懂得做人。如果是雨雪天,更是一家团聚,围炉夜话,那时候家的这种温热的氛围到现在还温暖着我的心,牵扯着我的思念。我思念我的故土,思念我的亲人。

但现在再回故乡,感受到的只能是失落乃至失望。村庄凋敝,死气沉沉,青壮年都外出打工,村里只留下老人和孩子;房屋破败,垃圾遍布,到处散发着腐臭的气味。村外的小河池塘淤塞,再也不见清澈的水流。虽然现在的乡亲物质生活条件比过去有明显的提高,人们不再为衣食发愁,一些乡民甚至搬离世代聚居的村落,成为城镇中的市民,但乡村的衰败却是眼前的事实。有一则资料显示,我国每年要消失90万个自然村,这些自然村落中蕴藏着丰富的历史信息和文化景观,是中国农耕文明留下的最大遗产。专家警告说,保护中国传统村落已迫在眉睫。

我的古朴的村庄呀,我的纯朴的乡民,正在边缘乃至消失之中。

这样想着,我们来到那块石碑前,碑上镌刻着当代大书家启功先生书写的《清明》诗。说来也巧,刚才还是酷热的太阳让我们汗湿衣衫,现在却洒下丝丝细雨,这可真是"太阳雨"呀!这特殊的天象也许是老天让我们感受一下"雨纷纷"的意蕴吧!在阳光与细雨中读着诗句,我在想:为什么这平平常常的28个字具有如此大的魅力,穿越古今,吸引着一代代的中国人？据说20世纪90年代香港举行过一次"最受欢迎的十大唐诗"评选。结果孟郊的《游子吟》名列榜首,而此诗就是亚军。这也说明无论是哪里的中国人,只要他的体内还流淌着祖辈的血液,母亲和乡村都是他最绕不过去的记忆和念想吧。《清明》诗的魅力在于,它集中了中国人对于乡村全部美好的意象与厚重的情感。清明时节,春雨潇潇,田野道路,旅途行人,酒旗酒家,吹笛的牧童,遥远的村庄,这样一幅画面,这样一种场景,哪一个中国人不为之心动呢？杏花村是幸运的,它遇见了杜牧;或者说杜牧是幸福的,作为诗人,他的情感表达找到了最好的载体,杜牧和杏花村的相遇,成就了中国文化的一场盛宴！而今天我们到哪里去寻找这种奇遇呢？当然为了旅游,我们造出了若干精致的村庄,俗称"农家乐",它们漂亮、干净、丰盛,可是它们打动不了我们,安放不了我们飘荡的心,因为它们缺少的是鲜活的生活,缺少的是浓郁的诗性。缺少文化,哪来文明？我们有"农家乐",我们没有杏花村！就连这个叫"杏花村"的地方,它也只是一个公园,它不是我们梦中的村庄。

走出公园,外面依然是阳光明媚,热浪袭人,我的心中却感受到一种悲凉和忧虑,我们已从乡村走向了城市,但我的父老兄弟还在那里生活生存:我的遥远的故乡呀,我梦中的"杏花村"！

2012 年 7 月 28 日

泰山夫子

山东,位于中国版图的中东部,西依太行山,东临黄、渤海,为南北要冲,地理位置十分重要。山东古为齐鲁之地。齐鲁均为春秋时强大的诸侯国,知道齐鲁,缘于杜甫那首著名的《望岳》:"岱宗夫如何,齐鲁青未了。"对于山东,我一直怀有热切的向往与绵厚的情怀。不仅为它的风景优美,山川形胜;为它的历史悠久,人文荟萃；为那方水土养育的人民勤劳朴实，重情守信；更为它改革开放以来的巨大发展，迅猛突起。记得廿年前去秦皇岛参加全国语文教学研讨会，途经山东。车过皖北和苏北，进入山东地境已是深夜，细雨朦胧中，只见到处都是灯火通明的场景，行过泰安，还写过一首小诗："夜过泰安望泰山，雨中茫茫皆不见。灯火一路不夜景，孔子故里正腾欢。"诗中表达了同属华东地区的邻省人对山东热火朝天的发展现景的羡慕和赞叹。我喜欢研读地图，神游大好河山。在地图上，我眼中山东的形态犹如一只正在翱翔天宇的雄鹰，胶东半岛就如同鹰首，鲁北山地就是羽翼，它正奋力向蔚蓝色的大海展翅冲腾。

山东，引我遐思的所在实在太多，沂蒙的红色故事，胶东的丰饶物产，青岛的海滨风光，济南的汩汩泉水，都能引发我绵久的联想；就是那些地名都让我深深迷恋：日照，威海，烟台，潍坊，聊城，莱芜，每一个地方，每一个章节，对我都如同诗句般美妙，我都能如数家珍，说出一串饶有趣味的故事。但对于一位从事中学语文教学的教师，山东在我的心中分量最重、影响最大、流连最久，物化为某种形态的只有一座山，一个人。山就是泰山。山东多山，且不说太行、沂蒙，就是它特有的"崮"（最早知道这个"崮"，是因为当年陈毅、粟裕在其中的孟良崮全歼蒋军五大主力之一的整编74师，著名的红嫂故事在我青春的心中刻下深深的印记）就一直让我着迷，但它们都比不上泰山。泰山，论巍峨，它不比西天昆仑；论秀美，这不胜徽州黄山；论险峻，它不如陕西华山；论宗教影响，它也不似四大佛教名山。但它在中国的群山之中显出峥嵘崔嵬，声名远播，是因为它以雄伟壮丽的风景与博大精深的文化融为一体的特质而象征着中华文化之魂，这是中国任何名山都无法比拟的。山东也多名人，就文学方面而言，李清照、辛弃疾、蒲松龄、孔尚任都在中华文明史上留下过光彩夺目的篇章，但在我的心目中，能代表齐鲁文化传统，进而成为中华文化乃至东亚文化符号的只有一人——孔子。对于一名语文教师，到山东，我最渴望登临的只有泰山，最希冀瞻仰的只有孔子。

十月金秋，参加省第39期校长岗位培训班学习，安排的考察行程就有山东，山东考察地只有两处，泰安与曲阜，真的让我得偿所愿，美梦成真，感到喜不自禁。

10 月13 日,我们开始了朝圣之旅。

在蚌埠、怀远参观了两所皖北名校后,旅行车一路往北,跨过淮河,行驶在广袤的淮北大平原上。淮河,滋养着皖北的人民,成为我们的母亲河。它与长江交织于一体,共同成为我们安徽的代表,安徽的土地也因此被称作江淮大地。时间已是秋日,秋收后的庄稼地,宁静而肃穆,像一位产后的美丽少妇,安详地躺在澄碧如洗的蓝天下,幸福而满足。说笑中的我们,也被眼前的景致所迷醉,缄默地沉浸在这寂静的氛围中。不知不觉地,车便驶过安徽、江苏地界,进入山东。

晚6 时,抵达泰安城。透过汽车窗户,暮色烟霭中,只见群山逶迤,连绵起伏,究竟哪一座才是泰山呢? 颇让我们心驰神往。作为“五岳之首”的泰山,历代帝王的封禅地,总以为是一座拔地而起、高入云霄、苍翠挺立的高峰,因为杜甫早就告诉我们“造化钟神秀,阴阳割昏晓”呀,可眼前这一片莽莽苍苍、重重叠叠、参差相间的山脉,让人觉得云深不知何处觅真容。带着疑惑与好奇,习惯晚睡的我们早早地进入梦乡。

登泰山,我是第一次。但对于登临的路线,我却早已熟记于心。因为从事高中语文教学,曾经入选高中教材的有关泰山的名篇比比皆是,这在中国的名山中也是罕有其匹的,古有杜甫的《望岳》、清代桐城大家姚鼐的《登泰山记》,近有杨朔的《泰山极顶》、李健吾的《雨中登泰山》。特别是《雨中登泰山》,曾作为人教版高中语文必修本的开篇之作。初入高中的学子,甫一进入高中学习,扑面而来的就是巍峨的泰山。我曾经和年轻的学子们一道品味其清新典雅的文字,沉浸在新奇脱俗的意境中,一同顺着作者的登山路线,移步换景,流连忘返:岱宗坊、虎山水库、七真祠、一天门、孔子登临处、天街、长门洞、经石峪、柏洞、二天门、云步桥、慢十八盘、升仙坊、紧十八盘、南天门、天街。

可由于旅行社的安排,我们的旅行车直上中天门,此处已是山脊,不要说与姚鼐比,就是较当年的李健吾,我们已缩短了一半的行程,减少了大半登山的苦累,自然也就少了一份探寻的乐趣,我们自嘲地笑道,这就是时代的进步吧。

驻足于中天门广场,前面直立排列着 12 根雕着形态各异的巨龙的石柱,似乎是在告诉游人:这是威严的泰山,这是登天的旅程。广场上有两块石碑,一块是泰安市人民政府所立,上面刻着联合国教科文组织 1987 年公布泰山为"世界自然与文化遗产";一块上刻着的是著名书法家欧阳中石所题的"中国书法名山"。在这两块石埠前留影,我们对泰山又多了几分敬畏,对于登临又多了几分虔诚与喜悦。在此遥望泰山极顶,立于群峰之上,苍翠之巅,在秋日的阳光下,似乎在招引着我们:出发!

从中天门出发,经过一座"迎云"的牌坊,我们便进入苍翠的峪口,一路心情愉快,步履轻松,转过弯来,一块巨石突兀而立,挡在面前,"斩云剑",莫非我们都需要手握一把巨剑开始斩云播雨吗?再行一程,才发现我们刚刚进入"云路先声"。

过了云步桥,真正的考验才刚刚开始。我们一边相互鼓励着行走,一边欣赏着山野的美景,一边探讨着一处处古迹的来由。这里是著名的"五大夫松",是松树而又是大夫,自然奇特。原来当年秦始皇登封泰山时,恰逢大雨,于是只得避于大树之下,少了一场雨淋,因此树护驾有功,遂被封为"大夫",一棵普通的松树,从此跃进龙门,难道泰山之松竟有如此之灵性吗?

再过朝阳洞,我们的目光投向隔着一条溪流的断壁,一块摩崖石刻,那是在御风崖上,刻着清乾隆帝《朝阳洞》诗,俗称"万丈碑",据介绍其高 25 米,宽 13 米,字径 1 米,上面的文字看不太清楚,但那石壁之上的红色字体,确被形象地称为泰山巨幅画卷的一方印章。

当我们两腿颤抖、气喘吁吁地攀至升仙坊时,抬头仰望南天门,似乎就在眼前,但我们知道刚刚走过的险途仅是慢十八盘,要上极顶,还要在天梯上攀行十八级弯道,那才是真正的十八盘——紧十八盘。一个"紧"字,让我们的心中打鼓,感到有些力不从心。再看四周,比我们年龄更大的登山者,他们精神焕发,腿脚利索,着实让我们惭愧;再看身边穿梭而过的泰山挑夫,瘦弱的肩膀上担起百十斤的重物,亦步亦趋,稳步向上,更让我们增添登山的勇气和力量。

我们终于大汗淋漓地登上南天门。站在南天门上,俯瞰泰山山麓,秋日的阳光给山野笼上一层光辉,呈现在我们眼前的是一幅杂花生树、色彩缤纷的美丽画卷;我们刚刚攀过的十八盘,真如一架天梯倒挂,蜿蜒在泰山之上,让我们攀升步入天庭。我用手机发出了这样的短信:"我登上了泰山之巅,俯瞰齐鲁大地,一览众山之小,山风浩荡,神思飞越。"兴奋与欢快的情感溢于语词之上。

出南天门,再行不远,就是岱顶,一座石牌坊立于通往碧霞祠途中的石阶上,上书"天街"。我们在天街漫步,已丝毫找不见李健吾描写的场景,参观完碧霞祠、清帝宫、玉皇庙,我们在汉武帝封禅时立的一方"无字碑"前沉思,这是一座方柱形的石碑,碑上不刻一字,留下巨大的历史空白。我在西安的乾陵也见过一座武则天女皇的"无字碑"。现在又一次面对,我在想:这两位都具有雄才大略、建有不世伟绩的帝王,是否心灵相通? 他们知道,任何有形的书写都不能表述他们的功业,最主要的是道不出他们内心的隐秘,那么不如留下一段空白,让历史去书写填补,让后人去猜测评说。最后我们终于在泰山石刻的经典之作唐摩崖前驻足欣赏。在四周众星拱月般的各种题刻的映衬下,它显得分外夺目。据介绍,此刻刻于唐开元十四年(公元726年),距今已逾千载,这部《纪泰山铭》系唐玄宗李隆基撰文并书写,这位风流皇帝,记述了封禅告祭之由来,歌颂唐初五皇帝之功绩,申明封禅之目的,碑文虽词句典雅,但内容并不足称道,只是这1008个字的唐隶书写,遒劲婉润,端严深厚,为我国帝王摩崖刻石中的杰作,让我们不禁感叹。

在泰山极顶玉皇顶,眼前是一片嶙峋怪石组成的峰顶,"五岳独尊"四个大字气势不凡,直摄心魄,导游告诉我们,这里就是历代帝王登封泰山时设坛祭天之处。沿山脊而东,就是"峰高微让绝顶,轩旷可穷天东"的日观峰,在此处观日出,可见"海天苍茫,晨曦初露,金轮喷薄,天下奇观"也,只可惜我们是下午登山,第二天还有行程,无缘观赏那壮丽的日出场景,实为遗憾;好在日观峰上有一巨石,如雄龟昂首,拱卫天北的"拱北石",在此俯瞰,群山尽在眼底,山苍树翠,云淡雾邈,一种心胸开阔的豪迈之气不禁涌出,虽然未见云蒸霞蔚,红日喷薄的景象，心中倒有些释然。

在"拱北石"前，我在回味，也在沉思。早年读孟子"登东山而小鲁，登泰山而小天下"，读杜甫"会当凌绝顶，一览众山小"，体会到的是泰山形体的高大魁伟、独立高峰，现在我感受更多的是，一直在我们心中的是伟岸矗立在中国文化、中国美学中的"泰山"。泰山是一座壮美的高山。此前有同事告诉我，泰山也就是座石头山。他的潜台词我明白，泰山不够秀美。站在岱顶，的确感到泰山真的少了些清秀、柔媚与幽深，其实泰山无须你去柔情抚慰，也无须你细细品味，它就伟岸、高峻地站在那里，给你一种震撼和慑服，也许是因它生于大海怀抱中的缘故吧，海的雄风给了它别样的风骨与气韵，在我的眼里，泰山的美是冷峻的、豪放的、雄性的。如一位具有无穷伟力的巨人，让我们仰望，让我们赞叹。

泰山更是一座文化的山脉。它的文化不在于无数帝王曾经在此封禅祭告，甚至也不在于数不胜数的供人凭吊的古迹遗存，我要说的是那3000处石刻，错落地散布于山麓之上，如果泰山是一巨册典籍，它们就是其中的精美的文句与篇章。我感觉泰山不仅是书法名山，也是文学圣殿，还是思想与历史的宝库。泰山上的一段行程，我觉得就是一堂书法与文学的欣赏课，是一首历史与文化的教育诗，那少则两字，多则千言的文字，真是形神兼备，精妙无比。这里有对泰山的描摹与赞美。你看赞美其高："郁确其高""东天一柱""雄冠五岳""群峰拱岱""岱岳雄姿""壁立万仞""擎天捧日""日近云低""昂首天外""拔地通天"；讴歌其美："风涛云壑""山辉川媚""气象峻严""月色泉声""曲径通霄""排闼送青""空翠凝云""发育万物""松云绝壁"；还有抒写登临者的审美历程与独特感受："登欢喜地""若登天然""抚松盘桓""独立大天""举足腾云""渐远红尘""至此又奇""星辰可摘""呼吸宇宙""静观自得"；那些借登山抒发家国情怀的词句尤其令人叹服："与国咸宁""天地同攸""与国同安"；而我特别喜欢的是那些美妙的双音词汇，精短而奥妙："峻岭""妙极""弥高""尊崇""奇观""果然"。中国的语言文字的精妙之美、描摹之准、蕴意之深、情感之厚在此处被发挥到极致。更有那些书法刻写的美学高度没有一座名山可以企及，它们或正或草，似颜如柳,大小自如,随形附势,它们如一串串珍珠连成中国书法的发展史,真可成谓中国书法学习的法帖与楷模。我甚至在想,有泰山在,中国文化的根脉就绝不会折断。

我还在想,如果用一个人来比附泰山,谁可堪当?秦始皇、汉武帝,还有乾隆这些帝王,没有资格,虽然他们也敬畏泰山甚至想亲近泰山,留下许多的遗迹;那些文人墨客呢,他们的到来让泰山增添一份文墨雅韵,他们的书写也让泰山多了一份诗情画意,但他们之中的任何一位,也不敢担当泰山的代言。那么还有谁呢?孔子,只有孔子。不是因为孔子的故里就在泰山的身边,也不是因为孔子曾多次登临泰山,发出了最初的感叹,留下了诸多的遗迹,而是因为只有孔子能传泰山之神、泰山之魂。他们一样高峻魁伟,一样丰富蕴藏,一样影响久远,也一样被尘闭遮掩。这是一座巨人式的高山,这是一位高山般的巨人。

带着这样的思绪,也带着一份向往,我们离开了泰山,开始了曲阜的旅程。

10 月 14 日,吃过午饭,我们就赶往曲阜参观孔林。路上有一段插曲。导游说起工作的辛苦,希望大家在影响行程的情况下帮帮忙,逛一处土特产商店。一则导游给我们的印象不错,一则拗不过面子,于是我们爽快地答应去“友情”一回。事实证明,这是个错误的选择,等我们赶往孔林,卖票处已经打烊。这应该是孔子故里给我们上的第一节课。但毕竟是校长们,大家似乎都不在意,说说笑笑奔下榻的宾馆了。

曲阜只是一座位于山东中部的地级小城。但它在中国人的心目中,尤其是对中国文化人而言,它就是一座都城。它也的确曾是都城,公元前 11 世纪即春秋时期当时的诸侯国鲁国曾在此建都;但它的声名远扬,则是因为在它的怀抱里曾诞生过一位影响中华文明,乃至东亚文明,今天还在逐步扩大为影响世界的人物——孔子。它是孔子的故乡,他在此降生人世,在此著书讲学,最后终老于斯。

“千年礼乐归东鲁,万古衣冠拜素王。”曲阜之所以享誉全球,是与孔子的名字紧密相连的。孔子是世界上伟大的哲学家之一,是中国儒家学派的创始人。在两千多年漫长的历史长河中,儒家文化逐渐成为中国的正统文化,并影响到东亚和东南亚各国,成为整个东方文化的基石。而曲阜的孔府、孔庙、孔林,统称"三孔",是中国历代纪念孔子,推崇儒学的表征,以丰厚的积淀、悠久的历史、宏大的规模、丰富的文物珍藏,以及科学艺术价值而著称。

15日上午7点左右,我们早早离开宾馆赶往"三孔"。

先进孔庙。孔庙是我国古代封建王朝祭祀孔子及其夫人亓官氏和72贤人的地方,也是我们游览的第一站。据介绍,孔庙建筑规模宏大、雄伟壮丽、金碧辉煌,为我国最大的祭孔要地。孔子死后第二年(公元前478年),鲁哀公将其故宅改建为庙,此后历代帝王不断加封孔子,扩建庙宇,到清代,雍正下令大修,扩建至现在的规模。

金声玉振坊为孔庙第一道门坊。导游说"金声玉振"四字出自《孟子》"孔子之谓集大成,集大成者,金声而玉振之也"句。此处是以"金声""玉振"来表示奏乐的全过程,比喻孔子的学问精湛而完美,如同奏乐的全过程,自始至终完美无缺。过了棂星门,我们便来到了孔庙的十三碑亭。历代帝王、官员、士人的碑碣石刻大多集中于此。这里保存了极为珍贵的汉代碑刻,其规模仅次于西安的碑林,被称为"中国第二碑林"。我们一面观摩,一面听导游介绍,在啧啧赞叹中思绪翩跹于广袤深远的历史时空之中。

出得碑林,便是杏坛,相传这是孔子当年讲学之所,"杏坛"因而也成为教育的代称和别名。坛旁有一株古桧树,称"先师手植桧",传说为当年孔子所亲植。杏坛周围朱栏,四面歇山,十字结脊,二层黄瓦飞檐,双重半拱。读《论语》,特别是读《子路、曾皙、冉有、公西华侍坐》章,我们不禁在慨叹。旷野之中,杏坛之下,师生对坐,畅谈理想,相互辩难,作为教师,那是怎样令人心驰神往的教育课堂,那是怎样其乐融融的心灵对话,那是怎样幸福而美好的生命场景呀! 在应试教育大行其道的今天,我们还有这样幸福的教育方式吗?

杏坛之后就是大成殿了。大成殿是孔庙的主体建筑,也是祭祀孔子最重要的地方。大成殿,唐代时开始修建,时称文宣王殿。宋崇宁三年(公元1104年)宋徽宗赵佶取《孟子》"孔子之谓集大成"语义,下诏更名为"大成殿",清雍正二年(公元1724年)重建,九脊重檐,黄瓦覆顶,雕梁画栋,八斗藻井饰以金龙和玺彩图,双重飞檐正中竖匾上刻清雍正皇帝御书"大成殿"三个贴金大字。大成殿的外部造型,很像故宫的太和殿。最特别的地方是支撑大殿的28根立柱,全部是石刻龙柱,栩栩如生,气势磅礴。据说这些龙柱已经达到了皇家规格,所以为了避讳,每当皇帝前来祭祀,这些柱子都要用红绸蒙上。殿内供奉着孔子塑像,上有康熙御笔"万世师表"、乾隆御笔"斯文在兹"。我很喜欢"大成"这个殿名,是的,中国历史上堪称集大成的思想家、教育家和文化传播者,只有孔子名副其实。但我很不喜欢这个富丽堂皇的宫殿,因为它有过于浓重的帝王之气,其实有哪一座帝王宫殿,能够安顿这颗博大精深的灵魂呢?我想孔子也不会喜欢。

出了大成殿,再经过寝殿、诗礼堂,便是鲁壁。据说当年秦始皇焚书坑儒时,孔子的后人孔鲋将《尚书》《礼记》《论语》《孝经》等儒家经典书籍藏于孔子故宅墙壁内,使得孔子之道能够保存下来,进而流传至今。真的要感谢这方墙壁,是它在兵戎烈火的野蛮焚毁中,在强权政治的肆虐摧残下,替中国文化保留一段绵绵不绝的根脉,在这堵墙壁面前,我们只能鞠躬致敬!

游完孔庙我们又匆匆赶往孔府。孔府,是孔子世袭"衍圣公"的世代嫡裔子孙居住的地方,是我国仅次于明、清皇帝宫室的最大府第。

孔府大门两旁的柱子上有一副对联:"与国咸休安富尊荣公府第,同天并老文章道德圣人家。"上联中的"富"字少一点,下联中的"章"字成了破"日"之状。"富"字去点,代表着"富贵无顶",而"章"字破"日",则意味着"文章通天"。走进孔府,首先看到的是重光门。据说,这扇门只有帝王大典、迎接圣旨或进行重大祭祀活动时才能打开。穿门而过便是孔府的大堂,是孔子后人衍圣公宣读圣旨、接见官员、审理案件等办公的地方。大堂通道两旁置有两个红漆长凳,别看不起眼,也有学问,人们叫它"阁老凳",是当年严嵩曾经坐过的冷板凳。严嵩是明时权奸,历史竟让他与孔圣人打了照面,想着严嵩在此的境遇,既滑稽又有意味,令人不禁莞尔!再往前走,便是内宅门。内宅是孔府女眷所居之所,宅门内壁上面有一幅状似麒麟的动物,名叫"贪"。这也是一种上古的神兽,传说它生性贪婪,能吞金银财宝。尽管在它的周围已全是宝物,但它并不满足,还想吃掉太阳,结果却被太阳所融化。想想现在的哪个贪官不与女人有关,置画于此,衍圣公可谓用心良苦。

"庭院深深深几许。"这孔府大院里不知道有多少故事。内宅的后面是孔府的后花园,占地240亩,看起来可以跟北京的御花园相媲美。花园内假山、怪石,花草树木一应俱全。其中最稀奇的要数"五柏抱槐"了,一棵古老的柏树派生出5个分支,内中包含一株槐树,真是少见。

在孔府游览,我感到浑身不协调、不舒服,我想这里是孔子后世居住的地方,也是历代帝王显示其别样目的之所,其实已与孔子相距甚远甚至是毫不相干。当年那个周游列国,传播理想,到处碰壁,急急如"丧家之犬"的孔子,那个发出"道不行,乘桴浮于海"牢骚的孔子,何曾想到他会受到这样的隆遇,会享有这样辉煌的府第?鲁迅说,孔子只是一块敲门砖,门一敲开,砖便被弃置于地。伟大如孔子,也脱离不了这样的命运,我为夫子哀叹。

在曲阜的最后一站是孔林。孔林是孔子及其家庭的专用墓地,也是世界上延时最久、规模最大、保存最完整的一处氏族墓葬群。今时今日,孔家的香火依然繁盛,这一风俗仍然在延续,林内的坟墓也有增无减。入门检票后,便是长达1000米的孔林神道,苍桧翠柏,郁郁葱葱。据说两边苍柏的数目也是有讲究的。神道右侧有73棵树,象征孔子活了73岁,左侧则是72棵树,代表孔子教出了72贤人。尽头是"至圣林"牌坊,其中,"圣"字没有上边的一横,代表孔子思想至高无上。

过了牌坊,再上洙水桥,便是通往祭祀孔子的殿堂的甬道。穿过一道穿门往右一拐,便是子贡植桧处。原树早已枯死,留下只有残枝。再往前走,便是孔子及其儿孙三代的墓地。孔子的墓在最里边,墓碑上书"大成至圣文宣王墓"。东为其子"泗水侯"孔鲤墓,南为其孙"沂国述圣公"孔伋墓(这个孔伋就是子思,是孟子的再传老师,他就是孔孟之道的纽带)。历代帝王,到了这里都要行至礼,以示对先师的崇敬。我们同行的一位校长恭敬地行三跪之礼,大家正欲纷纷效仿,导游说时间紧一道来吧,于是我们在导游的口令下整齐地三鞠躬。此时,我们内心升华的是对至圣先师的崇敬,涌起的是内心的一份教育责任。

走出孔林,已是暮色渐浓,可我们的思绪依然萦绕在那片浓荫之中。我想起世界遗产委员会评价:孔子是公元前 6 世纪到公元前 5 世纪中国春秋时期伟大的哲学家、政治家和教育家。我们想起了他的一生:他终生奔波,不辞劳苦,不畏挫折,传播理想与道义,知其不可而为之;一生勤奋刻苦,手不释卷,他曾经夫子自道"其为人也,发愤忘食,乐以忘忧,不知老之将至云尔",修《诗》《书》,订《礼》《乐》,序《周易》,撰《春秋》;一生从事传道、授业、解惑,"若圣与仁,则吾岂敢? 抑为之不厌,诲人不倦"。他是这么说也是这么做的,有弟子三千,贤人七十二,被尊称"至圣先师,万世师表";他及其弟子的言行和思想被记录下来,整理编成《论语》,成为中国人的不朽经典,成为中华文化和中国精神的源泉之一。

曲阜无高山,"三孔"均立于平地之上,连他的名字也只是"丘",一小山耳,但他与弟子子贡的一段对话启发了我。公元前 479 年的一天,子贡来见孔子,孔子拄杖依于门前遥遥相望。他对子贡说:"赐,你怎么来得这么晚?"于是叹息道,"太山(即泰山)坏乎! 梁柱摧乎! 哲人萎乎!"说完,流下眼泪。七天后,孔子辞世。也许是心灵的相通,孔子预感到自己有形的生命就要走向终点,如何表述自己这一生呢? 是哲人,是梁柱,也是泰山。如何描摹夫子的形象,如何表达我此行的感受,让我颇费踌躇,他太丰富、太伟岸、太博大,任何一种概括与表述,都只能是大海中的一瓢饮,但孔子说"泰山",让我的眼前一亮:孔子是仁者,他喜欢山,《论语·雍也》篇中就有"仁者乐山,智者乐水"的名句,那么孔子不就是我们心中的泰山吗? 那么巍然,那么高峻,那么博大,又是那么显豁地屹立在我们面前,千年又千年。

泰山与夫子,就是这样地在我们的心中融为一体,高峻兮泰山,巍然乎夫子!

2013 年 4 月 21 日

安吉，一片翠绿

安吉，位于浙江北部，与我省广德接壤。这是我第二次专程到安吉探访。

安吉，名称很美，景色尤绝。其历史悠久，建县于东汉中平二年（公元185年），至今已有1800多年，汉灵帝取《诗经·唐风》中"岂曰无衣？七兮。不如子之衣，安且吉兮"赐名"安吉"，是讨一个平安吉祥、安康吉利的好口彩，一个极富中国文化意味的地名。安吉的影响更在于它的生态环境，优美景色。这里是我国"联合国人居奖"唯一获得县，中国首个生态县，号称是我国第一竹乡。其竹林面积近百万亩。进入安吉，漫山遍野、连绵不断的是一望无际的竹海，绿浪滔滔，清波荡漾，这是美丽的净土，绿色的世界。

第一次到安吉，是2006年。我和一群年轻的作家朋友一道，那是一次愉快的心灵交融的旅程。这是一群眼光敏锐、感情充沛、想象丰富的作家，此行为他们的创作带来喷涌而出的灵感，回程以后他们写下了大量的美文，抒发他们的情思，而我没有为安吉写出一个字，这让我既是羡慕又是惭愧。

一进入安吉，他们便按捺不住心中的激情，一路赞不绝口地到灵峰山麓的竹博园参观。这是一个占地1200亩，遍植竹子2400余种的世界一流竹子博览园，在这里我们欣赏了世界各国的奇篁异筼，洞悉千载竹子加工历史，让我们的眼界大开，我们这才直观地感受到普通的竹子，常见的植物，居然有那么繁多的品种，那么丰富的形态，那么珍贵的用途。置身其间，清风摇曳，竹影婆娑，仿佛走进竹的海洋：它们或伟岸凌空，或低矮匍匐；或细如棒针，或叶大如伞；有的色彩斑斓，有的古怪扭曲。这一处人造的园林，让我们兴味盎然。翠竹丛中，运用匠心独运的造景艺术，述说着源远流长的竹子传说和典故，泥墙筑垒的茅草房，铺陈孟子哭竹的故事；造型特异的竹庐，活灵活现地再现了斑竹的传说。墨竹院内，翰墨飘香；竹峰栈道，曲径通幽。

这一次在安吉，最让我们兴奋的还是登攀龙王山。遥望山峰，云缠雾绕，连绵起伏,那雄险的气势,幽深的森林,奇特的飞瀑,烂漫的杜鹃,让我们有一种超凡脱俗,缥缈迷幻的感觉。行走在长达二十公里的大峡谷中,只见两旁山势险要,奇峰异石,各呈姿态;云锦杜鹃,满山开放;密林之中,流莺婉转。最奇的是那云雾,时而云蒸雾起,如天女散花,布满深沟险壑,转眼间却又云散雾消,群峰叠翠,顿显水木清华。这里云和山显示出一种极其和谐的关系,你可以体会到郭熙所说的"云来山更佳,云去山如画;山因云晦明,云因山高下"的美学趣味。诗人们说,这样的美景,散文语言的描绘必然捉襟见肘,最适宜的表达的方式是诗歌,但前人的抒写又让我们的笔墨失色,这不,清代王显承一首《竹枝词》就把我们的喜悦与惊叹表露无遗:"遥怜十景试春游,东岭迢迢一径幽。记得碧门村口去,篮舆轻度到杭州。"

安吉,就这样刻在我的记忆之中。今天,再一次到安吉,它还会给我带来新的惊喜吗?是的,那就是无边的毛竹,大竹海的毛竹。

据介绍,安吉的毛竹蓄积量和商品量全国第一。"川原五十里,修竹半其间","修竹指云当户耸,暗泉明玉绕亭飞"。大竹海,位于安吉南大门港口,《孝封县志》记载,港口境内与余杭交界的幽岭,"其岭峻绝,修竹苍翠,拂人衣裙",峰峦绵延起伏,坡陡峻峭,峡谷深邃,故名"幽岭"。这里因是获奥斯卡最佳外语片的《卧虎藏龙》林间戏的拍摄地而驰名中外,引得众多的影迷纷至沓来。走进大竹海,只见依山傍水,竹连竹,山连山,满目苍翠,一片葱绿。风吹竹涌,风息竹静,你恍若置身于绿色的梦幻之境。竹林间的小路,曲回盘绕,路旁小溪泉水淙淙,鸟鸣幽幽。在这炎炎的夏日,让人享受一份清凉,感受到山水相融、天人合一的意趣。在这里可以见到周围 17.2 寸、高度 12.8 米的新竹王,并且见到一株已被砍掉的比这更大的老竹王的竹根(竹子只能存活 20 年,一开花就会影响整片竹林的生长),被送进北京农业展览馆,让人啧啧称奇。抚摸着这根挺直的竹王,它的躯干上因众多游人摩挲已由青色变成黑紫,我在想着,安吉这块土地,为何如此灵秀?这与它独特的地理位置有关,这里是亚热带海洋性气候,光照充足,气候温和,雨量充沛,四季分明,非常适宜植物尤其是竹子的生长;但我觉得更重要的原因是当地的人们高度重视环境保护,善待自然资源,它的大气质量达国家一级标准,水质达国家二级标准,这不仅为他们营造优美宜居的生活环境,利用丰富的竹资源发展经济,还为他们带动旅游业的发展,引来大量的海内外游客,你不得不佩服浙江人的眼光和胸怀。

　　说到浙江的经济发展,访问位于天荒坪镇大溪山巅的"江南天池",让我们有了真切而强烈的震撼。"江南天池",实际上是一座发电站,世界级的特大型电力企业——华东天荒坪抽水蓄能电站。我们从大竹海出发,渐渐地车向高山盘旋,山路虽险,路况极好。我们贪看着沿路的风光,陶醉在这一片绿色的世界,不知不觉,车已到山麓。顺着天路向上行走,在云顶观景台,只见一巨型的水池,静静地躺在山顶之上,它呈不规则的圆形,四周是水泥筑就的高坝,坝顶有几公里长,池水清澈,波平如镜。我们在坝上行走,不久即登上最高峰的搁天岭,这一池碧水尽在眼底,就像一颗闪烁的明珠镶嵌在万顷竹海之中,巍巍峻岭之上,人工创造的奇迹与自然的奇峰翠竹浑然一体,高山平湖,雄伟壮观。据介绍,这里是亚洲最大、世界第三大的抽水蓄能电站,总装机容量180万千瓦,有6台30万千瓦的立轴可逆式抽水发电机组,由上下库组成,上库即是天池,海拔928米,为世界之最。

　　从"江南天池"归来,我们还顺路游览了密林险崖中的"藏龙百瀑"和万顷竹海的"天下银坑"。

2017 年 7 月

抚 摸 一 扇 门

　　我要抚摸的这扇门,它不是具体实在的门,确切地说它是一座美丽的海滨城市——厦门。把厦门说成一扇门,不仅是因为它的名称中有门,更是一种本源、寓意和象征,它是国家大厦之门,海防之门,开放之门,文化之门。

走进厦门，我用眼睛去观察，用心灵去抚摸。

忙碌了一学期，紧张和疲惫的心渴望得到清闲和放松，于是想着，在这炎炎夏日，如果能到某座海滨城市去享受海风的吹拂，纵情海浪的亲吻，那该是多么惬意的美事，一定会让我消除疲劳，进而神清气爽，情思满怀。中国的海滨城市中，我比较喜欢的有秦皇岛、大连、青岛和厦门，前两座城市我已拜访过，留下过美好而浪漫的回忆。机缘凑巧，暑期正好厦门有一个全国高效课堂的会议，我的厦门之旅得以欣然成行，心愿得以满足。

7月24日，天气晴好，乘厦航 MU8508 航班从南京起飞，经1小时20分钟飞行，于下午1时30分至厦门高崎国际机场。飞机在缓缓降落，透过舷窗看得见机翼下方白云朵朵，海水蔚蓝；高楼林立，树木葱郁。

走出机场航站楼，我深深地呼吸一口略带海腥味的清凉空气，这才觉得我是真实地进入了厦门！天空是出奇地湛蓝，蓝得让习惯了阴霾天气的我心里发慌，淡淡的飘云在耀眼的阳光强烈照射下，越发显得清淡，几乎融化到这一片蔚蓝之中。虽然气温很高，但有清爽的海风吹动，让人觉得很舒服。这就是厦门给我的第一感觉：清新，爽净。

办理完入住手续，已是下午4时，阳光依然强烈，我便独自一人迫不及待地要和厦门来一次亲密接触，乘公交车到厦大西村。车在有名的环岛路上行驶，这条路就是每年一度的厦门国际马拉松比赛的路线。车窗外，道路两边，一侧是连片的翠绿树木，一侧就是浩瀚的碧蓝大海，海风带来凉爽的气息。我心目中理想的海滨之城就应该是这个样子：城市要干净整洁，到处都是花草树木；楼不要太高太挤，但形态要典雅，布局要疏朗；行人不能太多太杂，要显出一份安逸自在。最理想的是还要有一丝文化气息，有一点历史氛围。如果能够再有一种异国情调，那就锦上添花了。

说到文化气息，在厦门大学门口，我看到一个奇特的现象。当车停在厦大西村时，看到在鲁迅书写的"厦门大学"门楣下面的大门口逶迤着长长的队伍，其中多为学生模样的青年男女，一问才明白，这是要进厦大参观的人群。因为要去的人太多,校方对人校人数进行限量控制,又每天只在某些时段让那些慕名而来的人员进入。看到此景,我便立即对这座城市充满了敬意和遐想。"去厦门,看厦大。"一个城市能有这样一所大学,这个大学已与这座城市融为一体,这在中国不说绝无也是仅有;一所大学能作为一个城市的符号和标志,这样的城市一定是有浓郁文化气息和较高文化品位的。看到那些渴慕的眼神,我问身边的一个手里拿着《手绘地图》的女生,为什么想到厦大参观,她说,厦大是她心目中最理想的大学,她是厦大的铁杆粉丝,要到这样的大学读书是她的奋斗目标。所以暑假期间,家长陪同她来厦大提前感受一下这里的氛围,也算是对她的激励与鞭策。跟随着这群年轻的学子,我也走进了厦大。厦门大学,是我国的著名高等学府,厦门人称厦大是中国最美的大学,并且骄傲地宣称没有之一。在校园内徜徉,只见中西合璧的建筑典雅而别致,绿树掩映,让校园沉浸在一片宁静之中。芙蓉湖里碧波荡漾,鸳鸯和野鸭在湖水里嬉戏游荡,却又被一头扎进水里的白鹭惊醒;湖边大片的绿草地,三五成群的青年学子坐在上面,写意着青春的浪漫与美丽。因为是放假,学校里行人并不多,显得更加幽静。我在想,难怪那些学子对这里心向往之,倒退三十年,我也要来这里求学。能在这样的学校完成大学学业,人生就多一份难以忘却的回味和精神的动力。在群贤楼,我在陈嘉庚雕像前静默。就是这位被毛泽东称为"华侨旗帜,民族光辉"的厦门大学的创办人,在南洋经商致富以后,倾全力投资兴办学校和医院,回报桑梓,造福乡里。厦门大学由陈先生独资创办,独力支撑,当他境遇艰难时,甚至发出"宁可变卖大厦,也要支持厦大"的豪言,终于创造出中国教育史上的奇迹。一所大学的形成与发展能与这样的一位杰出的人物结缘,是厦大之幸运,也写就了中国教育的华彩篇章! 说到厦大,我们不能不立刻想到另一个人,虽然他在此地仅逗留四个月不到,但他的影响遗泽到今天还令厦大人为之骄傲,他就是鲁迅。鲁迅先生因支持进步学生运动,受到当时北洋政府的迫害与通缉,应好友林语堂之邀,于 1926 年 9 月南下厦门,任厦大文科教授。在这里他完成了散文名篇《从百草园到三味书屋》《藤野先生》和学术专著《汉文学史纲要》。记得当年读《两地书》,他在和女友许广平的通信中,真实地坦露在这里的教学与生活的心绪,他在这里感受着那"寂静如同浓酒的厦门的夜",心底里为当时厦大的学生感到幸运。虽然因种种原因,几个月后即离开南下广州,但他给厦大留下了最富内蕴的记忆。

从厦门大学西门出来,行走在大学路上,一旁就是一片海滩。我也脱掉鞋袜,赤足走在沙滩上,细软的黄沙摩挲着我的腿脚,我索性卷起裤腿,蹚进海水中,海浪一阵阵涌来,一种久违的快意溢满全身。看到身边的熙熙攘攘的闹海的人群,他们欢笑、疯闹、打斗、戏耍,你会觉得心胸变得开阔,精神也变得洁净。远处游轮在航行,岛屿在隐约中浮现。联想到刚才在厦大参观的情形,我在想,一所大学有林立的高楼,有成片的绿树,有丰厚的文化遗存,已经够幸运的了,而这所高校又散落在如此美丽的海湾之中,那就是无上的福分了。厦大,你幸运得让人忌妒。厦大的学子们在这样的环境中学习,背后是松风呼啸的五老峰,身边是琴声悠扬的群贤楼,隔壁是钟声清越的南普陀寺,对面就是涛声不断的鼓浪屿;他们看蓝天碧海,水天一色,听海风阵阵,浪花飞溅,怎能不胸襟开阔,神清气爽,"好天好水好读书"。

走过海滩,不经意间,我来到了胡里山炮台。这是厦门作为中国海防之门的重要标志。炮台位于山顶,因是傍晚,暮色中夕阳斜照,显得肃穆而庄严,一种历史的积淀让这氛围更加厚重。我拾级而上,透过书写着"南天锁钥"的雕楼的门缝,只见里面古炮森然,炮口直指大海,宣示着凛然不可侵犯的气概。据介绍,这座炮台,建于清光绪二十年(公元 1894 年),是清末洋务维新运动的产物,由炮台、兵营、城垒构成,是一座独立而又完整的海防要塞,又是清末厦门口岸八座炮台的中心台与指挥台。其间留存的一门德国造 28 生的克虏伯大铜炮,长达 13.13 米,射程达 16 千米,是世界上现有的最大的海岸炮,有着丰富的历史意义与极高的文物价值。这座炮台,在当年日寇入侵厦门港时,曾击伤敌舰"羽风号",击沉日军驱逐舰"箬竹号",这是抗日战争期间,在东南海域击沉的敌军第一艘军舰。联想到眼前,中日钓鱼岛争端,心中别有一番感慨也。又联想到我在旅顺军港所见的炮台,更多了一份关于国家安全、民族尊严的思绪。没有强大的国力,怎会有和谐安宁幸福? 不论你有多么辉煌的历史,多么强盛的过去。

说到历史,我知道厦门可谓是历史悠久,暂且不论有史记载从晋太康三年(公元282年)即置同安县,即便是从洪武二十年(公元1387年)始筑"厦门城","厦门"之名自此列入史册算来,也有六百多年。这里给我留下最深印记的是一处古老房子和一位英雄人物。

这房子就是著名的福建土楼(虽然它现在不属于厦门行政区域,它在漳州的永定县,但我把它隶属于厦门文化圈范围)。参观土楼,让我对闽南文明、客家文化有了更真切的体验。

7月25日,我从厦门出发,去参观土楼。车出厦门市,进入漳州。一路上只见闽南大地,绿意葱茏,草木茂盛,连片的香蕉林,高仅两三米,阔大的枝叶下是成串的福建特产紫皮香蕉;山坡上更多的是枝枝挺立的秀竹,形成一片竹海,其间夹杂着细高的桉树,这里就是一片绿色的世界。经过约三个小时的行驶,中午时分,我们到达永定县的高北村,这里就是号称世界土楼之王的所在。在高北我们参观了著名的圆形的承启楼和方形的世泽楼、五云楼。据介绍,永定为我国土楼之乡,大小共有23,000座各式各样的土楼,最早兴建的土楼为唐代的龙安寨,距今已有千年历史。当然其中最独特、最有影响、最富有传奇色彩的就是承启楼。据说当年美国情报部门对间谍卫星在高空拍下的照片上这圆形的桶状物疑惑不解,误认为是我国新型的导弹发射井,从而阴差阳错地让深藏于群山中的福建土楼扬名世界,现在已成为世界物质文化遗产。

一进景区,一座高大的圆形建筑便直立在我们的眼前。这就是承启楼。福建土楼的代表,像是从天而降的飞碟,世界上独一无二的神话般的建筑模式。这座楼建成于清康熙四十八年(公元1709年),为高头村江姓第十五世祖江集成历时三年建成。它门朝南开,外墙是用黄土夯筑,屋檐由黑瓦遮蔽,里面是由四个环环相套的同心圆楼组成。

走进矮小的正门,这也是唯一的进门。门前书写"承前祖德勤和俭,启后孙谋读与耕"的楹联,体现了我国古代劳动人民对品德修养与生存方式的追求与勉励。进入楼内,只见最外圈是高达16米的四层楼房,这里是居民生活的地方,一楼厨房,二楼储藏室,三四层是屋室。二进为客厅,原来是招待客人的地方;三进为学堂;最中间的是雕梁画栋的大厅为祖堂,又是全楼的议事厅。这种建筑模式,将外环分为八卦,每卦8间,共64间(含4个楼梯间,不含3个门),其平面布局与《易经》六十卦图的太极、两仪、三元、四象、八卦、六十四爻完全呼应。走在楼内,你会觉得进入一个迷宫中,那里令人莫辨东西南北。据说这里鼎盛时期曾经住过80多户600多口,全是同族人,楼内弥漫着浓郁的乡居生活气息。日本东京艺术大学教授茂木计一郎称它是"家族之城",这种平等的聚居方式,是客家人聚族而居的典型范例。它的厅堂上有一副对联就是最好的解说:

一本所生,亲疏无多,何须待分你我
共楼居住,出入相见,最宜注重人伦

从承启楼出来,我们又来到临近的世泽楼,这是与承启楼规制完全不同的方形土楼。门前有一对联:"世传勿替家声远,泽本遗风椒衍长。"这里为长方形建筑,楼高五层,室室相连,形成一个巨型的院落。从正门进入,一条通道直进后厅,两侧为石木或土木结构单层厢房。后厅为祖堂,上方悬挂匾额"邦家之光"。全楼设4道楼梯、1座大门,内院两边各有1口水井。世泽楼建于明代嘉靖年间。大门口地面有鹅卵石铺成的古代钱币模型,它象征着招财进宝之意。楼内一门、二井、三堂、四梯,设计合理,完全符合家族群居的特点。

世泽楼的旁边,还有一座方形土楼"五云楼",因20世纪30年代的大地震成为危楼,正在维修,我们只能在楼外遗憾地拍照留念了。

在这土楼群内穿梭,我的思绪一直追溯到住古。土楼,这是中国历史中客家人的命运遭际和生活经历的物化形态。他们为躲避饥荒战乱,辗转迁徙,饱尝颠沛流离之苦,从遥远的中原故乡来到这崇山峻岭间与世隔绝的蛮荒之地,他们把中原建筑文化与当地的生活环境极富智慧地结合起来,创造出土楼这种世界建筑史上的奇葩，从而形成了独特的客家土楼建筑的文化观念。其中包括："天人合一"的观念，聚族而居的意识，安全防卫的需求，生产生活的结合和崇文重教的追求。我为我们祖先的命运而喟叹，为他们的智慧而骄傲。

在悠往的历史遗迹中我长久地沉浸着，直到 26 日我踏上鼓浪屿，才回过神来。我知道大部分游客来到厦门，就是冲着这个面积只有一点五平方公里的小岛而来的。鼓浪屿是位于厦门岛东南侧的一个小岛，名叫鼓浪屿，是因为岛的西南有一礁石，每当潮涨水涌，浪击礁石，声似擂鼓。这座天风海涛围成的岛屿，琴韵歌声成就的花园，完好保留的具有中外建筑风格的建筑物，吸引着无数的游客来此观光。而我到鼓浪屿，心中最大的念想是见到一个人，一位女诗人，舒婷，这位原名龚佩瑜的 20 世纪 80 年代"朦胧诗"大潮的代表诗人。记得当年，为了得到她的诗，我曾整本抄录过《双桅船》《会唱歌的鸢尾花》，她的《致橡树》《神女峰》《惠安女子》，让我的青春岁月中充满了诗意的幻想与醉人的痴恋。她的那些大海、贝壳、椰树意象让我对鼓浪屿产生了不尽的向往。一上岛我问导游的第一句话是："舒婷还住在岛上吗，可以见到她吗？"导游笑了："她还在岛上，但你见不到她的。我倒是可以告诉你她住的地方。"不能冒昧地造访，但在舒婷的土地上流连对我也算一种宽慰呀。

在岛上曲里拐弯的窄巷中漫步，只见各种形态的西式建筑，还留存着过往年代的气息，高大的榕树披撒着翠绿的枝叶，挺直的椰树让人的目光投向蓝天，三角梅把花朵开得妖艳无比，不知不觉地我们来到了菽庄花园。

菽庄花园为台湾人林尔嘉避难厦门时所建，典型的南方花园。它藏在一堵黄墙后面，进入大门，你一眼就可以看见偌大的海面，它把日光岩、港仔后海滩、南太武山都借来所用，一亭一阁，一桥一石，一草一木，与山水妙合无间，构成一幅美妙的画卷。在菽庄花园，我们参观了观复博物馆和风琴博物馆。

观复博物馆为现代收藏家马未都先生的私人收藏展馆，里面陈列着各种珍奇的瓷器、玉器和古旧的家具等。而最令我感慨的是由旅澳华侨胡友义先生捐建的风琴博物馆，里面展出的是先生倾毕生精力收藏的近百架各式珍贵的钢琴，这些跨越数百年时光来自世界各地的散发着悠远韵味的钢琴,似乎在诉说各自的沧桑故事,见证着世界钢琴史的发展。我对古玩和钢琴都不是内行,但在其间流连,我的心中充满着历史与文化的气息,让我从浮躁中挣脱出来,获得一种沉静,一种遐思。我想着,在鼓浪屿没见着舒婷是一种遗憾,但从这种文化气息浓郁的氛围中,我体会到这里走出舒婷也是一种必然。我就这样安慰自己。

攀登日光岩,看到期两旁的题刻:"天风海涛""鼓浪洞天""鹭江第一",我在想这不就是对日光岩风光的最形象性的概括吗?站在日光岩项上,我俯瞰整个厦门岛和鼓浪屿的全貌。看脚下的鼓浪屿,各种风格的建筑错落有致,好像从这钢琴之岛上弹奏出来音符,凝固成一曲最浪漫的旋律。这是一座神奇的岛屿,在这里的每一栋典雅的楼房里都有一段精彩的传奇故事。再往前看,鼓浪屿隔鹭江与厦门相望,这里的特色建筑与厦门的现代化高楼大厦截然不同,仿佛时间在这里停滞了,将我们留在东西文化强烈撞击的 19 世纪末 20 世纪初的历史中。远处有大金门、小金门诸岛,越过海峡,再远处就是台湾。想到金门和台湾,我的思绪中又充盈着峥嵘的往事。想到数百年前的那个人,郑成功。来到屹立在鼓浪屿东南端的覆鼎岩上郑成功巨型花岗岩塑像前,我仰望着这座目前我国最大的历史人物石雕像。只见郑成功像面朝波澜壮阔的大海,身披盔甲,手按宝剑,形象挺拔刚劲,气势雄伟。他的目光,穿透历史的遮蔽,岁月的风尘,遥望着那块神圣的土地,他的葬身之地——台湾。

在我国古代历史中,那些为了国家民族做出卓越贡献和巨大牺牲,抗击外敌入侵,又以自己的精神气节影响我们这个民族的人,我们称之为民族英雄。霍去病、岳飞、文天祥、戚继光、袁崇焕、林则徐等,都成为我们民族的精神符号和价值代表,其中郑成功因为抗清复明、收复台湾的历史功绩而成为最耀眼的名字。

郑成功,身世独特,经历奇异,他是海盗之子,又是中日混血儿,在明亡清兴的转折年代,他矢志护卫南明王朝,以厦门为根据地,与清军激战,屡挫屡奋,独撑危局,成为一代中流砥柱。他的最大的历史功绩在于收复了当时被荷兰殖民者盘踞四十余年的祖国神圣领土宝岛台湾。清顺治十八年(公元 1661 年),他亲率两万五千官兵，数百艘大小战舰，从福建金门出发，经澎湖列岛，到达台湾西南沿海，在赤嵌（今台湾台南）登陆，经过激战，迫使荷兰守军投降，从此台湾回到祖国的怀抱，郑成功为收复台湾、建设台湾做出了巨大贡献，他的功绩彪炳史册，流传千秋。

厦门，这里是郑成功出征的地方，厦门的历史因这一次出征而明亮光耀。

下午，我们一行乘游轮远眺金门岛。船在海上航行，渐渐地金门岛就在眼前，一排醒目的"三民主义统一中国"的红色大字把我们的思绪拉回到眼前，中国现代史上的这一幕现在依然在上演的话剧。台湾，祖国的宝岛，神奇的土地，一直牵动着全体华人的心，这是我们民族历史记忆中的隐痛，也成为我们所有中国人心中的美好期待。

站在厦门的海滩上，望着对面的金门岛，上面的树木、山岩、标语清晰可见，似乎近在咫尺，但人为阻隔，让两岸的人民饱受分离之苦，相思之殇。我的脑海中回荡着于右任的那首椎心泣血的临终哀歌，此情此景，它是那样地震撼着我的心：

葬我于高山之上兮，望我大陆；大陆不可见兮，只有痛哭。天苍苍，野茫茫，山之上，国有殇。

由于行程的紧迫，在厦门，我仅仅逗留了三天，但是我的情感的潮水从来没有平息过，总是在波涛汹涌着，这在我到各处游历时是所少有的。我感觉中的厦门，就是一道门，祖国大厦的门。这里曾经是中国近代史上的一段屈辱的记忆，《南京条约》中被迫开放的"五口通商口岸"之一，这是被枪炮打开的大门，它又是改革开放中最先触摸世界现代风云的窗口，我国最早的四个经济特区之一。抚摸这扇门，透过这扇门，我们不仅见识它的美丽清新，它的海滨情调，它的文化气息，更多的是一种家国情怀，血脉思绪的感悟！

井冈情思映山红

带着满心的景仰、怀想与追寻，一路飞驰，从那红色的源点，循着星火燎原的前行足迹，从上海到南昌，再从南昌扑向你；

一路哼唱着那从少年时代起就铭刻于心的熟悉的歌谣，"夜半三更哟盼天明，寒冬腊月哟盼春风，若要盼得哟红军来，岭上开遍哟映山红"，带着一腔红色的情怀投入你；

心中默念着那气势磅礴，激情豪迈，充满着革命理想与乐观主义的词篇《西江月·井冈山》而进入你；

一路前行，一路沉思：什么才是你的精神所在？星星之火，何以燎原？鲜艳的旗帜如何永久高扬？

井冈山，我神往的高山，你是红色的起点，是人民共和国的摇篮；你像一块永恒的基石，又似一座不朽的丰碑。

车出南昌城，我的胸中早已充满着汹涌澎湃的潮水，无法平息。七月的赣南大地，满眼的苍翠葱郁，那是松柏、翠竹和无数不知名的野草杂树构织成的绿色山川。行过吉安，山势越发陡峻、险峭，绿色也更加浓密，空气无比清爽、湿润，我知道，我已进入那神奇的红土地。

在中国的名山大川中，这片位于罗霄山脉中段的土地，本来很普通平凡，比它更雄奇、秀美，更丰厚、璀璨的山峰，是处皆在。但在我的心目中，这座山，早已超出了它的物理高度和审美维度，成为一座最高峻、壮观的高山，这缘于那支山一样骨骼的队伍，那位山一样胸怀的伟人，毛泽东和他所率领的工农红军，是他们写就这座山的神奇故事与辉煌传奇，是他们让我们仰望着这座山的伟岸雄姿，传承着它的凛凛风骨。

循着那支队伍踏过的足迹，我第一站来到大井，这是隐藏在大山深处的只有几户农家的小村庄。我知道大井不是井，那是一眼泉，正是这汩汩的清泉，成为新中国的源泉。

那是 1927 年，轰轰烈烈的第一次大革命惨烈地失败了。国民党反动派向手无寸铁的工农大众举起了屠刀，无数的共产党人和热血青年倒在了血泊中，那是血雨腥风、白色恐怖的年代呀！年轻的共产党人没有屈服，他们掩埋了先烈的遗体，揩干了身上的血迹，奋起反抗了。南昌起义失败了，广州起义失败了，秋收暴动也失败了，中国革命往何处去，胜利的曙光在哪里？

深秋十月，漫山红叶红遍的时候，在率领着工农革命军攻打长沙失败后，在浏阳的文家市，身为秋收起义前敌委员会书记的毛泽东，审时度势，力排众议，为了避敌锋芒，保存实力，他深邃的目光投向四周，茫茫大地，哪里才是这支革命力量的存身壮大之所，他把目光定在位于罗霄山中段的井冈山，这里的崇山峻岭，易守难攻，正是保存火种、继续革命的立足之地。于是在三湾改编，通过"党指挥枪，把军队置于党的绝对领导之下，将支部建在连上"等建军思想的确立，保证了这支军队的革命本色和红色品质。10 月 27 日，这支仅有 700 余人的衣衫褴褛，疲惫不堪的队伍，在这位身材消瘦、面容清癯的书生模样的青年带领下，一路逶迤前行，经过宁冈古城，从湖南来到这湘赣边境，收编绿林袁文才，智服山大王王佐，顺利通过进入井冈山的咽喉双马石哨所，来到了这个名叫大井的小山村。从此中国革命才找到了一块发展壮大的根据地，找到一条农村包围城市的井冈山道路。于是这个不起眼的小村庄，就像磁石一样吸引着寻找出路的工农武装，像北斗一样指引着无数在暗夜里摸索前行的工农子弟，朱德、陈毅带领着南昌起义的残部会师来了，彭德怀、滕代远率领的平江起义的队伍聚集来了。这个注定要写入中国革命史册的小村庄啊，这支用鲜血、红旗、火种象征的红色队伍，点燃的星星之火，最终燃遍神州大地，熊熊火光中诞生了一个红彤彤的新中国。

现在我就站在这座白墙黑瓦的客家建筑前，它因墙刷白漆而被称作"白屋"。抬眼仰望四周，群山环绕，层峦叠嶂，古树成林，松篁交翠，山涧溪水淙淙，清冽透彻。山麓之上，稻田成片，白水相连，如天梯直挂，隐入云雾深处。

我在遥想，那年的十月，这古朴的与世隔绝的村庄，一定也是这样宁静安谧的，随着这支陌生队伍的到来，一定让它喧闹、热烈、火红起来了吧。操着各种口音的红军士兵，走村串户，深入群众，宣传革命道理，改造地方武装，设立红军医务所，免费为百姓看病、治疗。五百里井冈山，一派蓬勃发展的崭新气象。

我在这座小院中穿行，这是一座坐北朝南、土木结构的院落，在那间狭窄、阴暗的房间门口张望，破旧的桌椅、简陋的床铺，那些夜晚，这位喜欢熬夜的青年一定在吸着劣质的烟卷，昏暗的风灯下，他在深远沉思，或者在挥笔书写，他在想些什么？是总结大革命失败的沉痛教训，还是在谋划未来的绚丽蓝图？

屋里太阴暗了，阳光照耀的白天，他喜欢在这块大树浓荫下乌黑的石头上读书、思考，身边有风吹过，耳旁有鸟啼鸣，似乎还有山花野草的清香，他一定是沉浸其中了，久久地，这块突兀在平地上的石头被磨得发亮，这是他毕生的爱好与钟情呀！

回到屋内，一堵残壁前，我又陷入凝神沉思，我想起了他的诗句"当年鏖战急，弹洞前村壁。"那些年，反围剿失败了，红军撤离了，敌人窜入，房屋被焚，片瓦不留，只留下这块弹痕累累、烟熏火燎的泥砌土墙，斑驳而孤零，那是怎样激烈的战斗，有多少英雄儿女的鲜血染红了这块红色的土地。"装点此关山，今朝更好看。"

井冈山呀，这血与火洗礼的灵山，连翠竹绿树仿佛也具有了神性。白屋门后的这两棵常青树，一棵是海螺杉，一棵是柞树。反动派的兵火将它烧为灰烬，但它没有死，枝干烧毁了，树根还在，它在倔强地等待，它要无言地见证，等到那一天，红色的新中国诞生的时候，它又从枯死的树干下，重新长出细嫩的新芽，焕发出茁壮的生命，终于又长成遮天蔽日、枝繁叶茂的生命之树。它要告诉人们，井冈山不会死，红军一定会回来！那些年在身边的土操场操练习武的红军，一定会高举那红色的旗帜，插在这里，迎风飘扬，猎猎作响。

回首张望着那片土屋，那些大树，我们离开了大井。汽车向大山深处开去。山道弯弯，一路盘旋向上，我知道，我们将要到达那处著名的哨口，黄洋界。我想起了一位诗人的诗句：一门刚修好的迫击炮赶来助战，三发炮弹轰得旧中国地覆天翻。那是一场怎样的意义重大、影响深远的保卫战呢？

1928 年 8 月 30 日，中国革命史已永久地将这个日子刻上了丰碑。在主力红军下山后，湘赣敌军组织四个团的"会剿"部队围攻井冈山，而留守黄洋界的红军只有两个连的兵力，每人只有数发子弹，这是一场力量对比悬殊的战斗，这是意志与精神的较量。在十分危急的情况下，守山军民昼夜不停地在工事前沿堆积檑木滚石，埋布竹钉，深挖壕沟，构筑防线。敌人一次次冲锋，我英勇的红军战士借助有利地形一次次击退敌军，子弹打光了，就用石头，石头砸完了，还有毛竹阵。最后把一门破旧待修的只有三发炮弹的迫击炮搬上了山岭，一发哑炮，二发没响，最后一发，如有神助，轰然向山下飞去，如同霹雳炸响，正中敌人的指挥所。敌军乱作一团，仓皇夺路而逃。

兴奋不已的毛泽东，显出诗人本色，挥笔写下那首气势磅礴、豪情万丈的不朽诗篇《西江月·井冈山》：

山下旌旗在望，山头鼓角相闻。敌军围困万千重，我自岿然不动。早已森严壁垒，更加众志成城。黄洋界上炮声隆，报道敌军宵遁。

站在黄洋界山顶，俯瞰山下，连绵的群山向湖南方向大气磅礴地蜿蜒展开，层峦叠翠，云雾缭绕，大地苍天，浑然一体。黄洋界如同一座孤岛在汪洋中突兀地傲立着，历史的硝烟已经散尽，山顶上的那些遗迹还清晰可辨。居高临下的正是那门令敌人闻声"宵遁"的迫击炮，挺立在水泥基座上，锈迹斑斑，一身沧桑，但威严的炮口依然直指苍天，严阵以待，它在缄默着，是它见证了百年风雨，向人们默默讲述着当年硝烟，讲述着红军战士和井冈人民风云故事。

当年的战壕只留下浅浅一沟，赭黄色的土地上似乎还浸染着战士的血迹，只是它已深深地渗入这片红色的土壤，井冈山的杜鹃为什么这样红，是英烈的鲜血浇灌而成，是红军的精神幻化而成！

在山顶瞻望，朱德题写的"黄洋界"石碑还在，毛泽东遒劲的"星星之火，可以燎原"依然，红军的营房哨所原样复制，可我们的思绪却变得凝重而悠长。不是么，"文革"中，这座石碑不是被强行炸毁，改成五角形的火炬亭了吗？好在历史终究是要拂去遮蔽的尘埃，回归它本真的面目，英雄的业绩总在人民心中流传，那永恒的纪念碑是任何势力也无法摧毁的，当硝烟散尽、天宇澄澈的时候，它又鲜明地耸立在大地之上，高山之巅。

带着缅怀的激情，也带着无尽的思绪，我们驱车驶离了黄洋界，路旁红军挑粮的小道还隐约可见，回味着"朱德的扁担"的故事，我感悟到，一支军队之所以能以弱胜强，靠的不仅仅是武器，更重要的是钢铁的意志与必胜的信念。靠着它，我们才走出一条曲折坎坷的胜利之路。

回味未尽，思绪不停，我们已经到达了茨坪。这是一座山间小镇，清新美丽，古朴宁静。低矮的徽式建筑，掩映在湖光山色、绿树花丛之中，四周群山环绕，小镇静卧在大山的怀抱。

1928 年 10 月，毛泽东和他所率领的红军主力重回井冈山，这里成为中国革命的红都。镇东面的这几间黄泥小屋，这就是红军的指挥所吗？那简陋的柜台，砚台、毛笔，还有井冈山特有的毛边纸，曾经留下过多少光辉的思想，指引着这支弱小的军队面对敌人的万千围困，血腥风雨，最终缔造出如太阳般鲜亮耀眼的新中国呀！

满怀景仰的情思我们攀登直上北岩峰，这里就是革命烈士的陵园。大理石铺就的一级级台阶，顺着山势向上延伸，道路两旁是松柏、桂花、杜鹃和翠竹，装点陪护着英魂。遥望山巅，高大的纪念雕塑，像一把火炬，象征着革命的火种永不熄灭，胜利的火把代代相传；又像一丛刀枪，寓意着革命的胜利，靠的是英勇的斗争、鲜红的热血。

在纪念馆，在雕塑园，我看到一群群瞻仰的游人，他们和我一样严肃而庄重，在缅怀追思，激励奋进。那里铭刻着一万五千名英烈的姓名，还有多少无名的先烈，他们没有留下姓名，但他们早已将青春和生命献给了崇仰的事业，他们的英名业已刻入了共和国的丰碑,永生不死。

在茨坪毛泽东故居与革命烈士纪念碑之间,井冈山人民在原来的稻田处挖池蓄水,修造了一处风景秀美的公园,它就是挹翠湖公园。它沉静地卧在城市的中心,如一块翡翠点缀着这秀色古城,湖水明澈清亮,一平如镜,除去了城市的喧嚣,带来乡野的风情。湖心岛上,山岩谲奇,蕙兰争艳,亭台楼阁,倒映在明净的湖水中。井冈山的人民啊,你们将历史的风云与山水的秀色天衣无缝地衔接在一起,让我们在硝烟散去的今天,在这天朗气清的时光,感受到金戈铁马、浴血奋战,也享用着宁静、安详的幸福生活。

当清晨的第一缕阳光洒向这片宁静的土地,我们来到"井冈山革命纪念馆",成为它的首拨参观者。纪念馆内安静、肃穆,没有喧哗嘈杂的声音,也没有熙熙攘攘的人流,我们在一件件珍贵的实物前驻足,凝神地观看。这里陈列着3000余件革命文物,把我们带入了那枪林弹雨的年代,那如火如荼的峥嵘岁月中。这里有当年的苏维埃政府印章和公文,有红军战士穿过的军装,戴过的军帽和使用过的步枪、长矛、大刀等珍贵的历史遗物。毛泽东使用过的砚台、油灯,现在已是锈迹斑斑,但是伟人当年灯下写就的《井冈山的斗争》《中国的红色政权为什么能够存在》,这些光辉的篇什,历经风雨依然光芒万丈,照彻寰宇;我想起了在阔别38年后,当他老人家重上经历血与火洗练的井冈山的时候,那句感慨万千的告诫:"艰苦奋斗的精神不要丢了,井冈山的革命精神不要丢了。"这一根普通的扁担,该是由井冈山到处皆有的毛竹削成的,当年我们的总司令就是和普通的战士一样肩挑粮食行走在崎岖、陡峭的羊肠山道上的吧? 这位宽厚、纯朴而又坚定的红军总司令,就是这样地指挥着这支红军,后来的八路军、新四军,中国人民解放军,总是在与强大的敌人作殊死的搏斗,并且一次次地战胜敌人,不论是反动军阀、日本侵略者,还是国民党反动派。那些时刻,这根扁担一定一次次地闪现在他的脑海里,成为一种动力,一种源泉。

现在我就站在这尊名为"胜利的起点"的主题雕塑前,身穿青布长衫的毛泽东与一身戎装朱德双手紧握在一起,就是这一次握手,让中国革命的航船扬帆起航,历经惊涛骇浪,绕过暗礁险滩,从井冈山到延安、西柏坡,一直驶向北京天安门。我在沉思,为什么这起点是井冈山?据说,当年毛泽东在写《湖南农民运动考察报告》时,来到湖南衡山,访问了当地妇女会的女干部张琼,她说起有个表兄受国民党追捕,无路可走,逃进了井冈山。那儿山高皇帝远,国民党鞭长莫及,就在此处躲藏了几个月,知道山上的情况,那儿还有"山大王"。也许就是这一次的谈话,让井冈山深深地刻在毛泽东的记忆中,当湘赣秋收起义失败的队伍面临生死存亡的关键时刻,他把这支革命力量带入了这片崇山峻岭之中。井冈山为什么能成为"胜利的起点"?我们知道,这里位于湘赣两省交界,是反动势力薄弱的地区;这里山高林密,地势险峻,易守难攻;这里有受到大革命洗礼的人民群众;这里有丰富的自然资源;最重要的是有这一支经过三湾改编,确立了"三大纪律、六项注意"以及"敌进我退,敌驻我挠,敌疲我打,敌退我追"游击战"十六字诀"的红军队伍。因为这些,井冈山这座原本默默无闻的山峦,最终成为革命的摇篮,胜利的起点,虽然红军在井冈山地区只有三年多时间,然而对中国革命史那是开天辟地的伟业,是亘古未有的创举呀!我又想起了离开了井冈山的毛泽东,在以后的革命历程中,在延安的窑洞,在西柏坡的土屋,在中南海丰泽园,他的脑海里是否会时常涌现那片苍翠的群山?1965年5月,当井冈山的映山红开遍山野的时候,七十高龄的他又一次回到这片红土地,这位一生酷爱诗词的领袖是如何地心潮激荡,诗情澎湃,"久有凌云志,重上井冈山",他的心中其实一刻也没有忘记这魂牵梦萦的热土,但他的心胸更为吞吐万象,境界更为博大高远,他想的是"世上无难事,只要肯登攀",在他的心目中,井冈山已经不仅是具像的山,更是一种精神和意志的表征,这就是"坚定信念,艰苦奋斗,实事求是,敢创新路,依靠群众,勇于胜利"。我想:这正是我们一直寻觅的井冈山精神啊!

　　在井冈山,我只有两天的行程,我在行走、观察,也在沉思、追寻。满眼是青绿的松柏与翠竹,但我的心中始终难以释怀,还少了什么,哦,井冈山的红杜鹃啊!心中想着,我来得有些晚,错过了那满山遍野,如火似霞的映山红。春末夏

且行且思

初时节，井冈山的山峦原野，一定是到处盛开着那红色的花朵，那是排山倒海般怒卷的赤潮呀，那是铺天盖地般汪洋的红雨，那是万绿丛中崖畔上，沟坎旁，道路边，一丛丛、一簇簇、一片片地燃烧的野火！

2015 年 1 月 24 日

江南楼台烟雨中

仲春时节，烟雨迷蒙，远山青黛，近水碧蓝。游人行走在杂花生树、莺飞草长的江南土地上，心中总会氤氲弥漫着那些清新、柔美的诗句，一种追寻往古的情愫蓦然涌出，这时吟诵古典的名词佳句就成为我们最舒心愉悦的表达：

千里莺啼绿映红，水村山郭酒旗风。南朝四百八十寺，多少楼台烟雨中。

行走江南，吟着杜牧《江南春》这样优美的诗句，眼前浮现着秀美、广阔、深邃、迷离的江南春画卷，千里江南便朦胧而又明媚、素淡而又浓艳地鲜活在我们的心中。于是我们的思绪便不经意间随着这优美的诗句飘向了古代，想象中的我们都成为白衣飘飘、风流雅儒的书生，这时最想念的就是登楼赏景，临阁赋诗，在小桥流水之上，在和风细雨之中。丽春江南，是一页素洁淡雅的诗卷，点缀其间的楼阁亭台，总能悠扬出古典的韵律，那些烟雨中的名楼就幻化而成意蕴深远、韵味悠长的不朽绝句，平平仄仄，起承转合中，它们历千年风雨，经百世变迁，隐约在江南的柔性土地上，飘浮在历史的烟云中。

江南的名楼，大都是傍着那条滚滚东逝、浪涛拍岸的大江，听巨流奔涌，看世事纷纭，历经沧桑，一身典故。南京阅江楼，德兴聚远楼，洪江芙蓉楼，昆明大观楼，九江浔阳楼，这些木质的栋梁、琉璃的瓦顶，总难敌兵火的焚毁、风雨的剥蚀，于是一次次地坍塌，只留下残砖剩瓦，废础断柱，让那些伤怀的文人凭吊思古，伤物又自伤；于是又有一些好事者，集资重修，那截断的记忆影像又清晰地显映在夕阳残照或凄风苦雨之中了，让后来者的缅怀找到一缕丝微的参照，那就让我们沿着江水浩荡去走访，去触摸历史的印痕，探寻前贤的足迹！

我们先从洞庭湖边的这座楼阁寻起吧。因为在我们的心目中，它已不是一座具象的立于浩渺无垠的湖水岸边的楼宇，它是一挺伟岸、高峻的精神之碑，一座清洁、纯粹的灵魂之柱，这就是岳阳楼。

带着一腔疑问和满心的追寻，来到岳阳楼前，我的疑问是那位从未踏足登临的文人是如何仅凭一幅《洞庭晚秋图》就写出了那样的洞庭壮景、文士悲喜的？他又是如何借岳阳楼的不同景观写出自己身在江湖、心存魏阙，虽遭迫害，却不放弃理想的博大胸怀的？

2006 年暮春时节，我们一行刚刚结束长沙的游历，回程途中，我们的思绪还沉浸于岳麓山巅的眺望，橘子洲头的凝眸，岳麓书院的触摸之中，有些疲倦，又有所期待。旅行车一路往北，我知道我是在傍着那片烟波浩渺的湖水而行的，它的终点就是那座岳阳楼。远远地遥望着，岳阳古城的城墙之上，端立着一座堂皇、庄重的楼台。飞檐盔顶，三层四柱，赭黄色的瓦顶，古朴、独特、端庄、大气。走近它的身边，抬头仰望，只见巨柱擎天，直贯楼顶，廊、枋、椽、檩，互相榫合，结为整体。心里想着，这就是岳阳楼，这才是意念中汉民族古建筑的原貌，这才有古代劳动人民的聪明智慧与能工巧匠的卓越技能的显现。

走进楼内，中间正是那篇楼记，由清代大书家张照书写的紫檀木雕屏，字形方正，笔力雄浑，技法多变，独具匠心，我情不自禁地又一次默念这些熟悉的文字："庆历四年春，滕子京谪守巴陵郡，越明年，政通人和，百废俱兴，乃重修岳阳楼，增其旧制，刻唐贤今人诗赋于其上，嘱予作文以记之。"

游人在游览，我却在驻足，不能亲手去抚摸，只能在心底一遍遍地默诵。范仲淹，这位死后被谥为文正公的北宋名臣，他的形象渐渐地与眼前的三百六十八字的记文融为一体。那是（北宋庆历三年，公元 1043 年），范仲淹因对当时的朝政弊端极为痛心,提出"十事疏",主张建立严密的仕官制度,注重农桑,整顿武备,推行法制,减轻徭役,这些主张为仁宗所采纳,陆续推行,这就是历史上有名的"庆历新政",然而好景不长,因得罪权贵宰相吕夷简而被贬邓州,新政亦因保守势力的反对而毁弃。他一腔悲愤,抑郁难申,这时恰巧好友滕子京也因事被贬巴陵,重修岳阳楼,并力邀范作记,因其从未到过岳阳,便附上一幅《洞庭晚秋图》以作临摹。范公遥想"巴陵胜状,在洞庭一湖",设想着不同境遇的文人骚客登临此楼,面对淫雨霏霏与春和景明的不同景色,抒发自己内心的块垒。他并未登临,但我知道他的心中早已充盈着汪洋恣肆的湖水,洞庭的波涛在他的心中激荡,洞庭的皓月在他的眼前皎洁。但他毕竟不是凡夫俗子,不是被情感左右的诗客,他是政治家,是士大夫,他的理念早就超越了眼前的胜景,而是突兀、险拗地高喊出"先天下之忧而忧,后天下之乐而乐"这样的闳远超脱、高标千古的壮言豪语。岳阳楼因范仲淹这十四个字的济世情怀、乐观精神而永远地彪炳于中华文化的史册,古代仁人志士高尚风貌的载体!

　　这样的沉湎于怀想中,我的思绪激越跳荡,神游万里,最终它又沉落到眼前的岳阳楼上。从手中册页的介绍中得知,此楼相传原为三国时吴国鲁肃在洞庭湖练习水兵时所筑的阅兵台,距今已有1700多年的历史,到唐代开元四年(公元716年)才正式定名为岳阳楼。但在我们的心目中,总固执地以为此楼为这位名叫滕子京的郡守所建,其实范文中已说得很明白,"增其旧制",保持原貌而已,我们要感谢他重修了岳阳楼,更要感谢他的邀请了范仲淹来作记,想想他够大胆的,邀请一位从未登临的文士来写一篇记文,不会隔靴搔痒,情不由衷吗?而范公也够狂放的,来而不拒,欣然作记,于是此楼、此湖、此人、此文就这样融为一体,卓绝千古。虽然后来的岳阳又多次被焚毁,被淹没,又数次重建,修缮,但历次修复,都只能保存原样,让我们得睹历史之仿佛,而心醉其间。

　　站在楼顶,俯瞰眼前的洞庭湖,感觉中湖浮楼脚下,楼镇湖水中,一片浩渺无垠,横无际涯,远处帆影点点,湖天一色,那些熟悉的词句一次次地从脑海中涌出,想象着"北通巫峡,南及潇湘"(范仲淹)的壮阔,想象着"气蒸云梦泽,波撼岳阳城"（孟浩然）的震撼,想象着"吴楚东南坼,乾坤日夜浮"（杜甫）的雄浑,想象着"水天一色,风月无边"（李白）的飘逸。

薄暮时分,我们驱车离开了岳阳楼,回首凝望,在夕阳映照之下,在霭霭暮色中,岳阳楼越发显得崔嵬、庄严,我带走了张照手书的《岳阳楼记》拓本,还带走往古仁人志士的"喜悲"情怀和"忧乐"胸襟,我知道,我们要继续追寻江南楼阁,下一站:黄鹤楼。

如果说,岳阳楼赋予我的是历史的启迪与人格的感悟,那么,黄鹤楼赐予的则是诗意的滋养与神话的浸润。

万里长江,浩浩荡荡,冲决巴山群峰,接纳潇湘之水,三峡激扬,惊涛雷鸣,平畴坦荡,沃野千里。在三楚腹地与其最长的支流汉水交汇,造就了一座隔两江而三镇互峙的城市,这就是被誉为九省通衢的武汉。这里位于江汉平原的东缘,鄂东南丘陵余脉,起伏于平野湖沼之间,龟蛇两山相夹,江面舟楫如织,天造地设地应该拥有一座高楼,吐纳天地灵气,渗透心魂精魄,黄鹤楼就这样因缘巧合地立于龟山之上,长江之畔!

又是暮霭沉沉的黄昏,我们一行来到黄鹤楼,我的脑海里始终冲荡着的是一代伟人的诗句:"茫茫九派流中国,沉沉一线穿南北,烟雨莽苍苍,龟蛇锁大江。黄鹤知何去?剩有游人处。把酒酹滔滔,心潮逐浪高。"烟雨莽莽,心潮激荡,展现着青年毛泽东的阔大胸襟、豪迈气概,又有着沉郁的情感,热切的期待。

黄鹤楼位于长江南岸的武昌蛇山之巅,这是 1985 年落成的新楼。远远望去,五层楼台,高达数十米,富丽堂皇,金碧辉煌,大小屋顶,交错重叠,翘角飞檐,仿佛展翅欲飞的鹤翼,就要蓄势振翮,直冲云天。根根大柱拔地而起,屋檐翘角层层凌空。凌步登楼,各种壁画、楹联、文物,如珠玑罗列,目不暇接。楼顶远眺,"极目楚天舒",不尽长江滚滚来,三镇风光收眼底,大桥飞架贯南北,龟蛇静卧江东西。

在楼内攀行,观赏,诗思情韵充溢心间,历代文人墨客的题咏争先恐后地从记忆的深海中喷薄欲出,无可争辩地首先跳出脑海的自然是那个名叫崔颢的诗人所写的《黄鹤楼》：

> 昔人已乘黄鹤去，此地空余黄鹤楼。
>
> 黄鹤一去不复返，白云千载空悠悠。
>
> 晴川历历汉阳树，芳草萋萋鹦鹉洲。
>
> 日暮乡关何处是，烟波江上使人愁。

这首让诗仙李白也心有不甘地喟叹"眼前有景歌不得，崔颢题诗在上头"的题咏，不仅是众多黄鹤楼题诗中的桂冠，也被誉为"唐人七律之首"。它的魅力来自哪里？是哪不惧重复的连续三次黄鹤的咏叹，还是辽阔的江汉平原上成荫的绿树在晴日下生长的葳蕤或者是近在眼前的鹦鹉洲头萋萋芳草渲染的绿意让人感受到意境的开阔与飘远，抑或是生命苦短，乡愁难消的人生感喟写尽了我们的共同情愫？也许都是，不可思议的是它们是如此浑然一体，妙合天成！

情感还沉浸在诗意中，想象却飞驰在神话世界。黄鹤呀，你从哪里来？又飞向何处？你为何人所乘？是仙人黄子安乘鹤过此，还是费祎尸解过后驾鹤归来，抑或就是辛氏酒店那位不知名姓的身形魁伟而衣着褴褛的客人在壁上所画最后又跨上直入云天？传说总是虚无缥缈的，追溯黄鹤楼的起源，更靠谱的还得从史籍中搜寻。三国时的孙权为实现"以武治国而昌"（武昌之名由此而来），筑城而为守，建楼以眺望，原来这是一座军用岗楼。随时间推移，岗楼面对浩荡的长江，背倚逶迤的蛇山，登楼所见，天地广阔，吞吐万象，大气磅礴，吸引着无数的文人墨客，"游必于是，宴必于是"，留下无数的脍炙人口的诗文，渐渐地，它的军事用途便让位于审美的功能了。然而它的命运和中国几乎所有的名楼一样，迭遭兵燹，屡建屡废，就是现在的高楼也是因为当年修建长江大桥时占用了黄鹄矶的旧址，才抬升至此峰岭之上的。

在黄鹤楼逡巡，我的目光深远而缥缈，思绪飞扬而辽阔，但我知道，我的情思始终萦绕着一个人，一个清新俊逸的诗人，他就是李白，历史就是这样因缘际会地将一位诗人与一座名楼紧紧联结在一起。据说李白一生写下与黄鹤楼有关的诗不下十首。其中就有那首广为传颂的《送孟浩然之广陵》："故人西辞黄鹤楼，烟花三月下扬州。孤帆远影碧空尽，唯见长江天际流。"诗人的触角是敏锐的，内心的情绪是充沛的，孟故人要去的是花团锦簇、珠帘绣户的扬州呀，可离开黄鹤楼，总是令人牵肠挂肚，只有长江依然故我，在天际之间汹涌向前。到了晚年，流放夜郎途经武昌，遇见故友史钦郎中，那地点恰巧又是黄鹤楼，吹奏的曲子又是那首《梅花落》，诗人的迁谪之感与去国之情便苍凉而又愁苦地流泻而出："一为迁客去长沙，西望长安不见家。黄鹤楼中吹玉笛，江城五月落梅花。"这首诗正像前人评价的那样，"语近情遥，含而不露"，西汉的贾谊成了自比的对象，《梅花落》的笛声又让江城五月飘满了梅花，苍凉的景色与冷落的心境，浑然融合，又让人听出弦外之音。当然李白与黄鹤楼最著名的纠葛还是与崔颢相关。在诗歌天地目中无人的李白心中，写黄鹤楼显然是他的专利，但让一位不出名的诗人占了先机，拔了头筹，他当然心有不甘，但他有天才诗人尊贵的荣誉感，他要较劲要争胜，黄鹤楼不给机会，一定要找到最好的契机，于是在多年以后，登上金陵凤凰台，他一定想到了崔颢，想到了黄鹤楼，于是唐代诗歌大地上便有了双峰并峙、二楼争胜的奇景，也留下了千古传颂的诗坛佳话！

如果说，对于李白，黄鹤楼一直是心中念兹在兹的所在，因为这里是他开元十二年出蜀以后，顺长江而下，经江夏（今天的武昌）东游洞庭、金陵和扬州，不久又折回西去离武昌不远的安州（今湖北安陆）；这里是他与故相国许圉师之孙女许夫人新婚宴尔的所在，与好友孟浩然欢聚与告别之地；当然他的心中一直纠缠萦绕的心结就是崔颢的《黄鹤楼》，后来写《登金陵凤凰台》与《鹦鹉洲》，这两首他不常写的七言律诗，都有争胜竞强的意味在。

离开黄鹤楼，我们就要回程了，有些恋恋不舍，但更有些别样的心动。我想到：黄鹤楼是李白心中的结，但此楼毕竟不能为其独自拥有，倒是我的家乡真有一座以"太白"命名的楼，那里才是李白独享尊荣的所在，别的诗人只能成为衬托红花的绿叶，陪伴太阳的青云。

长江奔流，一路喧腾，流经现安徽东端之时，因东西梁山如天门雄峙，联手阻隔，也只得委曲求全地改道北向而流，所以这一段江面又名"横江"，别的地方称为大江南北，而项羽当年自刎乌江，不肯过的只能是"江东"。"天门中断楚江开，碧水东流至此回。两岸青山相对出，孤帆一片日边来。"（《望天门山》）"海潮南去过浔阳，牛渚由来险马当。横江欲渡风波恶，一水牵愁万里长。"（《横江词》）我为家乡骄傲与庆幸，因为李白，无论是天门山还是横江，永远地矗立和奔流在唐诗的天地间。在横江边，与和县隔江相望的大青山，那里是李白的埋骨之所，而翠螺山畔，金碧辉煌的太白楼，就坐落于此。这是一处古建筑群，由太白楼、李白祠、太白堂、清风亭等十余座古建筑构成，其中的领衔者，当属资历最为悠久的太白楼。早在唐代，此楼就矗立在元和年间的史册上了，因为当年贺知章在长安紫极宫初见李白，就惊呼为"谪仙"，所谓"四明有狂客，号尔谪仙人"，所以此楼初名"谪仙楼"，以后才易名为"太白楼"。早在清代以前，它就与黄鹤楼、岳阳楼、滕王阁平起平坐，美称为"长江三楼一阁"，清人张朝珍在《重建太白楼赋并序》中曾写道："'谪仙楼'者，昔太白流寓姑孰，乘月泛舟采石，豪吟其上，后人筑楼记之，与'滕王''黄鹤'并称名胜。"

车出马鞍山市区，东行不远就是江边，就是采石矶头，这是与岳阳城陵矶、南京燕子矶并称"江南三矶"，这是李白投江捞月之所，江涛与明月共同演绎过一段凄美传说的地方。翠螺山当中间，南北对峙的就是采石矶与太白楼。它依山就势，陡峭的山麓成为地基，浓密的树木借来成景。楼高三层，鸱吻凌空，飞檐翘立，雕梁画栋，登楼远眺，俯仰江天，心中涌动的总是唐朝的风云、宋代的烟雨、明清的虹霓，但其中的精魂一定是这位"笔落惊风雨，诗成泣鬼神"的诗坛狂客。这里有他纵身捞月的"捉月台"，有他面临大江的衣冠冢；这里有他入江揽月，江中巨鲸将他驮起飞往东海仙山的传说，有后代诗人"百尺高楼俯空阔，为君长写气峥嵘"（清赵翼《采石太白楼和韵》）的浩叹！

站在太白楼前，想着时空阻隔，古今异代，想着山遥水渺，天高地阔，李白呀，你的诗魂究竟在哪一块山水间飘荡？太白楼里，有你的青天之才，江流之思，昆仑之志吧!

写完了"江南三楼",我很难将自己从往古的缅怀与追思中脱出,楼是新建,金碧辉煌,雕梁画栋,而它们所蕴藏的故事,散发的情韵,却是烟云缭绕,一片迷茫。这时,我想到的,中国的楼阁台榭,浑然一体。危楼耸立,高阁凌空,亭廊点缀,台榭照映。忽然想到江南楼阁中,不能缺少"阁",不能遗漏了"阁"呀,尤其是那座瑰玮绝特的滕王阁。而江南三楼一阁中,我唯一暌违的就是滕王阁。多年的高中语文教学过程中,我一次次地和同学们吟诵着"落霞与孤鹜齐飞,秋水共长天一色",体味着它写景的绝妙与至美。但只能在遥想中满足自己的审美愿景,总是一段遗憾。

机缘总是在企盼之后来临,2014 年夏,因为赴南昌参加一个语文教学改革研讨会(参加语文会议,参观滕王阁,应是题中应有之义),得以实现积存多年的夙愿。

南昌,一座历史悠久的文化古城,汉代大将灌婴即在此修筑"灌城",历豫章、洪都、隆兴等称谓,最终寓"昌大南疆"和"南方昌盛"之意,取名"南昌"。其位于赣江和抚河下游,鄱阳湖西南岸,地理位置优越,有"襟三江而带五湖"之称。

车行赣江边,远远地望见一座高阁卓然而立在鳞次栉比的高楼丛中,江水中荡漾着雄伟高峻的倒影。走过阁前广场,我们终于站在滕王阁前。这座高阁,净高50 余米,下部是象征古城墙的台座,从外面看,三层带回廊的建筑,屋顶为碧色的琉璃瓦,正脊鸱吻为仿宋的建制,勾头上正是"滕阁秋风"四个大字。循着边道,我们登上一级高台,其南北两翼为碧瓦长廊,朝东的墙面上镶嵌着五块石碑,正中的一块为八块汉白玉相拼而成的长卷式石碑,外围以玛瑙红大理石镶边,碑文为今人隶书的韩愈《新修滕王阁记》。再往上走,经抱厦厅入阁,厅前有铜铸"八怪宝鼎",底座由汉白玉打制,下部是三足古鼎,上部为一座攒尖宝顶圆亭式鼎盖,古朴厚重,意趣纷呈。沿着窄小的楼梯我们缓步登临,原来内里是七层,登上顶层,在廊沿上远眺,赣江平缓地从前流过,两旁的钢桥横跨江面,沟通两岸，对面是高楼林立的新城区，现代与历史，时尚与古朴，就这样被一江赣水紧紧地绾在一起。

陶醉在眼前的风景之中，我的心神却被扯向往古。这座滕王阁为何人所建？它的经历中又有哪些沧桑故事呢？我们知道，这座楼的建造与一位皇子有关，他就是曾被封为滕王的唐高祖李渊之子、太宗李世民之弟李元婴。这是唐永徽四年（公元653年）的事。这位皇子，先被封于滕州故为滕王，早在滕州时就建有"滕王阁"一座，后调任江南洪州，因思念故地，而仿其制式新建了一座高阁，仍名"滕王阁"。历史上的滕王阁共有三处，除山东滕州、江西南昌外，在四川阆中，还有一座，著名诗人杜甫曾有诗吟咏，并有"清江锦石伤心丽，嫩蕊浓花满目斑"情景交融的描摹。而我们知道，让"滕王阁"流芳后世，让我们心神往之的不是这位名声不佳的皇子，却是那位短命的天才诗人，他就是王勃。正是那次空前绝后的邂逅，那场酣畅淋漓的宴饮，让"滕王阁"永远地留在中华文化史册上，

王勃，开启盛唐强音的早慧的天才，与杨炯、卢照邻、骆宾王一起被誉为"初唐四杰"，让诗圣杜甫发出"尔曹身与名俱灭，不废江河万古流"的感慨之音。我们早已熟悉的是他的《送杜少府之任蜀州》，这首写平常离别之情的五言律诗，因为那句"海内存知己，天涯若比邻"的慰勉而显得大气磅礴，壮阔雄浑。想想这位唐代杰出诗人的人生命运也真够跌宕起伏、曲折多舛的。六岁能文，被誉为"神童"；九岁著书，指谬名流；十六岁应试及第，那时他是多么风流倜傥、神采飞扬呀。可因一篇《斗鸡檄》的游戏文字而一贬，因私杀官奴而再贬，最后又因渡南海探父而魂消大海波涛，其时年仅26岁。美人薄命，英才天妒呀，千年以后，我们还在为大唐诗坛惋惜，为天纵之才感叹！好在他来过一趟南昌，出席过一次宴饮，泼洒过一回才情，留下了这篇《秋日登洪府滕王阁饯别序》。这个故事，只要稍有文化知识的读书人早就耳熟能详了。这是唐上元二年（公元675年），当时的洪州都督阎公重修此阁，为显摆功业，还有为其婿彰名的私心，大邀宾朋群僚，没想到的是因省父而偶遇此事不知就里的王勃莽里莽撞地援笔而就，成就了中国辞赋史上的一段佳话。五代王定保《唐摭言》里是这样描述的：

王勃著《滕王阁序》，时年十四。都督阎公不之信，勃虽在座，而阎公意属子婿孟学士者为之，已宿构矣。及以纸笔，巡让宾客，勃不辞。公大怒，拂衣而起，专令人伺其下笔。第一报云："南昌故郡，洪都新府。"公曰："亦是老生常谈。"又报云："星分翼轸，地接衡庐。"公闻之，沉吟不语。又云："落霞与孤鹜齐飞，秋水共长天一色。"公矍然而起曰："此真天才，当垂不朽矣！"遂亟请宴所，极欢而罢。

　　好一个"勃不辞"！好一个"当垂不朽"！我们可以怀疑，一个年仅十四的青葱少年，就能写出这样绝妙的文字，但我们真应该感谢这位阎公，感谢他的邀请宴集，也感谢他的识才赞赏！今天我们诵读这篇辞赋，除了惊叹还是惊叹！滕王阁有幸，在它的故事中有这样一出高潮涌起的绝唱。在我们这些后人心中，有了这篇序文，滕王阁已退居其次。我感动于它的语词华美，用典恰切，字字珠玑，句句生辉，但我更从中体味出一种"兰亭已矣"的苍凉，一种"无路请缨"的无奈，"天高地迥，觉宇宙之无穷；兴尽悲来，识盈虚之有数"。自然永恒，人生短促，才华横溢，命运不济。这不是那个时代无数才子名流的共同遭际吗？"阁中帝子今何在，槛外长江空自流"，滕王阁，就这样以一种悲剧色彩浓郁的姿态立于赣江之边，立于我们的心中。想到这里，站在熙熙攘攘的登楼赏景的游人中间，我的眼睛模糊，我的心潮涌动。江风吹来，白云远去，望着新南昌楼宇林立，繁华喧腾，我又不禁长长地吁了一口气，眼前一片清朗，心中无限敞亮。

　　走过滕王阁，我的夙愿已偿，但不尽的思绪却被牵扯得纷纷扬扬，飘散成丝丝缕缕。我们知道，江南楼阁，飞檐翘角，空灵精致，精雕细琢中处处彰显出不凡的气质，从建筑、空间、景观、色彩等方面表达出"天人合一"的人居理念与美学追求，承载着中国建筑的文化精髓，为文人墨客找到文化与情感的传承与寄托。以"三楼一阁"为代表的江南楼阁，不仅是建筑的典范，更是人文精神的具象。不能想象，岳阳楼没有范仲淹，黄鹤楼少了李白与崔颢，滕王阁没有王勃，更不用说太白楼，没有太白，焉能为之。这些诗圣贤哲让江南楼阁赋予了精神、情感、哲思,让我们登楼者的心绪得以追随古人,由眼前的现实世界进入神思的空间,进而直入灵魂深处。

自在飞花轻似梦,无边丝雨细如愁。我们行走江南,那些遗落在无边细雨中的江南楼阁,朦胧成一种古意盎然的浅愁轻梦,溢满融融的诗情画意,让我们仿佛置身于唐风宋雨,明清烟云中。伫立于楼阁之上,看桥街相连,河埠廊坊,过街骑楼,临河水阁,柳条随风飘拂,夹杂着细柔的雨丝倒映在浅绿的河水里,江南画卷风姿绰约,风情万种。欣赏着小河里穿梭的悠悠小船,仿佛搭载着千年的心事,在烟雨迷蒙中,诗意盎然充沛,思绪翩翩起舞,就让我们醉在这江南山清水秀的意境中吧,让江南的山水楼台增添我们生命的丰盈润泽,让江南的烟雨悄无声息地在我们的心间缓缓地滑过。

2015 年 6 月 24 日

酒都归来话酒缘

中国的普通老百姓,也许是由于长期天灾人祸的积淀形成了饥饿的记忆基因,在衣食住行的物质生活需求中,首先考虑的是食,吃饭,解决填饱肚子的紧迫问题,所谓"民以食为天",说的就是这个意思。而在吃的方面,俗话说:早起开门七件事,柴米油盐酱醋茶。这是中国人赖以生存的必需品,生命延续的基本保证。但人在最低限度地满足了物质生活的需求之后,总得想到心灵价值的需求和精神领域的享受,尤其是中国的文人,清贫尚能忍受,高雅是所追求,于是便有了"琴棋书画诗酒花"的新七项人生追求,不关活命延年,而是闲情逸致,飘逸潇洒,生命更高层面的需要。这其中的"酒"有点特别,它不是纯粹的精神需求品,而是属于物质和精神的中介和渠道,既可以疗饥、御寒、解乏,也可以醒神、抒意、传情,满足精神需要。酒在中国的酿造历史可以追溯到亘远的往古,千百年来,美酒佳酿一直陪伴着我们世代繁衍,日常生息,直到今日。

去年秋末,我有机缘和数位文友兼酒友一同造访宿迁,起因即亦诗亦酒。马君为《半枝梅文学》的主编,与酒厂的销售老总是朋友,受邀歆享酒的甘醇,品味酒的文化,于是我们得以同行,因缘际会地深度浸入那神奇的酒国仙都。宿迁是苏北的地级市,经济不甚发达,但因有洋河、双沟,有"梦之蓝,我的梦,中国梦"的广告语在央视的频繁呈现,轮番轰炸,而入耳入心,广为人知。而我愿意造访宿迁,除了酒缘,还有一层因由,那就是宿迁乃楚霸王项羽的出生地。《史记·项羽本纪》载:项羽,上蔡人也,字籍。上蔡,即为今之宿迁。而项羽的魂归地乌江,正是我的家乡,身死东城,自刎乌江,一直是历代政治家、文学家发思古之幽情,品历史之借鉴,抒心中之块垒的首选歌咏题材。就这样,宿迁与乌江,一为其出生地,项氏一生轰轰烈烈、波澜壮阔的人生悲剧的起点;一为魂归地,四面楚歌、死为鬼雄的英雄史诗的终点,这不是一种机缘吗?"英雄生死路,却似壮游时。"(清·夏完淳《秦半村先生》)带着这样的感怀,我们一路北行,三个多小时的路程,便来到宿迁。

尚未歇息,就在霭霭暮色中拜谒项园,这里就是位于宿迁东南古为下相梧桐巷的项羽故里。项羽,一名籍,生于公元前232年,24岁时随叔父项梁起兵反秦,仅用三年便将秦王朝推翻,自封西楚霸王,后与刘邦经过五年的楚汉战争失败,无颜见江东父老而自刎于乌江,生命终结在31岁的血雨腥风、刀光剑影中。西汉历史学家司马迁充分肯定其功绩,称赞其"位虽不终,近古以来未之有也"。为纪念项羽,其出生地早有纪念建筑,至清初坍塌,坊毁庙圮。清康熙四十二年(公元1703年)知县胡三俊在此立碑一方,从此定名"项羽故里",2012年宿迁市政府进行投资改造,形成今天气势恢宏、典雅庄重的项园。我们来时,已是黄昏时分,天色渐晚,落霞满天,夕阳西照,清冷而静穆的秋风吹动着我们复杂的心绪,让我们仿佛回到那往古的厮杀与纷争中。项园仿古城阙建筑于古黄河大堤之上,高大而威武,一尊高达数丈的项王塑像赫然矗立在我们的眼前,身披铠甲,腰佩宝剑,威风凛凛,雄姿英发,胯下正是那匹"不肯过江东"的骏马乌骓,被缰绳勒住,前蹄腾空,长啸嘶鸣,这是要壮行出征,还是战罢归来? 我却在心中疑问,他身边的八千江东子弟呢? 还有那位随征出战的美人虞姬呢? 历史烟云业已消散,只留不尽的思绪让我们后来者回味凭吊。在项园,我们行走在一片仿古建筑群中,恍惚中是穿越历史的隧道,让那些两千年前的风云浩荡、跌宕起伏的场景在眼前复活。这棵斜立的古槐树,树貌奇古,枝干苍老,但依然枝繁叶茂,蓬勃挺秀,这就是相传中的项羽手植槐吗? 两千年的风云变幻中,日出月落,风霜雨雪,它还在这静默地等待,等待英雄健儿的凯旋或是回归? 我们在疑惑着,这重达千斤的霸王鼎,系马亭中的乌骓马,亭外的拴马槽,还是当年的旧时模样吗? 只是那些风云故事,依然在我们的脑海中回荡,拔山举鼎,吴中起兵,破釜沉舟,巨鹿救赵,鸿门设宴,楚河汉界,垓下突围,乌江自刎,这位被后人评价"哪关成败""不易生死"的悲剧英雄让我们一次次地深深地感喟,一次次地迷惘着叹息。

从项园走出,我们仿佛从历史的悠往沉潜中醒来,是晚我们被安排入住骆马湖畔极具西洋风味的威尼斯假日大酒店,许久还在如梦寐般的恍惚中,有一种沧桑之感,亦有一种穿越的意味。友朋聚会,情浓意浓,不可无酒;酒厂相约,主人盛情,琼浆玉液更不可或缺。这一次我们品尝的正是那神奇的"时代新国酒,绵柔梦之蓝",尚未饮一口醇香馥郁的美酒,就已醉倒在炫目的蓝色纯净之中。主人不无自豪地向我们介绍起这美酒的由来。洋河酒厂,现在的苏酒集团,坐拥"三河两湖一湿地",是世界三大湿地名酒产区之一(另两者为苏格兰威士忌产区、法国干邑产区),是中国白酒行业中唯一拥有"洋河""双沟"两大中国名酒品牌,两个中华老字号的企业。生态环境得天独厚,酿造工艺出神入化,形成了"甜、绵、软、净、香"的独特风格。而我们只能在酣畅淋漓的畅饮中醉倒在浓郁醇厚的芳香中,进入香甜的梦乡。

一觉醒来,已是初阳透窗,晨风轻拂。带着期待和向往,我们朝洋河镇进发。都说有好酒的地方必有好水,汇百川之清冽,酿五谷之精华,河流是大地的血脉,浩浩荡荡,流淌千年,酒是人类的泪水,只一杯入肠,便浸润了人间。车过洋河镇,便一直傍着一条河流前行,同行的主人告诉我们说这就是古黄河。凭窗眺望,一河清波涟漪在秋日的阳光下明媚闪烁,岸边草本葳蕤,秋天的气息浓郁热烈,这古黄河见过多少时代更迭,流过多少人事荣枯。世事变幻,是不是都记住抑或遗忘,任历史的烟云聚而又散,滔滔黄河水,把英雄的风流业绩与草民的细琐旧事都淘尽了,只留下这洋河酒,在后人的唇齿间百世流芳,在锦绣诗文里风华绝代。空气中弥漫着幽幽的酒香,在浸润着我们的嗅觉,在酒香的引导下,我们来到洋河酒厂。

这是一座现代化的白酒生产企业。在生产厂区,我们被眼前一条条包装生产线所震撼。只见那一瓶瓶美酒玉浆在源源不断地流动,仿佛一条条酒的河流在缓缓地流淌,汇成一片酒海,这是一片蓝色的世界,蓝得纯净,蓝得炫目,令人有置身海天之地之感。据说这里每年生产的洋河酒有 30 万吨,在全国酒业形成洋河风潮,席卷了我们的餐桌,陶醉了我们的生活。看着这些包装精美、品质超群的美酒,不禁勾起我对酒的记忆,我的酒缘。我不能算是酒中豪客,但与酒的结缘却是储存在童年记忆中。记得小时候,乡间来客,即使再贫寒的家庭总要拿酒待客,乡人不善于表达,酒便成为流动的语言,半世心事,一杯辣酒,皆在不言中了。虽然那只是乡间土法酿造的白干散酒,辛辣威猛,毛糙而够劲,一杯下肚,一股热流直入肺腑,酒酣耳热,满面赤红,亲情便弥散在迷蒙的酒话醉语中。其时客人逗趣总要用筷子醮上一点往我的嘴里塞,母亲嗔怪,父亲却总是哈哈大笑,大约是爱看我复杂难言的表情,皱眉,咧嘴,惊叫,然后是懵懂无辜地看着这个世界。也许还有作为家中长子,父亲是希望我要有男子汉的气概,雄性、豪爽、粗犷,顶天立地,敢作敢为。人大概都是这个样子,初涉人世滋味,总是好肥美甘甜,而避辛辣苦涩,只有经历了人事的辗转,才能领略人生自有百味。奇怪的是自此我竟然爱上这酒的滋味,从少年到现在,饮过的各种酒,当然其中包括了眼前的洋河,这"海天梦"的蓝色精灵,恐怕已是"钟鼓馔玉不足贵,但愿长醉不复醒"了。我的饮酒,既有一人独斟,深思漫想,独自梳理无绪的心事;亦有两人对酌,灯下清谈,让郁积的情思缓缓溢出;更有三五好友,把盏言欢,酒尽而意留。最不喜的是场面上的群酌应酬,吆五喝六,觥筹交错,虽然热闹,但如果闹酒乃至酗酒,就总觉得缺少一点情趣。我渴望一种酒道,以酒作媒,化酒为神,把品酒、赏酒当作表达一定的礼节、人品、意境、美学观点和精神思想的艺术行为来增进感情,抒发情怀。

走进充满神秘色彩的地下酒窖,眼前是一坛坛半掩在地中的酒浆,它们是粮食与甘泉的奇妙融合,土地与时间的交相催化。我知道,这以小麦、大麦、豌豆、优质的高粱为原料,用闻名的美人泉水酿成的美酒,酒液澄澈透明,酒香浓郁清雅,入口鲜爽甘甜,口味细腻悠长。据说最早的原浆已是前朝旧事,有上百年历史,它该酿成怎样的奇香异馥啊。在酒窖入口,我仔细地打量这棵百年黄杨,冥冥之中感觉到它对酒窖的情思,屹立在沉睡百年的红颜门前,固守一份永恒的记忆,吟咏着款款深情,回荡在柔情的耳畔,沁人馨香。痴痴的明眸,望穿时空流转,翻腾起百年的尘埃,舞动着梦回千年的芬芳,绵延不息。依偎着黄杨的陪伴,这些粮食与清水交融的精灵,轮回着一场醉生梦死的酣睡,在梦里奏一曲幽香的心音,流动在窈窕的倩影里,婉转百回地吟着满怀醇厚的相思。

离开地下酒窖,我们来到"美人泉"畔,更有一番滋味在心头。"美人泉涌美人湖,美人湖中美人鱼,美人桥上美人笑,美人美景入画中。"因缘天成,天海初心,红尘中千万次的守望才幻化成这一池醇浆。一眼美泉,酿成了一坛醇厚的典藏,醉了今宵的诗笺和四季的呢喃;一个美人,氤氲成了红尘里的千古绝唱,深藏着一湖柔情的眷恋;而一段故事,漾开洋河酒坊经久的芬芳,吹绿一岸春柳的牵挂。望着泉边的美人,手持酒罐,衣衫飘摇,我在心里臆想,是你的善良、真纯与美丽才化成这千年美酒,这是酒之魂呀,梅香姑娘。那年你是叶员外家的婢女,员外嗜酒,每日让你去镇上沽酒。那个数九寒冬的傍晚,你看见一位衣衫褴褛的老婆婆,见她冻得瑟瑟发抖,你毫不犹豫地将打酒钱的一半给了她,打回半罐白酒的你,担心回去受罚,在路边的一眼泉边灵机一动,用泉水装了半罐回去,结果员外喝后反而觉得分外甘甜,因此这眼井便成了"美人井",这汪清波荡漾的泉水便有了一个美好的寓意"美人泉",洋河的人民便是用这世上难有的好水酿造出绝世好酒,香飘五湖,醉倒四方。

神奇的传说固然缥缈,眼前的罗宅却更让我们感受到历史的厚重与凝神。洋河罗家花园,就是当时罗姓修建的一处园林景观,它融苏州园林风格与京城山水园林特色于一体,以秀、幽、奇、特见长。其秀,有假山流水,树翠竹青,奇花异草散芳香,古树名木送清凉,怎能不秀美。其幽,园中曲径通幽,廊映藤掩,曲水回转,处处清幽。其奇,花丛中,山石间,忽见石羊哺羔,石马奋蹄,让人惊奇。其特,引来美人泉水补荷塘,银杏、香樟粗可盈丈,三面临水水茫茫,四周槽坊飘酒香,这些特色,别处难寻。该花园正门处建有一厅一堂,厅名蝴蝶厅,堂名罗祠堂。蝴蝶厅为接宾朋,罗祠堂内供祖先。这样设置彰显中华民族子孙注重礼仪、富不忘祖的传统美德。相传罗氏自明嘉靖年间迁居洋河,用美人泉水建泉泰槽坊,酿造美酒,誉满江淮。"地造五谷酿香甜柔净酒,天定四时醉春夏秋冬人",罗宅门前的这副对联恰如其分地描绘出天地自然与人的生存、生活、生命的紧密关联,写出了洋河人对天地造化、自然恩赐的感激与敬仰。

在酒厂的博物馆,我们见识了许多古代酒器,有的朴素,有的古拙,有的玲珑别致,有的趣味横生,不禁感叹,古人饮酒有讲究,酒器都如此风雅有味,相比之下,倒是我们今天活得粗糙急迫了,夜光杯、琥珀碗,光是这些名目,就让人心生向往,更何况一杯在手,品尝美酒,把玩美器,对皓月沐长风,更是人生好景无限。

若论诗与酒的关系,在中国的文学史上,可谓源远流长。据查证,《诗经》中提到酒的诗篇有三十首之多,"我有旨酒 以燕乐嘉宾之心"(《诗经·小雅》),到了魏晋时期,诗与酒之间更是如水乳交融。后代的墨客骚人,美酒佳酿更是肆意芬芳。不说唐代的李白,是诗仙更是酒仙。"天子呼来不上船,自称臣是酒中仙",这是他的夫子自道,有牢骚,也有豪情。"且乐生前一杯酒,何须身后千载名。""举杯邀明月,对影成三人。""呼儿将出换美酒,与尔同销万古愁。"酒是朋友,是亲人,更是知音。李白嗜酒,其实诗圣杜甫其好酒比李白毫不逊色。最美的诗篇有最感人的情怀,他与李白"醉眠秋共被,携手日同行。"两位诗坛巨匠,惺惺相惜,情深意浓,让他们结缘的除了诗,更有酒。到了有宋一代,苏轼、辛弃疾、陆游,继承衣钵,发扬光大,与前代诗仙诗圣好酒相比,有过之而无不及。苏轼豪迈,"酒酣胸胆尚开张,鬓微霜,又何妨?"辛弃疾悲凉,"醉里挑灯看剑,梦回吹角连营。"陆游诗酒人生,"倾家酿酒犹嫌少,入海求诗未厌深。"就连婉约的女词人李清照也是"三杯两盏淡酒,怎敌他、晚来风急。""险韵诗成,扶头酒醒,别是闲滋味。"也许是女诗人把无尽的情思都交付给了这杯中之物了。诗人煮酒烹诗,不过是抒发胸中块垒,焉能料到,古来圣贤皆寂寞,唯有饮者留其名。诗与酒更是恰如金风玉露一相逢,便胜却人间无数了。难怪我们同行的马君也不禁诗兴大发,情思满怀地口占一绝吟诵起来,让我们陶醉酒香,又盈满诗意。

一路行走,只觉得满心蕴满浓郁的酒的气息,情思也似被浸润得芬芳四溢。不禁想起,酒,这天地自然的恩赐,这人类智慧的精华,它的源泉在哪里? 它有着怎样的传奇? 它承载了多少历史记忆与文化信息? 带着这些的神思,我们来到双沟,这被誉为中国自然酒起源的地方。

1977 年初夏,一个轰动国内外的重大新闻在脚下的土地上发生,中科院考古专家在双沟附近的下草湾出土了至今亚洲时代最早的长臂猿化石,距今已有1800 万年的历史,这就是遐迩闻名的"双沟醉猿"。想起来真的神奇,那些人类远古的祖先,生活在这片茂密的亚热带森林中,它们采野果而食,这些野果堆积在洞口,野果经雨水浸泡自然发酵,这些古猿人为酒香吸引,禁不住一同掬饮,直至不胜酒力而醉倒在原始的森林中,被时间掩埋成亘古的化石。从古到今,从猿人到现代人亿万年的岁月里,双沟一直演绎着酝酿醇香美酒的故事,从未间断。

双沟,除盛产秫豆稻麦等酿酒原料外,还有得天独厚的不可复制的地理环境和优越气候,这里有中国最具酿酒的天然环境,这里就是中国自然酒起源的地方。双沟酿酒,始于汉唐,盛于明清,亦有千年历史。唐末宋初,双沟作为南来北往的商贾渡淮的要冲,酿酒业得到更大的发展,"家家酿美酒,户户备佳酿。"这时的家酿酒不仅用于祭祀、自饮和馈赠亲友,亦由商人贩往各地,双沟酒从此声誉鹊起,时人有"看景看扬州,饮酒饮双沟"的赞誉。最动人的故事出自最有意味的人,相传当年苏轼遭诬被贬流落途中经过泗州,当时已是隆冬的夜晚,际遇凄凉的苏东坡他乡遇故知,挚友的一坛好酒、一片真诚让他深受感动,宴毕待送走挚友后,苏东坡在客店一时难以入眠,提笔即兴赋诗一首:"暮雪纷纷投碎米,清流咽咽走黄沙。旧游似梦徒能说,逐客如僧岂是家。冷砚欲书先自冻,孤灯何事独成花。使君半夜分酥酒,惊起妻孥一笑哗。"到清康熙年间,全德槽坊创办之后,酿酒工艺日趋成熟,贺氏老五甑之法一直延续至今,酒师们传有"双沟糯红粱,筛选入酒坊;石磨碾碎谷,细簸去稗糠;掺拌熟糟醅,锅甑把火旺;边蒸边煮出,看酒取佳酿"的工艺诗。康熙六十一年的千叟宴,泗州选用三大坛特制佳酿入朝贺寿,康熙饮后龙颜大悦,他分别赐名"帝坊"(专与外使饮用)、"圣坊"(专为群臣饮用)和"君坊"(与民同乐时用),从此即作为朝廷贡酒而名扬天下,四方宾客,"闻香下马,知味息船",畅饮美酒,乐何如哉!

1910年,全德槽坊的双沟大曲参加南洋劝业会展评,以浓香独特的典型风格被评为名酒第一,获金质奖章,受到清王朝农工商部的褒奖,从此让中国的美酒甘醇芬芳飘出华夏,醉倒世界。1912年,孙中山欣然题名"双沟醴泉",有"甘雨时降,万物以嘉,谓之醴泉"之赞誉,对双沟酒业在国家风雨飘摇之际,为富国强民、践行实业救国的精神,长期发展民族品牌的意志,给予充分的肯定和鼓励。双沟酒还与中国革命史息息相关,抗战时期,刘少奇、陈毅、邓子恢、张爱萍、彭雪枫等在双沟一带抗战,时常驻足全德槽坊,酒坊成为抗日官兵的食宿地和落脚点,双沟酒厂成为名副其实的"抗日饭店"。1943年陈毅用此酒款待抗日民主人士,盛赞"不愧天下第一流",1945年延安七大召开,还把它捎往延安,作为贺礼。1955年,在新中国第一次白酒评比会上,双沟大曲更是荣获甲佳酒第一名,从而成为新中国白酒品质的标杆,也树立起双沟酿酒发展史的一座丰碑。

在双沟1955纪念园,在醉猿州博物馆,我仿佛穿越到过往的场景中,成为饕餮的酒客,沉浸于醇厚的酒香,陶然忘我。我们的古人,那些酿酒师,他们用怎样的智慧,在简陋的生产条件下,人工踩曲,毛驴推磨,烧锅用土灶,出瓶木锨扬,热气腾腾,终于从漏酒口中流淌出的这美酒佳酿。酒花,这是自然与人工的交融,用眼看酒花是酿酒师傅们的法宝，凭精准的感觉和积累的经验，推花大且持久的是酒，细碎而瞬间即逝的是水。最奇妙的是挑灯看花，酒把式试酒醅时先泼一瓢水上去，把手伸进池子里用煤油灯照，酒气上来灯花跳跃，就知道有好酒，灯花依然，则无酒。这让我想起了家乡的酿酒人。那些年在乡间，每到春节，各家都要自酿米酒用以待客。我家每年都要请我的一位远房表叔，是乡间远近闻名的酿酒师傅，一张饱经风霜、沟壑纵横的脸上总是带着笑，似乎要把这笑意酿进酒里，醉倒乡邻，脸色黑里透红，说话慢条斯理，每顿饭前总要咪上几口，有无菜肴，并不讲究。他一来总为我们带来欢乐，我们都喜欢他。他酿酒有独特的方法，米要当年的新鲜糯米，水用的是小河湾深处的清水，酒曲是秘方，如何配制我们不得而知。酿酒总在晚间，先将米淘洗干净，放在自带的蒸笼蒸熟，等成熟的米香在昏暗的屋里飘散开后，就用酒曲搅拌，再用棉被盖好捂严实，然后就是等待。这样过了几天，就能从密封的笼中溢出香甜的酒味，我们知道这酒酿好了，舀上一碗，一饮而尽，那种甘醇总让我们觉得这是世界上最美的琼浆玉液。你不要小瞧了这酒，酒量再大的酒徒也上过当，它的香甜甘醇里有汹涌的威力，我就被它一次次撂倒过。这米酒总要被家人兑上白酒混合着珍藏，等到端午、中秋节日或耕种、收获的时节，再启封开来，那就是最美滋滋的享受了。

后来读古书，才知道这种米酒又叫甜酒、酒酿，古人称之为"醴"。《诗·小雅》中的"且以酌醴"，说的就是这种酒。李白在诗中也咏过："吹箫舞彩凤，酌醴鲙神鱼。千金买一醉，取乐不求余。"其实中国酒品类繁多，名酒纷呈，有白酒、黄酒、果酒、药酒与啤酒等；中国名酒产地分布广，香型全，风格多样，酱香型的贵州茅台、清香型的山西汾酒，浓香型的四川五粮液、泸州老窖，米香型的广西三花酒，复香型的贵州董酒等，此外还有安徽的古井贡，江苏的洋河、双沟，山西的西凤酒等，而以洋河酒独创的以"味"为主的绵柔型白酒质量新风格，其代表作"梦之蓝"更是被赞誉为"时代新国酒"。

在宿迁的两天，在洋河，在双沟，我们完全成了酒徒、酒客，徜徉在酒的王国，歆享着美酒芬芳，感受浓郁的文化，想着几时再回到故乡，重温童年岁月，与久别的伙伴们相约,用家酿的米酒来酒不醉人人自醉,醉倒在故乡的温暖与浓情中。

这时脑海里涌现出白居易《问刘十九》中的诗句:"绿蚁新醅酒,红泥小火炉。晚来天欲雪,能饮一杯无?"我的伙伴们呀,岁月风霜染,能饮一杯无?

2016 年 3 月 15 日

带着语文去远方看风景

——《匆匆行色》后记

"生活不止眼前的苟且,还有诗和远方。"这是当下很火的一句流行歌词,在媒体上铺天盖地,在网络上成为心灵鸡汤。语言一用滥就俗了,但我依然很喜欢这诗句下的意蕴指向和情感温度。这里的"苟且",无非是指现实生活中一地鸡毛的琐屑与无奈,而"诗与远方",那才是理想中的憧憬与仰望。

我们每个人的人生都有两个世界,就如同鸟的双翼,一个是眼前的世界,世俗的生活、工作、家庭与物质需求,它纠缠着撕扯着我们的生命,但人之为灵长类动物中的翘楚,还在于人除了拥有这实在的生活,还有别的境界,这就是精神世界、灵魂天地,我们在这里遐思畅想,审美愉悦,"诗与远方"所蕴含的一切在主宰着充盈着我们的精神与灵魂,遥望星空,诗意芬芳。

在现实的世界中,我是一名有 37 年教龄的中学语文老师,"传道、授业、解惑"是职责和使命,"清贫难改心眷恋,豪情永存乐为师"是我的信条和信仰。三尺讲台,黑板粉笔,教室校园,教科书,作业本,就是我的舞台和生活。

命运虽然有迹可循,其实难以预测。从事语文教学工作,对我而言那是"阴差阳错",而做学生敬爱、家长信赖、社会尊重的优秀语文教师,则完全是"逼上梁山"。

我成为一名师者,是真正的无可奈何的机缘巧合。那年参加高考,一个十六岁的青葱少年,农家子弟,居然考出了全县文科第一名,学习中文是我的理想,可做语文教师却完全非我所愿,加之体检上一条"两耳重听"(当时我尚不明白它的含义是什么),应该隔绝我的为师之路。可结果却完全出乎包括我的老师在内的所有人所料,我最终被录取到一所师专学校的中文专业,很无奈、不情愿,但也只得硬着头皮跌跌撞撞地闯入这片领地。两年后分配到一所农村中学教高中语文,一直到今天。回首想来,已是三十多年过去,我在一首诗里写过"终生不走杏坛去,皓首缘为三春志",虽有自夸自矜的意思,有些矫情,但时间给了它最好的注脚。

但要做好教师,尤其是一名以传承民族语言、文学、文化为使命的语文老师,则需要才情,需要韧劲,更需要奉献精神。于是我便带着满腔情怀投入语文改革的大潮中,在这片浩渺无垠的海洋里做一名"弄潮儿"和"竞渡者"。一步步地从山区职业中学进入农村完全高中,再到现在的省示范高中,一批批莘莘学子从稚嫩走向成熟,望着他们青春的脸庞洋溢着红润的笑意,我的心中也如同春风驰荡,春阳煦暖。那年参加教坛新星评比,也一路前行,由校级、县级、市级直到省级,成为市内唯一一名省首届"教坛新星"。而今璀璨的亮光依然闪烁,但这颗星已不再是"新星"。我知道离教学名家、教育大家的标准尚有漫长的距离,但聊以自慰的是我一直在跋涉着,在不懈地追寻。又是一年春天,非常荣幸又十分侥幸,竟然被选聘为高考语文的命题老师,在"闱中"四十余日,成为我教学生涯和人生历程中最难忘的日子与最珍贵的记忆。这是语文给我带来的荣耀,也是我语文人生旅途中采撷的花朵,瞻望的云霓。语文教师是我的职业,是生活的印记;为学生语文素养的培育,精神人格的锻造,生命品质的提升,让我们的学生充分感受汉语作为我们母语的无穷魅力,感受从《诗经》《楚辞》和先秦诸子为起源的中华文化的博大精深,是我的事业追求和幸福获得。做一名语文教师,尤其是在应试教育的大背景下,做有情怀的引领者,是需要极大的耐力与极强的抗压能力,每天的工作是琐碎而繁杂的,查资料,写教案,做习题,改试卷,上课辅导,和学生谈心,跟家长较劲,还得承受学校的考评,有时真是身心疲惫,痛苦不堪。为了能在单调中找活力,在平淡中觅丰富,在痛苦里获得快慰,我的解决之道为:一冥想;二读书;三行走。冥想可以让我们负重的心灵得到放松,读书让我们从眼前世界进入神奇的时空,而行走无疑会给我们厌倦了的庸常生活增添一丝亮色,仿佛所有的梦和向往都指向远方,在万水千山中寻找那颗脱掉世俗的躯壳投入自然的简单心灵。

我喜爱旅行,喜爱放飞自己,我曾在一篇文章里写道:

我爱旅行,喜欢观察各地的地理风物,研究各地的风土人情,我把它当作开阔视野、增长见识、陶冶心灵的一种生活方式。和书本阅读一样,是我生命中最快乐的光景。其实我是把它当作别一种阅读来对待的,实体的、实在的、实践的。这也就是古代读书人所欣赏与企望的"读万卷书,行万里路"吧。所以每到一地,我首先要做的是购买各地的旅游地图,不仅是为了辨识路径,为了记录行程,更是为了把玩、品赏和神思。数十年来,收集有近千件。在我的书橱里,它们和那些人类文化的载体和精神的结晶——书籍并行排列着。每当阅读疲倦或者心情烦闷之时,我便展开这些地图,让目光在这里游走,让精神重回过去,让心灵再次涌起当初游历的感受,我把它称为"精神的畅游"。

　　做中学老师,你不能任性随意地来一场说走就走的旅行。"世界那么大,我想去看看",说起来痛快,可真的做起来却有无数的羁绊与烦恼。因为还有那么多的学生在等着你,繁重的教学任务会压得你喘不过气来,身累心更累。但这不能阻挡我们把眼光投向外面的世界,渴望自然的山水,异地的风情。于是利用机缘,走出校园,全身心地投入山川原野之中,抛开一切的任务,把教学也暂搁一边,让野性的风涤荡身心的尘垢,让温暖的阳光把我们紧紧包裹。这些年脚步渐行渐远。我觉得离自然离本我越来越近,我曾在松花江边上吟唱,在山海关城头摩挲,在古城西安沉潜历史,使四川山水迷离目光,让海南的椰风轻拂,同香港的霓虹一起闪烁。

　　但我知道,不论去向何处,是自然风景,还是历史沉积,我的行囊中一定装着语文,我用语文的眼光观察、审视、共鸣、想象;登上泰山,我想到的是孔子、秦皇,是杜甫的《望岳》、姚鼐的《登泰山记》和李健吾的《雨中登泰山》;在杏花村,一路伴我行走的是杜牧的《清明》,是昭明太子的《文选》。实地的行走让我对那些闪耀在文学、文化中的璀璨诗文更加贴近融合,也让我在语文课堂上更加自如、洒脱,放得开又拢得起,学生们随着我的讲述一同潜入文本,浸润心灵。

在远方行走，我总是要用文字记下我的感受，体悟。我知道这是一个读图的时代，手机的强大记录功能已取代我们的眼睛、思想和心灵。它很漂亮也很直观，也可以有艺术的审美，但是如果缺少文字，没有思想，没有韵味，那终究是浅显的，它美化我们的眼睛，但无法直入我们的内心。基于此，我总是一路走，一路写，渐渐地自然山水在我笔下摇曳生姿，历史风云在文中腾挪跌宕，人情风俗在纸上熠熠生辉，后来我把它们一篇篇地发表在学校的校刊上，意欲为学生建立一种精神追寻的样本。出乎意料的是，竟然激起了较大的反响，师生们也十分兴奋地阅读、评鉴，也有批评。最开心的时刻是晚自习的间隙，在办公室，三五成群的学生围着我研讨、评赏或指正，我似乎有一种孔子在《子路、曾皙、冉有、公西华侍坐》中那如沐春风的感觉，心中洋溢着感动，收获着满满的幸福。

因此，这些文化游历散文有三个着眼点：其一是文化。我对山川大地所蕴含的丰厚文化底蕴，尽力往深处挖掘，尽力写出自己的独特感悟，我觉得文化就是深深地扎根在我们的土地上，在人们的生活中。其二是语文。语文是基础教育的基础学科，是学生感受汉语作为母语的魅力、接受传统文化熏陶的重要课程，因此文章写作中，我总是不自觉地用语文的眼光来欣赏一路风景。我觉得这就是活的语文，本真的语文，语文的外延总是与生活的外延相等。三是学生。每一位作者其实心中都有一个隐约的读者对象，我的读者指向十分明确，就是我的学生，让他们读得懂，读得会意，读出新的感悟，是谓最大的幸福。当然，如果其他层面的读者读出意思来，那就是意外的惊喜了！

一段时间以来一直有师生、家长和文友劝我将这些篇章结集，我很惶恐，因为我自知学历不逮，才情不足，文思不浓。这些文章值得编辑成集吗？为此我一直犹疑。县作协的金绪道主席一直在欣赏我，褒扬我，我想他是出于鼓励，感到一个中学语文老师也可以自由写作，有一些思想闪光，勇于做一些事情的热忱吧！于是我把这些年来一路行走的观感文章遴选出来，编成了几辑。其中最早的《青春九华》是20世纪80年代在大专读书时与同学朝觐青阳九华的笔记，而《山海之城》《圆梦北京》两辑则是二十多年前在乡村中学利用难得的外出观摩学习的机会，去秦皇岛、北京学习、游历的日记。其余则是近些年来写的几组游记。《深秋高原》写云南，《湘黔行纪》写湖南与贵州，《四川行色》写四川，《杂色岭南》写广州，《游历江南》是参加长三角名校长高级研究班在江浙沪皖行走的记录，都是一组文章，是在行程间隙记下的观感。最后一部分《且行且思》是篇幅较长的散文，笔触稍稍宕开，思绪意欲深入。《泰山夫子》《抚摸一扇门》《井冈情思映山红》《江南楼台烟雨中》等几篇，都是希望我的游历，能把自然与历史、风情与习俗、实景与文化有机地结合起来，使意蕴更丰厚一些，情思更饱满一些。

　　我的这本习作，之所以题名为《匆匆行色》，意在行色，更在匆匆。是实指，古人云："行色匆匆缘底事，山阳梅信相催。"（元·刘因），我的行走，是因为自然的召唤，是"梅信相催"，但走得既不悠闲又不诗意，总是急匆匆地转场，疲于奔命，从一个景点转到另一个景点，老实说我不是一个合格的旅人。阿尔卑斯山口有一块指示牌，上面写着"慢慢走，欣赏呀"，希望游人能停下匆忙的脚步，静静地聆听自然的声息，细细地欣赏沿途的风景，由此说来我也不是一个合格的审美者。我的这些文字都是急就的、随性的，匆匆的是脚步，更是心灵。而我又想到，这似乎又是人生旅途的象征，这些年虽然身处相对安静的校园，但总觉得是在奔跑，气喘吁吁，满头大汗，为了追寻那似乎神圣的光环，有时也会自我宽慰这是一份责任，一种担当，但心总有不甘，总在渴望慢下来，停下来，坐在草坪上看云卷云舒，听风声雨声。

　　写到这里，已是深夜。走到窗前，教室的灯光已经黯淡，教学大楼寂静无声，惯于挑灯夜战的学生们也离开了教室和课本，蓄积精神准备迎接明天的功课，而我的眼光却投向深远的夜空，心一点点走远，走向山川原野，走进学生的心灵。

2017 年 5 月 6 日